Elizabeth hat ihr Leben fest im Griff. Sie kümmert sich um ihr Designbüro, ihren mürrischen Vater, die unzuverlässige Schwester und ihren sechsjährigen Neffen Luke. Doch niemand lässt sie wirklich an sich heran – zu schmerzhaft war die Vergangenheit.

Ivan ist nicht von dieser Welt. Niemand kann ihn sehen. Wirklich niemand? Nur seine Schützlinge: Sein Job ist, »bester Freund« zu sein für jemanden, der ihn braucht. So wie der einsame kleine Luke. Als Ivan jedoch plötzlich auch eine Verbindung zu Elzabeth spürt, ist er verwirrt – sie gehört doch gar nicht zu seinen Aufgaben …

Cecelia Ahern ist eine der erfolgreichsten Autorinnen der Welt. Sie wurde 1981 in Irland geboren und studierte Journalistik und Medienkommunikation in Dublin. Mit 21 Jahren schrieb sie ihren ersten Roman, der sie sofort international berühmt machte: ›P.S. Ich liebe Dich‹, verfilmt mit Hilary Swank. Danach folgten Jahr für Jahr weitere weltweit veröffentlichte Bücher in Millionenauflage; auch ihr Roman ›Love, Rosie – Für immer vielleicht‹ wurde fürs Kino verfilmt. Die Autorin wurde für ihr Werk vielfach ausgezeichnet und hat nun ganz neu, auch zwei Romane für junge Erwachsene geschrieben: ›Flawed – Wie perfekt willst du sein?‹ und ›Perfect – Willst du die perfekte Welt?‹. Cecelia Ahern lebt mit ihrem Mann und ihren beiden Kindern im Norden von Dublin.
www.cecelia-ahern.de

Cecelia Ahern bei FISCHER

›P.S. Ich liebe Dich‹ · ›Für immer vielleicht‹ · ›Zwischen Himmel und Liebe‹ · ›Vermiss mein nicht‹ · ›Ich hab dich im Gefühl‹ · ›Zeit deines Lebens‹ · ›Ich schreib dir morgen wieder‹ · ›Ein Moment fürs Leben‹ · ›Solange du mich siehst‹ · ›Hundert Namen‹ · ›Der Ghostwriter‹ · ›Die Liebe deines Lebens‹ · ›Das Jahr, in dem ich dich traf‹ · ›Der Glasmurmelsammler‹ · ›Flawed – Wie perfekt willst du sein?‹ · ›Perfect – Willst du die perfekte Welt?‹

Weitere Informationen finden Sie auf *www.fischerverlage.de*

Cecelia Ahern

Zwischen Himmel und Liebe

Roman

Aus dem Englischen von
Christine Strüh

Fischer Taschenbuch Verlag

Limitierte Sonderausgabe

Erschienen bei FISCHER Taschenbuch
Frankfurt am Main, September 2016

Die Originalausgabe erschien 2005
unter dem Titel ›If you could see me now‹
im Verlag HarperCollins, London
Die deutsche Erstausgabe erschien 2006
bei Krüger, einem Verlag der S. Fischer Verlag GmbH
© Cecelia Ahern 2005
Für die deutsche Ausgabe:
© S. Fischer Verlag GmbH 2006
Druck und Bindung: CPI books GmbH, Leck
Printed in Germany
ISBN 978-3-596-29717-7

Zwischen Himmel und Liebe

Für Georgina, die dran glaubt …

Eins

Es war ein Freitagmorgen im Juni, als Luke und ich beste Freunde wurden. Präzise gesagt passierte es um Viertel nach neun, das weiß ich noch genau, weil ich da auf die Uhr schaute. Ich weiß nicht mehr, warum. Eigentlich gab es keinen Grund dafür, ich musste nicht zu einer bestimmten Zeit irgendwo sein. Andererseits bin ich überzeugt, dass alles irgendwie einen Grund hat, also hab ich vielleicht auf die Uhr gesehen, damit ich meine Geschichte anständig erzählen kann. Einzelheiten sind wichtig beim Erzählen, stimmt's?

Ich freute mich, Luke zu treffen, denn ich fühlte mich ein bisschen traurig, weil ich mich gerade von meinem alten besten Freund Barry getrennt hatte. Er konnte sich nicht mehr mit mir treffen. Aber das spielt eigentlich keine Rolle, denn jetzt ist er glücklicher, und darauf kommt es an, denke ich. Schließlich gehört es zu meinem Job, dass ich meine besten Freunde verlassen muss. Sicher, es ist nicht der angenehmste Teil, aber ich glaube daran, dass an allem etwas Gutes ist, und deshalb sage ich mir, wenn ich meine besten Freunde nicht verlassen müsste, dann könnte ich auch keine neuen besten Freunde kennen lernen. Und genau das ist es ja, was mir am allerbesten gefällt – neue Freundschaften zu schließen. Wahrscheinlich hat man mir den Job deswegen auch angeboten.

Wie mein Job genau aussieht, erkläre ich gleich, aber erst mal möchte ich von dem Morgen erzählen, an dem ich meinen besten Freund Luke kennen gelernt habe.

Ich zog Barrys Gartentor hinter mir zu und marschierte los. Ohne ersichtlichen Grund ging ich erst links, dann rechts, dann links, dann ein Stück geradeaus, dann wieder rechts, bis ich schließlich in einer Wohnsiedlung namens Fuchsia Lane landete. Vermutlich hat man den Namen gewählt, weil da überall Fuchsien blühen. Die wachsen hier nämlich wild. Wenn ich »hier« sage, dann meine ich eine Stadt namens Baile na gCroíthe, in der Nähe von Killarney, im County Kerry. Das liegt in Irland.

Aus Baile na gCroíthe wurde irgendwann im Lauf der Zeit auf Englisch Hartstown, aber wenn man den Namen direkt aus dem Irischen übersetzt, heißt er ›Stadt der Herzen‹. Ich finde, das klingt viel hübscher.

Ich war froh, wieder da zu sein. In meiner Anfangszeit hatte ich ein paar Aufträge hier zu erledigen, aber dann war ich jahrelang anderswo unterwegs. Bei meiner Arbeit komme ich viel herum, und manchmal nehmen mich meine Freunde auch mit in den Urlaub ins Ausland. Ich war schon in Frankreich, Deutschland, Italien, Spanien, Griechenland, Australien und sogar ein paar Mal in Disney World in Amerika. Erstaunlich, wie viele meiner besten Freunde mit mir nach Disney World wollen. Eigentlich würde man ja denken, bei den ganzen Attraktionen, bei den Süßigkeiten und wundervollen Zauberdingen ist ein Freund unnötig, aber das zeigt mal wieder, dass man immer einen besten Freund braucht, ganz gleich, wo man ist.

Tut mir Leid, ich schweife ab. Zurück zur Fuchsia Lane. Sie bestand aus zwölf Häusern, sechs auf jeder Seite, und alle ganz unterschiedlich. Manche aus roten Backsteinen, andere aus grauen Klinkern, manche mit spitzem Dach, andere mit flachem, und eins hatte sogar ein Reetdach. Manche hatten mehrere Stockwerke, andere nur eins. Es gab lange Auffahrten und riesige Bäume, die viel älter waren als ich. Und obwohl ich finde, man soll alles Ältere respektieren, bedeutet das nicht, dass man keinen Spaß damit haben kann.

Überall wimmelte es nur so von Menschen. Klar, es war ja Freitagmorgen. Außerdem auch noch Juni und so richtig sonnig und hell, da hatten alle gute Laune. Na ja, jedenfalls die meisten.

Auch jede Menge Kinder waren auf der Straße, fuhren Fahrrad, spielten Himmel und Hölle, Fangen, Dosenwerfen und jede Menge anderes Zeug. Man hörte sie schreien und lachen. Vermutlich waren sie froh, dass sie Ferien hatten. Aber so nett sie auch zu sein schienen, fühlte ich mich nicht zu ihnen hingezogen. Wissen Sie, ich kann mich nicht mit jedem X-Beliebigen anfreunden. Das ist nicht mein Job.

In einem Vorgarten mähte ein Mann den Rasen, und eine Frau werkelte mit dreckverkrusteten Handschuhen an einem Blumenbeet herum. Der angenehme Duft von frisch geschnittenem Gras hing in der Luft, und das Geräusch, wie die Frau schnitt und schnippelte, stutzte und putzte, war Musik in meinen Ohren. Im nächsten Garten pfiff ein Mann ein Lied, das ich nicht kannte, während er mit dem Gartenschlauch seinen Wagen abspritzte und zusah, wie der Seifenschaum über den Lack glitschte und darunter ein blitzblankes Glitzern zum Vorschein kam. Hin und wieder wirbelte er mit dem Schlauch herum und spritzte zwei kleine Mädchen in gelbschwarz gestreiften Badeanzügen nass. Die beiden sahen aus wie zwei große Hummeln. Ich freute mich an ihrem Gegiggel.

In der nächsten Auffahrt spielten ein Junge und ein Mädchen Himmel und Hölle. Ich sah ihnen ein Weilchen zu, aber da keiner der beiden auf mein Interesse reagierte, ging ich weiter. In jedem Garten sah ich spielende Kinder, aber keins nahm mich wahr oder lud mich zum Mitspielen ein. Fahrräder, Skateboards und ferngesteuerte Autos flitzten an mir vorbei, ohne dass jemand mich auch nur eines Blickes würdigte. Allmählich begann ich mich zu fragen, ob es vielleicht ein Fehler gewesen war, in die Fuchsia Lane zu kommen, was mich verwirrte, weil ich im Orteaussuchen eigentlich sehr gut bin und weil auch so viele Kinder da waren. Schließlich setzte ich mich auf die Gartenmauer beim letzten Haus und dachte darüber nach, wo ich falsch abgebogen sein könnte.

Nach ein paar Minuten kam ich zu dem Schluss, dass ich doch in der richtigen Gegend gelandet war. Ich biege wirklich nur ganz, ganz selten mal falsch ab. Langsam drehte ich mich auf meinem Hinterteil um, sodass ich das Haus sehen konnte, das zu der Gartenmauer gehörte, auf der ich gerade saß. Es hatte zwei Stockwerke und eine Garage, vor der ein teures Auto stand und in der Sonne funkelte. Auf einem Schild, das unter mir an der Gartenmauer angebracht war, stand: »Fuchsia House«. Der gleiche Name wie die Straße. Aber an diesem Haus kletterten die blühenden Fuchsien überall über die Wände, klammerten sich an die braunen Backsteine über der Eingangstür und wucherten bis hinauf zum Dach. Es sah sehr hübsch aus. Ein Teil des Hauses war aus braunem Backstein, an anderen Stellen war es honigfarben gestrichen. Ein paar Fenster waren viereckig, andere rund. Ziemlich ungewöhnlich. Die Haustür war fuchsienrot und hatte zwei lange Fenster, deren obere Scheiben aus Milchglas bestanden. Darunter waren ein Messingtürklopfer und ein Messingbriefschlitz, sodass es aussah wie ein Gesicht: Zwei Augen, eine Nase und ein Mund, der mir zulächelte. Ich winkte und lächelte zurück, für den Fall des Falles. Heutzutage kann man ja nie wissen.

Während ich noch das Gesicht studierte, ging die Tür auf und fiel dann ziemlich laut wieder ins Schloss. Ein Junge kam heraus. Anscheinend war er ziemlich wütend. In der rechten Hand trug er ein großes rotes Feuerwehrauto, in der linken einen Polizeiwagen. Ich liebe rote Feuerwehrautos. Der Junge hopste von der untersten Stufe der Veranda und rannte auf die Wiese, wo er sich auf die Knie fallen ließ und ein Stück rutschte. Ich musste lachen, weil seine schwarze Trainingshose dabei natürlich Grasflecke kriegte. Grasflecke sind lustig, weil sie nie wieder rausgehen. Mein alter Freund Barry und ich sind immer gern im Gras rumgerutscht. Der Junge fing an, die Feuerwehr gegen das Polizeiauto krachen zu lassen und dabei verschiedene Geräusche von sich zu geben. Das konnte er gut. Barry und ich haben das auch immer gemacht. Es macht Spaß, Dinge zu spielen, die im richtigen Leben normalerweise nicht passieren.

Der Junge rammte die rote Feuerwehr mit dem Streifenwagen, und der Cheffeuerwehrmann, der sich an die Leiter auf der Seite des Wagens klammerte, stürzte ab. Ich musste laut lachen, und der Junge blickte auf.

Er sah mich an. Direkt in die Augen.

»Hi«, sagte ich, räusperte mich und trat nervös von einem Fuß auf den anderen. Ich hatte meine Lieblingsschuhe an, blaue Converse-Sneakers, und die hatten noch Grasflecke vorn auf den Gummikappen, vom Grasrutschen mit Barry. Während ich überlegte, was ich sagen sollte, rubbelte ich damit über die Backsteinmauer, um die Flecken abzureiben. So gern ich neue Freundschaften schließe, bin ich dabei immer auch ein bisschen aufgeregt. Schließlich besteht ja die Chance, dass jemand mich nicht leiden kann, und das macht mir jedes Mal so ein flaues Gefühl im Magen. Bisher hatte ich zwar Glück, aber das bedeutet ja nicht, dass es ewig so bleiben muss.

»Hi«, antwortete der Junge, während er den Feuerwehrmann wieder an der Leiter befestigte.

»Wie heißt du?«, fragte ich, kickte mit dem Fuß gegen die Mauer und kratzte mit der Gummikappe am Stein. Das Gras ging natürlich trotzdem nicht ab.

Eine Weile musterte mich der Junge von oben bis unten, als überlege er, ob er mir seinen Namen sagen wollte oder eher nicht. Diesen Teil meines Jobs hasse ich aus tiefstem Herzen. Es ist echt blöd, wenn man sich mit jemandem anfreunden will, der umgekehrt gar kein Interesse daran hat. Manchmal passiert das schon, aber irgendwann entscheidet sich der Betreffende dann immer doch für mich, weil er merkt, dass er gern mit mir zusammen sein möchte, auch wenn er es anfangs nicht kapiert hat.

Der Junge hatte weißblonde Haare und große blaue Augen.

Ich kannte das Gesicht von irgendwo, aber ich konnte mich nicht erinnern, woher.

Schließlich sagte er: »Ich heiße Luke. Und du?«

Ich stopfte die Hände tief in die Hosentaschen und konzentrierte mich ganz darauf, mit dem rechten Fuß gegen die Mauer zu treten. Ein paar Backsteinkrümel lösten sich und fielen auf den Boden. Ohne den Jungen anzusehen, antwortete ich: »Ivan.«

»Hi, Ivan.« Er lächelte. Er hatte vorn eine Zahnlücke.

»Hi, Luke«, grinste ich zurück.

Ich hab keine Zahnlücke.

»Deine Feuerwehr gefällt mir. Mein best…, äh, mein alter bester Freund Barry hatte auch so eine, und wir haben immer damit gespielt. Eigentlich ist Feuerwehr aber ein blöder Name, weil sie nämlich schmilzt, wenn man sie durchs Feuer fahren lässt«, fügte ich hinzu, die Hände immer noch in den Taschen vergraben. Dadurch schoben sich meine Schultern aber bis zu den Ohren hoch, sodass ich nicht richtig hören konnte, und ich nahm meine Hände lieber wieder raus.

Luke rollte im Gras herum und lachte. »Du hast deine Feuerwehr durchs Feuer fahren lassen?«, kreischte er.

»Na ja, schließlich heißt sie doch *Feuer*wehr, oder?«, verteidigte ich mich.

Jetzt rollte er sich auf den Rücken und johlte: »Nein, du Dummi! Eine Feuerwehr ist dafür da, dass sie das Feuer *löscht*!«

Ich ließ mir seine Erklärung eine Weile durch den Kopf gehen. »Hmmm. Tja, ich kann dir jedenfalls sagen, womit man eine Feuerwehr löschen kann«, erklärte ich sachlich. »Nämlich mit Wasser.«

Luke schlug sich mit der flachen Hand an den Kopf, schrie »Neeeinnn!«, verdrehte die Augen, bis er schielte, und ließ sich dann wieder ins Gras plumpsen.

Ich lachte. Luke war echt lustig.

»Willst du mit mir spielen?«, fragte er und zog die Augenbrauen hoch.

»Klar, gern. Spielen tu ich immer am liebsten«, grinste ich, sprang über die Gartenmauer und kam zu ihm ins Gras.

»Wie alt bist du?«, erkundigte er sich argwöhnisch. »Du siehst aus, als wärst du genauso alt wie meine Tante«, fügte er stirnrunzelnd hinzu. »Und die spielt überhaupt nicht gern mit meiner Feuerwehr.«

»Na ja, dann ist deine Tante ein langweiliger alter Reliewgnal!«

»Ein *Reliewgnal*!«, wiederholte Luke und brüllte vor Lachen. »Was ist denn ein Reliewgnal?«

»Jemand *Langweiliger*«, antwortete ich und rümpfte die Nase, als wäre Langeweile eine schlimme Krankheit. Ich drehe Wörter gern um, das ist, als erfinde man seine eigene Sprache.

»Wie alt bist *du* überhaupt?«, fragte ich Luke, während ich die Feuerwehr mit dem Polizeiauto rammte. Wieder stürzte der Feuerwehrmann von der Leiter. »Du siehst nämlich aus wie *meine* Tante«, behauptete ich, während Luke sich vor Lachen den Bauch hielt. Er lachte ziemlich laut.

»Ich bin erst sechs, Ivan! Und kein *Mädchen*!«

»Oh.« In Wirklichkeit habe ich gar keine Tante, ich wollte ihn bloß zum Lachen bringen. »Aber warum sagst du *erst* sechs, als würde das nicht reichen? Ich finde, sechs ist genau richtig.«

Gerade als ich ihn nach seinem Lieblingscomic fragen wollte, ging die Haustür auf, und ich hörte, wie jemand schrie. Luke wurde ganz weiß, und ich schaute auch dorthin, wo er hinstarrte.

»SAOIRSE, GIB MIR SOFORT MEINEN SCHLÜSSEL ZURÜCK!«, brüllte eine verzweifelte Stimme. Dann kam eine zerzauste Frau mit geröteten Wangen, wilden Augen und langen, ungewaschenen roten Haaren, die ihr strähnig ums Gesicht wehten, aus dem Haus gerannt. Ein weiterer Entsetzensschrei ertönte aus dem Haus hinter ihr, und sie geriet vor Schreck mit ihren Plateauschuhen auf der Verandatreppe ins Stolpern. Laut fluchend und schimpfend suchte sie Halt an der Hauswand. Als sie

15

aufblickte, starrte sie zu Luke und mir herüber. Ihr Mund dehnte sich zu einem Lächeln und entblößte eine Reihe schiefer gelber Zähne. Unwillkürlich zog ich mich ein paar Schritte zurück und merkte, dass Luke das Gleiche tat. Aber sie streckte den Daumen in die Höhe und krächzte: »Bis dann, Kiddo!«, ließ die Wand los und eilte zu dem Auto, das in der Auffahrt parkte.

»SAOIRSE!«, schrie die Person im Haus wieder. »ICH RUF DIE POLIZEI, WENN DU VERSUCHST, IN DEN WAGEN ZU STEIGEN!«

Die Rothaarige schnaubte und drückte auf den Autoschlüssel. Die Lichter begannen zu blinken, und ein Piepen ertönte. Blitzschnell riss sie die Tür auf, kletterte hinein, stieß sich den Kopf, fluchte wieder und knallte die Tür hinter sich zu. Ich hörte, wie die Verriegelung einrastete. Ein paar Kinder draußen auf der Straße hatten aufgehört zu spielen, denn sie wollten sich das Drama nicht entgehen lassen, das sich da vor ihren Augen abspielte.

Nun kam auch die Besitzerin der geheimnisvollen Stimme aus dem Haus gelaufen, in der Hand das Telefon. Sie sah völlig anders aus als die andere Frau. Ihre Haare waren ordentlich im Nacken zusammengesteckt und sie trug einen eleganten grauen Hosenanzug, der allerdings gar nicht zu der schrillen, unbeherrschten Stimme passte, die aus ihrem Mund kam. Außerdem war sie knallrot im Gesicht, völlig außer Atem, und ihre Brust hob und senkte sich krampfhaft, während sie auf ihren hohen Absätzen mehr schlecht als recht zum Auto rannte. Als sie merkte, dass die Türen verschlossen waren, drohte sie erneut mit der Polizei.

»Ich rufe die Garda, Saoirse«, rief sie warnend und wedelte mit dem Telefon vor dem Seitenfenster herum.

Aber Saoirse grinste nur und ließ den Motor an. Mit sich überschlagender Stimme bekniete die andere Frau die Rothaarige auszusteigen, und wie sie da aufgeregt von einem Fuß auf den anderen hüpfte, sah sie aus, als hätte sie ein anderes Wesen in sich, das herauswollte, und ich musste an Hulk denken.

Schließlich gab Saoirse Gas und bretterte die lange, mit Kopfsteinen gepflasterte Auffahrt hinunter. Auf halbem Weg verlangsamte sie das Tempo, worauf sich die Schultern der Frau mit dem Telefon entspannten und ihr Gesicht einen erleichterten Ausdruck annahm. Aber das Auto hielt nicht an, sondern schlich im Schritttempo weiter, und aus dem Fenster auf der Fahrerseite erschien eine Hand mit zwei in die Höhe gestreckten Fingern.

»Ah, sie kommt in zwei Minuten zurück«, sagte ich zu Luke, der mich seltsam ansah.

Entsetzt sah die Frau mit dem Telefon dem Auto nach, das die Straße hinunterfegte und fast ein Kind mitgerissen hätte. Ein paar Haare waren aus dem strengen Knoten in ihrem Nacken rausgekommen, als wollten sie der Flüchtigen auf eigene Faust nachjagen.

Luke senkte den Kopf und befestigte den Feuerwehrmann wieder an seiner Leiter. Die Frau mit dem Telefon stieß einen Wutschrei aus, warf die Hände in die Luft und drehte sich um. Man hörte ein leises Knacken, als der Absatz im Kopfsteinpflaster stecken blieb. Die Frau schüttelte wild ihr Bein, wurde offensichtlich mit jeder Sekunde frustrierter und schaffte es schließlich mit einer gewaltigen Anstrengung, den Fuß frei zu bekommen. Der Schuh flog heraus, aber der Absatz blieb in der Ritze stecken.

»VERDAAAAAAMMT!«, schrie sie. Auf einer hohen Hacke und einem flachen Pumps humpelte sie die Verandatreppe wieder hinauf. Die Fuchsientür krachte ins Schloss, und das Haus verschluckte die Frau. Jetzt lächelten die Fenster, der Türknauf und der Briefschlitz mich wieder an, und ich lächelte zurück.

»Wen grinst du da an?«, erkundigte sich Luke argwöhnisch.

»Die Tür«, war meine nahe liegende Antwort.

Aber er starrte mich nur weiter stirnrunzelnd an, in Gedanken halb bei den Ereignissen, deren Augenzeugen wir gerade geworden waren, halb bei der Frage, ob es nicht seltsam war, eine Tür anzugrinsen.

Durchs Glas der Haustür sahen wir, wie die Frau mit dem Telefon in der Eingangshalle auf und ab tigerte. »Wer ist sie?«, fragte ich und sah Luke an.

Er sah fix und fertig aus.

»Das ist meine Tante«, erklärte er mit kaum hörbarer Stimme. »Sie kümmert sich um mich.«

»Oh«, sagte ich. »Und wer war die Frau im Auto?«

Langsam schob Luke seine Feuerwehr durchs Gras und walzte die Halme platt. »Ach die. Das ist Saoirse«, erwiderte er leise. »Meine Mom.«

»Oh.« Wir schwiegen, und ich merkte, dass er traurig war. »Sier-scha«, wiederholte ich den Namen, denn ich mochte das Gefühl, das er auf meiner Zunge erzeugte. Es hörte sich an, als käme der Wind in einem breiten Schwall aus meinem Mund oder als unterhielten sich die Bäume an einem windigen Tag miteinander. »Siiiiier-schaaaaaa.« Schließlich hörte ich auf, weil Luke mich komisch ansah. Ich pflückte eine Butterblume und hielt sie ihm unters Kinn. Auf seiner blassen Haut erschien ein gelblicher Glanz. »Du magst Butter«, stellte ich fest. »Dann ist Saoirse also nicht deine Freundin?«

Augenblicklich strahlte Luke wieder und kicherte. Wenn auch nicht mehr ganz so entspannt wie vorhin.

»Wer ist eigentlich dieser Barry, von dem du die ganze Zeit redest?«, fragte Luke und rammte meinen Polizeiwagen noch viel doller als vorhin.

»Er heißt Barry McDonald.« Ich lächelte, weil ich an die Spiele denken musste, die Barry und ich immer gespielt hatten.

Lukes Augen leuchteten auf. »Barry McDonald ist in meiner Klasse!«

Da endlich fiel bei mir der Groschen. »Ich wusste doch, dass ich dein Gesicht irgendwoher kenne, Luke. Ich hab dich jeden Tag in der Schule gesehen, wenn ich mit Barry dort war.«

»Du warst mit Barry in der Schule?«, fragte er überrascht.

»Ja, mit Barry hat die Schule echt Spaß gemacht«, lachte ich.

Luke kniff die Augen zusammen. »Hmm, ich hab dich aber nie gesehen.«

Ich fing an zu lachen. »Natürlich hast du mich nicht gesehen, du Dummbeutel«, stellte ich sachlich fest.

Zwei

Elizabeth wanderte ruhelos über den Ahornfußboden der langen Halle ihres Hauses, und ihr Herz hämmerte so laut in ihrer Brust, dass ihre Rippen bebten. Das Telefon hielt sie zwischen Ohr und Schulter geklemmt, und ihre Gedanken waren wie ein Blizzard, der ihr die Sicht raubte, während sie dem schrillen Klingeln in ihrem Ohr lauschte.

Zwischendurch blieb sie lange genug stehen, um ihr Spiegelbild anzustarren, und ihre braunen Augen weiteten sich vor Entsetzen. Sie gestattete es sich eigentlich nie, ungepflegt zu wirken. Sich so gehen zu lassen bedeutete Kontrollverlust. Wilde Strähnen ihrer schokobraunen Haare waren aus dem strengen französischen Knoten gerutscht, sodass sie aussah, als hätte sie einen Finger in die Steckdose gesteckt. Unter ihren Augen klebte Mascara, ihr Lippenstift war verwischt bis auf den pflaumenfarbenen Lipliner, der jetzt einen krassen Rahmen um ihren Mund bildete, und die Grundierung pappte auf den trockenen Stellen ihrer olivfarbenen Haut. Verschwunden war der sonst übliche makellose Look, und das ließ ihr Herz nur noch schneller schlagen und steigerte ihre Panik.

Tief durchatmen, Elizabeth, einfach nur tief durchatmen, sagte sie sich. Mit zitternden Händen glättete sie die zerzausten Haare. Die Mascarakrümel wischte sie mit einem nassen Finger ab, spitzte die Lippen und rieb sie aufeinander, strich ihr Jackett glatt und räusperte sich. Ein Augenblick der Konzentrationsschwäche, das war alles. Und es würde nicht wieder passieren. Entschlossen verlagerte sie das Telefon ans linke Ohr und bemerkte dabei, dass ihr Claddagh-Ohrring einen deutlichen Abdruck auf dem Hals hinterlassen hatte. Ihre Schultern hatten wohl ziemlich fest zugepackt.

Endlich hob auf der anderen Seite jemand ab. Elizabeth wandte dem Spiegel den Rücken zu und nahm Haltung an. Zurück zur Sache.

»Hallo, hier Polizeirevier von Baile na gCroíthe.«

Elizabeth zuckte zusammen, als sie die Stimme am Telefon erkannte. »Hi, Marie, hier ist Elizabeth … mal wieder. Saoirse hat das Auto genommen.« Sie machte eine Pause. »Mal wieder.«

Vom anderen Ende der Leitung hörte man einen leisen Seufzer. »Wann genau, Elizabeth?«

Elizabeth ließ sich auf die unterste Stufe der Haustreppe sinken und machte sich auf das übliche Verhör gefasst. Sie schloss die Augen, eigentlich nur, um zu blinzeln, aber die Erleichterung, einfach alles auszublenden, war so groß, dass sie sie einfach nicht wieder aufmachte. »Vor fünf Minuten.«

»Gut. Hat sie gesagt, wo sie hinwill?«

»Zum Mond«, antwortete Elizabeth sachlich.

»Wie bitte?«, hakte Marie nach.

»Du hast es doch genau gehört. Sie hat gesagt, sie will zum Mond«, erwiderte Elizabeth mit fester Stimme. »Sie meint, die Leute dort würden sie bestimmt besser verstehen.«

»Die Leute auf dem Mond«, wiederholte Marie.

»Ja«, bestätigte Elizabeth irritiert. »Du könntest sie vielleicht auf der Autobahn suchen lassen. Vermutlich ist das der schnellste Weg, wenn man zum Mond will, oder nicht? Obwohl ich nicht ganz sicher bin, welche Ausfahrt sie nimmt. Die am weitesten im Norden wahrscheinlich. Vielleicht fährt sie nach Nordosten in Richtung Dublin, oder wer weiß, vielleicht ist sie auch unterwegs nach Cork; womöglich haben die Mondleute ein Flugzeug geschickt, das sie abholt. Ganz egal, ich würde an deiner Stelle jedenfalls die Autobahn checken …«

»Entspann dich, Elizabeth, du weißt doch, dass ich dir solche Fragen stellen muss.«

»Ja, ich weiß.« Elizabeth versuchte sich zu beruhigen. In diesem Augenblick verpasste sie ein wichtiges Meeting. Wichtig für sie, wichtig für ihr kleines Architekturbüro. Da Lukes Kinderfrau Edith vor ein paar Wochen zu der dreimonatigen Weltreise aufgebrochen war, mit der sie Elizabeth schon seit sechs Jahren drohte, hatte heute ausnahmsweise die Babysitterin auf Luke aufgepasst. Aber das arme Mädchen kannte Saoirse und ihr sonderbares Verhalten nicht und hatte Elizabeth völlig panisch bei der Arbeit angerufen … wieder einmal. Elizabeth musste alles stehen und liegen lassen und nach Hause hetzen … wieder einmal. Eigentlich hätte sie nicht überrascht sein dürfen, dass das passiert war … wieder einmal. Das einzig Überraschende war, dass Lukes Nanny Edith abgesehen von ihrer Reise überhaupt noch jeden Tag zur Arbeit auftauchte. Seit sechs Jahren half sie Elizabeth nun schon mit Luke, sechs Jahre voller Dramatik, und trotz Ediths Loyalität erwartete Elizabeth praktisch jeden Tag einen Anruf oder einen Kündigungsbrief. Denn Lukes Nanny zu sein war mit einer Menge Belastungen verbunden. Aber es war auch ganz schön schwer, Lukes Adoptivmutter zu sein.

»Elizabeth, bist du noch da?«

»Ja«, sagte sie und machte schnell die Augen wieder auf. Sie wurde schon wieder unkonzentriert. »Entschuldige, was hast du gerade gesagt?«

»Ich hab dich gefragt, welches Auto Saoirse genommen hat.«

Elizabeth verdrehte die Augen und schnitt dem Telefon eine Grimasse. »Dasselbe wie immer, Marie. Dasselbe wie letzte Woche, wie die vorletzte Woche und auch die Woche davor«, fauchte sie.

Aber Marie blieb fest. »Und das ist der …«

»Der BMW«, unterbrach Elizabeth. »Das gleiche verdammte schwarze BMW-Cabrio. Vier Räder, zwei Türen, ein Steuer, zwei Seitenspiegel, Scheinwerfer und …«

»So weiter«, fiel Marie ihr ins Wort. »In was für einem Zustand?«

»Frisch geputzt und blitzeblank«, antwortete Elizabeth frech.

»Sehr schön, und in was für einem Zustand war Saoirse?«

»Dem üblichen.«

»Abgefüllt.«

»Ganz genau.« Elizabeth stand auf und ging durch die Halle zur Küche. Ihr Sonnenspeicher. Das Klicken ihrer Absätze auf dem Marmorboden hallte laut durch den luftigen Raum mit der hohen Decke. Alles war an seinem Platz. Dank der stärker werdenden Sonnenstrahlen, die durch die Glasfenster des Wintergartens fielen, war es richtig warm hier, und Elizabeth musste die Augen gegen die Helligkeit zusammenkneifen. Die makellose Küche glänzte im Sonnenlicht, die schwarzen Granitarbeitsflächen funkelten, in den Chromarmaturen spiegelte sich der strahlende Tag. Ein Paradies aus Edelstahl und Walnussholz. Elizabeth hielt direkt auf die rettende Espressomaschine zu, denn ihr erschöpfter Körper brauchte dringend eine Energiespritze. Sie öffnete ein kleines Küchenschränkchen aus Walnussholz und holte eine kleine beige Kaffeetasse heraus. Ehe sie den Schrank wieder zumachte, drehte sie noch schnell eine Tasse um, damit der Henkel wie bei allen anderen nach rechts zeigte. Dann zog sie die Besteckschublade auf, merkte, dass ein Messer im Gabelfach lag, transferierte es an seinen rechtmäßigen Platz, holte einen Löffel heraus und schob die Schublade wieder zu.

Aus dem Augenwinkel entdeckte sie ein Handtuch, das unordentlich über den Herdgriff gehängt worden war, warf es in den Wäschekorb im Hauswirtschaftsraum, holte ein frisches Handtuch aus dem ordentlichen Stapel im Schrank, faltete es sauber auf die Hälfte und drapierte es sorgsam über den Herdgriff. Alles hatte seinen Platz.

»Na ja, ich hab meine Wagennummer in der letzten Woche nicht ändern lassen, also ist es immer noch dieselbe«, beantwortete sie gelangweilt eine weitere von Maries sinnlosen Fragen, während sie die dampfende Tasse Espresso auf einen Marmoruntersetzer stellte, um den gläsernen Küchentisch zu schonen. Dann strich sie sich den Rock glatt, entfernte eine Fluse von ihrem Jackett, setzte sich in den Wintergarten und sah hinaus in den Garten und die sanften, scheinbar endlosen Hügel dahinter. Vierzig Schattierungen von Grün, Gold und Braun.

Als sie das üppige Aroma des Espressos einatmete, fühlte sie sich augenblicklich belebt. Sie stellte sich vor, wie ihre Schwester in ihrem – Elizabeths – Cabrio mit heruntergeklapptem Dach über die Hügel brauste, die Arme in der Luft, die Augen geschlossen, das flammend rote Haar im Wind flatternd, in dem festen Glauben, frei zu sein. Saoirse war das irische Wort für Freiheit. Ihre Mutter hatte den Namen ausgesucht, in ihrem letzten verzweifelten Versuch, die Mutterpflichten, die sie so verachtete, weniger als Strafe zu sehen. Sie wünschte sich, ihre zweite Tochter würde sie befreien – von den Fesseln der Ehe, von der Mutterschaft, von der Verantwortung … und von der Realität.

Saoirses und Elizabeths Mutter hatte ihren Mann und Vater ihrer beiden Töchter mit sechzehn kennen gelernt. Sie kam mit einer Gruppe von Dichtern, Musikern und Träumern durch die Stadt und begegnete im örtlichen Pub dem jungen Farmer. Er war zwölf Jahre älter als sie und hingerissen von ihrer wilden, mysteriösen Art und ihrem sorglosen Wesen. Sie fühlte sich geschmeichelt. So heirateten sie. Mit achtzehn bekam sie das erste Kind, Elizabeth. Doch wie sich herausstellte, konnte ihre Mutter sich nicht damit zufrieden geben, ihr Leben in dem verschlafenen Städtchen in den Hügeln zu fristen, wo sie doch eigentlich nur auf der Durchreise gewesen war, und wurde immer frustrierter. Das schreiende Baby und die vielen schlaflosen Nächte sorgten dafür, dass sie sich im Kopf immer weiter entfernte. Träume von persönlicher Freiheit vermischten sich mit der Realität, und sie war oft tagelang einfach verschwunden. Sie ging auf Entdeckungsreise, suchte neue Orte und Menschen.

Mit zwölf Jahren sorgte Elizabeth nicht nur für sich selbst, sondern auch für ihren stillen, grüblerischen Vater. Sie fragte nie, wann ihre Mutter zurückkommen würde, denn sie wusste, dass sie immer wieder auftauchte, mit geröteten Wangen, funkelnden Augen und voller Geschichten über die Welt und alles, was sie zu bieten hatte. Wie eine frische Sommerbrise wehte sie durch das Leben ihres Mannes und ihrer Tochter, Aufregung und Hoffnung im Schlepptau. Wenn sie da war, veränderte sich die Atmosphäre in dem kleinen Farmhaus schlagartig, alle vier Wände lauschten und absorbierten ihre Begeisterung. Dann saß Elizabeth am Fußende des Betts ihrer Mutter und lauschte den atemlos erzählten Geschichten, ganz kribbelig vor Freude. So blieb es ein paar Tage, bis ihre Mutter des Berichtens müde war und lieber neue Geschichten erleben wollte.

Oft brachte sie Andenken mit, in Form von Muscheln, Steinen oder Blättern. Elizabeth erinnerte sich noch an eine Vase mit langen frischen Grashalmen, die mitten auf dem Esstisch stand, als enthielte sie die exotischsten Pflanzen, die jemals erschaffen worden waren. Auf die Frage, wo die Halme gepflückt worden waren, zwinkerte ihre Mutter nur geheimnisvoll, tippte sich mit dem Zeigefinger auf die Nasenspitze und versprach Elizabeth, sie würde es eines Tages verstehen. Ihr Vater saß meist still auf seinem Stuhl am Kaminfeuer und las die Zeitung, ohne sie jemals umzublättern. Auch er verlor sich in der Welt der Worte.

Als Elizabeth zwölf war, wurde ihre Mutter wieder schwanger, und obwohl sie dem neugeborenen Baby den Namen Saoirse gab, schenkte das Kind ihr nicht die Freiheit, nach der sie sich so sehnte. Kurze Zeit später brach sie zu einer neuen Expedition auf, von der sie nicht mehr zurückkehrte. Brendan, Elizabeths und Saoirses Vater, hatte kein Interesse an dem jungen Leben, das seine Frau vertrieben hatte, wartete weiter schweigend in seinem Stuhl am Feuer auf ihre Rückkehr und las die Zeitung, ohne je eine Seite umzublättern. Jahrelang. Immerzu. Bald war Elizabeths Herz es müde, auf ihre Mutter zu hoffen, und Saoirse wurde ihre Verantwortung.

Saoirse hatte das keltische Äußere ihres Vaters geerbt, die rotblonden Haare und die helle Haut, während Elizabeth das Ebenbild ihrer Mutter war: olivfarbene Haut, schokobraune Haare, fast schwarze Augen – die Einflüsse des Jahrtausende alten spanischen Bluts. Mit jedem Tag ähnelte Elizabeth ihrer Mutter mehr, und sie wusste, dass das für ihren Vater schwer war. Sie begann, sich dafür zu hassen, und strengte sich nicht nur an, ihren Vater aus seiner Schweigsamkeit zu locken, sondern noch viel mehr, ihm und sich selbst zu beweisen, dass sie ganz anders war als ihre Mutter. Vor allem, dass sie loyal sein konnte. Als Elizabeth mit achtzehn die Schule beendete, stand sie vor dem Dilemma, nach Cork ziehen zu müssen, um auf die Universität zu gehen. Eine Entscheidung, für die sie all ihren Mut brauchte. Ihr Vater fühlte sich im Stich gelassen, genauso wie jedes Mal, wenn Elizabeth eine neue Freundschaft schloss. Er verzehrte sich nach Zuwendung und wollte das einzig Wichtige im Leben seiner Töchter sein – als würde sie das daran hindern, ihn zu verlassen. Nun, er schaffte es beinahe. Zumindest zum Teil war er ganz sicher dafür verantwortlich, dass Elizabeth kaum ein Sozialleben und so gut wie keinen Freundeskreis besaß. Sie war darauf konditioniert worden, sich zurückzuziehen, sobald Konversation gemacht wurde, denn sie wusste, dass sie für jede Minute, die sie unnötigerweise außerhalb des Farmhauses verbrachte, mit mürrischen Worten und missbilligenden Blicken bestraft wurde. Sich gleichzeitig um Saoirse zu kümmern und zur Schule zu gehen war ohnehin ein Vollzeitjob. Trotzdem warf ihr Vater ihr vor, sie sei genau wie ihre Mutter, sie halte sich für etwas Besseres und es sei wohl unter ihrer Würde, bei ihm in Baile na gCroíthe zu bleiben. Elizabeth fand die kleine Stadt beengend, und im Farmhaus herrschte eine düstere, leblose Atmosphäre. Als warte selbst die Großvateruhr in der Halle auf die Rückkehr ihrer Mutter.

»Und wo ist Luke?«, fragte Marie leise am Telefon, womit sie Elizabeth rasch wieder in die Gegenwart zurückholte.

Sie lachte bitter. »Glaubst du etwa, Saoirse würde ihn mitnehmen?«

Schweigen.

Elizabeth seufzte. »Er ist hier.«

›Freiheit‹ war für ihre Schwester mehr als ein Name. Es war ihre Identität. Ihr Lebensstil. Alles, was der Name repräsentierte, war ihr in Fleisch und Blut übergegangen. Sie war feurig, unabhängig, wild und frei. Sie folgte dem Muster der Mutter, die sie nie kennen gelernt hatte, so extrem, dass Elizabeth fast das Gefühl hatte, auf ihre Mutter aufzupassen. Aber immer wieder verlor sie ihre Schwester aus den Augen. Saoirse wurde mit sechzehn schwanger, und niemand wusste, wer der Vater war, am allerwenigsten Saoirse selbst. Als das Baby auf der Welt war, gab sie sich keine große Mühe, einen Namen für es zu finden, aber irgendwann fing sie an, den Kleinen Lucky zu rufen. Der Ausdruck eines Wunsches, genau wie bei ihrer Mutter. Sie wollte glücklich sein. Also gab Elizabeth ihm schließlich den Namen Luke. Als Elizabeth achtundzwanzig war, lastete auf ihr von neuem die Verantwortung für ein Kind.

Wenn Saoirse Luke anschaute, war in ihren Augen nie die Spur eines Erkennens zu entdecken. Es machte Elizabeth Angst, wenn sie sah, dass ihre Schwester keinerlei Beziehung zu ihrem Kind hatte – es bestand keine wie auch immer geartete Verbindung zwischen ihnen. Elizabeth hatte nie vorgehabt, Kinder in die Welt zu setzen, sie hatte sich sogar geschworen, *niemals* Kinder zu bekommen. Sie hatte sich und ihre Schwester alleine großgezogen und nicht das Bedürfnis, dies zu wiederholen. Es war Zeit, dass sie sich um sich selbst kümmerte. Mit achtundzwanzig hatte sie nach der Schufterei in der Schule und auf der Uni erfolgreich ihr eigenes Innenarchitekturbüro aufgezogen, und dank ihrer harten Arbeit war sie die Einzige in der Familie, die in der Lage war, Luke ein gutes Leben zu bieten. Sie hatte ihre Ziele erreicht, indem sie die Kontrolle behielt, für Ordnung sorgte, sich selbst nicht aus den Augen verlor, realistisch blieb, sich an Tatsachen orientierte, nicht in Träumereien verlor, und vor allem, indem sie sich unermüdlich abrackerte. Ihre Mutter und ihre Schwester hatten ihr mit ihrem Beispiel gezeigt, dass man nirgendwohin kam, wenn man wehmütigen Träumen nachging oder unrealistische Hoffnungen züchtete.

Jetzt war sie fünfunddreißig und lebte allein mit Luke in einem Haus, das sie liebte. Sie hatte es gekauft und zahlte es alleine ab. Ein Haus, das ihre Zuflucht war, ein Ort, an den sie sich zurückziehen und wo sie sich sicher fühlen konnte. Sie blieb allein, weil Liebe eins jener Gefühle war, die man nicht kontrollieren konnte. Und sie brauchte die Kontrolle. Sie hatte geliebt und war geliebt worden, sie hatte erlebt, wie es war, zu träumen und auf Wolken zu tanzen. Sie hatte auch erfahren, wie es war, wenn man mit einem dumpfen Schlag unsanft wieder auf der Erde landete. Und so hatte sie auch gelernt, nie mehr die Kontrolle über ihre Gefühle aufzugeben.

Die Haustür knallte zu, und sie hörte das Getrappel kleiner Füße, die durch die Halle sausten.

»Luke!«, rief sie und legte die Hand über den Hörer.

»Was'n?«, fragte er unschuldig, als seine blauen Augen und blonden Haare an der Tür erschienen.

»Es heißt *Ja, bitte* und nicht *Was'n*«, verbesserte sie ihn streng. In ihrer Stimme hörte man die Autorität, die sie sich in den letzten Jahren angeeignet hatte.

»*Ja, bitte?*«, wiederholte Luke brav.

»Was machst du denn?«

Luke trat vollends in die Halle, und Elizabeth bemerkte sofort die Grasflecken auf seinen Knien.

»Ich und Ivan spielen bloß mit dem Computer«, erklärte er.

»Ivan und ich«, korrigierte sie und hörte dabei weiter Marie zu, die ihr am anderen Ende der Leitung versprach, einen Streifenwagen loszuschicken, um Saoirse zu suchen. Luke sah seine Tante kurz an und ging zurück in sein Spielzimmer.

»Warte mal«, rief Elizabeth ins Telefon, als sie etwas zeit-

29

verzögert registrierte, was Luke gerade gesagt hatte. Sie sprang auf, knallte gegen das Tischbein und verschüttete den Espresso, der eine unschöne Pfütze auf dem Glas bildete. Sie fluchte. Die schwarzen gusseisernen Stuhlbeine kratzten über den Marmorfußboden. Das Telefon an die Brust gedrückt, rannte sie durch die lange Halle zum Spielzimmer. Dort streckte sie den Kopf durch die Tür und sah Luke auf dem Boden sitzen, die Augen gebannt auf den Bildschirm gerichtet. Das Spielzimmer und Lukes Schlafzimmer waren die einzigen Räume im Haus, wo Spielzeug erlaubt war. Dass sie sich um ein Kind kümmern musste, hatte Elizabeth längst nicht so verändert, wie manche es erwartet hatten. Luke hatte ihre Ansichten nicht weniger streng gemacht. Natürlich hatte sie, wenn sie Luke zu seinen Freunden brachte oder ihn dort abholte, zahlreiche Häuser gesehen, wo so viele Spielsachen herumlagen, dass jeder stolperte, der sich in die Nähe wagte. Widerwillig hatte sie mit Müttern Kaffee getrunken, umgeben von Flaschen, Babybrei und Windeln, einen Teddy unter dem Hintern. Aber in ihrem eigenen Haus hatte sie Edith gleich zu Beginn ihres Arbeitsverhältnisses die Regeln klargemacht, und Edith hatte sie befolgt. Während Luke größer wurde, stellte auch er sich auf ihre Art ein, respektierte ihre Wünsche und beschränkte seine Spiele auf das Zimmer, das sie seinen Bedürfnissen gewidmet hatte.

»Luke, wer ist Ivan?«, fragte Elizabeth, während sie mit den Augen das Zimmer absuchte. »Du weißt doch, dass du keine Fremden heimbringen darfst«, fügte sie besorgt hinzu.

»Er ist mein neuer Freund«, antwortete er wie ein Zombie, ohne die Augen von dem muskelbepackten Wrestler zu nehmen, der auf dem Bildschirm seinen Gegner vermöbelte.

»Du weißt, ich bestehe darauf, dass ich deine Freunde kennen lerne, ehe du sie mit nach Hause bringst. Wo ist Ivan?«, fragte sie, schob die Tür ein Stück weiter auf und betrat Lukes Zimmer. Sie hoffte nur, dass dieser Freund besser war als die letzte kleine Nervensäge, die es sich zur Aufgabe gemacht hatte, mit Textmarker ein Bild seiner glücklichen Familie an ihre Wand zu malen, das inzwischen glücklicherweise überstrichen war.

»Da drüben.« Luke nickte mit dem Kopf in Richtung Fenster, aber er nahm die Augen immer noch nicht vom Bildschirm.

Elizabeth ging zum Fenster und schaute in den Garten hinaus. Dann verschränkte sie die Arme und fragte: »Versteckt er sich?«

Luke drückte die Pausentaste und riss sich endlich von den Wrestlern auf dem Bildschirm los. Verwirrt verzog er das Gesicht. »Er sitzt doch direkt vor dir!«, sagte er und deutete auf den Sitzsack zu Elizabeths Füßen.

Mit großen Augen starrte Elizabeth auf den Sitzsack. »Wo?«

»Direkt vor dir!«, wiederholte Luke.

Elizabeth blinzelte ihn an. Dann hob sie ratlos die Arme.

»Neben dir, auf dem Sitzsack.« Lukes Stimme wurde lauter und nervös. Er starrte den Sitzsack an, als wolle er seinen Freund mit purer Willenskraft dazu bringen, in Erscheinung zu treten.

Elizabeth folgte seinem Blick.

»Siehst du ihn jetzt?« Er schob die Tastatur weg und stand schnell auf.

Angespanntes Schweigen trat ein. Elizabeth spürte Lukes Hass wie eine körperliche Berührung. Sie wusste, was er dachte: Warum kannst du meinen Freund nicht einfach sehen, warum kannst du nicht ausnahmsweise mal mitmachen, warum kannst du nie mit mir spielen? Aber sie schluckte den Kloß in ihrem Hals hinunter und blickte sich noch einmal um, ob ihr nicht doch etwas entgangen war. Aber da war nichts.

Sie ging in die Knie, um auf Augenhöhe mit ihm zu sein, und ihre Gelenke knackten. »Außer uns beiden ist niemand im Zimmer«, flüsterte sie. Irgendwie war es leichter, das leise zu sagen. Ob leichter für sie oder für Luke, das wusste sie allerdings nicht.

Lukes Wangen röteten sich, und seine Brust hob und senkte sich schneller. So stand er mitten im Zimmer, umgeben von den

Kabeln der Tastatur, ließ die Schultern hängen und sah total hilflos aus. Elizabeths Herz hämmerte in ihrer Brust, *bitte sei nicht wie deine Mutter, bitte sei nicht wie deine Mutter.* Sie wusste nur zu gut, wie leicht die Welt der Fantasie einen in ihren Bann schlagen konnte.

Schließlich hielt Luke es nicht mehr aus und schrie in die Gegend: »Ivan, sag doch was zu ihr!«

Schweigen. Luke starrte weiter ins Nichts. Dann kicherte er hysterisch. Grinsend sah er Elizabeth an, aber sein Lächeln erstarb rasch, als er merkte, dass sie nicht reagierte. »Siehst du ihn echt nicht?«, fragte er ungläubig und setzte dann etwas ärgerlicher hinzu: »Warum siehst du ihn denn nicht?«

»Okay, okay.« Elizabeth kämpfte die in ihr aufsteigende Panik nieder. Sie stellte sich wieder aufrecht hin. Auf diesem Niveau hatte sie die Sache wieder unter Kontrolle. Sie konnte diesen Ivan nicht sehen, und ihr Gehirn weigerte sich, sie so tun zu lassen, als ob. Jetzt wollte sie nur noch so schnell wie möglich das Zimmer verlassen. Schon hob sie den Fuß, um über den Sitzsack zu steigen, überlegte es sich dann aber doch anders und ging lieber darum herum. An der Tür schaute sie ein letztes Mal zurück, um sich zu vergewissern, dass sie den geheimnisvollen Ivan nicht doch übersehen hatte. Aber nichts dergleichen.

Luke setzte sich achselzuckend wieder auf den Boden und machte mit seinem Spiel weiter.

»Ich schieb gleich eine Pizza in den Ofen, Luke.«

Schweigen. Was sollte sie sonst noch sagen? In Augenblicken wie diesem wurde ihr immer klar, dass alle Elternratgeber auf der ganzen Welt nichts nützten. Gute Elternschaft kam von Herzen, instinktiv, und nicht zum ersten Mal machte Elizabeth sich Sorgen, dass sie Luke nicht gerecht werden konnte.

»Sie ist in zwanzig Minuten fertig«, fügte sie unbeholfen hinzu.

»Was?« Luke drückte wieder auf Pause und schaute zum Fenster.

»Ich hab gesagt, die Pizza ist in ungefähr zwan…«

»Dich hab ich nicht gemeint«, entgegnete Luke und ließ sich wieder von der Welt der Videospiele aufsaugen. »Ivan möchte gern auch was. Er hat gesagt, Pizza ist sein Lieblingsessen.«

»Oh.« Elizabeth schluckte. Sie war ratlos.

»Mit Oliven«, fuhr Luke fort.

»Aber Luke, du hasst Oliven.«

»Ja, aber Ivan liebt sie. Er sagt, die mag er am liebsten.«

»Oh …«

»Danke«, sagte Luke zu seiner Tante, schaute zum Sitzsack, streckte den Daumen triumphierend nach oben, lächelte und sah dann wieder weg.

Langsam zog Elizabeth sich aus dem Spielzimmer zurück. Auf einmal merkte sie, dass sie noch immer das Telefon an ihre Brust drückte. »Marie, bist du noch dran?« Ratlos kaute sie an einem Fingernagel, starrte auf die geschlossene Tür zum Spielzimmer und überlegte, was sie tun sollte.

»Ich dachte schon, du wärst auch zum Mond geflogen. Fast hätte ich auch einen Streifenwagen zu deinem Haus geschickt«, kicherte Marie.

Da sie Elizabeths Schweigen als Ärger auslegte, entschuldigte sie sich schnell: »Aber du hattest Recht, Saoirse wollte wirklich zum Mond. Zum Glück hat sie unterwegs angehalten, um aufzutanken. Sich selbst natürlich. Man hat deinen Wagen auf der Hauptstraße gefunden, mit laufendem Motor, die Fahrertür weit aufgerissen. Er hat alles blockiert. Du kannst von Glück sagen, dass Paddy ihn entdeckt hat, ehe jemand einfach mit ihm davongesaust ist.«

»Lass mich raten – stand das Auto genau vor einem Pub?«, erkundigte sich Elizabeth, obwohl sie die Antwort genau kannte.

»Korrekt.« Marie hielt inne. »Möchtest du Anzeige erstatten?«

Elizabeth seufzte. »Nein danke, Marie.«

»Kein Problem, wir lassen das Auto zu dir bringen.«

»Was ist mit Saoirse?« Elizabeth wanderte in der Halle auf und ab. »Wo ist sie?«

»Wir behalten sie eine Weile hier, Elizabeth.«

»Ich hole sie ab«, sagte Elizabeth schnell.

»Nein«, widersprach Marie entschieden. »Ich melde mich wieder bei dir. Saoirse muss sich erst mal beruhigen, bevor sie irgendwohin geht.«

Aus dem Spielzimmer hörte man Lukes Stimme. Er lachte und plauderte munter mit sich selbst.

»Warte mal, Marie«, fügte Elizabeth mit schwacher Stimme hinzu. »Wenn wir schon mal dabei sind, dann sag bitte demjenigen, der das Auto herfährt, er soll gleich einen Psychologen mitbringen. Luke fängt nämlich an, sich Freunde einzubilden ...«

Im Spielzimmer verdrehte Ivan die Augen und rutschte tiefer in den Sitzsack. Er hatte gehört, was Elizabeth am Telefon gesagt hatte. Seit er mit diesem Job angefangen hatte, behaupteten Eltern solche Dinge, und allmählich störte ihn das echt. Es war überhaupt nichts Eingebildetes an ihm.

Sie konnten ihn nur nicht sehen.

Drei

Es war echt nett von Luke, dass er mich an dem Tag damals zum Essen eingeladen hat. Als ich ihm sagte, dass Pizza mein Lieblingsessen ist, hatte ich eigentlich nicht vor, damit eine Einladung zu provozieren. Aber wie kann man so was Leckeres wie *Pizza* an einem *Freitag* ablehnen? Das ist doch ein Grund zum Doppelfeiern.

Nach dem Vorfall im Spielzimmer hatte ich den Eindruck, dass Lukes Tante mich nicht besonders mochte, aber das überraschte mich nicht, weil das meistens so geht. Eltern denken immer, es ist Verschwendung, für mich Essen zu machen, weil sie es am Schluss sowieso wegschmeißen müssen. Aber das ist ganz schwierig für mich – ich meine, versucht doch mal zu essen, wenn man euch kaum Platz lässt am Tisch und alle euch anstarren und sich fragen, ob das Essen auch wirklich vom Teller verschwindet. Irgendwann packt mich so der Verfolgungswahn, dass ich nichts mehr runterkriege und mein Essen stehen lassen muss.

Natürlich will ich mich nicht beklagen, es ist nett, zum Essen eingeladen zu werden, aber die Erwachsenen tun mir auch nie die gleiche Menge auf den Teller wie allen anderen. Normalerweise nicht mal die Hälfte, und dann sagen sie Sachen wie: »Oh, bestimmt ist Ivan heute nicht so hungrig.« Ich meine, woher wollen sie das denn wissen? Sie fragen ja nicht mal. Normalerweise werde ich zwischen meinen derzeit besten Freund und irgendeinen blöden großen Bruder oder eine doofe große Schwester gequetscht, die mein Essen klauen, wenn grade keiner guckt.

Meistens vergisst man auch, mir eine Serviette oder Besteck zu geben, und auch mit dem Wein ist man mir gegenüber alles andere als großzügig. (Manchmal stellt man mir auch einfach nur einen leeren Teller hin und sagt meinem besten Freund, unsichtbare Leute würden unsichtbares Essen essen. Also wirklich. Ich meine, schüttelt der unsichtbare Wind etwa unsichtbare Bäume?) Meistens kriege ich ein Glas Wasser, aber auch nur, wenn ich meinen Freund höflich darum bitte. Die Erwachsenen finden es schon sonderbar, wenn ich ein Glas Wasser zum Essen möchte, aber wenn ich dann auch noch Eiswürfel will, dann geht echt die Post ab. Ich meine, Eiswürfel gibt's doch umsonst, und wer möchte an einem heißen Tag nicht gern was Kühles zu trinken?

Normalerweise sind es die Mütter, die sich mit mir unterhalten. Allerdings stellen sie Fragen und hören bei den Antworten nicht zu, oder sie tun so, als hätte ich etwas ganz anderes gesagt, nur wegen des Lacherfolgs. Wenn sie mit mir sprechen, dann glotzen sie mir auf den Brustkorb, als wäre ich nicht mal einen Meter groß. Das ist so ein Klischee. Damit das mal klar ist: Ich bin eins achtzig, und da, wo ich herkomme, spielt das Altersding keine Rolle – wir fangen an zu existieren und wachsen eher geistig als körperlich. Für das Wachstum ist das Gehirn verantwortlich. Sagen wir mal, mein Gehirn ist inzwischen ziemlich groß, aber es kann immer noch weiterwachsen. Ich mache meinen Job schon eine lange, lange Zeit, und ich mache ihn gut. Ich habe noch nie einen Freund im Stich gelassen.

Die Väter murmeln leise vor sich hin, wenn sie glauben, dass keiner mithört. Als ich mit Barry in den Sommerferien nach Waterford gefahren bin, lagen wir eines Tages beispielsweise mit seinem Vater am Strand von Brittas Bay, und da kam eine junge Frau im Bikini vorbei. »Na, wie wär's denn damit, Ivan?«, meinte Barrys Papa ganz leise. Die Dads sind auch immer fest davon überzeugt, dass ich mit ihnen einer Meinung bin. Dann erzählen sie meinen besten Freunden Dinge wie: »Gemüse ist gesund, und ich soll dir von Ivan ausrichten, du sollst deinen Brokkoli aufessen«, und lauter so blödsinniges Zeug. Zum Glück wissen meine besten Freunde ganz genau, dass ich so was nie sagen würde.

Aber so sind halt die Erwachsenen.

Neunzehn Minuten und achtunddreißig Sekunden später rief Elizabeth Luke zum Essen. Mein Magen knurrte, und ich freute mich echt auf die Pizza. Also folgte ich Luke durch die lange Halle in die Küche und warf unterwegs einen Blick in die Zimmer, an denen wir vorbeikamen. Im Haus war es total still, und unsere Schritte machten ein richtiges Echo. Die Zimmer waren alle weiß oder beige gestrichen und so sauber und ordentlich, dass ich schon ganz nervös wurde wegen der Pizza. Ich wollte ja keine Sauerei machen. Soweit ich sehen konnte, gab es keine Anzeichen dafür, dass in diesem Haus ein Kind wohnte. Genau genommen gab es keine Anzeichen dafür, dass in diesem Haus *überhaupt* jemand wohnte. Keine Spur von Gemütlichkeit.

Aber die Küche gefiel mir. Sie war warm von der Sonne, und weil überall Glas war, hatte man das Gefühl, man würde im Garten sitzen. Wie bei einem Picknick. Ich sah, dass der Tisch für zwei Personen gedeckt war, also wartete ich erst mal ab, bis man mir sagte, wo ich mich hinsetzen sollte. Die Teller waren schwarz und glänzten, und die Sonne, die durch die Fenster hereinschien, brachte das Besteck zum Funkeln. Die beiden Kristallgläser malten einen Regenbogen auf den Tisch. In der Mitte standen eine Schüssel mit Salat und ein Krug Wasser mit Eis und Zitrone. Alles stand auf schwarzen Marmoruntersetzern. Als ich sah, wie das alles blitzte und blinkte, hatte ich schon Angst, auch nur die Servietten zu verschmieren.

Elizabeths Stuhlbeine scharrten über die Fliesen, als sie sich setzte und sich die Serviette auf den Schoß legte. Mir fiel auf, dass sie sich umgezogen hatte: Jetzt trug sie einen schokobraunen Jogginganzug, der zu ihren Haaren und ihrer Haut passte. Lukes Stuhl quietschte ein bisschen. Elizabeth nahm das große Salatbesteck und begann, sich Salatblätter und Kirschtomaten auf den Teller zu häufen. Luke sah ihr zu und runzelte die Stirn.

Auf seinem Teller lag ein Stück Pizza Margherita. Ohne Oliven. Ich stopfte die Hände tief in die Taschen und trat nervös von einem Fuß auf den anderen.

»Stimmt irgendwas nicht, Luke?«, fragte Elizabeth, während sie sich Dressing über ihren Salat goss.

»Wo ist Ivans Platz?«

Elizabeth hielt inne, drehte den Deckel auf die Dressingflasche und stellte sie wieder auf die Mitte des Tischs. »Also, Luke, seien wir nicht albern«, sagte sie leichthin, aber sie konnte ihm dabei nicht in die Augen sehen.

»Ich bin nicht albern«, erwiderte Luke und runzelte seine Stirn noch mehr. »Du hast doch gesagt, dass Ivan zum Essen bleiben kann.«

»Ja, schon. Aber wo *ist* Ivan denn?« Sie bemühte sich, ihre Stimme nett klingen zu lassen, während sie geriebenen Käse über ihren Salat streute. Anscheinend wollte sie verhindern, dass die Sache sich zu einem Problem auswuchs. Sie wollte den Anfängen wehren und dem Gerede von unsichtbaren Freunden ein für alle Mal Einhalt gebieten.

»Er steht direkt neben dir.«

Elizabeth knallte Messer und Gabel so heftig auf den Tisch, dass Luke zusammenzuckte. Gerade als sie den Mund aufmachte, um ihn zu ermahnen, klingelte es an der Tür. Sobald sie das Zimmer verlassen hatte, stand Luke auf und nahm einen Teller aus dem Küchenschrank. Einen großen schwarzen Teller, genau wie die anderen beiden. Dann legte er ein Stück Pizza darauf, holte Besteck und eine Serviette und arrangierte alles auf einem dritten Platzdeckchen neben sich.

»Hier ist dein Platz, Ivan«, sagte er fröhlich und biss ein Stück von seiner Pizza ab. Ein bisschen geschmolzener Käse lief an seinem Kinn herunter. Es sah aus wie eine gelbe Schnur.

Ehrlich gesagt hätte ich mich nicht hingesetzt, wenn mein knurrender Magen nicht so eindringlich darauf bestanden hätte, dass ich etwas esse. Ich wusste ja, dass Elizabeth sauer werden würde, aber wenn ich die Pizza ganz schnell in mich reinstopfte, dann war ich fertig, wenn sie zurückkam, und sie würde nicht mal was merken.

»Möchtest du Oliven drauf?«, fragte Luke und wischte sich mit dem Ärmel über sein tomatiges Gesicht.

Ich lachte und nickte. Mir lief das Wasser im Mund zusammen.

In dem Moment, als Luke sich streckte, um die Oliven vom Regal zu angeln, trat Elizabeth wieder in die Küche.

»Was machst du denn da?«, wollte sie wissen und wühlte dabei suchend in einer Schublade herum.

»Ich hol die Oliven für Ivan«, erklärte Luke. »Er mag gern Oliven auf seiner Pizza, erinnerst du dich?«

Jetzt sah sie auf den Küchentisch und merkte natürlich sofort, dass er für drei gedeckt war. Müde rieb sie sich die Augen. »Hör mal, Luke, findest du nicht, dass es Verschwendung ist, wenn du Oliven auf die Pizza legst? Du hasst Oliven, und nachher muss ich sie bloß wegwerfen.«

»Nein, es ist keine Verschwendung, weil Ivan die Oliven ja gern isst, stimmt's, Ivan?«

»Aber klar«, antwortete ich, leckte mir die Lippen und rieb meinen rumpelnden Bauch.

»Und?« Elizabeth zog eine Augenbraue hoch. »Was hat er gesagt?«

»Kannst du ihn auch nicht *hören*?«, fragte er stirnrunzelnd. Dann sah er mich an und ließ den Zeigefinger ein paar Mal über die Schläfe kreisen, womit er vermutlich andeuten wollte, dass seine Tante nicht ganz richtig tickte. »Er hat gesagt, dass er die Oliven natürlich alle aufisst.«

»Wie höflich von ihm«, murmelte Elizabeth, während sie weiter in der Schublade kramte. »Aber du solltest dafür sorgen, dass auch wirklich jeder Krümel verputzt wird, sonst isst Ivan heute zum letzten Mal mit uns.« Sie ging wieder aus der Küche.

»Keine Sorge, Elizabeth, ich werde das alles aufmampfen, ga-

39

rantiert«, versprach ich und nahm einen großen Bissen. Ich konnte den Gedanken nicht ertragen, nie mehr mit Luke und seiner Tante essen zu dürfen. Elizabeth hatte traurige Augen. Traurige braune Augen. Und ich war überzeugt, dass ich sie glücklich machen konnte, indem ich jeden Krümel verputzte. Deshalb beeilte ich mich mit dem Essen.

»Danke, Colm«, sagte Elizabeth müde und nahm dem Polizisten die Autoschlüssel ab. Langsam ging sie um den Wagen herum und inspizierte den Lack genau.

»Sieht aus, als wäre nichts kaputt«, meinte Colm, der sie beobachtete.

»Nicht am Auto jedenfalls«, versuchte sie zu scherzen und klopfte auf die Kühlerhaube. Ihr war das immer peinlich. Mindestens einmal pro Woche gab es irgendeinen Vorfall, bei dem die Polizei eingreifen musste, und obwohl die Polizisten die Situation nie anders als professionell und höflich behandelten, schämte sich Elizabeth trotzdem. Sie bemühte sich noch mehr als sonst, »normal« zu erscheinen, nur um zu beweisen, dass es nicht ihre Schuld und dass nicht *jeder in dieser Familie* verrückt war. Sie rieb die Schlammspritzer mit einem Papiertaschentuch sorgfältig ab.

Colm sah sie mit einem traurigen Lächeln an. »Sie ist verhaftet worden, Elizabeth.«

Elizabeth fuhr hoch. »Colm«, entgegnete sie schockiert. »Warum denn?« Das war noch nie vorgekommen. Bisher war Saoirse verwarnt und dann dort abgesetzt worden, wo sie eben gerade wohnte. Elizabeth wusste, dass das unprofessionell war, aber in einer Kleinstadt, wo jeder jeden kannte, hatten sie Saoirse einfach im Auge behalten und dafür gesorgt, dass sie nichts allzu Blödes anstellte. Aber jetzt hatte sie den Bogen anscheinend überspannt.

Nervös drehte Colm seine Garda-Mütze in den Händen. »Sie

40

ist betrunken Auto gefahren, Elizabeth, in einem gestohlenen Wagen, und sie hat nicht mal einen Führerschein.«

Bei seinen Worten bekam Elizabeth eine Gänsehaut. Saoirse war gefährlich. Warum fühlte sich Elizabeth immer noch verpflichtet, sie zu beschützen? Wann würde sie endlich begreifen und auch akzeptieren, dass ihre Schwester niemals ein Engel werden würde, sosehr sie, Elizabeth, sich das auch wünschte?

»Aber das Auto war nicht gestohlen«, stammelte Elizabeth. »Ich hab ihr gesagt, sie k…«

»Nicht, Elizabeth.« Colms Stimme klang fest.

Sie musste sich den Mund zuhalten. Schließlich holte sie tief Luft, versuchte, die Nachricht zu verdauen und sich wieder in den Griff zu bekommen. »Muss sie vor Gericht?«, fragte sie, ihre Stimme nur ein Flüstern.

Verlegen sah Colm zu Boden und schob mit der Fußspitze ein Steinchen herum. »Ja. Inzwischen gefährdet sie ja nicht mehr nur sich selbst, sondern auch andere.«

Elizabeth schluckte schwer und nickte. »Nur noch eine Chance, Colm«, stieß sie kloßig hervor, während sie merkte, wie ihr Stolz verpuffte. »Geben Sie ihr noch eine Chance … bitte.« Vor allem das letzte Wort tat weh. Mit jedem Knochen in ihrem Körper flehte sie ihn an. Elizabeth bat nie um Hilfe. »Ich werde auf sie aufpassen, das verspreche ich Ihnen, ich werde sie keine Minute aus den Augen lassen. Sie wird sich bessern, ganz bestimmt, sie braucht nur ein bisschen Zeit.« Elizabeth spürte, wie ihre Stimme zitterte. Mit puddingweichen Knien bettelte sie für ihre Schwester.

Aber Colm antwortete ein bisschen traurig: »Es ist zu spät. Wir können es jetzt nicht mehr ändern.«

»Was für eine Strafe wird man ihr aufbrummen?« Elizabeth war übel.

»Das hängt alles davon ab, welcher Richter an dem Tag die Verhandlungen führt. Es ist ihr erster Gesetzesverstoß, oder zumindest ihr erster, der bekannt geworden ist. Möglicherweise gibt es deshalb ein mildes Urteil, möglicherweise aber auch

41

nicht.« Er zuckte die Achseln und blickte auf seine Hände hinunter. »Und es hängt auch davon ab, was der Polizist sagt, der Saoirse verhaftet hat.«

»Warum?«

»Wenn sie sich kooperativ verhalten und keinen Ärger gemacht hat, könnte das positiv bewertet werden. Vielleicht …«

»Vielleicht aber auch nicht«, ergänzte Elizabeth mit besorgter Stimme. »Und? Hat sie sich kooperativ verhalten?«

Colm lachte leise. »Na ja, zwei Leute mussten sie festhalten.«

»Verdammt!«, fluchte Elizabeth. »Wer hat sie denn festgenommen?« Sie knabberte nervös an den Nägeln.

Nach einer kurzen Pause antwortete Colm: »Ich.«

Ihr blieb der Mund offen stehen. Colm hatte schon immer eine Schwäche für Saoirse gehabt, er stand auf ihrer Seite, und die Tatsache, dass er sie verhaftet hatte, machte Elizabeth sprachlos. Sie biss sich auf die Innenseite der Lippe, bis sie merkte, dass sie Blut im Mund hatte. Sie wollte nicht, dass die Leute, die bisher zu Saoirse gehalten hatten, sie jetzt aufgaben.

»Ich werde alles für sie tun, was ich kann«, versprach Colm leise. »Aber sorgen Sie möglichst dafür, dass Ihre Schwester bis zum Verhör in ein paar Wochen keinen Ärger mehr kriegt.«

Als Elizabeth merkte, dass sie die letzten Sekunden des Gesprächs die Luft angehalten hatte, atmete sie ruckartig aus. »Danke.« Mehr konnte sie nicht sagen. Obwohl sie sehr erleichtert war, wusste sie, dass sie keinen wirklichen Sieg errungen hatte. Diesmal konnte niemand ihre Schwester beschützen, sie würde sich den Konsequenzen ihres Handelns stellen müssen. Aber wie sollte sie Saoirse im Auge behalten, ohne zu wissen, wo sie überhaupt war? Bei ihr und Luke konnte sie nicht bleiben, dafür war sie viel zu unberechenbar, und ihr Vater hatte sie schon vor langer Zeit an die Luft gesetzt.

»Dann geh ich jetzt lieber mal«, sagte Colm leise, rückte seine Kappe auf dem Kopf zurecht und ging die kopfsteingepflasterte Auffahrt hinunter.

Elizabeth saß auf der Veranda, versuchte, ihre zittrigen Knie zu beruhigen, und starrte auf ihr schlammbespritztes Auto. Warum musste Saoirse alles kaputtmachen? Warum jagte ihre jüngere Schwester alle, die Elizabeth liebte, in die Flucht? Sie fühlte eine ungeheuerliche Last auf ihren Schultern. Was würde ihr Vater tun, wenn man Saoirse zu seiner Farm brachte? Nach spätestens fünf Minuten würde er Elizabeth anrufen und sich beschweren, da war sie ganz sicher.

In diesem Moment klingelte im Haus das Telefon, und ihr Herz wurde noch schwerer. Langsam stand sie auf und befreite sich von den Gedankenspinnweben, ehe sie sich umdrehte und ins Haus zurückging. Als sie an der Tür war, hatte das Klingeln aufgehört, und sie entdeckte Luke, der auf der Treppe saß und sich den Hörer ans Ohr drückte. Sie lehnte sich an den hölzernen Türrahmen, verschränkte die Arme und beobachtete ihn. Auf einmal merkte sie, wie sich ein kleines Lächeln auf ihrem Gesicht ausbreitete. Er wurde so schnell groß, und sie hatte das Gefühl, dass sie an diesem ganzen Prozess völlig unbeteiligt war – so, als hätte er ihre Hilfe überhaupt nicht nötig gehabt. Er kam auch ohne die Fürsorge zurecht, die zu geben ihr so schwer fiel. Sie wusste, dass sie in diesem Bereich ein Defizit hatte. Ihr fehlte dieses Gefühl, diese selbstverständliche Zuneigung. Manchmal mangelte es ihr überhaupt an Gefühlen, und jeden Tag wünschte sie sich von neuem, dass man ihr den Mutterinstinkt einfach mit den Dokumenten überreicht hätte, die sie damals unterschreiben musste. Wenn Luke hinfiel und sich das Knie aufschürfte, war ihre spontane Reaktion, die Wunde zu säubern und ein Pflaster draufzukleben. Für sie fühlte sich das ausreichend an, sie wäre sich komisch vorgekommen, wenn sie mit ihm im Zimmer herumgetanzt wäre, um seine Tränen zu stillen, oder wenn sie den bösen Boden geschlagen hätte, wie sie das einmal bei Edith gesehen hatte.

»Hallo, Granddad«, sagte Luke gerade ausgesucht höflich.

Dann lauschte er, während sein Großvater am anderen Ende der Leitung etwas sagte.

»Ich esse gerade mit Elizabeth und meinem neuen besten Freund Ivan.«

Pause.

»Eine Pizza mit Käse und Tomaten, aber Ivan mag auch noch Oliven drauf.«

Pause.

»Oliven, Granddad.«

Pause.

»Nein, ich glaube nicht, dass du die auf deiner Farm anbauen kannst.«

Pause.

»O-L-I-V-E-N«, buchstabierte er laut.

Pause.

»Moment mal, Granddad, mein Freund Ivan will mir was sagen.« Luke drückte den Hörer an die Brust, starrte in die Luft und konzentrierte sich. Schließlich hielt er sich den Hörer wieder ans Ohr. »Ivan sagt, die Olive ist eine kleine, ölige Frucht mit einem Kern in der Mitte. Sie wird in subtropischen Gegenden angebaut, sowohl wegen der Früchte als auch wegen dem Öl.« Wieder schaute er weg und schien zu lauschen. »Es gibt eine Menge verschiedener Olivenarten.« Er hörte auf zu reden, glotzte in die Ferne und wandte sich dann wieder dem Telefon zu. »Unreife Oliven sind immer grün, aber reife Oliven sind entweder grün oder schwarz.« Erneut sah er weg und lauschte. »Die meisten am Baum gereiften Oliven werden für Öl benutzt, der Rest wird in Lake oder Salz eingelegt und mit Olivenöl oder einer Salz- oder Essiglösung übergossen.« Er blickte in die Ferne und fragte: »Ivan, was ist Lake?« Einen Augenblick herrschte Stille, dann nickte er. »Ach so.«

Elizabeth zog die Augenbrauen hoch und lachte nervös vor sich hin. Seit wann war Luke Experte für Oliven? Vermutlich hatte er in der Schule etwas über sie gelernt, und er hatte ein gutes Gedächtnis für solche Dinge. Luke lauschte wieder ins Telefon. »Ja, Ivan freut sich auch schon darauf, dich kennen zu lernen.«

Elizabeth verdrehte die Augen und stürzte jetzt doch zu Luke, um ihm das Telefon zu entreißen, falls er noch mehr solches Zeug von sich gab. Ihr Vater war schon verwirrt genug, auch ohne dass man ihm die Existenz beziehungsweise Nicht-Existenz eines unsichtbaren Jungen erklären musste.

»Hallo«, rief sie in den Hörer.

»Elizabeth«, antwortete die strenge, förmliche Stimme mit dem singenden Kerry-Akzent. Luke schlurfte zurück in die Küche. Das Geräusch trieb Elizabeth schon wieder fast zur Weißglut. »Ich bin grade heimgekommen und habe deine Schwester auf dem Küchenfußboden vorgefunden«, fuhr ihr Vater fort. »Ich hab sie mit dem Stiefel angeschubst, aber ich kann nicht feststellen, ob sie lebt oder tot ist.«

»Das ist nicht witzig«, seufzte Elizabeth. »Außerdem ist meine Schwester auch deine Tochter, erinnerst du dich?«

»Ach, komm mir doch nicht damit«, wehrte er ab. »Ich will auch gar nicht wissen, was du in dieser Angelegenheit zu tun gedenkst. Hier kann sie jedenfalls nicht bleiben. Als sie das letzte Mal da war, hat sie die Hühner aus dem Hühnerstall gelassen, und ich hab den ganzen Tag gebraucht, um sie wieder einzufangen. Das geht einfach nicht mehr mit meinem Rücken und meiner Hüfte.«

»Ich weiß, aber hier kann sie auch nicht bleiben. Sie bringt Luke total durcheinander.«

»Der Junge weiß doch überhaupt nicht genug über sie, um durcheinander zu werden. Die halbe Zeit vergisst sie ja, dass sie ihn auf die Welt gebracht hat. Aber du kannst ihn nicht für dich allein beanspruchen, weißt du.«

Vor Wut biss Elizabeth sich auf die Zunge. *Die halbe Zeit* – das war sehr großzügig ausgelegt. »Sie kann nicht hierher kommen«, entgegnete sie wesentlich ruhiger, als sie sich fühlte. »Sie hat schon wieder mein Auto genommen, Colm hat es erst vor ein paar Minuten zurückgebracht. Diesmal ist die Sache wirklich ernst.« Sie holte tief Luft. »Man hat sie verhaftet.«

Eine Weile war ihr Vater ganz still, dann schnalzte er tadelnd

45

mit der Zunge. »Garantiert zu Recht. Die Erfahrung wird ihr nur gut tun.« Rasch wechselte er das Thema. »Warum arbeitest du heute eigentlich nicht? Nur am Sonntag sollen wir ruhen, sagt unser Herr.«

»Na, das ist doch genau der Punkt. Heute war für mich ein sehr wichtiger Tag bei der Ar…«

»Tja, deine Schwester ist offensichtlich ins Land der Lebenden zurückgekehrt und versucht grade wieder mal, die Kühe auf der Weide umzuwerfen. Sag Luke, er soll am Montag mit seinem neuen Freund vorbeikommen. Dann zeigen wir ihm die Farm.«

Ein Klicken, und die Leitung war tot. Verbindlichkeiten wie *Hallo* und *Auf Wiedersehen* gehörten nicht zu Brendans Repertoire, und er hielt Handys immer noch für eine futuristische Alien-Technologie, die nur erdacht worden war, um die menschliche Rasse zu verwirren.

Resigniert legte Elizabeth auf und ging zurück in die Küche. Luke saß allein am Küchentisch, hielt sich den Bauch und lachte hysterisch. Sie setzte sich an ihren Platz und aß weiter ihren Salat. Sie gehörte nicht zu den Leuten, die sich wirklich fürs Essen interessieren; sie aß nur, weil es notwendig war. Lange Dinnerabende langweilten sie und sie hatte auch nie viel Appetit. Wie sollte sie auch stillsitzen und das Essen genießen, wenn sie vollauf damit beschäftigt war, sich Sorgen zu machen? Als sie jedoch einen Blick auf den Teller direkt vor ihr warf, war dieser zu ihrer Überraschung leer.

»Luke?«

Luke unterbrach sein Selbstgespräch und sah sie an. »Was'n?«

»*Ja, bitte*?«, korrigierte sie ihn. »Was ist mit dem zweiten Stück Pizza passiert, das auf dem anderen Teller lag?«

Luke blickte von dem leeren Teller und zu Elizabeth, als überlege er, ob sie nicht ganz richtig im Kopf war. Genüsslich nahm er einen großen Bissen von seiner eigenen Pizza und erklärte kauend: »Das hat Ivan gegessen.«

»Man spricht nicht mit vollem Mund«, ermahnte sie ihn.

Er spuckte den angekauten Bissen auf den Teller und wiederholte: »Das hat Ivan gegessen.« Angesichts der Matsche, die vor ihm auf dem Teller lag und vorher in seinem Mund gewesen war, begann er wieder hysterisch zu lachen.

Allmählich bekam Elizabeth Kopfweh. Was war bloß in den Jungen gefahren? »Und die Oliven?«

Da Luke ihren Ärger spürte, kaute und schluckte er ordentlich, ehe er antwortete: »Die hat er auch gegessen. Ich hab dir doch gesagt, dass er Oliven am liebsten mag. Granddad wollte wissen, ob er Oliven auf der Farm anbauen kann«, fügte er hinzu und grinste so breit, dass man das Zahnfleisch sah.

Elizabeth erwiderte sein Lächeln. Ihr Vater hätte eine Olive nicht mal erkannt, wenn sich ihm eine persönlich vorgestellt hätte. Er mochte das ganze »moderne Zeug« nicht. Reis war so ungefähr das Exotischste, worauf er sich einließ, und selbst dann beschwerte er sich, dass die Körner zu klein waren und er lieber »'ne krümlige Kartoffel« gegessen hätte.

Seufzend kratzte Elizabeth den Rest ihres Essens vom Teller in den Mülleimer, vergewisserte sich dabei aber, ob Luke nicht doch gemogelt und das andere Stück Pizza samt den Oliven in der Tonne hatte verschwinden lassen. Nichts dergleichen. Normalerweise hatte Luke nicht viel Appetit und schaffte so ein großes Stück Pizza nur mit Mühe – von zweien ganz zu schweigen. Vermutlich würde sie es in ein paar Wochen verschimmelt ganz hinten in irgendeinem Schrank finden. Aber wenn er sich das zweite Stück tatsächlich reingewürgt hatte, würde er die ganze Nacht brechen, und Elizabeth würde die Sauerei wegmachen müssen. Wieder einmal.

»Danke, Elizabeth.«

»Gern geschehen, Luke.«

»Häh?«, sagte Luke und streckte den Kopf in die Küche.

»Luke, ich hab dir doch wirklich oft genug gesagt, das heißt *Wie bitte* und nicht *Häh*.«

»Wie bitte?«

»Ich hab gesagt, gern geschehen.«

»Aber ich hab doch noch gar nicht danke gesagt.«

Elizabeth packte das Geschirr in die Geschirrspülmaschine, streckte den Rücken und rieb sich ihr schmerzendes Kreuz. »Doch, das hast du. ›Danke, Elizabeth‹, hast du gesagt.«

»Nein, hab ich nicht«, entgegnete Luke und runzelte die Stirn.

»Luke«, meinte Elizabeth streng und runzelte ebenfalls die Stirn. »Luke, hör auf mit diesem Spielchen, wir hatten unseren Spaß beim Essen, aber jetzt ist Schluss damit. Okay?«

»Nein. Es war Ivan, der sich bedankt hat«, erwiderte er ärgerlich.

Ein Schauer lief ihr über den Rücken. Sie fand das alles überhaupt nicht komisch. Genervt donnerte sie die Tür der Spülmaschine zu, ohne ihren Neffen einer Antwort zu würdigen. Konnte er denn nicht wenigstens dieses eine Mal keine Schwierigkeiten machen?

Mit einer Tasse Espresso in der Hand rauschte Elizabeth an Ivan vorbei, und der Duft von Parfüm und Kaffee stieg ihm in die Nase. Als sie am Küchentisch Platz nahm, sanken sofort ihre Schultern nach vorn, und sie stützte den Kopf in die Hände.

»Ivan, jetzt komm doch endlich!«, rief Luke ungeduldig aus dem Spielzimmer. »Du darfst diesmal auch The Rock sein, wenn du möchtest!«

Elizabeth stöhnte leise.

Aber Ivan konnte sich nicht von der Stelle rühren. Seine blauen Converse-Joggingschuhe waren wie auf dem Marmorboden festgewachsen.

Elizabeth hatte gehört, wie er Danke gesagt hatte! Daran bestand kein Zweifel.

Ein paar Minuten ging er langsam um sie herum und beobachtete aufmerksam, ob sie auf seine Anwesenheit reagierte. Schließlich schnippte er direkt neben ihrem Ohr mit den Fingern, sprang zurück und wartete, ob etwas passierte.

Nichts. Er klatschte in die Hände. Er stampfte mit den Füßen. Überall in der großen Küche gab es ein Echo, aber Elizabeth blieb reglos sitzen, den Kopf in den Händen. Keine Anzeichen einer Reaktion.

Aber sie hatte gesagt: »Gern geschehen.« Nach all seinen Versuchen, um sie herum Lärm zu veranstalten, nahm er verwirrt zur Kenntnis, wie sehr es ihn enttäuschte, dass sie seine Gegenwart nicht spürte. Sie war doch nur ein Elternteil, und wen kümmerte es, was Eltern dachten? Er stand hinter ihr, starrte auf ihren Kopf herab und überlegte, was er als Nächstes probieren sollte. Schließlich seufzte er, laut und tief.

Sofort richtete sich Elizabeth auf, schauderte und zog den Reißverschluss ihrer Joggingjacke hoch.

Und da *wusste* er, dass sie seinen Atem gespürt hatte.

Vier

Elizabeth schlang ihren Bademantel fester um sich und band den Gürtel zu. Dann setzte sie sich mit untergeschlagenen Beinen in ihren riesigen Ohrensessel im Wohnzimmer. Ihre nassen Haare waren auf den Kopf getürmt und mit einem Handtuch umwickelt, ihre Haut duftete fruchtig nach Maracuja-Schaumbad. Mit beiden Händen hielt sie sich an einer frischen Tasse Kaffee mit einem Spritzer Sahne fest und starrte auf den Fernseher. Es lief eine Einrichtungssendung, die sie mochte, und wie immer erfüllte es sie mit Begeisterung zuzusehen, wie sich selbst die verwahrlosesten Zimmer in ein kultiviertes, elegantes Heim verwandeln ließen.

Schon als Kind hatte sie für ihr Leben gern alles verschönert, was ihr in die Finger kam. Wenn sie auf ihre Mutter wartete, dann vertrieb sie sich die Zeit, indem sie den Küchentisch mit Gänseblümchen schmückte, Glitzerstaub auf die Fußmatte streute – was dazu führte, dass sich über die glanzlosen Steinböden des Farmhauses ein schimmernder Pfad schlängelte –, die Bilderrahmen mit frischen Blumen dekorierte und Blütenblätter auf den Laken verteilte. Sie vermutete, dass diese Vorliebe auf ihren Charakter zurückzuführen war, auf ihre Verbesserungswut, darauf, dass sie sich nie mit dem zufrieden gab, was sie hatte.

Außerdem nahm sie an, dass es wahrscheinlich ein kindlicher Versuch war, ihre Mutter zum Bleiben zu bewegen. Elizabeth erinnerte sich noch genau, dass sie sich immer gesagt hatte, je hübscher das Haus ist, desto länger bleibt meine Mutter da. Aber die

Gänseblümchen wurden nie länger als fünf Minuten bewundert, der Glitzerstaub auf der Fußmatte war schnell zertrampelt und vom Winde verweht, die Blumen an den Bilderrahmen überlebten nicht lange ohne Wasser, und die Blütenblätter landeten auf dem Boden, da ihre Mutter einen extrem unruhigen Schlaf hatte. Doch kaum war ein Versuch gescheitert, schon dachte Elizabeth sich etwas anderes aus, etwas, das die Aufmerksamkeit ihrer Mutter diesmal hundertprozentig fesseln und nicht nur für fünf Minuten in den Bann schlagen würde, etwas, das sie aus lauter Liebe nie wieder verlassen konnte. Nie kam Elizabeth der Gedanke in den Sinn, dass sie selbst, als die Tochter ihrer Mutter, dieses Etwas hätte sein sollen.

Als sie älter wurde, wurde es ihr immer wichtiger, die den Dingen innewohnende Schönheit zur Geltung zu bringen. Im alten Farmhaus ihres Vaters bekam sie darin viel Übung. Heute liebte sie die Tage bei der Arbeit, an denen sie die Chance hatte, einen alten Kamin zu restaurieren oder einen alten Teppichboden herauszureißen, unter dem der wunderschöne alte Holzfußboden zum Vorschein kam. Sogar in ihrem eigenen Haus veränderte sie ständig etwas, arrangierte und korrigierte. Sie strebte nach Perfektion. Sie setzte sich gerne Ziele, manchmal auch unmögliche, um ihrem Herzen zu beweisen, dass unter allem scheinbar Hässlichen etwas Schönes darauf wartete, entdeckt zu werden.

Sie liebte ihre Arbeit, liebte die Befriedigung, die sie ihr verschaffte, und bei all den neuen Entwicklungen in Baile na gCroíthe und in den Städtchen der Umgebung konnte sie sich damit ihren Lebensunterhalt recht gut verdienen. Wenn etwas neu gestaltet werden sollte, dann heuerte man Elizabeths Firma an. Sie glaubte fest daran, dass gutes Design für ein besseres Leben sorgte. Ansprechende, komfortable und doch funktionelle Räume – das war es, was ihr gefiel.

In ihrem Wohnzimmer waren weiche Farben und Texturen das Thema, Wildlederkissen und flauschige Teppiche. Elizabeth liebte es, ihre Sachen anzufassen. Die zarten Kaffee- und Cremetöne erfüllten den gleichen Zweck wie der Becher in ihrer Hand und halfen ihr, einen klaren Kopf zu bekommen. In einer Welt, in der Chaos und Unordnung regierten, brauchte sie ein friedliches Zuhause, um seelisch gesund zu bleiben. Es war ihre Zuflucht, ihr Nest, wo sie sich vor den Problemen der Welt jenseits ihrer Haustür verstecken konnte. Wenigstens hier hatte sie die Kontrolle. Sie brauchte nur die Menschen hereinzulassen, die sie hereinlassen wollte, sie konnte entscheiden, wie lange jemand blieb und wo er sich aufhalten durfte. Ein Haus war zum Glück etwas ganz anderes als ein Herz, das die Menschen zu sich einlud, ohne vorher um Erlaubnis zu fragen, das ihnen ein besonderes Plätzchen einräumte, ob man wollte oder nicht, und das sich auch noch nach ihnen sehnte, wenn sie nicht da waren. Nein, die Gäste in Elizabeths Haus kamen und gingen auf ihr Kommando. Und sie entschied, dass sie wegbleiben sollten.

Das Meeting am Freitag war lebenswichtig gewesen. Wochenlang hatte sie es geplant, ihr Portfolio auf den neuesten Stand gebracht, eine Präsentation vorbereitet, Zeitschriftenausschnitte und Zeitungsartikel über all ihre Projekte zusammengestellt. Ihr ganzes Lebenswerk hatte sie in diesem Ordner zusammengefasst, denn sie wollte den Auftrag unbedingt. Ein alter Wachturm sollte abgerissen werden und einem Hotel Platz machen. Zu Zeiten der Wikingerangriffe hatten die Wächter der kleinen Stadt vom Turm aus heranrückende Truppen erspähen können, aber Elizabeths Ansicht nach erfüllte er heutzutage keinen Zweck mehr, denn er war weder pittoresk noch von historischem Interesse. Wenn die voll besetzten Touristenbusse durch Baile na gCroíthe fuhren, wurde der Turm nie erwähnt. Niemand war stolz auf ihn, niemand fand ihn sehenswert. Eigentlich war er nur ein hässlicher, verwahrloster Steinhaufen, der tagsüber die Teenager des Dorfs beherbergte und nachts die Säufer – unter anderem auch Saoirse.

Aber einige Stadtbewohner hatten sich gegen den Bau des Hotels gewehrt und behauptet, der Turm bewahre in seinen Mauern irgendein mystisches, romantisches Geheimnis, und es begann die Legende zu kursieren, wenn das Gebäude abgerissen würde, würde man hier für immer die Liebe verlieren. Natürlich erweckte dieses Gerücht das Interesse von Boulevardpresse und TV-Magazinen, und schließlich sahen die Bauherren eine viel größere Goldmine winken, als sie zuvor erwartet hatten. Sie beschlossen, den Turm zu seiner angeblichen früheren Pracht zu restaurieren, ihn zum historischen Kernstück ihres Gebäudekomplexes zu machen und so die Liebe in der Stadt der Herzen am Leben zu erhalten. Auf einmal gab es von Anhängern der Idee überall aus dem Land jede Menge Interesse und die Leute brannten geradezu darauf, in dem Hotel zu übernachten und die Nähe des von der Liebe gesegneten Turms zu genießen.

Elizabeth dagegen hätte den Abrissbagger gern persönlich gefahren. Sie fand die Geschichte lächerlich – ein Märchen, erschaffen von einer Stadt, in der man Angst vor Veränderungen hatte und deshalb den nutzlosen Turm behalten wollte. Man hatte sich eine Geschichte aus den Fingern gesogen für Touristen und Träumer. Andererseits konnte sie natürlich nicht abstreiten, dass das Projekt für sie ideal war. Sicher, es war nur ein kleines Hotel, aber es würde für die Menschen von Hartstown Arbeitsplätze schaffen. Und was noch besser war – das Grundstück lag nur ein paar Minuten von ihrem Haus entfernt, sodass sie nicht lange weg sein würde und sich um Luke keine Sorgen machen musste.

Vor Lukes Geburt war Elizabeth viel gereist. Sie hatte nie mehr als ein paar Wochen am Stück in Baile na gCroíthe verbracht und ihre Mobilität geliebt, die Freiheit, in verschiedenen Ländern an Projekten zu arbeiten. Ihr letztes Großprojekt hatte sie nach New York geführt, aber als Luke auf die Welt kam, war mit all dem Schluss. Elizabeth konnte nicht mehr im ganzen Land ihrer Arbeit nachgehen, geschweige denn in aller Welt. Es war schwer gewesen, ihr Geschäft in Baile na gCroíthe aufzubauen und sich nebenbei wieder an ein Leben mit Kind zu gewöhnen. Ihr blieb keine andere Wahl, als Edith einzustellen, denn ihr Vater war nicht bereit, sie zu unterstützen, und Saoirse konnte man direkt vergessen. Jetzt, wo Luke älter wurde und sich gerade in der Schule gut eingewöhnt hatte, merkte Elizabeth, dass es immer schwieriger wurde, innerhalb einer vernünftigen Pendlerdistanz noch Arbeit zu finden. Der Bauboom in Baile na gCroíthe würde irgendwann ein Ende haben, und sie machte sich ständig Sorgen, dass die Angebote ganz versiegen würden.

Es hätte nie passieren dürfen, dass sie am Freitag das Meeting verlassen musste. Niemand in ihrem Büro konnte ihre Kompetenz als Innenarchitektin besser verkaufen als sie selbst. Ihre Mannschaft bestand aus der Empfangsdame Becca und aus Poppy. Becca war eine extrem schüchterne Siebzehnjährige, die ihr Berufspraktikum bei Elizabeth gemacht und sich dann entschlossen hatte, nicht wieder in die Schule zurückzugehen. Sie arbeitete sehr gewissenhaft und war ein stiller Mensch, was Elizabeth gut gefiel. Als Saoirse – der Elizabeth einen Halbtagsjob in ihrem Büro gegeben hatte – sie im Stich ließ, stellte sie Becca fest ein. Natürlich war Saoirse nicht einfach so gegangen, sondern hatte ein unbeschreibliches Chaos hinterlassen, und Elizabeth brauchte jemanden, der das, was ihre Schwester vergeigt hatte, in Ordnung brachte. Wieder einmal. Sie hatte Saoirse zu helfen versucht, mit dem Erfolg, dass diese nur noch tiefer im Dreck landete als zuvor.

Dann war da noch die fünfundzwanzigjährige Poppy, die gerade ihren Abschluss an der Kunsthochschule gemacht hatte, voller unmöglicher kreativer Ideen steckte und die Welt gern in einer Farbe angestrichen hätte, die sie noch erfinden musste. Im Büro waren sie also zu dritt, aber Elizabeth nahm oft auch die Dienste von Mrs. Bracken in Anspruch, die in der Stadt ihre eigene Polsterei betrieb, achtundsechzig Jahre alt war und ein Genie mit Nadel und Faden. Sie war eine unglaubliche Brummbärin und bestand darauf, *Mrs. Bracken* und auf keinen Fall Gwen genannt zu werden, aus Respekt vor ihrem geliebten verstorbenen

Mr. Bracken, der vermutlich nie einen Vornamen gehabt hatte. Schließlich gab es noch Harry, zweiundfünfzig, der alles konnte – ganz egal, ob man ihn zum Bilderaufhängen brauchte oder weil irgendwo neue Leitungen gelegt werden mussten. Allerdings fiel es ihm extrem schwer zu verstehen, dass eine Frau unverheiratet blieb und Karriere machte, und erst recht, dass eine unverheiratete Frau Karriere machte und für ein Kind sorgte, das nicht mal ihr eigenes war. Je nach dem Budget, das Elizabeths Auftraggeber zur Verfügung hatten, beschäftigte sie noch Maler und Ausstatter, aber am liebsten erledigte sie alles selbst. Sie genoss es, die Transformation mit eigenen Augen zu verfolgen, und es gehörte einfach zu ihrer Natur, dass sie Dinge gern eigenhändig in Ordnung brachte.

Dass Saoirse an diesem Morgen in Elizabeths Haus aufgetaucht war, war durchaus nicht ungewöhnlich. Sie kam oft betrunken an, wütete herum und wollte alles mitnehmen, was sie in die Finger bekam – jedenfalls alles, was sich zu Geld machen ließ, und das schloss Luke natürlich von vornherein aus. Inzwischen wusste Elizabeth nicht mehr, ob sie nur von Alkohol abhängig war, denn es war lange her, dass sich die beiden Schwestern richtig unterhalten hatten. Seit Saoirse vierzehn war, versuchte Elizabeth ihr zu helfen. Damals hatte sie angefangen, in eine andere Welt abzudriften – als hätte jemand in ihrem Kopf einen Schalter umgelegt. Elizabeth hatte sie zum Psychologen, zu diversen Ärzten und in alle möglichen Rehabilitationseinrichtungen geschickt, sie hatte ihr Geld gegeben, ihr Jobs gesucht, sie selbst eingestellt, sie hatte sie bei sich wohnen lassen und Wohnungen für sie gemietet. Elizabeth hatte versucht, Saoirses Freundin zu sein, ihre Feindin, hatte mit ihr gelacht und sie angeschrien, aber nichts funktionierte. Sie fand einfach keinen Kontakt mehr zu Saoirse, denn Saoirse lebte in einer Welt, in der kein anderer Mensch eine Rolle spielte.

Immer wieder dachte Elizabeth daran, wie ironisch der Name ihrer Schwester war. Saoirse war nicht frei. Vielleicht glaubte sie es, denn sie kam und ging ja, wie es ihr gefiel, sie fühlte sich niemandem und nichts verpflichtet, sie hatte keine Bindungen. Aber sie war nicht frei, sie war die Sklavin ihrer Süchte. Aber das sah sie nicht, und Elizabeth konnte es ihr auch nicht klarmachen. Zwar brachte sie es nicht fertig, ihrer Schwester ganz den Rücken zu kehren, aber sie hatte keine Energie mehr, keine Ideen, und sie glaubte auch nicht mehr daran, dass Saoirse sich ändern würde. Elizabeth hatte Liebhaber und Freunde verloren, weil sie es nicht mehr mit ansehen konnten, wie Elizabeth immer und immer wieder von Saoirse ausgenutzt wurde. Trotzdem fühlte sie sich nicht als Opfer. Sie hatte die Kontrolle. Sie wusste, was und warum sie tat, was sie tat, und sie weigerte sich hartnäckig, ein Mitglied ihrer Familie im Stich zu lassen. Sie würde sich nicht benehmen wie ihre Mutter, niemals. Nicht umsonst hatte sie sich ihr Leben lang bemüht, nicht so zu sein wie ihre Mutter.

Jetzt drückte sie hastig auf die Fernbedienung, das Gerät verstummte, und es wurde still im Raum. Lauschend legte Elizabeth den Kopf schief. Hatte sie da nicht wieder etwas gehört? Nachdem sie sich im Zimmer umgesehen und sich vergewissert hatte, dass alles so war, wie es sein sollte, schaltete sie den Ton wieder ein.

Da war es wieder.

Sie stellte den Fernseher wieder auf lautlos und stand aus ihrem Sessel auf.

Es war Viertel nach zehn und immer noch nicht ganz dunkel, auch wenn man im Garten nur noch Schatten und Formen erkennen konnte. Rasch zog sie die Vorhänge zu und fühlte sich in ihrem creme- und beigefarbenen Kokon gleich viel sicherer. Sie kuschelte sich wieder in den Bademantel, ging zurück zum Sessel, setzte sich und schlang schützend die Arme um die Knie. Die cremefarbene Couch starrte sie an. Elizabeth schauderte, stellte den Fernseher noch lauter als vorher und trank einen großen Schluck Kaffee. Die samtige Flüssigkeit rann durch ihre Kehle und wärmte ihr Inneres. So startete sie einen neuerlichen Versuch, sich von der Fernsehwelt einlullen zu lassen.

Den ganzen Tag fühlte sie sich schon seltsam. Ihr Vater sagte immer, wenn man eine Gänsehaut bekam, würde grade jemand über das eigene Grab gehen. Zwar glaubte Elizabeth nicht an solches Zeug, aber trotzdem drehte sie den Kopf jetzt ganz bewusst von der Dreisitzer-Ledercouch weg, starrte auf den Bildschirm und versuchte, das Gefühl abzuschütteln, dass ein Augenpaar sie unablässig beobachtete.

Ivan sah zu, wie sie den Fernseher wieder auf stumm schaltete, ihre Kaffeetasse hastig auf dem Tischchen neben sich abstellte und aus dem Sessel hüpfte, als hätte eine Nadel sie in den Hintern gepiekt. Da geht es wieder los, dachte er. Mit weit aufgerissenen Augen sah sie sich im Zimmer um. Ivan machte sich bereit und rutschte ganz an den Rand der Couch. Seine Jeans rieben mit einem quietschenden Geräusch über das Leder.

Elizabeth zuckte zusammen und wandte das Gesicht zur Couch.

Dann holte sie den schwarzen eisernen Schürhaken von dem großen Marmorkamin und umklammerte ihn so fest, dass ihre Fingerknöchel weiß wurden. Auf Zehenspitzen schlich sie durchs Zimmer, die Augen voller Angst. Wieder quietschten Ivans Jeans auf dem Leder, und prompt stürzte Elizabeth zur Couch. Ivan sprang auf und brachte sich in Sicherheit.

Aus seinem Versteck hinter dem Vorhang sah er zu, wie sie die Kissen von der Couch zerrte und dabei etwas von Mäusen vor sich hin murmelte. Nachdem sie die Couch zehn Minuten lang erfolglos durchsucht hatte, legte sie die Kissen wieder zurück und brachte die Couch in ihren ursprünglichen makellosen Zustand.

Ziemlich verunsichert nahm Elizabeth ihre Kaffeetasse wieder in die Hand und ging in die Küche. Ivan folgte ihr so dicht auf den Fersen, dass ihn ihre Haarsträhnen im Gesicht kitzelten. Sie rochen nach Kokos, und ihre Haut duftete zitronig.

Er verstand selbst nicht, was ihn an ihr so faszinierte. Seit dem Mittagessen am Freitag beobachtete er sie. Luke hatte ihn zu immer neuen Spielen gerufen, aber eigentlich interessierte Elizabeth ihn mehr. Erst nur deshalb, weil er herausfinden wollte, ob sie ihn wieder hören oder spüren würde, aber nach ein paar Stunden war er regelrecht von ihr fasziniert. Sie war zwanghaft ordentlich. Um das Zimmer verlassen und beispielsweise ans Telefon oder zur Haustür gehen zu können, musste sie sich erst vergewissern, dass alles aufgeräumt und blitzsauber war. Sie trank eine Menge Kaffee, starrte gern in den Garten hinaus, zupfte ständig imaginäre Fusseln von fast jeder erdenklichen Oberfläche und grübelte unglaublich viel. Das sah man an ihrem Gesicht. Vor lauter Nachdenken bekam sie Falten auf der Stirn, und manchmal wirkte sie, als würde sie sich mit Leuten in ihrem Kopf unterhalten. Nach den Aktivitäten auf ihrer Stirn zu urteilen, verwandelten sich diese Unterhaltungen meist in heftige Debatten.

Ihm fiel auch auf, dass sie immer von Stille umgeben war. Keine Musik oder sonstigen Geräusche im Hintergrund, wie das bei den meisten Menschen der Fall war – ein plärrendes Radio, ein offenes Fenster, durch das mit Vogelgezwitscher und Rasenmäherlärm der Sommer hereindrang. Luke und sie sprachen wenig miteinander, und wenn, dann gab sie ihm meistens Anweisungen oder er fragte wegen etwas um Erlaubnis. Nichts wirklich Spaßiges. Das Telefon klingelte selten, Besuch kam überhaupt nie. Es war beinahe, als füllten die Gespräche in ihrem Kopf die Stille aus.

Freitag und Samstag verbrachte Ivan damit, ihr zu folgen. Abends saß er auf der cremefarbenen Couch und sah zu, wie sie sich die einzige Sendung im Fernsehen ansah, die ihr zu gefallen schien. Sie lachten beide an den gleichen Stellen, stöhnten an den gleichen Stellen und schienen überhaupt völlig im Einklang miteinander zu sein. Abgesehen davon, dass Elizabeth nicht wusste, dass er da war. In der vorigen Nacht hatte er ihr beim Schlafen zugesehen. Sie war ruhelos gewesen und hatte insgesamt höchstens drei Stunden geschlafen. Die übrige Zeit hatte sie ein Buch gelesen, es nach fünf Minuten wieder weggelegt, ins Leere gestarrt, das Buch wieder hochgenommen, ein paar Seiten gelesen, die gleichen Seiten noch einmal überflogen, das Buch wieder sinken lassen, die Augen geschlossen, sie wieder aufgemacht, die Deckenlampe angeknipst, ein paar Skizzen von Möbeln und Räumen angefertigt, mit Farben und Schattierungen und Material experimentiert, das Licht wieder ausgeschaltet.

Ivan hatte in dem Korbsessel in der Zimmerecke gesessen und war schon vom Zuschauen müde geworden. Die Tatsache, dass Elizabeth ständig Ausflüge in die Küche unternahm, um frischen Kaffee zu holen, hatte ihr beim Einschlafen wahrscheinlich nicht geholfen. Trotzdem war sie am Sonntagmorgen schon früh auf, um aufzuräumen, den Staubsauger zu schwingen und ihre makellose Wohnung noch makelloser zu machen. So verbrachte sie den ganzen Vormittag, während Ivan mit Luke im Garten Fangen spielte. Als Elizabeth mitkriegte, wie Luke im Garten herumwetzte und jauchzte, obwohl er doch ganz allein war, regte sie sich ordentlich auf. Dann setzte sie sich zu ihnen an den Küchentisch, sah zu, wie Luke Karten spielte, schüttelte den Kopf und machte ein sorgenvolles Gesicht, als er eine Runde Schnippschnapp gegen sich selbst verlor.

Als Luke um neun ins Bett ging, las ihm Ivan die Geschichte von Tom Thumb besonders schnell vor und lief dann wieder zu Elizabeth, um sie weiter zu beobachten. Er spürte, wie sie mit jedem Tag nervöser wurde.

Sie wusch ihre Kaffeetasse aus, damit sie bereits sauber war, wenn sie sie in die Spülmaschine stellte. Dann trocknete sie die nasse Spüle mit einem Lappen ab und warf den Lappen in den Wäschekorb im Hauswirtschaftsraum. Unterwegs klaubte sie noch ein paar unsichtbare Fusseln von diversen Gegenständen, tupfte Krümel vom Boden, drehte sämtliche Lichter ab und begann dann die gleiche Prozedur im Wohnzimmer. Die letzten beiden Abende hatte sie haargenau das Gleiche getan.

Aber ehe sie diesmal das Wohnzimmer verließ, hielt sie abrupt inne, sodass Ivan beinahe in sie hineingelaufen wäre. Sein Herz klopfte wie wild. Hatte sie ihn bemerkt?

Langsam drehte sie sich um.

Er zupfte sein Hemd zurecht, um präsentabel auszusehen.

Als sie ihm gegenüberstand, fing sie an zu lächeln. »Hi«, sagte er und fühlte sich schrecklich unbehaglich.

Müde rieb sie sich die Augen und machte sie dann wieder weit auf. »Ach, Elizabeth, du wirst verrückt«, flüsterte sie. Dann biss sie sich auf die Lippe und ging auf Ivan los.

Fünf

In diesem Augenblick wusste Elizabeth, dass sie dabei war, den Verstand zu verlieren. So war es bei ihrer Schwester und ihrer Mutter gewesen, und jetzt war sie an der Reihe. Die letzten Tage hatte sie sich total unsicher gefühlt, so, als würde jemand sie beobachten. Sie hatte die Türen verriegelt, die Vorhänge zugezogen, die Alarmanlage angestellt. Das hätte eigentlich genügen müssen, aber jetzt würde sie noch einen Schritt weitergehen.

Sie rannte durchs Wohnzimmer, direkt auf den Kamin zu, packte den eisernen Schürhaken, verließ das Wohnzimmer, schloss die Tür ab und ging die Treppe hinauf. Dann betrachtete sie den Schürhaken auf der Kommode, verdrehte die Augen und knipste das Licht an. Sie wurde verrückt, kein Zweifel.

Ivan kam hinter der Couch hervor und sah sich im Wohnzimmer um. Er war hierher geflohen, weil er gedacht hatte, Elizabeth wollte mit dem Schürhaken auf ihn losgehen. Nachdem sie hinausgestürmt war, hörte er, wie sie die Tür abschloss. Er stieß einen tiefen Seufzer aus, denn er hatte sich noch nie so enttäuscht gefühlt. Sie hatte ihn immer noch nicht gesehen.

Ich bin kein Zauberwesen, dass das mal klar ist. Ich kann mich nicht unsichtbar machen und dann oben auf dem Bücherregal wieder auftauchen. Ich wohne nicht in einer Lampe, habe keine komischen kleinen Ohren, keine großen haarigen Füße und auch keine Flügel. Ich tausche keine Milchzähne gegen Münzen aus, lege keine Geschenke unter einen Baum und verstecke auch keine Schokoladeneier. Ich kann nicht fliegen, keine Hausmauern hinaufklettern und auch nicht schneller rennen als der Blitz.

Und ich kann auch keine Türen öffnen.

Das muss jemand für mich machen. Wenn Kinder in der Öffentlichkeit für mich eine Tür öffnen, finden die Erwachsenen das urkomisch und furchtbar peinlich. Dabei lache ich doch auch nicht, wenn ein Erwachsener nicht auf einen Baum klettern oder das Alphabet rückwärts aufsagen kann, weil ihm das körperlich unmöglich ist. Deshalb ist er ja noch lange kein Monstrum.

Daher hätte Elizabeth auch nicht die Wohnzimmertür abschließen müssen, als sie an diesem Abend ins Bett ging, weil ich sie sowieso nicht aufgekriegt hätte. Wie gesagt, ich bin kein Superheld, ich kann nicht durch Wände gucken oder Waldbrände mit einem einzigen Atemzug ausblasen. Meine besondere Fähigkeit ist die Freundschaft. Ich höre den Menschen zu, ich höre, was sie sagen. Ich höre ihren Ton, die Worte, mit denen sie sich ausdrücken, vor allem aber höre ich, was sie *nicht* sagen.

In dieser Nacht konnte ich nichts anderes tun als über meinen neuen Freund Luke nachdenken. Das muss ich gelegentlich. Ich mache mir Notizen im Kopf, damit ich später meinen Bericht bei der Verwaltung abgeben kann. Das kommt nämlich alles in die Akten, damit andere daraus lernen können. Schließlich kriegen wir ständig Neue, und wenn ich grade mal eine Pause zwischen zwei Freunden habe, dann unterrichte ich.

Ich musste darüber nachdenken, warum ich hier war. Warum wollte Luke mich sehen? Was hatte er von meiner Freundschaft? Unser Unternehmen läuft sehr professionell; wir müssen immer einen kurzen Lebenslauf unserer Freunde zur Verfügung stellen und dann unsere Absichten und Ziele auflisten. Sonst kann ich das Problem immer gleich identifizieren, aber das jetzige Szenario brachte mich ein bisschen durcheinander. Wissen Sie, ich war noch nie mit einem Erwachsenen befreundet. Jeder, der schon mal einem Erwachsenen begegnet ist, wird wissen, warum. Man hat keinen Spaß mit ihnen, sie halten sich rigide an Stundenpläne und Termine, sie konzentrieren sich auf die unwichtigsten Dinge, die man sich vorstellen kann, Hypotheken und Kontoauszüge und so was, wo doch jeder weiß, dass man richtig Spaß eigentlich nur mit Menschen haben kann. Aber bei den Erwachsenen geht es immer nur um die Arbeit und nie ums Vergnügen, und obwohl ich auch hart arbeite, ist Spielen trotzdem meine Lieblingsbeschäftigung.

Nehmen wir zum Beispiel Elizabeth: Sie liegt im Bett und macht sich Sorgen um die Steuer und um die Telefonrechnungen, um Babysitter und Wandfarbe. Wenn man eine Wand aus irgendwelchen Gründen nicht in »Magnolie« streichen kann, dann gibt es immer noch eine Million anderer Farben, wenn man die Telefonrechnung nicht bezahlen kann, dann schreibt man eben einen Brief, in dem man alles erklärt. Die Menschen vergessen so leicht, dass sie immer viele verschiedene Möglichkeiten haben. Und sie vergessen, dass solche Sachen auch gar nicht so wichtig sind. Sie sollten sich auf das konzentrieren, was sie haben, statt auf das, was sie nicht haben. Aber ich schweife schon wieder von meiner Geschichte ab.

In der Nacht, als ich im Wohnzimmer eingeschlossen war, machte ich mir ein bisschen Sorgen über meinen Job. Es war das erste Mal, dass mir das passierte. Ich machte mir Sorgen, weil ich mir nicht erklären konnte, warum ich hier war. Luke hatte eine schwierige familiäre Situation, aber das war normal, und ich konnte sehen, dass er sich trotzdem geliebt fühlte. Er war glücklich, er spielte gern, er konnte nachts gut schlafen, er aß sein Essen, hatte einen netten Freund namens Sam, und wenn er sprach, dann hörte ich zu und lauschte und horchte, um die Worte zu erwischen, die er nicht sagte, aber da war nichts. Er wohnte gern bei seiner Tante, hatte Angst vor seiner Mom und unterhielt sich gern mit seinem Granddad über Gemüse. Aber dass er mich jeden Tag sah und mit mir spielen wollte, das bedeutete, dass er mich brauchte und ich für ihn da sein musste.

65

Seine Tante andererseits konnte überhaupt nicht schlafen, aß kaum etwas, war ständig von ohrenbetäubender Stille umgeben, hatte keinen engen Freund, mit dem sie reden konnte – jedenfalls keinen, den ich zu Gesicht bekommen hätte –, und das, was sie *nicht* sagte, war weit mehr als das, was sie sagte. Sie hatte einmal gehört, wie ich mich bei ihr bedankte, sie hatte ein paar Mal meinen Atem gespürt, hatte meine Hose über die Ledercouch quietschen gehört, aber sie konnte mich trotzdem nicht sehen und fand meine Anwesenheit in ihrem Haus unerträglich.

Elizabeth wollte nicht spielen.

Außerdem war sie erwachsen, machte mir ein flaues Gefühl im Magen und hätte einen Spaß nicht mal erkannt, wenn er ihr ins Gesicht geflogen wäre – und ich versuchte es mehrmals an diesem Wochenende, das können Sie mir ruhig glauben. Deshalb konnte ich unmöglich da sein, um *ihr* zu helfen, so etwas wäre unerhört gewesen.

Die Leute nennen mich oft einen unsichtbaren Freund oder einen Fantasiefreund. Als wäre ich von einem großen Geheimnis umgeben. Ich habe Bücher von Erwachsenen gelesen, in denen es darum geht, warum Kinder mich sehen können. Warum glauben sie so lange an mich und hören dann plötzlich wieder damit auf und werden so wie vorher? Ich hab auch Sendungen im Fernsehen gesehen, in denen darüber diskutiert wurde, warum Kinder jemanden wie mich erfinden.

Also, nur damit ihr es alle wisst: Ich bin weder unsichtbar noch existiere ich nur in der Fantasie. Ich bin immer da und laufe rum wie ihr auch. Menschen wie Luke fassen nicht irgendwie den Entschluss, dass sie mich sehen wollen – sie sehen mich einfach. Aber Leute wie Sie und Elizabeth beschließen, dass sie mich *nicht* sehen wollen.

Sechs

Acht Minuten nach sechs wachte Elizabeth auf, weil ihr die Sonne direkt ins Gesicht schien. Sie schlief immer mit offenen Vorhängen, eine Angewohnheit, die noch aus ihren Kindertagen auf der Farm stammte. Dort hatte sie vom Bett aus dem Fenster sehen können, den Gartenweg hinunter zum Tor und bis zur Landstraße, die in gerader Linie von der Farm wegführte. Endlos schien sie sich zum Horizont zu ziehen, und wenn Elizabeths Mutter von ihren Abenteuern zurückkehrte, entdeckte Elizabeth sie immer schon, lange bevor sie das Haus erreichte, und erkannte sie sofort an ihrem typischen beschwingten, fast tänzelnden Gang. Die Zeit, die ihre Mutter noch brauchte, bis sie bei der Farm ankam, fühlte sich für Elizabeth immer an wie eine Ewigkeit, und so steigerte die Straße Elizabeths Vorfreude auf ihre ganz eigene Art, indem sie sie auf die Folter spannte.

Aber dann hörte sie endlich das Tor quietschen, dessen rostige Angeln der Heimkehrerin ein Willkommensständchen brachten. Elizabeth empfand eine ausgeprägte Hassliebe für dieses Tor. Genau wie der lange Straßenabschnitt ärgerte und foppte es sie manchmal, wenn sie das Quietschen hörte und erwartungsvoll hinausrannte, um enttäuscht festzustellen, dass es nur der Postbote war.

Mit ihrem Beharren, dass die Vorhänge offen blieben, hatte Elizabeth schon ihre Mitbewohnerinnen im College und auch manchen Liebhaber genervt. Eigentlich wusste sie selbst nicht so genau, warum sie so eisern darauf bestand; inzwischen wartete sie ja auf niemanden mehr. Aber jetzt, als Erwachsene, fungierten die offenen Vorhänge für sie als Wecker, denn bei Licht konnte sie nicht tief schlafen. Selbst im Schlaf war sie stets in Alarmbereitschaft, um notfalls die Lage im Griff zu haben. Sie ging zu Bett, um sich einigermaßen auszuruhen, nicht um zu träumen.

Jetzt blickte sie mit zusammengekniffenen Augen im Zimmer umher, und ihr Kopf dröhnte. Sie brauchte Kaffee, und zwar schnell. Draußen zwitscherten die Vögel laut in der ländlichen Stille. In der Ferne antwortete eine Kuh. Aber trotz des idyllischen Morgens gab es an diesem Montag nichts, worauf Elizabeth sich freute. Sie musste einen neuen Termin für das Meeting mit den Bauträgern des Hotels finden, was womöglich schwierig werden würde, denn nachdem in der Presse Artikel über das »Liebesnest auf dem Berg« aufgetaucht waren, kamen jetzt aus allen Landesteilen Leute, um ihre Design-Ideen anzupreisen. Das ärgerte Elizabeth, denn hier war ihr Territorium.

Leider war das auch nicht ihr einziges Problem. Luke war von seinem Großvater eingeladen worden, den Tag auf der Farm zu verbringen. Eigentlich freute sich Elizabeth darüber, aber es machte ihr Sorgen, dass ihr Vater noch einen anderen Sechsjährigen namens Ivan erwartete. Sie musste heute Morgen mit Luke darüber sprechen, denn es graute ihr bei dem Gedanken, was passieren würde, wenn sein unsichtbarer Freund vor ihrem Vater erwähnt wurde.

Brendan war inzwischen fünfundsechzig, groß, breit, wortkarg und grüblerisch. Das Alter hatte ihn nicht weicher und entspannter gemacht, sondern für Bitterkeit, Groll und noch mehr Verwirrung gesorgt. Er war engstirnig und widersetzte sich jeder Veränderung. Wenn er damit wenigstens glücklich gewesen wäre, hätte Elizabeth sein kompliziertes Naturell vielleicht noch eher verstanden, aber soweit sie sehen konnte, brachten ihm seine verbohrten Ansichten nur Frust und machten ihm das Leben zusätzlich schwer. Er war streng, kommunizierte fast ausschließlich mit seinen Kühen und seinem Gemüse, lachte nie, und wenn er doch einmal zu dem Schluss kam, dass ein Mensch es wert war, dass man mit ihm redete, dann belehrte er den Betreffenden mit endlosen Vorträgen. Man brauchte ihm nicht zu antworten, denn er redete nicht, weil er ein Gespräch führen wollte, sondern nur, um seine Ansichten darzustellen. Nur sehr selten verbrachte er Zeit mit Luke, denn er hatte keine Zeit für alberne Spiele und anderen Unsinn. Das Einzige, was er an Luke zu mögen schien, war die Tatsache, dass er ein unbeschriebenes Blatt war, das man mit Information füllen konnte und das nicht über genug Wissen verfügte, um seine Meinungen in Frage zu stellen oder ihn gar zu kritisieren. Märchen und Fantasiegeschichten hatten bei Elizabeths Vater keinen Platz. Vermutlich war das die einzige Gemeinsamkeit zwischen ihm und ihr.

Sie gähnte und streckte sich, und da sie ihre Augen in dem hellen Licht immer noch nicht richtig aufbekam, tastete sie vorsichtig nach ihrem Wecker. Obwohl sie jeden Morgen um die gleiche Zeit aufwachte, vergaß sie nie, den Wecker zu stellen. Ihr Arm stieß gegen etwas Kaltes, Hartes, das mit lautem Krachen zu Boden fiel. Ihr verschlafenes Herz setzte vor Schreck einen Schlag aus.

Aber als sie den Kopf aus dem Bett steckte, entdeckte sie auf dem makellos weißen Teppich den eisernen Schürhaken. Die »Waffe« erinnerte sie daran, dass sie bei Rentokil anrufen musste, um die Mäuse bekämpfen zu lassen. Das ganze Wochenende hatte sie die kleinen Plagegeister im Haus herumhuschen hören, und die letzten Nächte hatte sie kaum geschlafen, weil sie fürchtete, sie könnten in ihrem Schlafzimmer sein. Obgleich wenig Schlaf für sie nicht ungewöhnlich war.

Sie wusch sich, zog sich an, weckte Luke und ging dann hinunter in die Küche. Wenige Minuten später hielt sie eine Tasse Espresso in der Hand und wählte die Nummer von Rentokil. Schläfrig schlenderte Luke in die Küche, die blonden Haare zerzaust, das orange T-Shirt halb in die roten Shorts gestopft. Sein Outfit wurde ergänzt von zwei verschiedenen Socken und Turnschuhen, an denen bei jedem Schritt ein Lämpchen aufleuchtete.

»Wo ist Ivan?«, fragte er mit verschlafener Stimme und sah sich in der Küche um, als wäre er noch nie in seinem Leben in diesem Raum gewesen. In diesem Zustand war er jeden Morgen, und er brauchte mindestens eine Stunde, um richtig aufzuwachen, selbst wenn er schon längst angezogen war und herumlief. An dunklen Wintermorgen brauchte er noch länger, und Elizabeth vermutete, dass er erst nach ein paar Stunden in der Schule mitbekam, was eigentlich los war.

»Wo ist Ivan?«, wiederholte er, ohne seine Frage an jemanden Bestimmtes zu richten.

Elizabeth legte den Zeigefinger auf die Lippen und blickte ihn tadelnd an, während sie der Dame von Rentokil lauschte. Luke wusste eigentlich, dass er sie beim Telefonieren nicht unterbrechen durfte. »Es ist uns erst dieses Wochenende aufgefallen. Seit Freitagmittag genau genommen, deshalb hab ich mich gefr…«

»IVAN?«, brüllte Luke und begann suchend in der Küche umherzuwandern, schaute unter dem Tisch nach, hinter den Vorhängen, hinter der Tür. Elizabeth verdrehte die Augen. Schon wieder dieses Theater.

»Nein, ich hab …«

»IVAAAAN?«

»… bisher keine gesehen, aber ich spüre genau, dass sie da sind«, vollendete Elizabeth ihren Satz und versuchte, Lukes Aufmerksamkeit auf sich zu lenken, damit sie ihn wieder strafend anstarren konnte.

»IVAN, WO BIST DU DENN?«, krakeelte Luke.

»Kot? Nein, kein Kot«, erklärte Elizabeth, allmählich ziemlich frustriert.

Luke hörte auf zu schreien und spitzte die Ohren. »WAS? ICH KANN DICH NICHT RICHTIG HÖREN.«

»Nein, ich habe keine Mausefallen im Haus. Hören Sie, ich habe furchtbar viel zu tun und wirklich keine Zeit für Ihre ganzen Fragen. Können Sie nicht einfach jemanden vorbeischicken, der es sich ansieht?«, fauchte Elizabeth ins Telefon.

Plötzlich rannte Luke hinaus in die Halle. Elizabeth hörte, wie er an die Wohnzimmertür hämmerte. »WAS MACHST DU DENN DA DRIN, IVAN?« Er zerrte am Türgriff.

Inzwischen hatte Elizabeth ihr Gespräch beendet und den Hörer auf die Gabel geknallt. Luke stand an der Wohnzimmertür und kreischte aus vollem Hals. Elizabeth kochte.

»LUKE! MACH, DASS DU IN DIE KÜCHE KOMMST!«

Sofort hörte das Hämmern auf, und Luke kam angeschlurft.

»HEB GEFÄLLIGST DIE FÜSSE!«, brüllte sie.

Er tat es, und die Lichter an den Sohlen seiner Turnschuhe blitzten bei jedem Schritt. Dann stand er vor ihr und fragte mit seinem hohen Stimmchen so leise und unschuldig, wie er nur konnte: »Warum hast du Ivan gestern Abend im Wohnzimmer eingesperrt?«

Schweigen.

Sie musste der Sache ein Ende setzen, und zwar augenblicklich. Wenn sie sich jetzt gleich mit ihm hinsetzte und das Thema ausdiskutierte, würde er am Ende ihre Wünsche respektieren, und es würde keine Gespräche über unsichtbare Freunde mehr geben.

»Und außerdem möchte Ivan gerne wissen, warum du den Feuerhaken mit ins Bett genommen hast«, fügte Luke hinzu, ermutigt, weil sie ihn nicht gleich wieder anbrüllte.

Aber jetzt explodierte sie: »Kein Wort mehr über diesen Ivan, hast du verstanden?«

Lukes Gesicht wurde weiß.

»HAST DU DAS VERSTANDEN?«, wiederholte sie noch lauter. Sie gab ihm keine Chance zu antworten. »Du weißt genauso gut wie ich, dass es diesen Ivan *nicht gibt*. Er spielt *nicht* mit dir Fangen, er isst *keine* Pizza, er ist *nicht* im Wohnzimmer, und er ist *nicht* dein Freund, weil er nämlich *nicht* existiert.«

Luke verzog das Gesicht, als wollte er anfangen zu weinen.

»Heute gehst du zu deinem Großvater«, fuhr Elizabeth fort, »und wenn ich mitkriege, dass du Ivan bei ihm erwähnst, dann kriegst du *echt Ärger*. Hast du gehört?«

Luke begann leise zu weinen.

»Hast du das gehört?«, wiederholte sie.

Luke nickte, während ihm die Tränen über die Wangen liefen.

Allmählich verebbte Elizabeths Wut, und stattdessen tat ihr jetzt von dem Geschrei der Hals weh. »Setz dich an den Tisch, ich bringe dir dein Frühstück«, sagte sie leise und holte Cocopops. Normalerweise erlaubte sie ihm kein so süßes Frühstück, aber sie hatte die Ivan-Situation nicht ganz so einwandfrei in den Griff bekommen, wie sie es sich gewünscht hätte. Sie wusste, dass ihre gelegentlichen Wutausbrüche ein Problem waren. So saß sie nun am Tisch und sah zu, wie Luke sich Cocopops in seine Schüssel schüttete und wie seine kleine Hand dann so unter dem Gewicht der Milchpackung zitterte, dass etwas Milch auf den Tisch spritzte. Aber sie verbiss sich eine weitere Schreiattacke, auch wenn sie den Tisch erst gestern Abend auf Hochglanz poliert hatte. Irgendwas an dem, was Luke gesagt hatte, beunruhigte sie, aber sie konnte sich nicht mehr erinnern, was. Das Kinn auf die Hände gestützt, beobachtete sie ihn beim Essen. Er mampfte langsam und traurig.

Bis auf das leise Knirschen in Lukes Mund herrschte Stille in der Küche. Nach ein paar Minuten fragte er, ohne sie dabei anzusehen: »Wo ist der Schlüssel zum Wohnzimmer?«

»Luke, nicht mit vollem Mund«, sagte sie leise. Dann kramte sie den Wohnzimmerschlüssel aus der Tasche, ging durch die Halle zum Wohnzimmer und schloss auf. »Bitte, jetzt kann Ivan ungehindert das Haus verlassen«, scherzte sie und bereute es sofort.

»Kann er gar nicht«, widersprach Luke traurig vom Küchentisch. »Er kann nämlich keine Tür aufmachen.«

Schweigen.

»Er kann keine Tür aufmachen«, wiederholte Elizabeth.

Luke schüttelte den Kopf, als wäre das, was er gesagt hatte, das Normalste der Welt. So etwas Absurdes hatte Elizabeth noch nie gehört. Was für ein imaginärer Freund war dieser Ivan, wenn er nicht mal durch Wände und Türen gehen konnte? Nun, sie würde die Tür jedenfalls nicht für ihn öffnen, sie hatte schon aufgeschlossen, und das war lächerlich genug. Sie ging zurück in die Küche, um ihre Sachen für die Arbeit zusammenzupacken. Luke aß sein Frühstück auf, stellte die Schüssel in die Spülmaschine, wusch sich die Hände, trocknete sie ab und ging zum Wohnzimmer. Er drehte den Knauf, öffnete die Tür, trat einen Schritt beiseite, grinste breit ins Nichts, legte den Zeigefinger an die Lippen, deutete mit dem anderen auf Elizabeth und kicherte leise vor sich hin. Voller Entsetzen sah Elizabeth ihm zu. Langsam ging sie durch die Halle, stellte sich neben Luke an die Tür und spähte ins Wohnzimmer.

Es war natürlich leer.

Die Frau von Rentokil hatte gesagt, es sei ungewöhnlich, dass im Juni Mäuse ins Haus kamen, und während Elizabeth sich jetzt argwöhnisch im Wohnzimmer umsah, fragte sie sich, was in aller Welt dann die ganzen Geräusche verursachte.

Lukes Kichern holte sie aus ihrer Trance. Als sie durch die Halle blickte, sah sie ihn am Küchentisch sitzen, fröhlich mit den Beinen baumeln und Gesichter schneiden. Gegenüber von ihm stand auf einem Platzdeckchen eine Schüssel mit frischen Cocopops.

»Junge, sie ist aber echt streng«, flüsterte ich Luke zu, während wir am Tisch saßen und ich versuchte, mir unauffällig die Cocopops reinzuschaufeln. Eigentlich flüstere ich nicht, wenn Eltern da sind, aber da Elizabeth mich in den letzten Tagen ein paar Mal gehört hatte, wollte ich lieber kein Risiko eingehen.

Luke kicherte und nickte.

»Ist sie immer so?«

Wieder nickte er und mampfte seine Cocopops.

»Spielt sie nie mit dir? Knuddelt sie dich nie?«, fragte ich, während ich zuschaute, wie Elizabeth jeden Zentimeter der bereits blitzenden und blinkenden Arbeitsplatten wienerte und die darauf stehenden Gegenstände mal einen Zentimeter nach rechts, mal einen nach links verrückte.

Luke dachte eine Weile nach und antwortete dann achselzuckend: »Nein, jedenfalls nicht oft.«

»Aber das ist doch schrecklich! Macht es dir nichts aus?«

»Edith sagt, dass es Leute auf der Welt gibt, die umarmen einen nicht ständig und spielen auch nicht mit einem, aber sie haben einen trotzdem lieb. Sie wissen bloß nicht, wie man das zeigt«, flüsterte er zurück.

Elizabeth warf ihm einen nervösen Blick zu.

»Wer ist Edith?«

»Meine Kinderfrau.«

»Wo ist sie?«

»Sie macht grade Urlaub.«

»Wer kümmert sich denn um dich, solange sie weg ist?«

»Du«, grinste Luke.

»Abgemacht, darauf schütteln wir uns«, sagte ich und streckte ihm die Hand hin.

Luke packte sie. »Wir machen das nämlich so«, erklärte ich, schüttelte erst den Kopf und dann den ganzen Körper, als hätte ich einen Krampfanfall. Luke fing an zu lachen und machte es mir nach. Als Elizabeth im Putzen innehielt und uns anstarrte, lachten wir noch mehr. Sie riss nur die Augen noch weiter auf.

»Du stellst eine Menge Fragen«, flüsterte Luke.

»Und du gibst eine Menge Antworten«, gab ich zurück, und wir lachten wieder.

Elizabeths BMW ratterte die holprige Straße entlang, die zur Farm ihres Vaters führte. Angestrengt umklammerte sie das Lenkrad, während überall Staub aufwirbelte und sich auf die Karosserie ihres frisch gewaschenen Wagens legte. Wie sie es achtzehn Jahre hier ausgehalten hatte, überstieg inzwischen ihre Vorstellungskraft – hier konnte man nichts sauber halten. Am Straßenrand vollführten die wild wachsenden Fuchsien in der leichten Brise einen Willkommenstanz. Sie säumten die Straße wie Lichter an einer Landebahn, rieben sich an den Autofenstern und pressten ihre Gesichter ans Glas, um zu sehen, wer im Wagen saß. Luke kurbelte sein Fenster herunter und ließ sich die Hand von ihren Küssen kitzeln.

Elizabeth hoffte inbrünstig, dass ihnen kein anderer Wagen entgegenkommen würde, denn die Straße war gerade breit genug für einen. Für Gegenverkehr war kein Platz, und um jemanden vorbeizulassen, musste man eine halbe Meile rückwärts fahren. Manchmal hatte man das Gefühl, als wäre diese Straße die längste der Welt. Man hatte sein Ziel zwar ständig vor Augen, aber dann musste man plötzlich die entgegengesetzte Richtung einschlagen, um es zu erreichen.

Zwei Schritte vor, einen zurück.

Es war wie damals als Kind, wenn sie ihre Mutter in der Ferne gesehen hatte, aber noch eine halbe Ewigkeit warten musste, bis ihre Mutter endlich angetänzelt kam und das vertraute Quietschen des Gartentors ertönte.

Aber zum Glück gab es diesmal keinen Gegenverkehr, und das war auch gut so, denn sie waren sowieso schon spät dran. Offensichtlich waren Elizabeths Ausführungen auf taube Ohren gestoßen, denn Luke hatte sich geweigert, das Haus zu verlassen, ehe Ivan seine Cocopops aufgegessen hatte. Dann bestand er darauf, den Beifahrersitz umzuklappen, damit Ivan auf den Rücksitz klettern konnte.

Sie warf Luke einen raschen Blick zu. Er saß angeschnallt auf dem Vordersitz, streckte den Arm aus dem Fenster und summte das gleiche Lied, mit dem er sie schon das ganze Wochenende gequält hatte. Und er sah glücklich aus. Hoffentlich war bald Schluss mit dem Theater, vor allem jetzt bei seinem Großvater. Sie sah ihn schon am Tor stehen und warten. Ein vertrauter Anblick. Warten war Brendans Stärke.

Er trug eine braune Kordhose, und Elizabeth hätte schwören können, dass er sie schon besessen hatte, als sie noch ein Kind war. Die Hose steckte in verdreckten grünen Gummistiefeln, mit denen er überall im Haus herumstapfte. Sein grauer Baumwollpullover war mit einem verblichenen grünen und blauen Rautenmuster bestickt und hatte mittendrin ein Loch, durch das man ein grünes Polohemd schimmern sah. Auf dem Kopf hatte er eine Tweedkappe, in der rechten Hand hielt er einen Stock aus Schlehenholz, Gesicht und Hals waren von silbergrauen Stoppeln überwuchert. Auch seine Augenbrauen waren grau und wild, und wenn er die Stirn runzelte, schienen sie die Augen vollkommen zu bedecken. Sein von tiefen Falten durchzogenes Gesicht wurde beherrscht von der Nase mit den großen Nasenlöchern, in denen ebenfalls graue Haare wuchsen; seine Hände waren so groß wie Schaufeln, die Schultern so breit wie die Schlucht von Dunloe. Das Haus hinter ihm wirkte im Vergleich dazu seltsam klein.

Als Luke seinen Großvater entdeckte, hörte er auf zu summen und zog den Arm wieder ein. Elizabeth parkte und sprang sofort aus dem Auto. Sie hatte einen Plan. Sobald Luke ausgestiegen war, schloss sie rasch die Autotür und verriegelte sie, ehe er die Chance hatte, den Sitz nach vorn zu klappen und Ivan herauszulassen. Luke machte ein langes Gesicht und blickte betrübt zwischen Elizabeth und dem Auto hin und her.

Das Gartentor quietschte.

Elizabeth wurde flau im Magen.

»Morgen«, dröhnte eine tiefe Stimme. Es war keine Begrüßung, sondern eine Feststellung.

Lukes Unterlippe zitterte, und er drückte Gesicht und Hände an die Heckscheibe. Wenn er nur jetzt keine Szene machte!

»Willst du deinem Großvater nicht guten Morgen sagen, Luke?«, fragte Elizabeth streng, obwohl sie genau wusste, dass sie selbst ihren Vater auch noch nicht begrüßt hatte.

»Hi, Granddad.« Lukes Stimme schwankte, und er nahm sein Gesicht nicht vom Fenster.

Elizabeth spielte mit dem Gedanken, die Autotür doch aufzumachen, um einen Tumult zu vermeiden, aber dann besann sie sich eines Besseren. Luke musste diese Phase überwinden.

»Wo ist denn der andere?«, erkundigte sich Brendan dröhnend.

»Welcher andere?« Elizabeth nahm Lukes Hand und versuchte ihn sanft vom Auto wegzuziehen. Aber seine blauen Augen blickten sie flehend an, und ihr Herz wurde schwer. Nein, Luke würde keine Szene machen.

»Der Junge, der sich mit dem ausländischen Gemüse auskennt.«

»Ivan«, antwortete Luke traurig, die Augen voller Tränen.

»Ivan konnte heute nicht mitkommen, richtig, Luke?«, schaltete sich Elizabeth ein. »Vielleicht ein andermal«, fügte sie schnell hinzu, ehe die Sache weiter diskutiert werden konnte. »Gut, ich muss los, sonst komme ich zu spät zur Arbeit. Viel Spaß mit deinem Großvater, Luke, ja?«

Unsicher sah Luke sie an und nickte.

Elizabeth hasste sich, aber sie wusste, dass sie das Richtige tat, wenn sie dieses aberwitzige Verhalten unterband.

»Dann mal los.« Brendan schwang seinen Stock, als wollte er seine Tochter verjagen, und wandte ihr abrupt den Rücken zu. Das Letzte, was sie hörte, war das Quietschen des Gartentors. Sie knallte die Autotür zu. Auf der Landstraße musste sie zweimal zurücksetzen, um einen Traktor durchzulassen. Im Rückspiegel sah sie Luke und ihren Vater im Vorgarten stehen, ihr Vater ein wahrer Riese neben dem Jungen. Sie hätte dieses Haus gern schneller hinter sich gelassen, aber es war, als zöge die Straße sie immer wieder dorthin zurück, unausweichlich wie Ebbe und Flut.

Sie erinnerte sich noch gut an den Augenblick, als sie achtzehn war und das Farmhaus zum ersten Mal verließ, mit gepackten Koffern und der Absicht, vor Weihnachten bestimmt nicht zurückzukommen. Sie war unterwegs zur Cork University, nachdem sie zwar siegreich aus der Auseinandersetzung mit ihrem Vater hervorgegangen war, aber all den Respekt verloren hatte, den er ihr je entgegengebracht hatte. Statt ihre Aufregung zu teilen, weigerte er sich, ihr auch nur Lebewohl zu sagen. Der einzige Mensch, den Elizabeth an diesem hellen Augustmorgen vor dem Haus stehen sah, als sie davonfuhr, war die sechsjährige Saoirse, die zum Abschied eifrig mit beiden Armen winkte, voller Stolz auf ihre große Schwester, die roten Haare in unordentlichen Rattenschwänzchen, das Lächeln von großen Zahnlücken durchbrochen.

Statt der Erleichterung und der freudigen Erwartung, die sie sich immer für den Moment erträumt hatte, wenn das Taxi sie von zu Hause wegbringen und die Nabelschnur endgültig zerreißen würde, war sie erfüllt von Angst und Sorge. Nicht wegen dem, was vor ihr lag, sondern wegen dem, was sie hinter sich ließ. Sie konnte Saoirse nicht für immer bemuttern, sie war ein eigener Mensch, der seine Freiheit brauchte, der seinen Platz in der Welt finden musste. Jetzt musste ihr Vater endlich die Rolle übernehmen, die er vor Jahren von sich gewiesen hatte und der er sich immer noch verweigerte. Elizabeth konnte nur hoffen, dass er, wenn er mit Saoirse allein war, seine Pflicht erkennen und der Tochter, die noch bei ihm war, wenigstens so viel Liebe geben würde, wie es ihm eben möglich war.

Aber was, wenn er das nicht tat? Sie hatte aus dem Rückfenster auf ihre winkende Schwester gestarrt und das Gefühl gehabt, sie würde sie nie wiedersehen, während sie ebenfalls winkte und sich ihre Augen mit Tränen füllten, Tränen um das kleine Energiebündel, das sie zurückließ. Die roten Haare hüpften auf und ab und waren noch lange Zeit zu erkennen. So winkten und winkten sie, alle beide. Was würde ihre kleine Schwester machen, wenn der Spaß des Winkens vorbei war und sie allein sein würde mit diesem wortkargen Mann, der nicht helfen und nicht lieben konnte? Fast hätte Elizabeth den Fahrer aufgefordert anzuhalten, aber dann sagte sie sich, dass sie das nicht durfte. Sie musste leben.

Eines Tages wirst du dasselbe tun, kleine Saoirse, riefen ihre Augen der kleinen Gestalt zu, während das Taxi sich entfernte. Versprich mir, dass du dasselbe tun wirst. Flieg weg von hier.

Die Augen voller Tränen, so sah Elizabeth das Farmhaus in ihrem Rückspiegel kleiner und kleiner werden, bis es schließlich ganz verschwand. Sofort entspannten sich ihre Schultern, und sie merkte, dass sie die ganze Zeit über die Luft angehalten hatte.

»In Ordnung, Ivan«, sagte sie und schaute im Rückspiegel auf den leeren Sitz. »Sieht aus, als würdest du jetzt mit mir zur Arbeit kommen«, seufzte sie. Und tat dann etwas sehr Seltsames.

Sie fing völlig kindisch an zu kichern.

Sieben

Als Elizabeth die graue Steinbrücke überquerte, die ins Städtchen hineinführte, war Baile na gCroíthe gerade dabei aufzuwachen. Auf der schmalen Straße vor ihr quälten sich zwei riesige Touristenbusse Zentimeter um Zentimeter aneinander vorbei, neugierige Gesichter pressten sich an die Fensterscheiben, Leute staunten, lächelten und deuteten, Kameras wurden gezückt, um das Spielzeugdorf auf Zelluloid zu bannen. Der Busfahrer leckte sich über die Lippen, und Elizabeth sah den Schweiß auf seiner Stirn, während er das übergroße Fahrzeug konzentriert durch die Straße manövrierte, die ursprünglich einmal für Pferde und Wagen angelegt worden waren. Dass die Busse sich nicht streiften, war Maßarbeit. Neben dem Fahrer gab der Reiseführer mit dem Mikrophon in der Hand sein Bestes, um sein Publikum – um die hundert Leute – so früh am Morgen angemessen zu unterhalten.

Elizabeth zog die Handbremse an und seufzte laut. Solche Situationen waren in der kleinen Stadt keine Seltenheit, und sie wusste, dass es eine Weile dauern konnte, bis es weiterging. Vermutlich würden die Busse hier nicht lange halten, denn normalerweise wurde in Baile na gCroíthe höchstens eine Pinkelpause eingelegt. Verständlicherweise, fand Elizabeth, denn das Städtchen war zwar ein guter Ausgangspunkt für alle möglichen Unternehmungen, bot aber selbst nicht viel Anlass zum Verweilen. Sicher, man fuhr langsamer und sah sich um, aber wenn man am anderen Ende angekommen war, trat man aufs Gaspedal und machte, dass man weiterkam.

Nicht dass Baile na gCroíthe nicht hübsch gewesen wäre – das war es ohne jeden Zweifel. Sein stolzester Moment war es gewesen, als es zum dritten Mal in Folge den Wettbewerb »Unser sauberstes Städtchen« gewonnen hatte und am Dorfeingang auf der anderen Seite der Brücke ein aus Blumen geformter Willkommensgruß die Besucher empfing. Überall im Städtchen prangten Blumen: Blumenkästen verschönerten Ladenfronten, Blumenkörbe hingen von den Laternenpfählen. Mächtige Bäume säumten die Hauptstraße. Jedes Gebäude war mit einer anderen fröhlichen Farbe gestrichen, sodass sich die Main Street – die einzige richtige Straße – als ein Regenbogen in Mintgrün, Lachs, Lila, Zitronengelb und Blau präsentierte. Weit und breit kein Müll auf den Gehwegen, und wenn man die Augen hob, sah man über den Dächern die majestätischen grünen Hügel emporsteigen. Es war, als ruhte Baile na gCroíthe in einem Kokon, gemütlich eingekuschelt in den Schoß von Mutter Natur. Behaglich. Oder beengend.

Elizabeths Büro lag im oberen Stockwerk eines hellblauen Gebäudes, neben dem grünen Postamt und einem gelben Supermarkt, direkt über Mrs. Brackens Vorhang-, Stoff- und Polstergeschäft. Früher war dort Mr. Brackens Eisenwarenladen gewesen, aber als er vor zehn Jahren gestorben war, hatte Gwen beschlossen, selbst etwas aufzubauen. Ihre Entscheidungen traf sie jedoch immer noch ausschließlich auf Basis dessen, was ihr verstorbener Mann von der betreffenden Sache gehalten hätte. So eröffnete sie ihr Geschäft, »weil Mr. Bracken es so gewollt hätte«, und weigerte sich standhaft, am Wochenende auszugehen oder an sozialen Ereignissen teilzunehmen, »weil Mr. Bracken das nicht gewollt hätte«. Soweit Elizabeth es beurteilen konnte, passte das, was Mr. Bracken erfreut beziehungsweise verärgert hätte, jedoch ziemlich nahtlos in Gwens sonstige Lebensphilosophie.

Stück für Stück rückten die beiden Busse aneinander vorbei. Elizabeth seufzte noch einmal laut. Baile na gCroíthe im Stau.

82

Endlich hatten sie sich erfolgreich aneinander vorbeigeschoben, und Elizabeth beobachtete wenig amüsiert, wie der Reiseführer, das Mikrophon in der Hand, aufgeregt von seinem Sitz sprang und es offenbar schaffte, eine an sich stinklangweilige Verzögerung in ein Ereignis umzumünzen und in die geplante Erlebnistour über Irlands Landstraßen zu integrieren. Wie aufs Stichwort wurde im Bus geklatscht und gejubelt. Eine Nation feierte. Noch mehr Blitzlichter funkelten durch die Scheibe, und die Insassen beider Busse winkten einander zum Abschied zu, nachdem sie die morgendliche Sensation so überaus gelungen miteinander geteilt hatten.

Elizabeth fuhr weiter und sah im Rückspiegel, wie die Begeisterung allmählich abflaute, als ihnen auf der kleinen Brücke am Ortsausgang ein weiterer Bus begegnete. Langsam senkten sich die winkenden Arme, die Blitzlichter erstarben, während sich ihre Besitzer darauf einstellten, dass weitere zeitraubende Bemühungen nötig sein würden, um das idyllische Städtchen wieder verlassen zu können.

Das war typisch für Baile na gCroíthe. Fast hätte man denken können, es geschähe mit Absicht. Das Städtchen hieß einen mit offenen Armen willkommen und zeigte einem mit seinen farbenfrohen, blumig dekorierten Ladenfronten alles, was es zu bieten hatte. Als ob man ein Kind in einen Süßwarenladen mitnimmt und ihm die ganzen Regale mit köstlichem buntem Zuckerzeug zeigt, der einem das Wasser im Mund zusammenlaufen lässt. Aber dann, während es da steht und sich mit aufgerissenen Augen und wild klopfendem Herzen umschaut, schraubt man schnell alle Deckel fest zu und versiegelt sie. So war es auch in Baile na gCroíthe: Wenn man seine Schönheit zur Kenntnis genommen hatte, wurde einem klar, dass es hier sonst nichts gab.

Sonderbarerweise kam man leichter über die Brücke von draußen in die Stadt herein als wieder hinaus. Die Brücke am Stadtausgang war ganz seltsam gewölbt, was das Drüberfahren erschwerte. Elizabeth war jedes Mal von neuem irritiert.

83

Genau wie die Straße, die vom Haus ihrer Kindheit wegführte, sie ausbremste, so konnte sie auch Baile na gCroíthe nie zügig verlassen. Irgendetwas an dem Städtchen holte sie immer wieder zurück. Dabei hatte sie jahrelang dagegen angekämpft. Einmal hatte sie das Angebot bekommen, in New York einen Nachtclub auszustatten, und war mit ihrem damaligen Freund dort hingezogen. Sie hatte es geliebt. Es gefiel ihr, dass niemand ihren Namen, ihr Gesicht und die Vergangenheit ihrer Familie kannte. Sie konnte sich einen Kaffee – oder besser gesagt tausend verschiedene Sorten Kaffee – bestellen, ohne dass jemand ihr auch nur einen einzigen mitleidigen Blick zuwarf, weil ihre Familie sich mal wieder in irgendein Drama verstrickt hatte. Niemand wusste, dass ihre Mutter sie verlassen hatte, als sie noch ein Kind war, dass ihre Schwester nicht richtig tickte und ihr Vater kaum ein Wort mit ihr wechselte. Sie hatte es geliebt, in New York verliebt zu sein. In New York konnte sie sein, wer sie wollte. In Baile na gCroíthe konnte sie sich nicht davor verstecken, wer sie war.

Auf einmal merkte sie, dass sie die ganze Zeit vor sich hinsummte, und zwar das alberne Lied, das angeblich »Ivan« erfunden hatte, wie Luke ihr einzureden versuchte. Luke nannte es den »Summsong«, und er war nervtötend ohrwurmig, fröhlich und monoton. Sie hörte auf zu summen und parkte schwungvoll auf dem freien Platz an der Straße. Dann schob sie den Fahrersitz zurück und angelte ihre Handtasche vom Rücksitz. Zuerst das Wichtigste, nämlich Kaffee. In Baile na gCroíthe hatten Wunderwerke wie Starbucks noch nicht Fuß gefasst, und erst letzten Monat hatte »Joe's« Elizabeth gestattet, ihren Kaffee mitzunehmen. Inzwischen hatte Joe aber schon fast die Nase voll davon, ständig seine Becher zurückzufordern.

Manchmal dachte Elizabeth, dass eigentlich die ganze Stadt eine Kaffeespritze vertragen könnte; an manchen Tagen im Winter hatte man das Gefühl, sie würde mit geschlossenen Augen schlafwandeln und müsste dringend wachgerüttelt werden. An Sommertagen gab es immer recht viel Durchgangsverkehr, wie heute. Doch das purpurrot gestrichene »Joe's« war trotzdem fast leer, denn auch die Idee, dass man auswärts frühstücken konnte, war noch nicht zu den Einwohnern des Städtchens vorgedrungen.

»Ah, da ist sie ja, die junge Dame persönlich«, dröhnte Joes Singsang Elizabeth entgegen. »Und braucht bestimmt schon wieder unbedingt einen Kaffee.«

»Morgen, Joe.«

Demonstrativ blickte er auf die Uhr und tippte auf das Zifferblatt. »Bisschen spät dran heute, was?«, meinte er mit hochgezogenen Brauen. »Dachte schon, Sie liegen auch mit 'ner Sommergrippe im Bett. Anscheinend hat die diese Woche wirklich jeder.« Er versuchte die Stimme zu senken, senkte aber nur den Kopf und hob die Stimme stattdessen. »Sandy O'Flynn hat's erwischt, nachdem sie mit PJ Flanagan neulich aus dem Pub verschwunden ist. Flanagan war grade krank gewesen, und da lag Sandy nun das ganze Wochenende im Bett.« Er schnaubte. »Er hat sie nur heimgebracht – von wegen! So 'n Blödsinn hab ich mein Lebtag noch nicht gehört.«

Ärger stieg in Elizabeth auf. Sie mochte keinen Tratsch über Leute, die sie nicht kannte, vor allem, da sie wusste, dass ihre eigene Familie über viele Jahre Hauptobjekt solcher Spekulationen gewesen war.

»Einen Kaffee bitte, Joe«, sagte Elizabeth energisch und ignorierte sein Geschwätz einfach. »Zum Mitnehmen. Mit Sahne, keine Milch«, fügte sie streng hinzu, obwohl sie jeden Tag das Gleiche bestellte. Dann begann sie, in ihrer Tasche nach dem Portemonnaie zu wühlen, damit Joe gleich merkte, dass sie keine Zeit zum Schwatzen hatte.

Er ging langsam zur Kaffeekanne. Zu Elizabeths Leidwesen machte er nur eine einzige Sorte Kaffee. Und zwar Pulverkaffee. Elizabeth vermisste die Geschmacksvielfalt, die man in anderen Städten bekam – das weiche, süße Vanillearoma in einem Pariser Café, die sahnige, volle Haselnuss in einem hektischen New

85

Yorker Laden, die samtige Mailänder Macadamiacreme und ihre persönliche Lieblingssorte, Coco-Mocha-Nut, die sie von einer Parkbank im Central Park direkt auf eine Sonnenliege in der Karibik transportierte. Hier in Baile na gCroíthe füllte Joe den Wasserkessel und drückte auf den Knopf. Ein popliger kleiner Wasserkessel, mehr gab es nicht in diesem Café – und Joe hatte das Wasser noch nicht mal zum Sieden gebracht. Elizabeth rollte empört die Augen.

Joe starrte sie an. Er sah aus, als wollte er sagen …

»Und warum sind Sie denn so spät dran?«

Genau das hatte sie erwartet.

»Ich bin grade mal fünf Minuten hinter meiner normalen Zeit, Joe«, entgegnete Elizabeth.

»Ich weiß, ich weiß, aber für Sie könnten fünf Minuten auch fünf Stunden sein. Bestimmt planen die Bären ihren Winterschlaf nach Ihrer Uhr.«

Ganz gegen ihren Willen musste Elizabeth grinsen.

Joe kicherte und zwinkerte. »Schon besser.« Der Kessel klickte, als das Wasser kochte, und er drehte Elizabeth den Rücken zu, um den Kaffee aufzugießen.

»Die Reisebusse haben mich aufgehalten«, sagte Elizabeth leise und nahm Joe den warmen Becher aus den Händen.

»Ah, das hab ich gesehen«, meinte Joe und nickte zum Fenster. »Jaimsie hat gut daran getan, dass er sich davongemacht hat.«

»Jaimsie?«, wiederholte Elizabeth stirnrunzelnd und gab einen Schuss Sahne in ihren Becher, die rasch schmolz und eine dicke Schicht auf dem Kaffee bildete. Angeekelt beobachtete Joe den Vorgang.

»Jaimsie O'Connor. Jacks Sohn«, erklärte er. »Jack, dessen andere Tochter Mary sich letztes Wochenende mit einem Knaben aus Dublin verlobt hat. Wohnt unten in Mayfair. Fünf Kinder. Der Jüngste ist letzte Woche festgenommen worden, weil er eine Weinflasche auf Joseph geschmissen hat.«

Elizabeth erstarrte und schaute den Mann verständnislos an.

»Joseph McCann«, erläuterte er und musterte Elizabeth, als sei sie verrückt, weil sie das nicht wusste. »Paddys Sohn. Wohnt oben in Newtown. Seine Frau ist letztes Jahr gestorben, im Moor ertrunken. Seine Tochter Maggie meint, es wäre ein Unfall gewesen, aber die Familie fand die Geschichte ziemlich verdächtig, nach dem Riesenkrach, den sie angezettelt hat, weil ihre Eltern sie nicht mit diesem Taugenichts aus Cahirciveen haben durchbrennen lassen.«

Elizabeth legte das Geld auf die Theke und lächelte. »Danke Joe«, sagte sie und machte sich auf den Weg zur Tür. Sie hatte keine Lust mehr auf dieses absurde Gespräch.

»Jedenfalls«, fuhr er unbeirrt fort, »jedenfalls hat Jaimsie den einen Bus gefahren. Vergessen Sie nicht, den Becher zurückzubringen!«, rief er ihr noch nach und brummte vor sich hin: »Kaffee zum Mitnehmen, hat man so was schon gehört?«

Unter der Tür wandte sich Elizabeth noch einmal um und sagte: »Joe, wollen Sie nicht mal drüber nachdenken, sich eine Kaffeemaschine anzuschaffen? Damit Sie auch Latte macchiato und Cappuccino und Espresso machen können statt immer nur dieses Pulverzeug?« Sie hielt ihren Becher in die Höhe.

Joe verschränkte die Arme vor der Brust, lehnte sich an die Theke und antwortete gelangweilt: »Elizabeth, wenn Sie meinen Kaffee nicht mögen, dann trinken Sie ihn doch einfach nicht. Ich zum Beispiel trinke Tee. Es gibt nur eine Art Tee, die ich mag. Die nennt sich Tee. Da braucht man keine verrückten Namen.«

»Eigentlich gibt es aber sehr viele Teesorten«, lächelte Elizabeth, »grüner …«

»Ach, machen Sie, dass Sie wegkommen«, unterbrach er sie und winkte ab. »Wenn's nach Ihnen ginge, müssten wir unseren Tee mit Stäbchen trinken und Schokolade und Sahne in unseren Kaffee tun. Aber wenn Sie das Thema schon mal anschneiden, dann mach ich jetzt auch einen Vorschlag: Wie wäre es, wenn Sie sich einen Wasserkocher für Ihr Büro kaufen und mich von meinem Elend erlösen?«

»Und von Ihrem Profit«, meinte Elizabeth und schloss die Tür hinter sich.

Inzwischen hatte das Städtchen sich gereckt und gestreckt und ausgiebig gegähnt und schlappte jetzt schläfrig vom Bett ins Badezimmer. Bald würde es geduscht, angezogen und hellwach sein. Wie gewöhnlich war Elizabeth ihm einen Schritt voraus, auch wenn sie für ihre Verhältnisse spät dran war.

Sie war immer als Erste im Büro, denn sie liebte die Stille und Ruhe, die es um diese Tageszeit ausstrahlte. Das half ihr, sich auf das zu konzentrieren, was vor ihr lag, ehe ihre Kollegen eintrudelten und der Berufsverkehr die Straßen füllte. Elizabeth gehörte nicht zu den ewig kichernden Plappermäulern dieser Welt. Genauso wie sie aß, um am Leben zu bleiben, redete sie auch nur, wenn sie etwas zu sagen hatte. Sie war nicht die Sorte Frau, die man manchmal im Restaurant oder im Café über das lachen und tratschen hört, was dieser oder jener irgendwann zu diesem und jenem gesagt hat. Leere Gespräche ödeten sie an.

Sie hatte kein Interesse daran, Unterhaltungen, Blicke oder Situationen zu analysieren. Für sie gab es keine verborgenen, tiefer liegenden Bedeutungen. Sie sagte stets das, was sie meinte. Sie fand keinen Gefallen an Debatten oder hitzigen Diskussionen. Früher hatte sie manchmal versucht, sich einzubringen, vor allem in ihrer Collegezeit, in der sie Wert darauf gelegt hatte, sich anzupassen, aber sinnloses Geschwätz fand sie damals so unergiebig wie heute und klinkte sich so bald wie möglich aus.

Nicht einmal in ihrer Kindheit hatte sie sich nach Freunden gesehnt. Sie war gern alleine mit sich und ihren Gedanken, und später hatte sie Saoirse, mit der sie sich beschäftigen musste. Sie wusste, dass sie sich auf sich selbst verlassen und ihre Zeit effektiver nutzen konnte. Als sie aus New York zurückkehrte, hatte sie in ihrer neuen Wohnung eine Dinnerparty für ihre Nachbarn organisiert, denn sie dachte, sie könnte noch einmal von vorn anfangen und Freunde finden, wie andere Leute auch. Aber wie üblich stürmte Saoirse herein und schaffte es, mit einem Rundumschlag jedem einzelnen Gast auf den Schlips zu treten. Sie hielt Ray Collins vor, er hätte eine Affäre, beschuldigte Fiona Conway, sie hätte sich die Brüste machen lassen, und beschimpfte den sechzigjährigen Kevin Smith, weil er sie angeblich lüstern angeglotzt hatte. Das Ergebnis von Saoirses Tiraden war, dass der damals neun Monate alte Luke zu weinen anfing, sämtliche Leute am Tisch einen roten Kopf bekamen und unterdessen das Lammkarree anbrannte.

Natürlich waren die Nachbarn nicht so borniert, dass sie glaubten, das Benehmen ihrer Schwester sei Elizabeths Schuld, aber nach diesem Vorfall hatte sie einfach keine Lust mehr. Der soziale Kontakt war ihr nicht wichtig genug, um sich der Peinlichkeit auszusetzen, ständig alles erklären und entschuldigen zu müssen.

Ihr Schweigen war ihr mehr wert als tausend Worte. In der Stille fand sie Frieden und Klarheit. Außer bei Nacht, denn da hinderte sie das Chaos ihrer Gedanken, das sich anhörte wie ein Gewirr einander ins Wort fallender Stimmen, am Schlafen, und zwar so durchschlagend, dass sie kaum die Augen schließen konnte.

Im Augenblick machte sie sich Sorgen wegen Luke. Dieser Ivan spukte schon viel zu lange im Kopf ihres Neffen herum. Das ganze Wochenende hatte sie beobachtet, wie Luke alleine durch die Gegend rannte, redete und spielte, wie er lachte und kicherte, als hätte er einen Mordsspaß. Vielleicht musste sie etwas unternehmen. Jetzt, wo Edith nicht da war, bekam sie Lukes seltsames Betragen ja nicht mit und konnte nicht auf ihre wundervolle Art damit umgehen, wie es ihr sonst immer gelang. Wahrscheinlich erwartete man nun von Elizabeth, dass sie automatisch wusste, was los war. Wieder erhoben ihre Probleme mit dem Mysterium Mutterschaft ihren hässlichen Kopf, und niemand war da, den sie um Rat fragen konnte. Und natürlich gab es auch kein Vorbild, nach dem sie sich richten und von dem sie lernen konnte. Nun, das stimmte nicht ganz – sie hatte gelernt, was man *nicht* tun sollte, und diese Lektion war doch so gut wie jede andere. Bisher war sie einfach ihrem Bauchgefühl gefolgt. Sicher, sie hatte ein paar Fehler gemacht, aber im Großen und Ganzen hatte sich Luke gut entwickelt und war ein höflicher, stabiler Junge geworden. Aber vielleicht war auch alles ein großer Irrtum. Was, wenn Luke so endete wie Saoirse? Schließlich musste Elizabeth ja auch bei ihr einiges verpatzt haben, wenn so etwas aus ihr geworden war, oder nicht? Sie stöhnte frustriert und legte einen Moment den Kopf auf den Tisch.

Schließlich rappelte sie sich auf, stellte den Computer an und nippte an ihrem Kaffee, während das Gerät hochfuhr. Entschlossen gab sie bei Google die Worte »unsichtbarer Freund« ein und klickte auf »Suche«. Mehrere hundert Ergebnisse erschienen. Dreißig Minuten später fühlte sie sich schon viel besser.

Zu ihrer Überraschung erfuhr sie nämlich, dass unsichtbare Freunde ein recht häufiges Phänomen waren und – zumindest, solange sie das tägliche Leben nicht allzu sehr durcheinander brachten – eigentlich auch kein Problem darstellten. Obgleich natürlich schon die Existenz eines imaginären Freundes eine Störung für Elizabeths Alltag bedeutete, schien es für die Online-Ärzte nicht so schlimm zu sein. Eine Seite nach der anderen gab ihr den Rat, Luke zu fragen, was Ivan dachte und machte, weil das eine gute Möglichkeit war herauszufinden, was Luke selbst dachte. Man ermutigte sie, tatsächlich den Tisch für ihren Phantomgast zu decken, und versicherte ihr wiederholt, dass keine Notwendigkeit bestand, dauernd darauf hinzuweisen, dass Lukes »Freund« nur in seiner Fantasie existierte. Mit großer Erleichterung nahm sie zur Kenntnis, dass man imaginäre Freunde allgemein als Zeichen großer Kreativität einschätzte und in ihnen keineswegs Warnzeichen für Einsamkeit und Stress sah.

Trotzdem würde es für Elizabeth nicht leicht werden, denn solche Konzepte widersprachen allem, woran sie glaubte. Ihre Welt und das Land der Fantasie lagen auf zwei verschiedenen Planeten, und sie fand es äußerst schwierig zu schauspielern.

Sie konnte keine Babygeräusche von sich geben, wenn sie einem Kleinkind begegnete, sie konnte nicht so tun, als würde sie sich hinter ihren Händen verstecken, sie konnte einem Teddy kein Leben einhauchen oder gar eine Stimme geben, sie hatte nicht mal im College Spaß an Rollenspielen gefunden. Sie hatte immer aufgepasst, dass sie sich nicht anhörte wie ihre Mutter, denn das hätte ihren Vater nur wütend gemacht. Schon ganz früh war ihr das alles eingeimpft worden, aber jetzt rieten ihr diese Experten auf einmal zu einer grundsätzlichen Veränderung.

Sie trank ihren Kaffee aus und las den letzten Eintrag auf ihrem Bildschirm.

Imaginäre Freunde verschwinden fast immer innerhalb von drei Monaten, ganz gleich, ob man ihnen positiv oder negativ gegenübersteht.

In spätestens drei Monaten würde sie sich mit Freuden von Ivan verabschieden und zu ihrem normalen Leben zurückkehren. Sie blätterte in ihrem Kalender und kreiste den August mit rotem Marker ein. Wenn Ivan bis dahin nicht aus dem Haus war, würde sie die Tür aufreißen und ihm den Weg zeigen.

91

Acht

Ivan saß in dem schwarzen Ledersessel am Empfangstresen vor Elizabeths Büro und drehte sich. Er konnte hören, wie Elizabeth nebenan am Telefon ein Meeting arrangierte und dabei ihre langweilige Erwachsenenstimme benutzte. Aber kaum hatte sie aufgelegt, summte sie wieder sein Lied. Er schmunzelte. Wenn man die Melodie erst mal im Kopf hatte, ließ sie einen echt nicht mehr los.

Er wirbelte schneller und immer schneller in dem Stuhl herum und vollführte Pirouetten, bis sein Magen rebellierte und sein Kopf dröhnte. Allmählich kam er zu dem Schluss, dass Stuhlkarussellfahren seine Lieblingsbeschäftigung war. Garantiert hätte Luke das Spiel auch gemocht, und als Ivan sich sein trauriges kleines Gesicht vorstellte, wie es sich heute Morgen ans Autofenster gedrückt hatte, gerieten seine Gedanken auf Abwege, und der Stuhl wurde langsamer. Ivan hätte sich schrecklich gern die Farm angeschaut, und Lukes Granddad sah aus, als könnte er ein bisschen Spaß mehr als gut gebrauchen. In dieser Hinsicht war er Elizabeth recht ähnlich. Zwei langweilige alte Reliewgnale.

Aber wenigstens gab ihm die Trennung die Gelegenheit, Elizabeth zu beobachten, damit er seinen Bericht über sie schreiben konnte. In ein paar Tagen hatte er ein Treffen, bei dem er dem Rest des Teams in einer Präsentation zeigen musste, woran er gerade arbeitete. Das machten sie immer so. Noch ein bisschen Zeit mit ihr, um endgültig zu beweisen, dass sie ihn nicht sehen konnte, dann konnte er sich wieder ganz auf Luke konzentrieren.

Vielleicht kriegte er ja bei dem Jungen irgendwas nicht richtig mit, trotz seiner langjährigen Erfahrung.

Als ihm richtig schwindlig war, bremste Ivan mit den Füßen, beschloss aber abzuspringen, solange der Stuhl sich noch drehte, damit er sich dabei vorstellen konnte, er würde aus einem fahrenden Auto springen. Dramatisch rollte er sich über den Boden, genau wie sie das im Kino immer machten. Als er aufblickte, sah er vor sich ein Mädchen im Teenageralter, das mit offenem Mund zusah, wie sich ihr Bürostuhl ganz von alleine wild um die eigene Achse drehte.

Verwundert blickte sie sich im Raum um, ob nicht doch noch jemand außer ihr da war. Dann runzelte sie die Stirn, näherte sich vorsichtig dem Schreibtisch, als wäre die Gegend vermint, und legte ganz sachte ihre Handtasche darauf, als hätte sie Angst, den Stuhl bei seiner Dreherei zu stören. Dann sah sie sich erneut um, ob jemand sie beobachtete, und pirschte sich auf Zehenspitzen an den Stuhl heran, um ihn zu inspizieren. Dabei streckte sie die Hände aus, als wollte sie ein Wildpferd zähmen.

Ivan kicherte.

Becca kratzte sich ratlos am Kopf, aber sie konnte nichts Ungewöhnliches entdecken. Vielleicht hatte Elizabeth den Stuhl benutzt, bevor sie in ihr eigenes Büro gegangen war. Allerdings musste sie bei dem Gedanken, dass Elizabeth wie ein Kind in einem Drehstuhl herumwirbelte – die Haare streng zurückgesteckt, in einer ihrer eleganten Hosenanzüge, die vernünftigen Schuhe in der Luft baumelnd –, unwillkürlich grinsen. Nein, das Bild passte nicht. In Elizabeths Welt waren Stühle zum Sitzen da, nicht zum Spielen. Punktum. Dieser Devise folgte Becca, setzte sich und begann umgehend mit ihrer Arbeit.

»Guten Morgen allerseits«, flötete eine Weile später eine hohe Stimme von der Tür, und herein tänzelte Poppy. Sie hatte pflaumenrote Haare und trug eine Schlagjeans mit aufgestickten

Blumen, Plateauschuhe und ein rotes Batik-T-Shirt. Wie üblich war sie mit Farbspritzern übersät. »Hattet ihr alle ein schönes Wochenende?« Sie sprach ihre Sätze nicht, sondern sang sie, während sie im Zimmer herumtänzelte und mit der Anmut eines Elefanten die Arme schwenkte.

Becca nickte.

»Großartig«, sagte Poppy und stellte sich vor ihre Kollegin, die Hände in die Hüften gestützt. »Was hast du denn gemacht, Becca? Dich einem Debattierclub angeschlossen? Oder hattest du ein Date, bei dem du einen Typen zugetextet hast?«

Becca blätterte eine Seite in ihrem Buch um und ignorierte Poppy.

»Wow, das ist ja spitze, klingt wie der absolute Burner. Weißt du, mir gefällt es echt total gut, dass wir hier im Büro immer so entspannt miteinander quatschen können.«

Becca blätterte die nächste Seite um.

»Ach wirklich? Na ja, so viel wollte ich gar nicht wissen, die Information reicht mir eigentlich, wenn es dir nichts ausmacht. Was zum …?« Plötzlich unterbrach sie sich und drehte sich um.

Ohne von ihrem Buch aufzublicken, meinte Becca in gelangweiltem Ton: »Das macht er schon den ganzen Morgen.«

Sogar Poppy hatte es die Sprache verschlagen.

Ein paar Minuten war es ganz still im Büro. Becca las in ihrem Buch, und Poppy starrte stumm den Drehstuhl an. Nach einer Weile wurde Elizabeth nebenan unruhig, weil sie es nicht gewohnt war, dass so lange Schweigen herrschte, und streckte den Kopf durch die Tür.

»Alles in Ordnung, Mädels?«, fragte sie.

Ein rätselhaftes Quietschen war die einzige Antwort.

»Poppy?«

Poppy rührte sich nicht, erklärte aber: »Der Stuhl.«

Elizabeth kam ganz aus ihrem Büro und schaute in die angegebene Richtung. Der farbbespritzte Stuhl hinter Poppys Schreibtisch, den Poppy einfach nicht ausrangierte, obwohl Elizabeth sie schon seit Monaten darum bat, drehte sich wie verrückt um sich selbst, und die Schrauben jaulten. Poppy stieß ein nervöses Gekicher aus. Nach einer Weile näherten sie und Elizabeth sich vorsichtig dem Drehstuhl, um ihn zu untersuchen. Becca blieb sitzen und las weiter, als wäre ein sich von allein drehender Stuhl das Normalste der Welt.

»Becca«, fragte Elizabeth mit einem halben Lachen, »hast du das gesehen?«

Becca hob immer noch nicht die Augen, antwortete aber mit leiser Stimme: »Das macht er schon seit etwa einer Stunde. Er bleibt stehen und fängt dann wieder an, dauernd.«

»Ist das irgendeine neue Kreation von dir, Poppy?«, erkundigte sich Elizabeth stirnrunzelnd.

»Schön wär's«, antwortete Poppy, noch immer in ehrfürchtigem Staunen.

Schweigend beobachteten sie den Stuhl, der sich munter weiterdrehte. Quietsch, quietsch, quietsch.

»Vielleicht sollte ich Harry rufen. Wahrscheinlich hat es irgendwas mit den Schrauben zu tun«, überlegte Elizabeth.

Zweifelnd hob Poppy die Augenbrauen. »Klar, bestimmt liegt es an den *Schrauben*, dass er sich so doll und auch noch von ganz alleine dreht«, meinte sie sarkastisch, während sie weiter den vielfarbigen Wunderstuhl anglotzte.

Elizabeth klaubte eine imaginäre Fluse von ihrer Jacke und räusperte sich. »Weißt du, Poppy, du musst den Stuhl wirklich neu beziehen lassen, er ist einfach kein gutes Aushängeschild. Ich bin sicher, dass Gwen das schnell und gut für dich erledigen kann.«

Poppy riss die Augen auf. »Aber der Stuhl *soll* doch so aussehen, er ist Ausdruck meiner Persönlichkeit, ein Teil von mir. Und der einzige Gegenstand hier im Raum, auf den ich mich projizieren kann.« Sie blickte sich voller Abscheu um. »In diesem blöden *beigen* Zimmer.« Sie betonte das Wort, als wäre es etwas Unanständiges. »Außerdem arbeitet *Mrs. Bracken* nicht besonders gern, sondern verbringt ihre Zeit lieber beim Tratschen mit ihren Freundinnen, die jeden Tag vorbeikommen, weil sie nichts Besseres zu tun haben.«

»Ach, komm schon, das stimmt doch nicht. Und denk dran, nicht jeder Mensch teilt deinen Geschmack. Wir sind ein seriöses Innenarchitekturbüro, und da würden etwas weniger … na ja, weniger ausgefallene Designs uns vielleicht besser repräsentieren. Dinge, die die Leute sich auch in ihrer eigenen Wohnung vorstellen können.« Sie betrachtete den Stuhl weiter. »Er sieht aus, als hätte sich ein Vogel mit einer sehr schlechten Verdauung darauf entleert.«

»Freut mich, dass wenigstens einer mal versteht, was ich damit ausdrücken wollte«, meinte Poppy stolz.

»Außerdem hab ich dir schon erlaubt, den Wandschirm aufzustellen«, sagte Elizabeth und machte eine Kopfbewegung zu dem Raumteiler zwischen Beccas und Poppys Arbeitsbereich, den Poppy in jeder nur erdenklichen Farbe und mit jedem der Menschheit bekannten Material geschmückt hatte.

»Ja, und die Leute *lieben* diesen Wandschirm«, entgegnete Poppy. »Ich hab schon drei Nachfragen von unseren Kunden gekriegt.«

»Nachfragen? Wann das Ding endlich auf dem Sperrmüll landet?«, fragte Elizabeth mit einem Grinsen.

Mit verschränkten Armen und schief gelegtem Kopf betrachteten sie beide den Wandschirm, als wäre er ein Kunstwerk in irgendeinem Museum, während sich der Stuhl vor ihnen unablässig weiterdrehte.

Auf einmal hüpfte er in die Höhe, und der Wandschirm neben Poppys Schreibtisch stürzte krachend auf den Boden. Alle drei Frauen sprangen auf und machten einen Schritt zurück. Der Stuhl wurde langsamer und hielt schließlich an.

Poppy hielt sich die Hand vor den Mund. »Das ist ein Zeichen«, flüsterte sie.

Auf der anderen Seite des Zimmers begann die sonst so stille Becca laut zu lachen.

Bestürzt sahen Elizabeth und Poppy sie an.

»Hmm«, war alles, was Elizabeth herausbrachte, bevor sie sich abwandte und in ihrem Büro verschwand.

Ivan lag auf dem undefinierbaren Ding, auf dem er nach seinem Sprung vom Stuhlkarussell gelandet war, hielt sich den Kopf und wartete darauf, dass der Raum sich endlich zu drehen aufhörte. Jetzt hatte er Kopfweh und kam zu dem Schluss, dass Drehstuhl-karussellfahren vielleicht doch nicht seine Lieblingsbeschäftigung war. Benommen beobachtete er, wie Elizabeth in ihr Büro ging und die Tür mit dem Fuß hinter sich zuschob. Im letzten Moment sprang er auf und hechtete hinter ihr her, sodass er es gerade noch schaffte, sich durch den Spalt zu quetschen, ehe die Tür ins Schloss fiel. Heute würde er sich nicht schon wieder von ihr einsperren lassen.

Er setzte sich in den (Nicht-Dreh-)Stuhl vor Elizabeths Schreibtisch und sah sich in dem Zimmer um. Irgendwie kam er sich vor wie im Direktorzimmer kurz vor einer Strafpredigt. Das Büro hatte jedenfalls die Atmosphäre eines Direktorzimmers, still und angespannt, und es roch auch so, abgesehen vom Duft von Elizabeths Parfüm, das er so mochte. Ivan war schon mit einigen früheren besten Freunden beim Direktor gewesen, daher wusste er ziemlich genau, wie sich das anfühlte. Im Training bekam man im Allgemeinen die Anweisung, nicht mit seinen besten Freunden in die Schule zu gehen, weil man dort nicht wirklich gebraucht wurde. Eigentlich war die Regel eingeführt worden, weil die Kinder sonst Ärger bekamen und auch noch die Eltern gerufen wurden. Der Anweisung zufolge sollte man lieber draußen rumhängen und im Schulhof auf die Pause warten. Auch wenn man auf dem Schulhof nicht direkt mitmachte, wussten die Freunde doch wenigstens, dass man in der Nähe war, was ihnen Selbstvertrauen vermittelte und es leichter für sie machte, mit den anderen Kindern zu spielen. Das alles war das Ergebnis jahrelanger Forschungsarbeit, aber Ivan neigte dazu, die ganzen Statistiken zu ignorieren. Wenn seine besten Freunde ihn in der Schule brauchten, dann war er da, und er hatte ganz bestimmt keine Angst davor, irgendwelche komischen Regeln zu brechen.

Elizabeth saß hinter einem großen Glasschreibtisch auf einem überdimensionalen schwarzen Ledersessel und trug einen strengen schwarzen Hosenanzug. Soweit Ivan gesehen hatte, trug sie sowieso nie was anderes als Schwarz, Braun und Grau. Zurückhaltend und total langweilig. Natürlich war der Schreibtisch makellos. Er blitzte und blinkte, als wäre er soeben poliert worden. Auf der Glasplatte befanden sich nur ein Computer, eine Tastatur, ein dicker schwarzer Terminkalender und die Arbeit, über der Elizabeth gerade brütete – langweilige Vierecke aus irgendeinem uninteressanten Material. Alles andere war ordentlich in den schwarzen Schränken verstaut. Abgesehen von ein paar gerahmten Fotos von Räumen, die Elizabeth wahrscheinlich eingerichtet hatte, gab es nichts anzugucken. Nur Schwarz, Weiß und Glas. Ivan kam sich vor wie in einem Raumschiff. Genauer gesagt, im Direktorzimmer eines Raumschiffs.

Ivan gähnte. Ganz eindeutig, Elizabeth war ein Reliewgnal. Keine Fotos von Familie und Freunden, keine Stofftiere auf dem Computer, und auch das Bild, das Luke ihr am Wochenende gemalt hatte, war nirgends zu entdecken. Dabei hatte sie ihm versprochen, sie würde es mit ins Büro nehmen. Das einzig Interessante war die Sammlung von Kaffeebechern auf dem Fensterbrett, die darauf warteten, zu Joe's zurückgebracht zu werden. Ivan wäre jede Wette eingegangen, dass Joe über diesen Anblick nicht erfreut gewesen wäre.

Er stützte die Ellbogen auf den Schreibtisch und lehnte sich so weit nach vorn, dass sein Gesicht ganz nah an ihrem war. Sie war in ihre Arbeit versunken, aber ihre Stirn hatte nicht die sonst üblichen Sorgenfalten. Ihre glänzenden Lippen, die immer ein wenig nach Erdbeeren rochen, zogen sich sanft zusammen und entspannten sich wieder. Außerdem summte sie leise vor sich hin.

Er musste seine Meinung von ihr wieder ändern. Jetzt sah er nicht mehr die Direktorin in ihr, als die sie sich vor anderen gerne darstellte. Aber sie war auch nicht wie sonst, wenn sie allein war und grübelte, sondern friedlich, ruhig und gelassen. Vermutlich, weil sie sich ausnahmsweise mal tatsächlich keine Sorgen machte. Nachdem er sie eine Weile beobachtet hatte, wanderte Ivans Blick zu dem Papier hinunter, an dem sie gerade arbeitete. Sie hielt einen braunen Buntstift in der Hand und kolorierte gerade die Skizze eines Schlafzimmers.

Ivans Augen begannen zu leuchten. Ausmalen gehörte zu seinen Lieblingsbeschäftigungen. Er stand auf, ging um den Schreibtisch herum und stellte sich hinter Elizabeth, damit er besser sehen konnte, was sie da machte, und um zu kontrollieren, ob sie immer schön innerhalb der Linien blieb. Sie war Linkshänderin. Er beugte sich über ihre Schulter und legte den Arm neben sie auf den Schreibtisch, um sich abzustützen. Jetzt war er so nah bei ihr, dass ihm der Kokosduft ihres Shampoos in die Nase stieg. Er atmete tief ein und spürte, wie ihn ihre Haare in der Nase kitzelten.

Elizabeth hörte einen Augenblick mit dem Malen auf, schloss die Augen, legte den Kopf in den Nacken, holte tief Luft und lächelte leise in sich hinein. Ivan tat das Gleiche und fühlte ihre Haut an seiner Wange. Sein ganzer Körper kribbelte. Einen Augenblick fühlte er sich seltsam, aber es war eine angenehme Seltsamkeit. Wie bei einer Umarmung, und das war gut, denn Umarmen war ganz eindeutig seine Lieblingsbeschäftigung. Ihm wurde leicht und ein bisschen schwindlig im Kopf, aber nicht so schwindlig wie vom Drehstuhlkarussellfahren, sondern viel, viel angenehmer. Er hielt das Gefühl ein paar Minuten fest, bis sie beide gleichzeitig die Augen öffneten und auf die Zeichnung des Schlafzimmers starrten. Elizabeths Hand bewegte sich zu dem braunen Stift und versuchte sich zu entscheiden, ob sie ihn wieder nehmen sollte oder nicht.

»Elizabeth, nicht schon wieder Braun«, stöhnte Ivan leise.

»Komm schon, riskier ein bisschen Farbe, zum Beispiel das leuchtende Hellgrün hier.«

Ihre Finger schwebten über dem Stift, als hinderte eine magische Kraft sie daran, ihn anzufassen. Dann bewegte sich die Hand langsam von dem schokobraunen Stift weg und hinüber zum Hellgrün. Dabei lächelte sie, als fände sie diese Entscheidung außerordentlich amüsant, hielt den grünen Stift behutsam fest, als hätte sie ihn zum ersten Mal in der Hand, und rollte ihn nachdenklich zwischen den Fingern hin und her. Langsam begann sie die Kissen auf dem Bett anzumalen, die Quasten an den Raffhaltern für die Vorhänge, und ging dann über zu größeren Stücken, kolorierte die Wolldecke am Fußende des Betts und schließlich sogar den Sessel in einer Ecke des Zimmers.

»So ist das viel besser«, flüsterte Ivan stolz.

Elizabeth lächelte, schloss wieder die Augen und atmete tief und langsam.

Auf einmal klopfte es an der Tür. »Darf ich reinkommen?«, flötete Poppy.

Elizabeths Augen öffneten sich blitzschnell, und ihre Hand ließ den anstößigen Stift fallen, als wäre er eine gefährliche Waffe. »Ja«, rief sie, und als sie sich zurücklehnte, streifte ihre Schulter kurz Ivans Brust. Elizabeth sah sich um, betastete ihre Schulter und wandte sich schließlich Poppy zu, die ins Zimmer hüpfte. Ihre Augen funkelten vor Aufregung.

»Okay, Becca hat mir gerade erzählt, dass du doch noch ein Treffen mit den Leuten vom Liebeshotel hast«, verkündete sie, und es klang, als wollte sie ein Lied singen.

Ivan setzte sich aufs Fensterbrett hinter Elizabeths Schreibtisch und streckte die Beine aus. Dann verschränkten er und Elizabeth gleichzeitig die Arme vor der Brust. Ivan lächelte.

»Poppy, bitte sag doch nicht immer Liebeshotel dazu.« Elizabeth rieb sich müde die Augen. Ivan war enttäuscht. Da war sie wieder, die Reliewgnal-Stimme.

»Okay, dann eben die Leute von dem *neuen Hotel*«, lenkte Poppy ein, konnte es sich aber nicht verkneifen, das Wort überdeutlich zu betonen. »Ich hab da nämlich ein paar Ideen. Zum Beispiel dachte ich an Wasserbetten in Herzform, Whirlpools, Sektkelche in den Nachtschränkchen.« Sie unterbrach sich und senkte die Stimme zu einem theatralischen Flüstern. »Ich dachte an etwas in der Art von *Romantik* meets *Art Deco. Caspar David Friedrich* meets *Jean Dunand.* Eine *Explosion* in kräftigen Rottönen, Burgunder und Weinrot, dass man sich fühlt wie in einem mit Samt ausgeschlagenen *Mutterschoß. Überall* Kerzen. *Boudoir* meets ...«

»*Las Vegas*«, ergänzte Elizabeth trocken.

Das riss Polly schlagartig aus ihrer Trance, und ihr Gesicht nahm einen enttäuschten Ausdruck an.

»Poppy«, seufzte Elizabeth. »Wir haben das alles doch schon besprochen. Ich glaube wirklich, dass du dich an das Konzept halten solltest, das wir ausgearbeitet haben.«

»Ach!«, jammerte sie und wich ein Stück zurück, als wäre sie tödlich getroffen. »Aber das Konzept ist so *langweilig.*«

»Hört, hört!«, rief Ivan, sprang auf und applaudierte. »Reliewgnal«, sagte er laut in Elizabeths Ohr.

Elizabeth zuckte zusammen und kratzte sich am Ohr. »Tut mir echt Leid, Poppy, dass du das so siehst, aber leider ist der Stil, den du so langweilig findest, auch der Stil, in dem viele andere Leute ihr Haus ausstatten würden. Eine bewohnbare, gemütliche, entspannende Umgebung. Nach einem langen Arbeitstag wollen die Leute nicht in ein Haus kommen, in dem jeder Balken eine dramatische Proklamation abgibt und die Farben einem Kopfschmerzen bereiten. In einer Welt, in der der Alltag mit so viel Stress verbunden ist, wollen die Menschen ein praktisches, ruhiges und friedliches Zuhause.« Diesen Vortrag hielt sie auch all ihren Kunden. »Und das jetzt ist ein *Hotel*, Poppy, also müssen wir alle möglichen Leute ansprechen und nicht nur ein paar mit ausgefallenen Ideen, das heißt, nicht nur diejenigen, die gerne in einer mit Samt ausgeschlagenen Gebärmutter residieren möchten«, fügte sie nüchtern hinzu.

»Na ja, ich kenne viele Menschen, die irgendwann mal ganz zufrieden in einer Gebärmutter gelebt haben, du etwa nicht? Genau genommen schließt das die gesamte menschliche Spezies ein – jedenfalls auf diesem Planeten«, versuchte Poppy es noch einmal. »Wahrscheinlich würde es bei vielen glückliche Erinnerungen wachrufen.«

Elizabeth machte ein genervtes Gesicht.

»Elizabeth«, stöhnte Poppy und ließ sich mit einer dramatischen Geste in den Sessel vor ihr sinken. »Gibt es denn wirklich gar nichts, dem ich meinen Stempel aufdrücken kann? Ich fühle mich hier so eingeschränkt, so in der Entfaltung meiner Kreativität ausgebremst und – ooooh, das ist ja hübsch!«, unterbrach sie sich plötzlich zwitschernd und beugte sich über den Schreibtisch zu dem Blatt, an dem Elizabeth vorhin gearbeitet hatte. »Schoko und Limone, das passt echt super! Dass ausgerechnet du auf diesen Trichter gekommen bist!«

Ivan trat wieder neben Elizabeth und kauerte sich so nieder, dass er ihr ins Gesicht sehen konnte. Sie starrte auf die vor ihr liegende Skizze, als sähe sie sie zum ersten Mal. Erst runzelte sie die Stirn, aber dann wurde ihr Gesicht weicher, und sie antwortete: »Ich weiß auch nicht, es ist einfach ...« – sie schloss kurz die Augen, atmete tief durch und rief sich das Gefühl von vorhin wieder ins Gedächtnis – »es ist mir einfach plötzlich in den Kopf gekommen.«

Poppy lächelte und nickte aufgeregt. »Na siehst du, jetzt verstehst du endlich, wie das bei mir ist. Ich kann meine Kreativität einfach nicht unterdrücken, weißt du. Ich kann hundertprozentig nachvollziehen, wie du das meinst. Das ist eine ganz natürliche Instinktgeschichte.« Mit leuchtenden Augen fügte sie flüsternd hinzu: »Wie die *Liebe*.«

»Hört, hört!«, wiederholte Ivan und beobachtete Elizabeth. Inzwischen hatte er sich ihr so weit genähert, dass seine Nase fast ihre Wange berührte, aber diesmal war es ein leises Flüstern, das ihr eine lose Strähne sanft um ihr Ohr blies.

Neun

»Poppy, hast du mich gerufen?«, fragte Elizabeth später am Tag, vergraben unter einem Berg Teppichproben, die sich auf ihrem Schreibtisch häuften.

»Nein, zum hundertsten Mal«, kam die gelangweilte Antwort. »Und bitte stör mich nicht andauernd, ich bestelle grade zweitausend Eimer *Magnolie* für unsere zukünftigen Projekte. Kann ja nicht schaden, mal strukturiert zu denken und für die nächsten zwanzig Jahre vorzusorgen«, brummelte sie und fügte dann, laut genug, dass Elizabeth sie hören konnte, hinzu: »Weil wir unsere Ansichten nämlich ganz bestimmt in nächster Zeit nicht ändern werden.«

»Ach, okay«, räumte Elizabeth ein und lächelte. »Du kannst ruhig noch eine andere Farbe dazunehmen.«

Vor Aufregung fiel Poppy fast vom Stuhl.

»Wenn du schon mal dabei bist, dann lass dir noch ein paar hundert Eimer Beige schicken. *Gerste* nennt sich der Farbton.«

»Ha, ha«, kommentierte Poppy trocken.

Ivan sah Elizabeth mit hochgezogenen Brauen an. »Elizabeth, Elizabeth«, trällerte er. »Haben wir da etwa grade einen Witz gemacht? Hörte sich ganz danach an.« Die Ellbogen auf den Tisch gestützt, sah er sie direkt an. Dann seufzte er und blies ihr dabei ein paar lose Haarsträhnen ins Gesicht.

Elizabeth erstarrte, ließ argwöhnisch die Augen von links nach rechts wandern und arbeitete dann weiter.

»Oh, seht ihr, wie sie mich behandelt?«, stöhnte Ivan dramatisch, schlug sich die Hand gegen die Stirn und tat so, als sänke er ohnmächtig auf das Ledersofa nieder, das in einer Ecke des Zimmers stand. »Sie tut, als wäre ich gar nicht da«, jammerte er, legte die Füße hoch und starrte an die Decke. »Vergessen wir das Direktorzimmer, es ist, als wäre man beim Psychiater.« Den Blick weiter starr nach oben gerichtet, fuhr er mit einem gekonnt imitierten amerikanischen Akzent fort: »Wissen Sie, Doc, es hat alles damit angefangen, dass Elizabeth mich ignoriert hat«, blökte er lautstark. »Da hab ich mich so *ungeliebt* gefühlt, so *allein*, so *schrecklich, schrecklich allein*. Als würde ich überhaupt nicht existieren. Als wäre ich ein *Nichts*. Mein Leben ist Scheiße.« Er tat so, als würde er weinen. »Und das ist alles nur Elizabeths Schuld.« Er hielt inne und beobachtete sie eine Weile, wie sie die Teppichmuster mit Materialien und Farbkarten verglich, doch als er wieder etwas sagte, war seine Stimme wieder normal und sanft. »Aber sie kann mich nicht sehen, weil sie einfach zu viel Angst hat, daran zu glauben. Ist es nicht so, Elizabeth?«

»Was?«, rief Elizabeth erneut.

»Was soll das denn jetzt schon wieder?«, fragte Poppy irritiert zurück. »Ich hab nichts gesagt.«

»Doch, du hast mich gerufen.«

»Nein, hab ich nicht, anscheinend hörst du Stimmen. Und könntest du übrigens aufhören, dieses bescheuerte Lied zu summen?«

»Was denn für ein Lied?« Elizabeth runzelte die Stirn.

»Das Lied, das du den ganzen Morgen ununterbrochen vor dich hindudelst. Das treibt mich in den Wahnsinn!«

»Oh, danke sehr!«, sagte Ivan, sprang auf und verbeugte sich theatralisch, ehe er sich wieder auf das Sofa sinken ließ. »Ich hab dieses Lied *erfunden*. Andrew Lloyd Webber, Sie können einpacken.«

Elizabeth arbeitete weiter. Als sie wieder anfing zu summen, unterbrach sie sich sofort.

»Weißt du, Poppy«, rief Ivan ins andere Zimmer hinüber, »ich glaube, Elizabeth kann mich hören.« Er faltete die Hände auf der Brust und drehte Däumchen. »Ich glaube, sie hört mich ganz genau. Stimmt's, Elizabeth?«

»Herr des Himmels«, ächzte Elizabeth und ließ die Muster auf den Tisch fallen. »Becca, bist du das vielleicht, die ständig meinen Namen sagt?«

»Nein«, antwortete Becca mit kaum hörbarer Stimme.

Elizabeth bekam einen roten Kopf. Sie war verwirrt und verlegen, weil sie sich vor ihren Mitarbeitern benahm wie ein Trottel. In dem Versuch, sich wieder in den Griff zu bekommen, rief sie streng: »Becca, du könntest mir bitte mal einen Kaffee von Joe's holen.«

»Ach übrigens«, säuselte Ivan, dem das Ganze immer mehr Spaß machte, »vergiss nicht, ihr zu sagen, sie soll einen von den Bechern mit rüber nehmen. Joe wird sich bestimmt freuen.«

»Oh.« Elizabeth schnippte mit den Fingern, als sei ihr gerade etwas eingefallen. »Nimm doch bitte auch einen von den Bechern mit«, sagte sie und reichte Becca einen Kaffeebecher. »Da wird Joe sich bestimmt ...« – sie stockte und schaute verwirrt, »... bestimmt freuen.«

»O ja, sie hört mich, sie hört mich ganz genau«, lachte Ivan. »Sie will es sich bloß noch nicht eingestehen, ihr Kontroletti-Verstand erlaubt es ihr nicht. Für sie ist alles nur schwarz oder weiß«, sagte er und setzte dann hinzu: »oder beige natürlich. Aber ich werde das alles mal ein bisschen aufmischen, und dann werden wir Spaß haben. Hast du das schon mal gemacht, Elizabeth? So richtig Spaß gehabt?« Seine Augen funkelten schelmisch.

Er schwang die Beine von der Couch, sprang wieder auf, setzte sich auf die Kante von Elizabeths Schreibtisch und entdeckte dort die Ausdrucke der Online-Informationen über die unsichtbaren Freunde. »Nein, du glaubst nicht an diesen ganzen Firlefanz, richtig, Lizzie? Darf ich dich Lizzie nennen?«

Elizabeth verzog unwillkürlich das Gesicht.

»Oh«, meinte Ivan leise. »Du magst es also nicht, wenn man dich Lizzie nennt, stimmt's?«

Elizabeth schluckte.

Inzwischen hatte Ivan sich quer über den Schreibtisch auf die Teppichmuster gelegt und stützte den Kopf in die Hand. »Tja, ich hab Neuigkeiten für dich«, verkündete er und senkte die Stimme zu einem Flüstern. »Ich bin real. Und ich bewege mich nicht weg, bis du deine Augen aufmachst und mich ansiehst.«

Elizabeth ließ ihre Farbkarten sinken und hob langsam den Blick. Nachdenklich sah sie sich in ihrem Büro um. Aus irgendeinem Grund fühlte sie sich auf einmal ganz ruhig, ruhiger, als sie sich seit langer Zeit gefühlt hatte. Wie in Trance starrte sie ins Nichts, konnte nicht blinzeln und auch nicht wegschauen, und fühlte sich umhüllt von Wärme und Geborgenheit.

Auf einmal sprang die Bürotür auf, so schnell und heftig, dass der Griff gegen die Wand donnerte. Elizabeth und Ivan fuhren erschrocken hoch.

»Ooooh, tut mir Leid, wenn ich die Turteltäubchen störe«, gackerte Saoirse.

Ivan hüpfte behände vom Schreibtisch.

Und Elizabeth fing an aufzuräumen – eine für sie typische Übersprungshandlung. Verwirrt strich sie dann ihre Jacke glatt und fuhr sich mit den Handflächen übers Haar.

»Wegen mir musst du das nicht machen«, meinte Saoirse mit einer wegwerfenden Geste, während sie rasant auf ihrem Kaugummi kaute. »Du bist immer so hektisch, entspann dich doch mal.« Argwöhnisch wanderten ihre Augen zu einer Stelle neben Elizabeths Schreibtisch. »Und – willst du mich nicht vorstellen?«

Mit zusammengekniffenen Augen musterte Elizabeth ihre Schwester. Saoirse machte sie nervös mit ihrem neurotischen Verhalten und ihren Wutanfällen. Alkohol oder nicht, sie war schon immer schwierig gewesen. Genau genommen konnte Elizabeth inzwischen kaum noch unterscheiden, ob sie betrunken war oder nicht. Saoirse hatte nie zu sich selbst gefunden, war nie zu einer einheitlichen Persönlichkeit herangereift, hatte nie herausgefunden, wer sie war oder was sie wollte, was sie glücklich machte oder was sie sich vom Leben wünschte. Bis heute wusste sie das nicht. Sie war ein seltsamer Mischmasch verschiedener Persönlichkeiten, die sich nie hatten entfalten dürfen. Elizabeth fragte sich, ob ihre Schwester es je schaffen würde, mit dem Trinken aufzuhören. Vielleicht war das aber auch nur eins auf einer langen Liste von Problemen.

Es ließ sich so selten einrichten, dass Elizabeth mit Saoirse allein war und ungestört mit ihr reden konnte, dass es ihr manchmal vorkam, als versuchte sie, einen Schmetterling zu fangen. Schmetterlinge waren wunderschön, aber sie blieben nirgendwo ruhig sitzen. Immerzu jagte Elizabeth ihrer Schwester nach, und wenn sie sie tatsächlich einmal erwischte, dann fing Saoirse sofort an, panisch mit den Flügeln zu schlagen, und wollte nur so schnell wie möglich wieder fort.

Wenn die Schwestern dann doch einmal in Ruhe zusammen waren, bemühte Elizabeth sich immer, verständnisvoll zu sein und Saoirse mit all der Einfühlsamkeit zu behandeln, die sie verdiente. Das hatte sie damals gelernt, als sie nicht mehr weitergewusst und schließlich professionelle Hilfe in Anspruch genommen hatte. Sie hätte alles für ihre Schwester getan und verhielt sich auch dann noch unterstützend und freundlich, wenn Saoirse sie schlecht behandelte. Zum Teil, weil sie Angst hatte, Saoirse sonst für immer zu verlieren – und was würde dann aus ihr werden? Außerdem hielt sie es für ihre Pflicht, sich um ihre kleine Schwester zu kümmern. Aber vor allem war sie es müde, dass in ihrem Leben all die schönen bunten Schmetterlinge immer wegflogen.

»Wem soll ich dich denn vorstellen?«, fragte Elizabeth.

»Ach, komm mir nicht mit diesem Mama-Ton. Wenn du mich nicht vorstellen willst, ist das auch okay.« Sie wandte sich an die leere Luft. »Sie schämt sich nämlich für mich. Sie glaubt, ich mach ihren ›guten Namen‹ kaputt. Was werden die Nachbarn sagen und solches Zeug.« Sie lachte bitter. »Vielleicht hat sie auch Angst, dass ich dich vergraule. Das ist mit dem anderen auch passiert, weißt du. Er …«

»Okay, okay, Saoirse«, unterbrach Elizabeth das Theater. »Hör mal, ich bin froh, dass du vorbeigekommen bist, weil es da nämlich etwas gibt, worüber ich mit dir sprechen möchte.«

Saoirse setzte sich auf den Stuhl vor dem Schreibtisch, wippte mit dem Bein und kaute auf ihrem Kaugummi.

»Colm hat mir am Freitag das Auto zurückgebracht und mir erzählt, dass die Polizei dich festgenommen hat. Das ist allmählich wirklich nicht mehr witzig, Saoirse. Bis zu deinem Gerichtstermin in ein paar Wochen musst du dich zusammenreißen, denn wenn du dir bis dahin … na ja, wenn du dir noch so was erlaubst, dann hat das Auswirkungen auf dein Strafmaß.«

Saoirse verdrehte die Augen. »Mach dich mal locker, Elizabeth! Was sollen die denn groß mit mir machen? Mich für Jahre wegsperren, weil ich mir das Auto meiner Schwester geliehen habe und zwei Minuten damit durch die Straßen gegondelt bin? Den Führerschein können sie mir jedenfalls nicht wegnehmen, weil ich keinen habe, und wenn sie mir verbieten, ihn zu machen, dann juckt mich das auch nicht, weil ich gar keinen will. Die werden mich für ein paar Wochen zu irgendwelchem gemeinnützigen Scheiß verdonnern, weiter nichts. Dann muss ich alten Ladys über die Straße helfen oder so was. Ist doch cool.« Sie machte eine Kaugummiblase und ließ sie platzen, sodass das Zeug auf ihren aufgesprungenen Lippen klebte.

Elizabeths Augen weiteten sich ungläubig. »Saoirse, du hast mein Auto nicht *geliehen*. Du hast es dir ohne meine Erlaubnis genommen und bist ohne Führerschein damit gefahren. Komm schon, du bist nicht blöd, du weißt, dass das nicht geht.« Elizabeth hielt inne und bemühte sich, die Fassung wiederzugewinnen. Diesmal würde sie es schaffen, Saoirse vom Ernst der Lage zu überzeugen. Aber obwohl es immer um das Gleiche ging, schaffte Saoirse es jedes Mal, sich irgendwie herauszureden und alles abzustreiten, was man ihr vorwarf. Elizabeth schluckte schwer.

»Hör mal«, gab Saoirse wütend zurück, »ich bin dreiundzwanzig, und ich tue genau das, was alle in meinem Alter tun – ich gehe aus und hab Spaß.« Ihr Ton wurde fies. »Dass du in meinem Alter kein Leben hattest, heißt noch lange nicht, dass ich auch keins haben darf.« Das Flügelschlagen des im Glas gefangenen Schmetterlings, der keine Luft mehr bekam.

Ich hatte kein Leben, weil ich damit beschäftigt war, dich großzuziehen, dachte Elizabeth ärgerlich. *Und offensichtlich habe ich meine Aufgabe ganz und gar nicht zufriedenstellend bewältigt.*

»Und du, willst du hier rumsitzen und dir alles anhören, oder was?«, sagte Saoirse ziemlich grob zur Couch.

Elizabeth runzelte die Stirn und räusperte sich. »Aber jetzt denk doch mal darüber nach, was Colm gesagt hat. Ob du *glaubst*, dass du dir etwas hast zuschulden kommen lassen, spielt überhaupt keine Rolle. Was zählt, ist die Meinung der Polizei – und die ist überzeugt davon.«

Saoirse kaute und starrte Elizabeth mit ihren kalten blauen Augen an. »Colm hat doch von Tuten und Blasen keine Ahnung. Er hat keinen Grund, mich wegen *irgendwas* anzuklagen. Es sei denn, es ist seit neuestem ein Verbrechen, wenn man Spaß hat.« Flatter, flatter, machte der Schmetterling.

»Bitte, Saoirse«, sagte Elizabeth leise. »Bitte hör auf mich. Diesmal meinen die es wirklich ernst. Sei einfach ein bisschen vorsichtiger mit dem, äh« – sie stockte – »mit dem Trinken.«

»Ach, lass mich doch in Ruhe«, konterte Saoirse und verzog das Gesicht. »Halt den Mund, halt den Mund, halt den Mund. Ich hab echt keinen Bock, mir den ganzen Blödsinn immer wieder anzuhören.« Sie stand auf. »Ich trinke, wenn ich Lust habe. Falls du ein Problem damit hast, dann doch nur, weil du dich für so beschissen perfekt hältst.« Sie riss die Tür auf und schrie, sodass jeder es hören konnte: »Ach ja, und du da auf der Couch« –

111

sie machte eine Kopfbewegung zum Sofa, »ich glaube nicht, dass du dich lange halten wirst. Irgendwann hauen sie doch alle ab, stimmt's nicht, *Lizzie*?« Man hätte den Kosenamen kaum verächtlicher aussprechen können.

In Elizabeths Augen glitzerten Tränen der Wut.

Ohne sich umzuschauen, sprang Saoirse auf und knallte die Tür hinter sich zu. Der Schmetterling hatte den Deckel des Glases aufgestemmt und konnte endlich wegfliegen. Elizabeth spürte die Vibrationen am ganzen Körper. Im Büro war es so still, dass selbst die Fliege, die gerade eben noch munter herumgesummt war, sich vorsichtshalber auf der Lampenfassung niederließ. Einen Augenblick später hörte man ein schwaches Klopfen an der Tür.

»Was?«, fauchte Elizabeth.

»Ich bin's bloß, Becca«, kam die schüchterne Antwort. »Mit dem Kaffee.«

Elizabeth strich sich die Haare glatt und wischte die Tränen aus den Augen. »Komm ruhig rein.«

Als Becca wieder ging, sah Elizabeth durch die offene Tür, wie Saoirse durch den Empfangsbereich marschierte und auf ihr Zimmer zukam.

»Ach, übrigens«, rief sie, »ich hab ganz vergessen, dass ich mir ein bisschen Geld von dir leihen wollte.« Jetzt klang ihre Stimme auf einmal viel netter. Wie immer, wenn sie etwas wollte.

Elizabeth wurde das Herz schwer. »Wie viel denn?«

»Fünfzig«, antwortete Saoirse achselzuckend.

Elizabeth wühlte in ihrer Handtasche. »Wohnst du immer noch im Bed and Breakfast?«

Saoirse nickte.

Schließlich fand Elizabeth einen Fünfzigeuroschein, aber bevor sie ihn ihrer Schwester gab, fragte sie noch: »Wofür brauchst du das Geld?«

»Drogen, Elizabeth, ich brauch es für meine Drogen«, antwortete Saoirse unverschämt.

Resigniert ließ Elizabeth die Schultern hängen. »Ich meinte doch nur …«

»Ach was, ich brauch es für Lebensmittel, du weißt schon – Brot, Milch, Klopapier. All so'n Zeug.« Geschickt schnappte sie sich den Geldschein aus Elizabeths Hand. »Wir wischen uns nämlich nicht alle den Hintern mit Seide ab, weißt du«, höhnte sie, griff sich ein Stoffmuster vom Schreibtisch und warf es ihrer Schwester an den Kopf.

Dann krachte die Tür wieder ins Schloss. Elizabeth stand allein mitten im Zimmer und sah zu, wie der schwarze Seidenstoff langsam auf den weißen Teppich segelte.

Sie wusste genau, wie es sich anfühlte zu fallen.

Zehn

Ein paar Stunden später fuhr Elizabeth ihren Computer herunter, räumte den Schreibtisch noch ein zwanzigstes Mal auf und verließ das Büro. Becca und Poppy standen nebeneinander und starrten in die Luft. Elizabeth wandte sich um, weil sie sehen wollte, was ihre Aufmerksamkeit so fesselte.

»Er macht es schon wieder«, trällerte Poppy nervös.

Zu dritt betrachteten sie den Stuhl, der sich von selbst drehte.

»Glaubt ihr, es ist Mr. Bracken?«, fragte Becca leise.

Poppy imitierte Mrs. Brackens Stimme und sagte: »Stühle, die sich von selbst drehen – das hätte Mr. Bracken aber nicht gewollt.«

»Macht euch keine Sorgen, Mädels«, sagte Elizabeth und unterdrückte ein Lachen. »Morgen sag ich Harry Bescheid, dass er ihn repariert. Ihr zwei könnt jetzt ruhig nach Hause gehen.«

Nachdem sie sich verabschiedet hatten, starrte Elizabeth noch eine Weile den sich leise drehenden Bürostuhl an. Ganz langsam, Zentimeter um Zentimeter, ging sie schließlich auf ihn zu. Als sie ganz nahe war, hörte der Stuhl auf sich zu drehen.

»Feigling«, murmelte Elizabeth.

Rasch schaute sie sich im Raum um, um sich zu vergewissern, dass sie allein war, dann umfasste sie behutsam die Armlehnen des Stuhls und setzte sich darauf. Nichts geschah. Sie hüpfte ein paar Mal auf und ab, sah sich um, schaute unter dem Sitz nach, aber es passierte immer noch nichts. Aber in dem Moment, als sie aufstehen und gehen wollte, begann sich der Stuhl zu bewegen. Zuerst langsam, dann immer schneller. Sie wurde nervös und spielte schon mit der Idee abzuspringen, aber dann fand sie plötzlich Geschmack an der Sache und fing an zu kichern. Der Stuhl nahm immer mehr Tempo auf, und je wilder er sich drehte, desto lauter lachte sie, bis ihr der Bauch wehtat. Sie konnte sich nicht erinnern, wann sie sich das letzte Mal so jung gefühlt hatte, die Füße hoch in der Luft, die Haare im Fahrtwind. Nach ein paar Minuten wurde der Stuhl wieder langsamer und blieb schließlich stehen. Elizabeth schnappte nach Luft.

Allmählich verblasste ihr Lächeln, und das Giggeln in ihrem Kopf erstarb. In dem verlassenen Büro herrschte absolute Stille. Sie begann zu summen, und ihr Blick wanderte hinüber zu Poppys unorganisiertem Schreibtisch, auf dem sich Materialproben, Farbmuster, Skizzen und Einrichtungszeitschriften stapelten. Sie entdeckte einen goldenen Fotorahmen mit einem Bild von Poppy, ihren beiden Schwestern, ihren drei Brüdern und ihren Eltern, alle auf eine Couch gequetscht wie ein Fußballteam. Die Ähnlichkeit war offensichtlich: Alle hatten kleine Stupsnasen und grüne Augen, die sich beim Lachen zu schmalen Schlitzen zusammenzogen. In der Ecke des Rahmens steckte außerdem ein Streifen mit Automatenpassbildern von Poppy und ihrem Freund. Auf den ersten drei Bildern schnitten sie beide verrückte Grimassen. Aber auf dem letzten blickten sie einander verliebt in die Augen. Ein besonderer Augenblick zwischen ihnen, für immer festgehalten.

Elizabeth hörte auf zu summen und schluckte. Diesen Blick hatte sie auch einmal gekannt.

Unverwandt starrte sie auf den Rahmen und versuchte, nicht an diese Zeit zu denken, aber es war ein vergeblicher Kampf, und sie ertrank in der Flut von Erinnerungen, die ihre Gedanken überschwemmte.

Auf einmal begann sie zu schluchzen. Zuerst kam nur ein leises Wimmern aus ihrer Kehle, aber dann wurde daraus ein jämmerliches Weinen, das sich tief aus ihrem Herzen einen Weg nach draußen bahnte. Sie hörte ihren eigenen Schmerz. Jede Träne war ein Hilferuf, auf den nie jemand reagiert hatte, und auch jetzt machte sie sich keine Hoffnungen, dass jemand sie hörte und verstand. Und das brachte sie nur noch mehr zum Weinen.

Mit dem Rotstift hakte Elizabeth einen weiteren Tag auf dem Kalender ab. Jetzt war ihre Mutter genau drei Wochen weg. Sie war schon länger weg gewesen, aber Elizabeth fand es mehr als genug. Rasch versteckte sie den Kalender wieder unter dem Bett und legte sich hin. Vor drei Stunden hatte ihr Vater sie genervt in ihr Zimmer geschickt, weil er es nicht mehr ertragen hatte, dass sie ständig aufgeregt vor dem Wohnzimmerfenster auf und ab wanderte. Seither kämpfte sie damit, die Augen offen zu halten. Sie durfte nicht schlafen, sie durfte die Rückkehr ihrer Mutter nicht verpassen. Das war immer der schönste Augenblick, denn ihre Mutter war gut gelaunt und freute sich, wieder zu Hause zu sein. Dann erzählte sie Elizabeth, wie sehr sie sie vermisst hatte, und überschüttete sie mit Umarmungen und Küssen, bis Elizabeth sich gar nicht mehr erinnern konnte, jemals traurig gewesen zu sein.

Ihre Mutter schwebte durchs Haus, als würden ihre Füße nicht den Boden berühren. Ihre Worte waren ein aufgeregtes Flüstern, ihre Stimme so gedämpft, dass Elizabeth das Gefühl hatte, dass jedes Wort, das aus ihrem Mund kam, ein großes Geheimnis war, das sie nur ihr anvertraute. Ihre Augen glitzerten und tanzten vor Vergnügen, während sie ihrer Tochter von ihren Abenteuern und von den Menschen berichtete, denen sie unterwegs begegnet war. Das alles wollte Elizabeth natürlich nicht verschlafen.

Sie hüpfte wieder aus dem Bett und spritzte sich am Waschbecken in ihrem Zimmer eiskaltes Wasser ins Gesicht. *Nicht schlafen, Elizabeth, bloß nicht schlafen*, sagte sie sich. Sie stapelte die Kissen an der Wand, setzte sich im Bett auf und starrte durch die offenen Vorhänge auf die dunkle Straße, die in die schwarze

117

Nacht hineinführte. Sie zweifelte nicht daran, dass ihre Mutter heute wiederkommen würde, denn sie hatte es ihr versprochen. Dieses Versprechen musste sie halten, schließlich war heute Elizabeths zehnter Geburtstag, und den würde sie bestimmt nicht verpassen. Erst vor wenigen Wochen hatte sie ihr versprochen, dass sie alle zusammen Kuchen und Törtchen und so viele Süßigkeiten essen würden, bis sie platzten. Draußen auf den Wiesen würden sie Luftballons in Elizabeths Lieblingsfarben steigen lassen und zusehen, wie sie in den Wolken verschwanden. Seit ihre Mutter gegangen war, konnte Elizabeth an nichts anderes mehr denken. Ihr lief das Wasser im Mund zusammen beim Gedanken an Törtchen mit rosa Zuckerguss, und sie träumte von rosa Ballons mit weißen Bändern, die in den blauen Himmel emporschwebten. Und jetzt war der große Tag ganz nah, sie brauchte nicht mehr länger zu warten!

Sie nahm *Wilbur und Charlotte* in die Hand, das sie gelesen hatte, um sich wach zu halten, und machte die Taschenlampe an, weil ihr Vater ihr verboten hatte, nach acht noch das Licht anzuhaben. Aber schon nach wenigen Seiten wurden ihre Lider schwer und begannen zuzufallen. Langsam schloss sie die Augen, um sich ein kleines Weilchen auszuruhen. Jede Nacht kämpfte sie gegen den Schlaf an, denn nur wenn sie schlief, konnte ihre Mutter sich heimlich in die Nacht davonstehlen, und nur wenn sie schlief, verpasste sie ihre Rückkehr. Sogar, wenn ihre Mutter da war, wollte Elizabeth nicht schlafen, sondern lieber vor ihrer Tür sitzen, ihr beim Schlafen zusehen, sie beschützen und auf sie aufpassen, damit sie nicht wieder wegging. Selbst bei den seltenen Gelegenheiten, wenn Elizabeth tatsächlich einmal einschlief, ließen ihre Träume ihr keine Ruhe, sondern mahnten sie aufzuwachen – als täte sie etwas Verbotenes. Immer wieder sprachen Bekannte ihren Vater darauf an, dass sie doch wirklich zu jung war, um ständig Ringe unter den Augen zu haben.

Das Buch rutschte Elizabeth aus den Händen, und sie verlor sich in der Welt des Schlafs.

Das Gartentor quietschte.

Elizabeths Augen öffneten sich mit einem Ruck, sie blickte in den hellen Morgen, und ihr Herz begann wild zu klopfen. Sie hörte Schritte, die über den Kies knirschten und sich der Haustür näherten. Elizabeths Herz schlug vor Freude einen Salto. Ihre Mutter hatte sie nicht vergessen! Elizabeth hatte Recht gehabt, sie kam rechtzeitig zum Geburtstag.

Voller Freude sprang sie aus dem Bett und tanzte eine Weile unentschlossen im Zimmer herum, weil sie nicht wusste, ob sie ihrer Mutter die Tür aufmachen oder ihr den großen Auftritt gestatten sollte, den sie so liebte. Schließlich rannte sie im Nachthemd in die Halle. Durch das gerippte Glas der Haustür erkannte sie die verschwommenen Umrisse einer Gestalt. Elizabeth hüpfte vor Aufregung von einem Fuß auf den anderen.

Auch Elizabeths Vater kam aus seinem Zimmer. Elizabeth drehte sich um und lächelte ihm zu. Er erwiderte ihr Lächeln kurz und beobachtete dann, an den Türrahmen gelehnt, die Haustür. Auch Elizabeth wandte sich wieder der Haustür zu und knetete nervös mit beiden Händen den Saum ihres Nachthemds. Der Briefschlitz wurde aufgeklappt. Zwei weiße Umschläge erschienen und landeten auf dem Steinfußboden. Die Gestalt vor dem Glas begann zu verblassen. Das Tor knarrte und schloss sich wieder.

Elizabeth ließ den Saum ihres Nachthemds los und hörte auf zu hüpfen. Plötzlich spürte sie, wie kalt der Steinboden war, was ihr vorher überhaupt nicht aufgefallen war.

Langsam hob sie die Umschläge auf. Beide trugen ihre Adresse, und ihr Herz schlug wieder schneller. Vielleicht hatte ihre Mutter sie doch nicht vergessen, sondern war nur in eins ihrer Abenteuer verstrickt, sodass sie es nicht rechtzeitig nach Hause schaffte und alles in einem Brief erklären musste. Rasch öffnete sie die Umschläge, behutsam, um das kostbare Papier mit den kostbaren Worten ihrer Mutter nicht zu zerreißen.

Aber es waren nur zwei Geburtstagskarten von entfernten, pflichtbewussten Verwandten.

Ihre Schultern sackten nach unten, ihr Herz wurde schwer. Sie wandte sich zu ihrem Vater um und schüttelte langsam den Kopf. Sein Gesicht verfinsterte sich, und er starrte wütend in die Ferne. Dann trafen sich ihre Blicke wieder, und einen Augenblick, einen seltenen Augenblick lang teilten Elizabeth und er das gleiche Gefühl, das gleiche Wissen, und sie fühlte sich nicht mehr ganz so einsam.

Aber er wandte sich rasch wieder ab und schloss die Tür hinter sich.

Elizabeths Unterlippe zitterte. An diesem Tag würde es keine Törtchen und keinen Kuchen geben. Die in die Wolken schwebenden rosa Luftballons blieben nur ein Traum. Und so lernte sie, dass Träume, Wünsche und Phantasien zu weiter nichts gut waren, als ihr das Herz zu brechen.

Elf

Das Zischen des Wassers, das aus dem Topf auf die Kochplatte lief, holte Elizabeth schlagartig zurück in die Gegenwart. Sie rannte durch die Küche, um den Topf von der Platte zu nehmen und die Hitze herunterzuschalten, stocherte in dem gedämpften Hühnerfleisch mit Gemüse und fragte sich, wo sie heute eigentlich mit dem Kopf war.

»Luke, Essen!«, rief sie.

Sie hatte Luke nach der Arbeit bei ihrem Vater abgeholt, obwohl sie absolut nicht in der Stimmung gewesen war, ausgerechnet diese Straße entlangzufahren, nachdem sie im Büro so unerwartet geweint hatte. Seit Jahren schon war ihr so etwas nicht mehr passiert. Sie hatte keine Ahnung, was mit ihr los war. In den letzten Tagen gerieten ihre Gedanken immer wieder auf seltsame Abwege, und das war für sie äußerst ungewöhnlich. Sie war ein ausgeglichener Mensch mit stabilen, kontrollierten Gedanken, sie war beständig und geradlinig.

Was heute im Büro mit ihr geschehen war, passte nicht zu ihr.

Luke schlurfte in die Küche, schon in seinem Spiderman-Pyjama. Traurig starrte er auf den Tisch. »Du hast schon wieder nicht für Ivan gedeckt.«

Schon wollte Elizabeth protestieren, aber sie konnte sich gerade noch rechtzeitig bremsen, weil ihr die Ratschläge auf den Websites einfielen. »Oh, das hab ich ganz vergessen.«

Luke sah sie überrascht an.

»Entschuldige, Ivan«, sagte sie und holte einen dritten Teller.

Was für eine Verschwendung, dachte sie, während sie Brokkoli, Blumenkohl und Kartoffeln auf den Teller häufte. »Hühnchen mag er doch bestimmt nicht, da wird das sicher reichen«, sagte sie und stellte den Teller mit dem Gemüse auf den Platz ihr gegenüber.

Aber Luke schüttelte den Kopf. »Nein, er hat gesagt, dass er Hühnchen total gern mag.«

»Lass mich raten«, entgegnete Elizabeth, während sie sich ein Stück Huhn abschnitt. »Bestimmt ist Hühnchen sein Lieblingsessen.«

Luke grinste. »Er sagt, es ist sein Lieblings*geflügel*.«

»Tatsächlich.« Elizabeth verdrehte die Augen. Sie beobachtete Ivans Teller und fragte sich, wie in aller Welt Luke einen zweiten Teller Gemüse verdrücken wollte. Er hatte schon genug Schwierigkeiten damit, sein eigenes Gemüse zu bewältigen.

»Ivan hat gesagt, dass er heute im Büro eine Menge Spaß hatte«, erzählte Luke, während er sich ein Brokkoliröschen in den Mund schaufelte, hektisch kaute und das Gesicht dabei angeekelt verzog. Dann schluckte er rasch und spülte mit ein paar Schlucken Milch nach.

»Ach ja?« Elizabeth lächelte. »Was war denn so lustig in meinem Büro?«

»Das Stuhldrehen«, antwortete er, während er eine kleine Kartoffel aufspießte.

Verblüfft hielt Elizabeth im Kauen inne und starrte Luke an. »Wie meinst du das?«

Luke lud die Kartoffel in seinem Mund ab und antwortete kauend: »Er sagt, am liebsten hat er sich auf Poppys Stuhl gedreht.«

Ausnahmsweise ignorierte Elizabeth die Tatsache, dass er mit vollem Mund sprach. »Hast du heute mit Poppy telefoniert?« Luke liebte Poppy und plauderte manchmal mit ihr, wenn Edith im Büro anrief, um irgendetwas mit Elizabeth zu besprechen. Er kannte die Büronummer auswendig – Elizabeth hatte darauf bestanden und sie ihm beigebracht, sobald er die ersten Zahlen konnte –, daher war es durchaus möglich, dass die beiden telefoniert hatten. Wahrscheinlich vermisste er diese Plaudereien jetzt, wo Edith nicht da war. Bestimmt ist es so gewesen, dachte sie erleichtert.

»Nee.«

»Hast du mit Becca geredet?«

»Nee.«

Auf einmal schmeckte das Hühnchen wie Pappe, sie schluckte schnell und legte Messer und Gabel weg. Sie betrachtete Luke, der nachdenklich kaute. Wie nicht anders zu erwarten, blieb Ivans Teller unberührt. »Hast du vielleicht mit Saoirse gesprochen?« Sie studierte sein Gesicht und überlegte, ob Saoirses kleine Theatervorstellung heute im Büro etwas mit Ivan zu tun hatte. Sie kannte ihre Schwester gut genug: Es wäre für sie ein gefundenes Fressen gewesen, sie mit Lukes unsichtbarem Freund aufzuziehen.

»Nee.«

Vielleicht war es einfach nur ein Zufall. Vielleicht hatte Luke sich das mit dem Drehstuhl gerade ausgedacht. Vielleicht, vielleicht, vielleicht. Wo war ihre ganze Sicherheit geblieben?

»Spiel nicht mit dem Gemüse rum, Luke. Ich soll dir übrigens von Ivan sagen, dass Gemüse gut für dich ist.« Wieso sollte sie diesen Ivan nicht zu ihrem eigenen Vorteil nutzen?

Luke fing an zu lachen.

»Was ist denn so lustig?«

»Ivan sagt, dass alle Eltern versuchen, ihre Kinder mit seiner Hilfe zum Gemüseessen zu kriegen.«

Elizabeth zog eine Augenbraue hoch und lächelte. »Na, dann kannst du Ivan ausrichten, das kommt daher, dass Eltern sich einfach am besten auskennen.« Ihr Lächeln verblasste, und sie dachte, na ja, jedenfalls manche.

»Sag es ihm doch selbst«, kicherte Luke.

»Na gut«, meinte Elizabeth und sah den leeren Stuhl ihr gegenüber an. »Wo kommst du her, Ivan?«, fragte sie in betont geduldigem Ton, als redete sie mit einem kleinen Kind.

Luke lachte laut, und Elizabeth kam sich albern vor. »Er kommt aus Eisatnaf.«

Jetzt musste auch Elizabeth lachen. »Ach wirklich? Wo ist das denn?«

»Weit, weit weg«, antwortete Luke.

»Wie weit denn? Wie Donegal?« Elizabeth lächelte.

Luke zuckte die Achseln. Allem Anschein nach schien ihn das Gespräch zu langweilen.

»Hey!« Elizabeth sah Luke an und lachte. »Wie hast du das gemacht?«

»Wie hab ich was gemacht?«

»Wie hast du die Kartoffel von Ivans Teller stibitzt?«

»Hab ich doch gar nicht«, widersprach Luke mit gerunzelter Stirn. »Die hat Ivan selbst gegessen.«

»Sei doch nicht al…« Sie unterbrach sich.

Später an diesem Abend lag Luke im Wohnzimmer auf dem Boden und summte Ivans Lied, während Elizabeth eine Tasse Kaffee trank und dabei auf den Fernseher starrte. Das hatten sie schon lange nicht mehr gemacht. Normalerweise ging jeder nach dem Abendessen seiner Wege. Meistens redeten sie beim Essen auch nicht so viel miteinander, und Elizabeth tat Luke normalerweise auch nicht den Gefallen, alberne Spielchen mit ihm zu machen. Ihr tat es schon fast wieder Leid. Sie beobachtete Luke, der mit seinen Buntstiften ein Bild ausmalte. Sie hatte eine Matte ausgelegt, damit er den Teppich nicht schmutzig machen konnte, und obwohl sie es hasste, wenn er sich mit seinen Spielsachen außerhalb seines Spielzimmers aufhielt, freute sie sich, dass er sich im Augenblick mit etwas beschäftigte, was sie sehen konnte. Sie wandte ihre Aufmerksamkeit wieder ihrer Fernsehsendung zu.

»Elizabeth?« Sie fühlte, wie jemand sie auf die Schulter tippte.

»Ja, Luke?«

»Das hab ich für dich gemalt«, sagte er und gab ihr das farbenfrohe Bild. »Das sind ich und Ivan, wie wir im Garten spielen.«

Elizabeth lächelte und betrachtete die Zeichnung. Luke hatte die Namen über zwei Strichmännchen geschrieben, aber was Elizabeth überraschte, war Ivans Größe. Er war mehr als doppelt so groß wie Luke, trug ein blaues T-Shirt, Jeans, blaue Schuhe und hatte schwarze Haare und große blaue Augen. Auf seinem Kinn erkannte man schwarze Bartstoppeln. Er hielt Luke an der Hand und grinste breit. Was sollte das nun wieder? Elizabeth wusste nicht, was sie dazu sagen sollte. Waren imaginäre Freunde nicht normalerweise im gleichen Alter wie ihre menschlichen Erfinder?

»Hör mal, Ivan ist aber ganz schön groß für einen Jungen, der erst sechs ist, oder nicht?« Vielleicht hatte Luke ihn ja auch deshalb überlebensgroß dargestellt, weil er so ungeheuer wichtig für ihn war.

Kichernd rollte sich Luke auf dem Boden herum. »Ivan sagt immer, *erst* sechs klingt, als wäre man nicht alt genug für irgendwas. Aber er ist auch gar nicht sechs.« Wieder lachte er schallend. »Er ist alt, genau wie du!«

Vor Schreck riss Elizabeth die Augen auf. *Alt wie sie?* Was für einen imaginären Freund hatte ihr Neffe sich da bloß ausgedacht?

Zwölf

Freunde gibt es in allen möglichen Formen, das weiß jeder, warum sollte es bei unsichtbaren Freunden also anders sein? Elizabeth war eindeutig auf dem Holzweg. Sie war *total* auf dem Holzweg, denn soweit ich wusste, hatte sie überhaupt keine Freunde. Vielleicht, weil sie sich nur nach vierunddreißigjährigen Frauen umsah, die aussahen wie sie und sich auch so anzogen und benahmen. An dem Gesichtsausdruck, mit dem sie Lukes Bild von mir und ihm musterte, konnte man sehen, dass sie dachte, Luke sollte das genauso machen. Aber so schließt man keine Freundschaften.

Das Wichtige ist nicht, wie wir *aussehen*, sondern welche Rolle wir im Leben unserer besten Freunde spielen. Freunde suchen sich bestimmte Freunde aus, weil sie mit ihnen in einer bestimmten Zeit ihres Lebens zusammensein möchten, nicht weil sie die korrekte Körpergröße, das richtige Alter und die angemessene Haarfarbe haben. Klar, es ist nicht immer so, aber häufig gibt es einen guten Grund dafür, warum jemand mich wahrnimmt und nicht meinen Kollegen Tommy, der aussieht wie ein Sechsjähriger und dem ständig die Nase läuft. Ich meine, in Lukes Leben gibt es beispielsweise kein anderes älteres männliches Wesen, oder? Nur weil man einen »unsichtbaren« Freund sieht, heißt das noch lange nicht, dass man sie alle wahrnimmt. Man hat zwar die *Fähigkeit* dazu, aber da die Menschen sowieso nur zehn Prozent ihres Gehirns benutzen, wissen sie gar nicht, wie unglaublich viele andere Fähigkeiten sie noch haben. Es gibt so viele wundervolle

Dinge, die man sehen könnte, wenn man sich nur richtig darauf konzentrieren würde. Das Leben ist eine Art Gemälde. Ein echt bizarres, abstraktes Gemälde. Man schaut es an und meint, das ist alles, und es kommt einem irgendwie verschwommen vor. Gut, man kann weiterleben und stur bei dieser Überzeugung bleiben, aber wenn man irgendwann anfängt, richtig hinzugucken, wenn man sich konzentriert und seine Fantasie benutzt, dann kann das Leben viel mehr sein. Das Gemälde kann das Meer darstellen oder den Himmel, es können Leute darauf zu sehen sein, Gebäude, ein Schmetterling auf einer Blume oder *irgendwas* anderes. Nicht nur der Nebel, den man anfangs wahrgenommen hat.

Nach dem, was in Elizabeths Büro geschehen war, musste ich dringend ein ImaginatIF-Treffen einberufen. Ich mache meinen Job schon viele Jahre und dachte immer, ich hätte alles erlebt, aber offensichtlich hatte ich mich geirrt. Dass Saoirse mich gesehen und mit mir geredet hatte, war eine Riesenüberraschung gewesen. Ich meine, so etwas war völlig neu. Okay, Luke konnte mich sehen, das war normal. Elizabeth hatte irgendwie ein Gespür für mich, was merkwürdig genug war, aber daran gewöhnte ich mich langsam. Aber dass Saoirse mich sehen konnte! Selbstverständlich kommt es vor, dass man bei einem Job von mehr als einer Person gesehen wird, aber nicht von einem Erwachsenen, ganz zu schweigen gleich von zweien! Die einzige Freundin in der Firma, die sich mit Erwachsenen abgab, war Olivia, und das war auch nicht wirklich eine Regel, es schien nur einfach dauernd so zu passieren. Ich war verwirrt, das kann ich Ihnen sagen, deshalb bat ich die Chefin, alle üblichen Verdächtigen zusammenzurufen und ein ImaginatIF-Meeting außer der Reihe abzuhalten.

Ein ImaginatIF-Meeting wird einberufen, um die derzeitige Situation der Beteiligten zu diskutieren und denjenigen, die vielleicht gerade nicht mehr so recht weiterwissen, mit Ideen und Vorschlägen zu helfen. Ich musste noch nie eines für mich beantragen, deshalb war die Chefin auch ziemlich geschockt, als ich damit ankam, das konnte ich sehen. Der Name der Meetings kommt daher, dass wir alle die Nase voll davon hatten, von den Leuten und den Medien immer nur als »unsichtbare Freunde« bezeichnet zu werden, deshalb beschlossen wir, uns einen richtig schicken, designermäßigen Namen zu geben. Da klingt das Ganze doch schon viel offizieller. Übrigens war das meine Idee.

Die sechs Leute, die sich treffen, sind die ältesten der Firma. Als ich in den ImaginatIF-Raum trat, hörte ich, dass die anderen schon da waren und lachten und spielten. Ich begrüßte alle Anwesenden, und wir warteten auf die Chefin. Wir sitzen nicht auf Ledersesseln in einem Konferenzsaal ohne Fenster um einen langen Tisch herum. Nein, wir sehen das etwas entspannter, und das hat einen positiven Effekt. Je wohler wir uns fühlen, desto mehr können wir beitragen, deshalb sitzen wir auf verschiedenen bequemen Sitzgelegenheiten im Kreis. Ich hab zum Beispiel einen Sitzsack, Olivia einen Schaukelstuhl. Sie meint immer, so kann sie besser stricken.

Die Chefin ist auch nicht wirklich chefig, wir nennen sie bloß so. Im Grund gehört sie zu den nettesten Leuten, die man sich überhaupt vorstellen kann. Und sie hat echt alles gesehen, sie weiß alles, was es über einen besten Freund zu wissen gibt. Sie ist geduldig und einfühlsam, sie hört zu und versteht mehr von dem, was die Menschen nicht sagen, als irgendjemand sonst, den ich kenne. Übrigens heißt sie Opal und ist wunderschön. In diesem Moment schwebte sie gerade herein: In einer purpurroten Robe, die Dreadlocks in einem Pferdeschwanz, der ihr weit über die Schultern fiel. Wenn sie sich bewegte, schimmerten überall an ihr kleine Glitzerperlen. In den Haaren hatte sie eine Tiara aus Gänseblümchen, um den Hals und die Handgelenke Gänseblümchenketten. Eine runde, rot getönte Brille saß auf ihrer Nase, und wenn sie lächelte, hätte sich an ihrem Strahlen ohne weiteres ein Schiff in dunkelster Nacht orientieren können.

»Hübsche Gänseblümchen, Opal«, sagte Calendula leise neben mir.

129

»Danke, Calendula«, gab Opal lächelnd zurück. »Die kleine Tara und ich haben die Ketten heute in ihrem Garten gebastelt. Du siehst aber auch toll aus heute – so eine hübsche Farbe!«

Calendula strahlte. Sie ist seit Urzeiten eine beste Freundin, genau wie ich, aber sie sieht aus, als wäre sie so alt wie Luke. Sie ist klein, ein sanftes Wesen mit großen blauen Augen, und hat blonde Haare, die sie heute zu kleinen hüpfenden Locken aufgedreht hatte. Dazu trug sie ein gelbes Sommerkleid und passende gelbe Bänder im Haar. Ihre Füße wippten in funkelnagelneuen weißen Schuhen von ihrem handgearbeiteten Holzstuhl herab. Der Stuhl erinnert mich immer an Hänsel und Gretel, gelb mit aufgemalten Herzen und Zuckerstangen.

»Danke, Opal«, sagte Calendula und bekam rosa Bäckchen. »Nach dem Meeting gehe ich mit meiner besten Freundin zu einer Teeparty.«

»Oh.« Opal hob interessiert die Brauen. »Wie nett. Wo findet sie denn statt?«

»Im Garten. Sie hat gestern zum Geburtstag ein neues Teeservice bekommen«, antwortete Calendula.

»Das ist ja schön. Und wie geht es der kleinen Maeve?«

»Gut, danke.« Calendula blickte auf ihren Schoß.

Inzwischen waren alle anderen Gespräche im Raum verstummt, denn alle lauschten Opal und Calendula. Opal ist nicht der Typ, der erst mal um Ruhe bittet, um ein Meeting anzufangen. Sie beginnt einfach ganz leise, denn sie weiß genau, dass die anderen irgendwann von selbst aufhören zu quatschen. Sie sagt immer, alles, was die Leute brauchen, ist genügend Zeit, dann können sie die meisten Dinge selbst regeln.

Opal sah Calendula immer noch an, die jetzt mit einem Band an ihrem Kleid herumspielte.

»Kommandiert Maeve dich immer noch herum, Calendula?«

Calendula nickte und machte ein trauriges Gesicht. »Ja, sie sagt mir ständig, was ich tun soll, und wenn sie was kaputtmacht und ihre Eltern schimpfen, dann gibt sie mir die Schuld.«

Olivia, eine deutlich ältere beste Freundin, die in ihrem Schaukelstuhl saß und strickte, schnalzte missbilligend mit der Zunge.

»Du weißt doch, warum Maeve das macht, oder nicht, Calendula?«, erkundigte sie sich freundlich.

Wieder nickte Calendula. »Ich weiß, dass das Zusammensein mit mir ihr die Möglichkeit gibt, auch mal zu bestimmen, und dass sie nur das Verhalten ihrer Eltern widerspiegelt. Ich verstehe, warum sie sich so verhält, und ich weiß auch, wie wichtig es für sie ist, dass sie es tut, aber manchmal ist es ein bisschen deprimierend, tagein, tagaus gescheucht zu werden.«

Alle nickten zustimmend, denn irgendwann hat jeder von uns schon einmal in einer solchen Situation gesteckt. Die meisten jüngeren Kinder kommandieren uns gern herum, denn das ist oft ihre einzige Chance, das mal zu machen, ohne gleich Ärger zu bekommen.

»Nun, du wirst es nicht mehr allzu lange aushalten müssen, Calendula«, ermutigte Opal sie, und Calendula nickte so heftig, dass ihre Locken auf und nieder hüpften. Dann wandte Opal sich an einen kleinen Jungen, der auf einem Skateboard saß, die Kappe verkehrt herum auf dem Kopf. Während er dem Gespräch zugehört hatte, war er immer ein bisschen hin und her gerollt. Als er seinen Namen hörte, schaute er sofort auf.

»Bobby«, sagte Opal, »du musst aufhören, mit dem kleinen Anthony Computerspiele zu machen. Du weißt, warum, oder?«

Der kleine Junge mit dem Engelsgesicht nickte. Er sah aus, als wäre er ungefähr sechs Jahre alt, aber als er antwortete, klang seine Stimme wesentlich älter. »Na ja, weil Anthony erst drei ist und nicht dazu gezwungen werden sollte, sich an vorgefertigte Geschlechterrollen anzupassen. Er braucht Spielzeug, das ihm erlaubt, selbst zu bestimmen, Dinge, die flexibel und nicht auf eine einzige Funktion festgelegt sind. Zu vieles von dem anderen Zeug behindert seine Entwicklung.«

»Mit was soll er denn deiner Ansicht nach spielen?«, fragte Opal.

»Na ja, ich werde mich darauf konzentrieren, dass er mit …
hmm … mit gar nichts spielt, dann können wir Rollenspiele machen. Oder wir benutzen Kartons, Kochgeräte und leere Klopa-
pierrollen.«

Über den letzten Vorschlag mussten alle laut lachen. Klopa-
pierrollen sind mein absoluter Favorit beim Spielen, man kann
so viel mit ihnen anstellen.

»Sehr gut, Bobby. Aber denk auch dran, wenn Anthony dich
mal wieder überreden will, am Computer zu spielen. Wie Tommy …« Sie stockte und sah in die Runde. »Wo ist eigentlich Tommy?«

In diesem Moment rief eine laute Stimme von der Tür: »Tut
mir Leid, dass ich zu spät komme!«, und schon brauste Tommy
herein, mit straffen Schultern und schwingenden Armen, wie ein
erwachsener Mann. In seinem Gesicht waren Schlammspritzer,
Grasflecke überzogen Knie und Schienbeine, Kratzer, Schürf-
wunden und Dreck bedeckten die Ellbogen. Ein Geräusch eines abstürzenden Flugzeugs nachahmend, stürzte er sich auf den
Sitzsack.

Opal lachte. »Willkommen, Tommy. Du warst wohl beschäftigt, was?«

»Ja«, antwortete Tommy großspurig. »Ich und Johnno waren
unten im Park und haben Würmer ausgegraben.« Er wischte
sich seine Rotznase am nackten Arm ab.

»Iieh.« Calendula rümpfte angeekelt die Nase und rückte mit
ihrem Stuhl näher zu Ivan.

»Schon gut, Prinzessin«, beruhigte sie Tommy, zwinkerte ihr
zu und legte die Füße vor sich auf den Tisch, neben die Limona-
de und die Schokokekse.

Calendula drehte sich demonstrativ von ihm weg und konzentrierte sich auf Opal.

»John ist also noch ganz der Alte«, stellte Opal amüsiert fest.

»Jawoll, er sieht mich immer noch«, antwortete Tommy, als
wäre das ein Triumph. »Momentan hat er ein Problem, weil er

in der Schule schikaniert wird, und zwar so heftig, dass er sich nicht traut, seinen Eltern davon zu erzählen.« Traurig schüttelte er den Kopf. »Er hat Angst, dass die ihn kritisieren oder sich einmischen, was alles nur noch schlimmer machen würde. Außerdem schämt er sich, dass ihm so was passiert und er sich nicht angemessen wehren kann. Die typische Palette, wenn es um Einschüchterung geht.« Er warf noch einen Keks ein.

»Was wollen wir dagegen unternehmen?«, fragte Opal besorgt.

»Leider ist John ja bereits ständig schikaniert worden, bevor ich zu ihm gekommen bin, und hat deshalb ein Muster entwickelt, sich den unfairen Forderungen der Jungs zu beugen, die er für stärker hält. Er hatte sogar schon angefangen, sich mit dem obersten Großkotz zu identifizieren und selbst genauso zu werden. Aber ich hab mich nicht von ihm rumschubsen lassen«, erklärte Tommy fest. »Wir arbeiten an seiner Haltung, seiner Stimme und dem Blickkontakt, denn wie ihr ja alle wisst, sieht man daran ganz gut, ob jemand verletzlich ist oder nicht. Ich bring ihm bei, auf verdächtige Individuen zu achten, und wir gehen jeden Tag eine Liste möglicher Eigenschaften durch.« Er lehnte sich zurück und verschränkte die Arme hinter dem Kopf. »Wir arbeiten daran, dass er einen angemessenen Gerechtigkeitssinn entwickelt.«

»Und ihr habt nach Würmern gegraben«, fügte Opal lächelnd hinzu.

»Dafür ist immer Zeit, stimmt's, Ivan?« Tommy zwinkerte mir zu.

»Jamie-Lynn«, wandte sich Opal nun an ein kleines Mädchen in einer Jeanslatzhose und dreckigen Turnschuhen. Sie hatte kurz geschnittene Haare und balancierte mit dem Hintern auf einem Fußball. »Wie macht sich denn die kleine Samantha? Ich hoffe, ihr grabt nicht das Blumenbeet ihrer Mutter um.«

Jamie-Lynn war ein kleiner Wildfang und brockte ihren Freundinnen gelegentlich Ärger ein, während Calendula meistens in hübschen Kleidchen zu Teepartys ging und mit Barbies und den Figuren von My Little Pony spielte. Jamie-Lynn öffnete den Mund und fing an, in irgendeiner Fantasiesprache daherzuplappern.

Opal zog die Augenbrauen hoch. »Dann unterhältst du dich mit Samantha also immer noch in eurer eigenen Sprache?«

Jamie-Lynn nickte.

»Okay, aber sei vorsichtig. Es wäre keine gute Idee, wenn ihr das noch sehr viel länger macht.«

»Keine Sorge, Samantha lernt inzwischen, ganze Sätze zu sagen, und trainiert eifrig ihr Gedächtnis, wir brauchen die Geheimsprache bald nicht mehr«, erklärte Jamie-Lynn, jetzt für alle verständlich. Doch dann fügte sie mit trauriger Stimme hinzu: »Samantha hat mich nicht gesehen, als sie heute Morgen aufgewacht ist. Erst beim Mittagessen wieder.«

Alle wurden ein bisschen traurig und drückten Jamie-Lynn ihr Mitgefühl aus, weil wir ja wissen, wie sich so was anfühlt. Es ist immer der Anfang vom Ende einer Freundschaft.

»Olivia, wie geht es Mrs. Cromwell?«, fragte Opal ganz sanft.

Olivia unterbrach ihre Strickerei und schüttelte betrübt den Kopf. »Sie hat nicht mehr viel Zeit. Gestern Abend haben wir uns wundervoll unterhalten über einen Ausflug zum Sandymount Beach, den sie vor siebzig Jahren gemacht hat. Davon bekam sie richtig gute Laune. Aber als sie ihrer Familie heute Morgen erzählte, dass sie sich mit mir darüber unterhalten hat, sind alle einfach schnell gegangen. Sie glauben, Mrs. Cromwell redet von ihrer Großtante Olivia, die vor vierzig Jahren gestorben ist, und jetzt meinen sie, dass sie verrückt wird. Aber ich bleibe auf jeden Fall bis zum Ende bei ihr. Wie gesagt, es bleibt ihr nicht mehr viel Zeit, und die Familie hat sie im letzten Monat nur zweimal besucht. Da ist keiner, der sie zurückhält.«

Olivia schloss immer Freundschaften in Krankenhäusern, Hospizen und Altersheimen. Das war ihre besondere Begabung, und sie half den Leuten, bis in die frühen Morgenstunden in ihren Erinnerungen zu schwelgen.

»Danke, Olivia«, lächelte Opal und wandte sich dann an mich. »Also, Ivan, was gibt es in der Fuchsia Lane? Was ist denn so dringend? Dem kleinen Luke scheint es doch ganz gut zu gehen.«

Ich setzte mich bequem auf meinen Sitzsack. »Ja, ihm geht es gut. Sicher, an ein paar Dingen müssen wir noch arbeiten, zum Beispiel, wie er sich mit seiner Familiensituation fühlt, aber das ist alles nichts wirklich Weltbewegendes.«

»Gut«, sagte Opal und machte ein zufriedenes Gesicht.

»Aber das ist auch nicht das Problem.« Ich blickte in die Runde. »Seine *Tante*, die ihn adoptiert hat, ist *vierunddreißig* und kann manchmal meine Gegenwart *spüren.*«

Alle schnappten hörbar nach Luft und sahen einander erschrocken an. Ich hatte gewusst, dass sie so reagieren würden.

»Aber das ist noch lange nicht alles«, fuhr ich fort und bemühte mich, das Drama nicht allzu sehr zu genießen, denn schließlich war es mein Problem. »Heute war Lukes *Mutter*, die *dreiundzwanzig* ist, bei Elizabeth im Büro und hat mich *gesehen* und mit mir *gesprochen*!«

Erneutes Luftschnappen. Außer von Opal, deren Augen mich viel sagend anfunkelten. Als ich das sah, ging es mir gleich besser, denn ich wusste, dass Opal mit der Situation umgehen konnte. Das war immer so, und mit ihrer Hilfe würde ich mich bald nicht mehr so verwirrt fühlen.

»Wo war Luke, als du Elizabeth im Büro besucht hast?«, fragte Opal, und ein Lächeln umspielte ihre Mundwinkel.

»Bei seinem Großvater auf der Farm«, erklärte ich. »Elizabeth hat mich nicht aus dem Auto gelassen, weil sie Angst hatte, ihr Vater würde wütend werden, wenn er herausfindet, dass Luke einen Freund hat, den er nicht sehen kann.« Die lange Erklärung machte mich richtig atemlos.

»Warum bist du dann nicht zu Luke zurückgegangen, sondern im Büro geblieben?«, fragte Tommy, der sich gemütlich auf seinem Sitzsack herumfläzte, die Arme immer noch hinter dem Kopf verschränkt.

Wieder funkelten Opals Augen. Was war denn nur los mit ihr?

»Weil …«, antwortete ich zögernd.

»Weil was?«, wollte Calendula wissen.

Nicht sie auch noch, dachte ich.

»Wie weit ist die Farm vom Büro entfernt?«, erkundigte sich Bobby.

Warum stellten sie mir die ganzen Fragen? Ging es denn nicht darum, dass diese Leute mich alle spüren konnten?

»Die Fahrt dauert ungefähr zwei Minuten, aber zu Fuß sind es zwanzig«, erklärte ich. »Warum fragt ihr mich denn so ein Zeug?«

»Ivan«, lachte Olivia. »Spiel nicht den Idioten. Du weißt doch, dass man immer so bald wie möglich zu einem Freund zurückkehrt, wenn man mal von ihm getrennt wird. Ein Fußmarsch von zwanzig Minuten ist nichts im Vergleich zu dem, was du bei deinem letzten Freund gemacht hast.« Sie kicherte.

»Ach, kommt schon«, stöhnte ich und warf hilflos die Hände in die Luft. »Ich hab nur versucht rauszufinden, ob Elizabeth mich sehen kann oder nicht. Ich war verwirrt, wisst ihr. Das ist mir nämlich noch nie passiert.«

»Keine Sorge, Ivan«, lächelte Opal, und als sie weitersprach, klang ihre Stimme honigsüß. »Es ist selten. Aber es ist schon vorgekommen.«

Wieder schnappten alle nach Luft.

Aber Opal stand auf, packte in aller Ruhe ihre Akten zusammen und machte Anstalten zu gehen.

»Wo willst du hin?«, fragte ich überrascht. »Du hast mir überhaupt noch nicht gesagt, was ich tun soll.«

Opal nahm ihre rote Brille ab, und ihre schokoladenbraunen Augen musterten mich. »Das ist kein Notfall, Ivan. Ich kann dir keinen Rat geben, du musst einfach auf dich selbst vertrauen und darauf, dass du die richtige Entscheidung triffst, wenn die Zeit gekommen ist.«

»Was denn für eine Entscheidung? Eine Entscheidung worüber denn?« Jetzt war ich noch verwirrter.

Opal grinste mich an. »Wenn die Zeit kommt, wirst du es merken. Viel Glück.« Und damit verließ sie das Meeting. Alle starrten mich verblüfft an. Als ich die ratlosen Gesichter sah, nahm ich von dem Vorhaben Abstand, einen von den Zurückgebliebenen um einen Tipp zu bitten.

»Tut mir Leid, Ivan, aber ich wäre genauso verwirrt wie du, wenn ich in deiner Lage wäre«, sagte Calendula, während sie aufstand und sich die Falten ihres Sommerkleidchens glatt strich. Dann umarmte sie mich herzlich und gab mir einen Kuss auf die Wange. »Ich gehe jetzt mal lieber, sonst komm ich noch zu spät.«

Ich sah ihr nach, wie sie zur Tür hüpfte, und ihre blonden Locken hüpften bei jedem Schritt mit. »Viel Spaß bei der Teeparty!«, rief ich.

»Triff die richtige Entscheidung«, grummelte ich vor mich hin, während ich mir das, was Opal gesagt hatte, noch einmal durch den Kopf gehen ließ. »Was denn überhaupt für eine Entscheidung?« Aber dann schoss mir ein grusliger Gedanke durch den Kopf. Was, wenn ich es nun nicht schaffte, die richtige Entscheidung zu treffen? Würde dann jemand zu Schaden kommen?

Dreizehn

Elizabeth wiegte sich sanft auf der Hollywoodschaukel in ihrem Garten hin und her, die schmalen Hände fest um einen Steingutbecher mit heißem Kaffee gelegt. Langsam ging die Sonne unter, und eine leichte Kühle verdrängte allmählich die Wärme des Tages. Elizabeth starrte in den Himmel hinauf – ein perfekter Abendhimmel, übersät mit Wattewölkchen in Rosa, Rot und Orange, wie auf einem Ölgemälde. Dem Hügel direkt vor ihr entstieg ein bernsteinfarbenes Glühen, ähnlich dem sanften Licht, das von Lukes Bettdecke aufstieg, wenn er sich mit der Taschenlampe darunter versteckte, um zu lesen. Tief sog sie die kühle Luft in ihre Lungen.

Abendrot, hörte sie eine Stimme in ihrem Kopf sagen.

»Abendrot, Gutwetterbot, Morgenrot mit Regen droht«, ergänzte sie leise.

Eine sanfte Brise erhob sich, als seufzte auch die Luft, genau wie sie. Eine ganze Stunde saß sie nun schon hier draußen. Luke spielte oben in seinem Zimmer mit seinem Freund Sam, nachdem er den Tag bei seinem Großvater verbracht hatte. Elizabeth wartete darauf, dass Sams Vater, den sie noch nie gesehen hatte, seinen Sohn abholen würde. Normalerweise kümmerte sich Edith um die Eltern von Lukes Freunden, und Elizabeth freute sich nicht auf das unvermeidliche Geplauder über Kinderthemen.

Inzwischen war es Viertel vor zehn, und das Licht schien sich für den heutigen Tag verabschieden zu wollen. Elizabeth hatte lange auf der Schaukel gesessen und dabei die Tränen in

Schach gehalten, hatte tapfer den Kloß in ihrem Hals hinuntergeschluckt und die Gedanken niedergerungen, die ihren Kopf überschwemmten. Sie hatte das Gefühl, sich gegen eine große Übermacht zur Wehr setzen zu müssen, die ihre Pläne zu durchkreuzen drohte. Sie kämpfte mit den Leuten, die sich ohne zu fragen in ihre Welt drängten, sie kämpfte mit Luke und seinem kindlichen Dickkopf, sie kämpfte mit ihrer Schwester und ihren Problemen, mit Poppy und ihren abgefahrenen Ideen, mit Joe und seinem Café, mit den Konkurrenten in ihrer Branche. Sie hatte das Gefühl, dass sie immer kämpfte, kämpfte, kämpfte. Und jetzt saß sie hier und kämpfte mit ihren Gefühlen.

Sie kam sich vor wie nach hundert Runden im Boxring, als hätte sie jeden Schlag, Hieb und Tritt einstecken müssen, den ihre Gegner sich ausgedacht hatten. Jetzt war sie erschöpft, ihre Muskeln schmerzten, ihre Abwehrmechanismen funktionierten nicht mehr, und ihre Wunden heilten längst nicht so schnell, wie sie es sich gewünscht hätte. Eine Katze sprang von der hohen Mauer, die Elizabeth von ihren Nachbarn trennte, und landete in ihrem Garten. Mit hochgerecktem Kinn und funkelnden Augen betrachtete sie Elizabeth und stolzierte gemächlich durchs Gras. So selbstsicher, so souverän, so hundertprozentig von sich überzeugt. Schließlich hüpfte sie auf die gegenüberliegende Mauer und verschwand in der Nacht. Elizabeth beneidete sie zutiefst um ihre Fähigkeit, zu kommen und zu gehen, wie und wann es ihr passte, ohne irgendjemandem Rechenschaft schuldig zu sein, nicht einmal denen, die sie liebten und für sie sorgten.

Mit dem Fuß schubste Elizabeth sich wieder an. Die Schaukel quietschte leise. In der Ferne schien der Berg zu brennen, während die Sonne sank und verschwand. Gegenüber wartete der Vollmond darauf, endgültig ins Zentrum der Himmelsbühne zu treten und die Nachtschicht zu übernehmen. Die Grillen zirpten laut, die letzten Kinder liefen nach Hause. Motoren wurden abgestellt, Autotüren zugeworfen, Haustüren geschlossen, Fenster zugemacht und Vorhänge vorgezogen. Dann trat Stille ein, Elizabeth war wieder allein und fühlte sich wie ein Gast in ihrem eigenen Garten, der in der herabsinkenden Dunkelheit ein ganz neues Eigenleben angenommen hatte.

In Gedanken ließ sie die Ereignisse des Tages noch einmal Revue passieren. Als sie zu Saoirses Besuch kam, hielt sie inne, spielte die Szene mehrmals durch, und mit jeder Wiederholung steigerte sich die Lautstärke. *Irgendwann hauen sie alle ab, stimmt's nicht, Lizzie?* Wie auf einer kaputten Schallplatte blieb ihre Erinnerung bei diesem Satz stecken. Er ließ sie nicht los, wie ein Finger, der sich in ihre Rippen bohrte. Immer heftiger. Zuerst kratzte er nur ein bisschen auf der Haut, dann grub er sich hinein, piekte und stakte, bis er schließlich durchbrach und zu ihrem Herzen vordrang. Geradewegs zu der Stelle, wo es am meisten wehtat.

Sie schloss ganz fest die Augen und begann zu weinen, schon zum zweiten Mal an diesem Tag. *Irgendwann hauen sie alle ab, stimmt's nicht, Lizzie?*

Immer wieder hörte sie die Worte, und sie schienen auf eine Antwort von ihr zu warten, auf irgendeine Reaktion. Schließlich kam sie, wie eine Explosion. *JA!*, schrien ihre Gedanken. Ja, irgendwann hauen sie alle ab. Einer wie der andere, jedes Mal, unweigerlich. Jeder Mensch, der es je geschafft hatte, ihr Leben schöner zu machen und ihr Herz zu erwärmen, verschwand so schnell wie die Katze in der Nacht. Als wäre das Glück nur als Wochenendluxus gedacht, wie Eiscreme.

Ihre Mutter hatte das Gleiche getan wie die Sonne heute Abend: Sie hatte Elizabeth verlassen, hatte Licht und Wärme mit sich genommen. Onkel und Tanten waren gekommen, um eine Weile auszuhelfen, und irgendwann wieder gegangen. Freundliche Lehrer hatten sich um Elizabeth gekümmert, aber natürlich nur während des Schuljahrs. Sie fand Freunde unter ihren Altersgenossen, aber sie entwickelten sich unterschiedlich und befanden sich genau wie sie noch auf der Suche nach sich selbst. Und immer wieder waren es die guten Menschen, die sie

141

verließen, die Menschen, die keine Angst hatten zu lächeln und zu lieben.

Elizabeth schlang die Arme um die Knie und weinte und weinte, wie ein kleines Mädchen, das hingefallen ist und sich die Knie aufgeschlagen hat. Sie wünschte sich, ihre Mutter würde kommen und sie auf den Arm nehmen, würde sie in die Küche tragen, auf die Anrichte setzen und Pflaster auf ihre Wunden kleben. Und dann mit ihr herumtanzen und singen, wie sie es immer tat, bis die Schmerzen vergessen und die Tränen getrocknet waren.

Sie sehnte sich nach Mark, ihrer großen Liebe, wünschte sich, er würde sie in die Arme nehmen, in seine Arme, die so kräftig waren, dass sie sich darin winzig vorkam. Sie wollte sich eingehüllt fühlen von seiner Liebe, wollte von ihm gewiegt werden, langsam und sanft, wie er es immer getan hatte, wollte, dass er ihr beruhigende Worte ins Ohr flüsterte und ihr über die Haare strich. Sie hatte ihm geglaubt. Er hatte sie davon überzeugt, dass alles gut werden würde, und wenn sie in seinen Armen lag, wusste sie, dass er Recht hatte, *fühlte* sie es.

Und je mehr sie sich nach all dem sehnte, desto mehr weinte sie, weil ihr klar wurde, von welchen Menschen sie derzeit umgeben war: Da war ihr Vater, der sie kaum ansehen konnte vor lauter Angst, an seine Frau erinnert zu werden, ihre Schwester, die ihren eigenen Sohn vergessen hatte, ihr Neffe, der sie jeden Tag mit seinen großen hoffnungsvollen blauen Augen anschaute und praktisch darum *bettelte*, geliebt und in den Arm genommen zu werden. Dinge, von denen sie selbst nie genug bekommen hatte, um sie jetzt mit anderen teilen zu können.

Und während Elizabeth so dasaß, weinte, schaukelte und in der Abendkühle fröstelte, fragte sie sich, warum sie zugelassen hatte, dass dieser eine Satz, ausgesprochen von einer jungen Frau, die selbst viel zu selten in den Arm genommen worden war und die selbst kaum ein liebevolles Worte über die Lippen brachte, sie so fix und fertig machte, dass sie nun innerlich am Boden lag wie das Stückchen zerknitterte schwarze Seide in ihrem Büro.

Zum Teufel mit Saoirse! Zum Teufel mit ihr und ihrem Hass auf das Leben, zum Teufel mit ihr und ihrer Respektlosigkeit anderen und vor allem ihrer Schwester gegenüber. Zum Teufel mit ihr, weil sie sich überhaupt keine Mühe gab, während Elizabeth sich abrackerte ohne Ende. Was gab ihr das Recht, sich so zu benehmen, was bildete sie sich ein, Elizabeth so zu beleidigen? Die Stimme in Elizabeths Kopf erinnerte sie daran, dass es nicht der Alkohol war, der da aus Saoirse sprach. Es war nie der Alkohol. Sondern der Schmerz.

Aber ihr eigener Schmerz ließ ihr heute keine Ruhe. »Hilfe!«, schluchzte sie leise und bedeckte das Gesicht mit den Händen. »Hilfe, Hilfe, Hilfe«, flüsterte sie unter Tränen.

Ein leichtes Knarren von der Schiebetür in der Küche ließ sie hochfahren. An der Tür stand ein Mann, vom Küchenlicht hinter ihm angestrahlt wie ein Engel.

»Oh.« Elizabeth schluckte, und ihr Herz klopfte wild, weil jemand sie in dieser Verfassung erwischt hatte. Hastig wischte sie sich die Tränen ab und strich sich die zerzausten Haare glatt. Dann stand sie auf. »Sie sind bestimmt Sams Dad«, sagte sie, und ihre Stimme zitterte noch vom Aufruhr der Gefühle. »Ich bin Elizabeth.«

Schweigen. Wahrscheinlich fragte sich der Mann, was er sich dabei gedacht hatte, seinen Sohn der Obhut dieser Frau anzuvertrauen, einer Frau, die zuließ, dass ihr sechsjähriger Neffe um zehn Uhr abends die Haustür öffnete.

»Tut mir Leid, ich hab Sie gar nicht klingeln hören«, meinte sie entschuldigend, zog ihre Strickjacke enger um sich und verschränkte die Arme. Sie wollte nicht zu ihm ins Licht gehen. Sams Vater sollte nicht sehen, dass sie geweint hatte. »Bestimmt hat Luke Ihrem Sohn schon Bescheid gesagt, dass Sie hier sind, aber ...« *Aber was, Elizabeth?* »Aber ich ruf ihn lieber trotzdem noch mal«, murmelte sie lahm. Mit gesenktem Kopf überquerte sie den Rasen zum Haus und rieb sich mit der Hand über die Stirn, damit man ihre rot geweinten Augen nicht sehen konnte.

Als sie die Küchentür erreichte, war sie von der Helligkeit erst einmal geblendet, hielt den Kopf aber auch deshalb weiter gesenkt, um den Mann nicht ansehen zu müssen. Alles, was sie von ihm sehen konnte, waren ein Paar blaue Converse-Sneakers und darüber eine reichlich verwaschene Jeans.

Vierzehn

»Sam, dein Vater ist hier, um dich abzuholen!«, rief Elizabeth mit schwacher Stimme nach oben. Keine Antwort, nur das Getrappel kleiner Füße, die über den Treppenabsatz rannten. Sie seufzte und sah in den Spiegel. Aber sie erkannte die Frau nicht, die ihr dort entgegenschaute. Ihr Gesicht war geschwollen und aufgedunsen, die Haare vom Wind zerzaust und feucht, weil sie mit tränennassen Händen drübergestrichen hatte.

Schließlich erschien Luke oben an der Treppe in seinem Spiderman-Schlafanzug, den er Elizabeth nicht waschen lassen wollte und stattdessen immer hinter seinem Lieblingsteddy George versteckte. Müde rieb er sich mit den Fäusten über die Augen und sah Elizabeth verwirrt an.

»Häh?«

»Luke, es heißt *wie bitte* und nicht *häh*«, korrigierte Elizabeth ihn und fragte sich dann, was das in ihrer gegenwärtigen Verfassung für eine Rolle spielte. »Sams Vater wartet immer noch. Könntest du Sam bitte sagen, er soll sich beeilen und runterkommen?«

Benommen kratzte Luke sich am Kopf. »Aber ...« Er stockte und rieb sich das Gesicht.

»Was aber?«

»Sams Dad hat ihn abgeholt, als du im Gar...« Wieder unterbrach er sich, und sein Blick wanderte plötzlich über Elizabeths Schulter.

Dann breitete sich ein zahnloses Grinsen über sein Gesicht.

»Oh, hallo, Sams Dad.« Er kicherte unkontrolliert. »Sam kommt gleich runter«, versprach er und rannte über den Treppenabsatz zurück.

Jetzt blieb Elizabeth nichts anderes mehr übrig, als sich langsam umzudrehen und Sams Vater anzusehen. Sie konnte ja schlecht weiterhin seinem Blick ausweichen, während er in ihrem Haus auf seinen Sohn wartete. Als Luke kichernd zu seinem Zimmer lief, sah er ihm etwas verwirrt nach, dann wandte er sich mit besorgtem Gesicht Elizabeth zu. Er lehnte am Türrahmen, die Hände in den Gesäßtaschen seiner verwaschenen Jeans, und obwohl er mit seinem blauen T-Shirt und der blauen Kappe, unter der ein paar Strähnen pechschwarzer Haare hervorlugten, sehr jung wirkte, merkte man bei genauerer Betrachtung, dass er ungefähr in Elizabeths Alter war.

»Kümmern Sie sich nicht um Luke«, sagte Elizabeth ein wenig verlegen. »Er ist heute Abend ein bisschen überdreht«, meinte sie und fügte hinzu: »Tut mir Leid, dass Sie mich im Garten in so schlechter Verfassung erwischt haben.« Schützend schlang sie die Arme um sich. »Normalerweise passiert mir so was nicht.« Mit zitternden Händen rieb sie sich die Augen und verschränkte dann schnell die Hände ineinander, damit Sams Dad das Zittern nicht sah. Ihre überschießenden Gefühle hatten sie total aus der Fassung gebracht.

»Ist schon okay«, erwiderte die sanfte tiefe Stimme. »Wir haben alle mal einen schlechten Tag.«

Elizabeth kaute auf der Innenseite ihrer Wangen herum und versuchte vergeblich, sich an ihren letzten guten Tag zu erinnern. »Edith ist zurzeit nicht da, wahrscheinlich sind wir uns nie begegnet, weil Sie sonst immer nur mit ihr zu tun hatten.«

»Oh, Edith«, lächelte er. »Luke hat schon oft von ihr erzählt. Er mag sie sehr gern.«

»Ja«, bestätigte Elizabeth mit einem schwachen Lächeln. Sie hätte gern gewusst, ob Luke auch manchmal ihren Namen erwähnte. »Möchten Sie vielleicht einen Moment Platz nehmen?«, fragte sie und deutete zum Wohnzimmer. Nachdem sie ihm etwas zu trinken angeboten hatte und mit einem Glas Milch für ihn und einem Espresso für sich selbst aus der Küche zurückkam, blieb sie erstaunt in der Wohnzimmertür stehen, denn Sams Dad hatte es sich in dem ledernen Drehsessel bequem gemacht und benutzte ihn als Karussell. Bei seinem Anblick musste sie unwillkürlich grinsen, und als er sie sah, grinste er zurück, stoppte, nahm ihr das Glas aus der Hand und ging hinüber zur Ledercouch. Elizabeth setzte sich auf ihren üblichen Platz in dem riesigen Ohrensessel, in dem sie beinahe verschwand, und hasste sich selbst dafür, dass sie hoffte, seine Turnschuhe würden keine Spuren auf dem cremefarbenen Teppich hinterlassen.

»Tut mir Leid, aber ich weiß gar nicht, wie Sie heißen«, sagte sie und versuchte, ihre Stimme etwas lebhafter klingen zu lassen.

»Ich heiße Ivan.«

Sie verschluckte sich an ihrem Kaffee und hustete so heftig, dass er zum großen Teil auf ihrem Top landete.

Sofort war Ivan bei ihr und klopfte ihr auf den Rücken. Seine besorgten Augen starrten direkt in ihre, und seine Stirn legte sich in Falten.

Elizabeth kam sich reichlich dumm vor, sah schnell weg und räusperte sich. »Geht schon wieder«, murmelte sie. »Es ist komisch, dass Sie Ivan heißen, weil …« Sie stockte. Was sollte sie sagen? Wollte sie etwa einem Wildfremden erzählen, dass ihr Neffe sich Dinge einbildete? Trotz der Informationen aus dem Internet war sie nicht sicher, ob sein Verhalten normal war. »Aber das ist eine lange Geschichte«, meinte sie, wedelte wegwerfend mit der Hand und sah wieder weg, um noch einen Schluck Kaffee zu trinken. »Was machen Sie denn so, Ivan? Falls es Ihnen nichts ausmacht, mir das zu erzählen.« Der heiße Kaffee breitete sich in ihrem Innern aus und vermittelte ihr ein angenehm vertrautes Gefühl. Allmählich kehrte sie ins Leben zurück und tauchte aus dem Koma der Traurigkeit wieder auf.

»Man könnte sagen, ich beschäftige mich mit Freundschaft, Elizabeth.«

Sie nickte verständnisvoll. »Tun wir das nicht irgendwie alle, Ivan?«

Er ließ sich ihre Bemerkung durch den Kopf gehen.

»Und wie nennt sich Ihre Firma?«

Sofort leuchteten seine Augen auf. »Ist eine super Firma. Ich liebe meinen Job von ganzem Herzen.«

»›Superfirma‹?«, wiederholte sie mit gerunzelter Stirn. »Hab ich noch nie gehört. Sind die hier in Kerry?«

Ivan blinzelte. »Es gibt uns praktisch überall, Elizabeth.«

Interessiert zog Elizabeth die Brauen hoch. »Also ein internationales Unternehmen?«

Ivan nickte und trank einen Riesenschluck Milch.

»Womit hat Ihre Firma denn zu tun?«

»Mit Kindern«, antwortete er schnell. »Mal abgesehen von meiner Kollegin Olivia, die mit älteren Menschen arbeitet. Aber ich hab immer mit Kindern zu tun. Ich helfe ihnen, wissen Sie. Na ja, jedenfalls habe ich mich bisher immer um Kinder gekümmert, aber zurzeit erweitern wir unseren Einflussbereich ein wenig … soviel ich weiß …« Er verstummte, klopfte mit dem Fingernagel an sein Glas und blickte in die Ferne, die Stirn in Falten gelegt.

»Ach, das ist ja nett.« Elizabeth lächelte. Sein Tätigkeitsbereich erklärte die jugendliche Kleidung und das Verspielte in seinem Verhalten. »Wenn man eine Marktlücke entdeckt, dann sollte man sie unbedingt nutzen, finden Sie nicht auch? Expandieren, den Profit steigern. Es ist immer gut, nach neuen Möglichkeiten Ausschau zu halten. Nach neuen Märkten.«

»Was für Märkten denn?«

»Na, beispielsweise für die Versorgung älterer Menschen.«

»Ach, die haben einen extra Markt? Großartig! Wissen Sie denn, wann der stattfindet? Wahrscheinlich sonntags, was? Bei solchen Gelegenheiten findet man doch immer was Brauchbares, stimmt's? Der Vater von meinem ehemaligen besten Freund Barry hat sich immer billig gebrauchte Autos gekauft und sie dann aufgemotzt. Seine Mutter hat aus Vorhängen Klamotten genäht. Man hätte denken können, sie spielt in *The Sound of Music* mit. Nur gut, dass sie auch hier in der Nähe wohnt, denn sie wollte auch jeden Sonntag auf die Berge kraxeln, und weil Barry mein bester Freund war, musste ich natürlich auch mit, stellen Sie sich das vor. Was glauben Sie, wann man ihn sich mal ansehen kann? Den Markt, meine ich, nicht den Film.«

Aber Elizabeth hörte ihm kaum zu, denn sie war mit den Gedanken inzwischen schon anderswo. Sie konnte es einfach nicht verhindern.

»Geht es Ihnen gut?«, fragte die freundliche Stimme.

Sie blickte von ihrer Tasse auf. Warum schien das alles diesem Mann so am Herzen zu liegen? Wer war dieser sanfte Fremde, in dessen Gegenwart sie sich so wohl fühlte? Jedes kleine Glitzern in seinen blauen Augen verstärkte ihre Gänsehaut, sein Blick war hypnotisch und seine Stimme wie ein Song, den man ganz laut hören und sofort auf Wiederholung stellen möchte. Wer war dieser Mann, der ihr eine Frage stellte, die nicht einmal ihre eigene Familie ihr je stellte? *Geht es Ihnen gut?* Und? Ging es ihr gut? Sie schwenkte den Rest Kaffee in ihrer Tasse herum, dass er an die Seiten klatschte und hochspritzte wie das Meer an den Klippen von Slea Head. Seit Jahren hatte ihr niemand mehr diese Frage gestellt, und wenn man es sich recht überlegte, deutete diese Tatsache darauf hin, dass die Antwort Nein lautete. Nein, es ging ihr nicht gut.

Sie war es müde, immer nur ihr Kissen zu umarmen. Sie war es müde zu hoffen, dass der Tag schnell vorüberging, damit sie mit dem nächsten beginnen konnte, der vielleicht besser und leichter werden würde. Was natürlich nie geschah. Sie arbeitete, bezahlte die Rechnungen und ging ins Bett, wo sie nicht schlafen konnte. Jeden Morgen war die Last auf ihren Schultern wieder ein wenig schwerer, und jeden Morgen wünschte sie sich, es würde möglichst schnell wieder Abend werden, damit sie sich in ihrem Bett verkriechen, ihr Kissen an sich drücken und sich in ihre warmen Decken wickeln konnte.

Sie schaute den freundlichen Fremden an, dessen blaue Augen sie musterten, und sah mehr Aufmerksamkeit in ihnen als in den Augen irgendeines anderen Menschen, den sie kannte. Sie wollte ihm sagen, was sie empfand, sie wollte, dass er ihr versicherte, alles würde gut werden. Sie war nicht allein, und sie würden alle glücklich und zufrieden leben und … sie befahl sich aufzuhören. Träume, Wünsche und Hoffnungen waren nicht realistisch. Sie durfte ihre Gedanken nicht so ausufern lassen. Sie hatte einen guten Job, sie und Luke waren gesund. Mehr brauchte sie nicht. Sie sah Ivan an und überlegte, wie sie seine Frage beantworten sollte. Ging es ihr gut?

Er trank einen Schluck Milch.

Ein Lächeln breitete sich auf ihrem Gesicht aus, und dann fing sie laut an zu lachen. Auf seiner Oberlippe war ein dicker Milchbart, der bis zu seinen Nasenlöchern reichte. »Ja, danke, Ivan, mir geht es gut.«

Etwas verunsichert wischte er sich den Mund ab, und nachdem er Elizabeth noch eine Weile aufmerksam betrachtet hatte, fragte er: »Sie sind also Innenarchitektin, oder?«

»Ja. Woher wissen Sie das?«, fragte Elizabeth zurück.

Ivans Augen tanzten schelmisch. »Ich weiß alles.«

»Ja, das ist bei Männern doch immer so«, lächelte Elizabeth. Dann schaute sie auf ihre Armbanduhr. »Ich weiß nicht, wo Sam bleibt. Ihre Frau denkt wahrscheinlich, ich hab Sie beide entführt.«

»Oh, ich bin nicht verheiratet«, erwiderte Ivan hastig. »Mädchen, igitt«, fügte er hinzu und verzog das Gesicht.

Elizabeth lachte. »Tut mir Leid, ich wusste nicht, dass Sie und Fiona nicht zusammen sind.«

»Fiona?« Ivan machte ein verwirrtes Gesicht.

»Sams Mutter!« Elizabeth kam sich ein bisschen blöd vor.

»Ach *die*.« Wieder zog Ivan eine Grimasse. »Nee, nee.« Er

150

lehnte sich auf der Couch nach vorn, und seine Jeans machten ein komisches quietschendes Geräusch auf dem Leder. Elizabeth kam es irgendwie bekannt vor. »Wissen Sie, sie macht immer diese echt gruslige Hühnchenpfanne. Mit einer Soße – grauenhaft.«

Erneut musste Elizabeth lachen. »Das ist ein ungewöhnlicher Grund, jemanden nicht zu mögen.« Dann fiel ihr ein, dass Luke sich ulkigerweise über das Gleiche beklagt hatte, als er einmal übers Wochenende bei Sam zu Hause gegessen hatte.

»Wenn man Hühnchen mag, ist das ein ganz nahe liegender Grund, finde ich«, erwiderte Ivan ehrlich. »Und Hühnchen ist mein absolutes Lieblingsessen.« Er grinste.

Elizabeth nickte und versuchte, ein Kichern zu unterdrücken.

»Na ja, eigentlich mein Lieblings*geflügel*.«

Das war zu viel. Elizabeth lachte laut. Anscheinend hatte Luke tatsächlich ein paar von seinen Sprüchen abgekupfert.

»Was denn?« Ivan grinste breit, sodass man eine ganze Reihe strahlend weißer Zähne sah.

»Sie!«, stieß Elizabeth hervor, während sie sich vergeblich bemühte, wieder ernst zu werden. Sie konnte es selbst nicht glauben, dass sie sich vor einem wildfremden Mann derart gehen ließ.

»Was ist mit mir?«

»Sie sind lustig«, erklärte sie und lächelte.

»Und Sie sind wunderschön«, erwiderte er ruhig, und sie sah ihn verblüfft an.

Dann wurde sie rot. Was sollte das denn? Warum sagte dieser Mann so etwas? Wieder schwiegen sie, und Elizabeth fühlte sich unbehaglich, weil sie sich fragte, ob sie beleidigt sein sollte oder eher nicht. Es kam nicht oft vor, dass jemand ihr Komplimente machte, und sie wusste nicht, wie sie darauf reagieren sollte.

Als sie Ivan einen verstohlenen Blick zuwarf, merkte sie zu ihrer Verwunderung, dass er nicht verlegen wirkte, sondern eher, als wäre er es gewohnt, solche Dinge zu sagen. Wahrscheinlich ist das für Männer wie ihn normal, dachte Elizabeth zynisch. Ein

Schmeichlertyp. Aber sie konnte ihn so verächtlich anstarren, wie sie wollte – irgendwie passte die Charakterisierung nicht zu ihm. Dieser Mann kannte sie nicht mal zehn Minuten, hatte ihr gesagt, sie sei schön, und blieb doch in ihrem Wohnzimmer sitzen, als wäre er ihr bester Freund, und sah sich um, als fände er den Raum höchst interessant. Er hatte so eine freundliche Ausstrahlung, man konnte sich wunderbar mit ihm unterhalten und ihm ganz entspannt zuhören, und obwohl er ihr gesagt hatte, dass sie schön sei mit ihren Schmuddelklamotten, ihren rot geränderten Augen und fettigen Haaren, fühlte sie sich nicht im Geringsten unangenehm berührt. Je länger sie sich schweigend gegenübersaßen, desto klarer wurde ihr, dass er ihr schlicht und einfach ein Kompliment gemacht hatte.

»Danke, Ivan«, sagte sie höflich.

»Und ich danke Ihnen.«

»Wofür?«

»Sie haben gesagt, ich bin lustig.«

»Oh, stimmt. Na ja … gern geschehen.«

»Sie kriegen nicht viele Komplimente, oder?«

Eigentlich hätte Elizabeth jetzt aufspringen und ihn aus dem Zimmer schicken müssen, weil er so was Taktloses sagte, aber sie tat es nicht, denn so sehr sie sich auch einzureden versuchte, dass die Bemerkung sie *theoretisch* stören sollte, störte sie sie einfach nicht. Sie seufzte. »Nein, Ivan, Sie haben Recht, ich kriege so gut wie nie Komplimente.«

»Na, dann ist das jetzt das erste aus einer langen Reihe.«

Er starrte sie an, und ihr Gesicht begann zu zucken, weil sie seinem Blick so lange standhalten musste. »Schläft Sam heute Nacht bei Ihnen?«

Ivan verdrehte die Augen. »Hoffentlich nicht. Für einen Jungen, der erst sechs ist, schnarcht er nämlich furchtbar laut.«

Elizabeth lächelte. »*Erst* sechs – das klingt immer, als wäre es zu wenig, dabei stimmt das doch gar nicht!« Sie stockte und nahm schnell einen Schluck Kaffee.

Er zog die Brauen hoch. »Was war das denn?«

»Nichts«, nuschelte sie. Während Ivan sich im Zimmer umsah, beobachtete sie ihn verstohlen weiter. Wie alt er wohl war?
Er war groß und muskulös, männlich, besaß aber einen jungen-
haften Charme. Er brachte sie ganz durcheinander. Schließlich
beschloss sie, den Stier bei den Hörnern zu packen.

»Ivan, ich bin ein wenig verwirrt«, gestand sie und holte tief
Luft.

»Das sollten Sie nicht sein. Verwirrung bringt nichts.«

Elizabeth merkte, dass sie gleichzeitig die Stirn runzelte und
lächelte. Sogar ihr Gesicht war verwirrt. »Okay«, sagte sie langsam und bedächtig. »Macht es Ihnen etwas aus, wenn ich Sie
frage, wie alt Sie sind?«

»Nein«, antwortete er fröhlich. »Überhaupt nicht.«

Schweigen.

»Und?«

»Und was?«

»Wie alt sind Sie?«

Ivan lächelte. »Nun, sagen wir einfach, dass mir eine bestimmte Person mitgeteilt hat, dass ich genauso alt bin wie Sie.«

Elizabeth lachte. So etwas hatte sie sich schon gedacht. Offensichtlich war Ivan keiner von Lukes unsensiblen Kommentaren
erspart geblieben.

»Kinder halten einen jung, Elizabeth«, fuhr er fort, und jetzt
klang seine Stimme ernst, und seine Augen wirkten tief und
nachdenklich. »Mein Job ist es, mich um Kinder zu kümmern,
ihnen zur Seite zu stehen und für sie da zu sein.«

»Sind Sie in der Jugendfürsorge tätig?«, fragte Elizabeth.

Ivan dachte nach. »So könnte man es nennen. Ich bin sozusagen ein professioneller bester Freund, ein Mentor ...« Er breitete
die Hände aus und zuckte die Achseln. »Kinder sind diejenigen,
die immer ganz genau wissen, was in der Welt vorgeht, wissen Sie.
Sie *sehen* mehr als Erwachsene, sie *glauben* mehr. Sie sind ehrlich,
und man weiß immer, wirklich immer, woran man bei ihnen ist.«

Elizabeth nickte zu allem. Offenbar liebte Ivan seine Arbeit. Als Vater und als Profi.

»Interessanterweise lernen Kinder viel mehr und viel schneller als Erwachsene«, meinte er und beugte sich vor. »Wissen Sie auch, warum?«

Elizabeth vermutete, dass ihr irgendeine ausführliche wissenschaftliche Erläuterung bevorstand, schüttelte aber trotzdem den Kopf.

»Weil sie offen sind. Weil sie lernen *wollen*. Erwachsene denken meistens, sie wissen schon alles.« Er schüttelte traurig den Kopf. »Sie vergessen so leicht, und statt ihr Gehirn zu öffnen und zu entwickeln, wählen sie sich einfach irgendetwas aus, was sie glauben und was sie nicht glauben. Aber man kann sich nicht einfach aussuchen, was man glauben will – entweder man glaubt es, oder man glaubt es nicht. Deshalb lernen die Erwachsenen viel langsamer. Sie sind zynisch, verlieren ihren Glauben und wollen nur noch die Dinge wissen, die ihnen dabei helfen, einen Tag nach dem anderen zu überstehen. Aber, Elizabeth« – er senkte die Stimme zu einem Flüstern und sah sie mit seinen großen strahlenden Augen an, sodass sie eine Gänsehaut auf den Armen bekam und schauderte, als wäre er dabei, das größte Geheimnis der Welt mit ihr zu teilen – »es sind die *Extras*, die das Leben machen.«

»Die das Leben wie machen?«, fragte sie, ihre Stimme nicht mehr als ein Wispern.

Er lächelte: »Die das *Leben* machen.«

Elizabeth schluckte, denn sie hatte plötzlich einen Kloß im Hals. »Und das ist alles?«

Aber Ivan lächelte weiter. »Wie meinen Sie das? Was ist denn mehr als das Leben? Was wollen Sie sonst noch? Das ist das Geschenk. Das Leben ist *alles*, und man lebt nicht richtig, bevor man anfängt zu glauben.«

»An was zu glauben?«

Ivan rollte mit den Augen und grinste weiter. »Ach, Elizabeth, das werden Sie schon noch herausfinden.«

Aber Elizabeth wollte die Extras, von denen er gesprochen hatte. Sie wollte das Glitzern und die Aufregung, sie wollte Ballons in einem Gerstenfeld steigen lassen, sie wollte ein Zimmer voller rosa Törtchen. Schon traten ihr wieder die Tränen in die Augen, und bei dem Gedanken, sie könnte vor diesem Mann anfangen zu weinen, klopfte ihr das Herz laut und dumpf in der Brust. Aber sie hätte sich keine Sorgen machen müssen, denn Ivan stand gerade auf.

»Elizabeth«, sagte er sanft, »damit möchte ich mich jetzt verabschieden. Es war mir eine Freude, heute Abend bei Ihnen sein zu dürfen.«

Er streckte ihr die Hand entgegen und schüttelte ihre behutsam. Elizabeth fühlte seine weiche Haut, und der dicke Kloß in ihrem Hals hinderte sie am Sprechen.

»Viel Glück für Ihr Meeting morgen«, sagte er mit einem ermutigenden Lächeln, wandte sich um und verließ das Wohnzimmer. Luke, der noch einmal heruntergekommen war, schloss die Haustür hinter ihm, schrie: »Ciao, Sam!«, lachte laut und rannte polternd die Treppe wieder hinauf.

Später lag Elizabeth im Bett, ihr Kopf war heiß, ihre Nase verstopft, und die Augen taten ihr weh vom Weinen. Sie umarmte ihr Kissen ganz fest und kuschelte sich unter ihre Decke. Durch die offenen Vorhänge schien der Mond herein und zauberte einen Pfad aus silberblauem Licht durch ihr Zimmer. Sie blickte aus dem Fenster und sah dort denselben Mond, den sie schon als Kind beobachtet hatte, und dieselben Sterne, von denen sie sich immer das Gleiche gewünscht hatte, als ihr auf einmal etwas einfiel.

Sie hatte Ivan überhaupt nichts von dem Meeting morgen erzählt!

Fünfzehn

Als Elizabeth ihr Gepäck aus dem Taxi gehievt hatte und es hinter sich her zum Check-in-Bereich des Flughafens von Farranfore zog, stieß sie einen tiefen Seufzer der Erleichterung aus. Jetzt hatte sie endlich das Gefühl, unterwegs nach Hause zu sein. Nur einen Monat hatte sie in New York gewohnt, und schon fühlte sie sich dort heimischer als jemals in Baile na gCroíthe. Sie begann, Freundschaften zu schließen, und das nicht nur aus einem seltsamen Pflichtgefühl heraus, sondern weil sie Lust dazu hatte.

»Wenigstens ist das Flugzeug pünktlich«, sagte Mark, als er sich in der kleinen Check-in-Schlange zu ihr gesellte.

Elizabeth lächelte ihn an und lehnte die Stirn an seine Brust. »Jetzt brauch ich noch einen Urlaub, damit ich mich von dem hier erholen kann«, scherzte sie müde.

Mark lachte, küsste sie auf den Kopf und fuhr mit den Fingern durch ihre dunklen Haare. »Das nennst du Urlaub? Heimkommen und unsere Familien besuchen? Lass uns nach Hawaii fliegen, wenn wir zurück sind.«

Elizabeth hob den Kopf. »Na klar, Mark, das kannst du gerne meinem Boss erzählen. Du weißt doch, dass ich dringend zu diesem Projekt zurück muss.«

Mark musterte ihr entschlossenes Gesicht. »Du solltest es alleine machen.«

Elizabeth verdrehte die Augen und lehnte die Stirn wieder an seine Brust. »Nicht schon wieder dieses Thema«, sagte sie, und ihre Stimme klang dumpf in seinem Dufflecoat.

»Hör zu«, beharrte er und hob ihr Kinn mit dem Zeigefinger hoch, sodass sie ihn ansehen musste. »Du arbeitest Tag und Nacht, nimmst so gut wie nie frei und machst dir den totalen Stress. Wofür?«

Sie machte den Mund auf, um zu antworten.

»Wofür?«, wiederholte er, ehe sie so weit war.

Wieder öffnete sie den Mund, und wieder kam er ihr zuvor. »Tja, ich sehe, dass du zögerst, deshalb sage ich es dir.« Er lächelte. »Für *andere Leute*. Damit sie die Lorbeeren einheimsen. *Du* machst die Arbeit*, sie* kriegen den ganzen Ruhm.«

»Entschuldige mal«, widersprach Elizabeth mit einem halbherzigen Lachen. »Ich werde extrem gut für meinen Job bezahlt, das weißt du, und wenn ich so weitermache, dann kann ich mir nächstes Jahr um diese Zeit das Haus leisten, das wir uns angeschaut haben, vorausgesetzt natürlich, wir bleiben in New York …«

»Meine liebe Elizabeth«, fiel Mark ihr ins Wort. »Wenn du so weitermachst, dann ist das Haus um diese Zeit nächstes Jahr *verkauft* und an seiner Stelle steht ein Wolkenkratzer oder eine furchtbar trendige Bar, in der man keinen Alkohol kriegt, oder ein Restaurant, das kein Essen serviert, ›*weil es das noch nie gegeben hat*‹« – er machte mit den Fingern Gänsefüßchen in die Luft, und Elizabeth musste lachen – »und natürlich wirst du alles weiß streichen, Neonlampen im Boden anbringen und dich weigern, Möbel zu kaufen, weil die zu viel Platz wegnehmen würden«, neckte er sie. »Aber die Anerkennung dafür würden andere Leute kriegen.« Er sah sie mit gespieltem Entsetzen an. »Stell dir das bloß mal vor. Das ist *deine* weiße Wand, die gehört sonst keinem, keiner darf sie dir wegnehmen. Ich möchte meine Freunde mitbringen und ihnen sagen: ›Seht her, das hat alles Elizabeth gemacht. Drei Monate hat sie dafür gebraucht, die ganzen weißen Wände und keine Stühle, aber ich bin stolz auf sie. Hat sie das nicht toll hingekriegt?‹«

Inzwischen hielt sich Elizabeth den Bauch vor Lachen. »Ich

würde niemals zulassen, dass das Haus abgerissen wird. Aber auf alle Fälle werde ich wirklich gut bezahlt«, fügte sie hinzu.

»Das erwähnst du jetzt schon zum zweiten Mal. Wir kommen gut zurecht. Wozu brauchst du denn das ganze Geld?«, fragte Mark.

»Für den Notfall«, antwortete Elizabeth, während ihr Lachen verklang und ihr Lächeln verblasste. Sie dachte an Saoirse und an ihren Vater. Zwei Notfälle eigentlich.

»Nur gut, dass wir nicht mehr in Irland wohnen«, sagte Mark und schaute aus dem Fenster. »Sonst wärst du bald pleite. Das Wetter hier ist ein permanenter Notfall.«

Elizabeth folgte seinem Blick, sah hinaus in den Regentag und konnte das Gefühl nicht abschütteln, dass die Woche, die sie hier verbracht hatten, nichts als eine Zeitverschwendung gewesen war. Nicht dass sie ein Empfangskomitee erwartet hätte oder Wimpel an den Geschäften in der Main Street, aber weder Saoirse noch ihr Vater schienen sich auch nur im Geringsten dafür zu interessieren, dass sie zu Hause war, oder dafür, was sie in der Zwischenzeit erlebt hatte. Aber sie war ja nicht zurückgekommen, um Geschichten über ihr Leben in New York zu erzählen, sondern um nach ihnen zu sehen.

Ihr Vater wollte immer noch nicht mit ihr reden, weil sie weggegangen war und ihn im Stich gelassen hatte. Dass Elizabeth immer wieder für ein paar Monate in einem anderen County gearbeitet hatte, war für ihn schon schlimm und sündhaft genug gewesen, aber Irland ganz zu verlassen, das war schlicht unverzeihlich. Vor ihrem Umzug hatte Elizabeth noch dafür gesorgt, dass sowohl ihr Vater als auch ihre Schwester gut versorgt waren. Zu ihrer großen Enttäuschung war Saoirse im Jahr zuvor von der Schule abgegangen, und Elizabeth hatte ihr innerhalb von zwei Monaten nun schon den achten Job besorgt; zurzeit räumte sie im Supermarkt Regale ein. Außerdem hatte sich ein Nachbar auf Elizabeths Bitte bereit erklärt, Saoirse zweimal im Monat zu ihrem Therapeuten nach Killarney zu fahren. Für Elizabeth war dieser Teil sogar noch wichtiger als der Job, aber sie wusste, dass Saoirse sich nur auf dieses Arrangement eingelassen hatte, weil es ihr Gelegenheit gab, zweimal im Monat ihrem Käfig zu entfliehen. Trotzdem – für den Fall, dass Saoirse sich doch irgendwann entschloss, über ihre Gefühle zu sprechen, war jemand da, der ihr zuhörte, und das beruhigte Elizabeth.

Die Haushälterin, die Elizabeth für ihren Vater organisiert hatte, war allerdings bisher noch nicht aufgetaucht. Im Farmhaus herrschte staubiges, feuchtes Chaos, und nachdem Elizabeth zwei Tage lang geschrubbt und gebohnert hatte, gab sie es auf, weil ihr klar wurde, dass kein Putzmittel der Welt das Haus wieder zum Strahlen bringen konnte. Als ihre Mutter weggegangen war, hatte sie allen Glanz mitgenommen.

Auch Saoirse hatte inzwischen das Haus ihres Vaters verlassen und war mit ein paar Leuten zusammengezogen, die sie bei einem Musikfestival kennen gelernt hatte. Sie schienen allerdings nichts anderes zu tun, als bei dem alten Turm am Stadtrand im Kreis herumzusitzen oder im Gras zu liegen, auf Gitarren herumzuklimpern und Lieder über Selbstmord zu trällern. Alle hatten lange Haare und die Männer lange Bärte. Nur zweimal hatte Elizabeth ihre Schwester während ihres »Urlaubs« gesehen. Die erste Begegnung war recht kurz gewesen. Gleich am Tag ihrer Ankunft bekam Elizabeth einen Anruf von der einzigen Boutique in Baile na gCroíthe. Saoirse war dabei erwischt worden, wie sie ein paar T-Shirts mitgehen lassen wollte. Elizabeth war sofort gekommen, hatte sich überschwänglich entschuldigt und die T-Shirts bezahlt, aber sobald sie den Laden wieder verlassen hatten, war Saoirse sofort zu ihren Freunden in die Hügel abgeschwirrt. Beim zweiten Mal reichte die Zeit gerade dafür, dass Elizabeth ihrer Schwester Geld leihen und sich mit ihr am nächsten Tag zum Lunch verabreden konnte – zu dem Saoirse allerdings nicht erschienen war. Aber Elizabeth freute sich, dass Saoirse endlich ein wenig zugenommen hatte. Ihr Gesicht war voller, und ihre Kleider hingen nicht mehr sackartig an ihr herab. Vielleicht tat es ihr gut, alleine zu wohnen.

November in Baile na gCroíthe war eine einsame Zeit. Die jungen Leute waren weg, in der Schule oder auf dem College, die Touristen in ihr eigenes Zuhause zurückgekehrt oder in wärmere Gefilde geflohen, in den Geschäften herrschte gähnende Leere, manche hatten geschlossen, andere standen am Rande des Ruins.

Das Städtchen war trist, kalt und trübe, keine Blumen schmückten die Straße. Baile na gCroíthe war eine Geisterstadt. Trotzdem war Elizabeth froh, dass sie zurückgekommen war. Zwar kümmerte es ihre Familie herzlich wenig, ob sie da war oder nicht, aber Elizabeth wusste jetzt ganz genau, dass sie ihr Leben nicht damit zubringen konnte, sich um sie zu sorgen.

Langsam, aber sicher rückten Mark und Elizabeth in der Schlange weiter. Schließlich stand nur noch eine Person zwischen ihnen und der Freiheit. Der Freiheit, das Flugzeug nach Dublin zu besteigen und von dort nach New York zurückzukehren.

In diesem Moment klingelte Elizabeths Handy, und ihr Magen krampfte sich instinktiv zusammen.

Mark wirbelte herum. »Geh nicht dran.«

Elizabeth holte das Handy aus der Tasche und betrachtete die Nummer.

»Geh nicht dran, Elizabeth«, wiederholte er, und seine Stimme war fest und fast ein wenig streng.

»Es ist eine irische Nummer.« Elizabeth biss sich auf die Unterlippe.

»Nicht«, sagte er sanft.

»Aber wenn etwas Schlim...« Das Klingeln hörte auf.

Mark lächelte sie an und sah erleichtert aus. »Gut gemacht.«

Elizabeth lächelte schwach, und Mark drehte sich wieder zum Check-in-Tresen um. Gerade als er einen Schritt nach vorn machte, fing das Telefon schon wieder an zu klingeln.

Die gleiche Nummer.

Mark redete mit der Frau am Schalter, lachte und war charmant wie immer. Elizabeth umklammerte das Handy und starrte die Nummer auf dem Display an, bis sie endlich verschwand und das Klingeln aufhörte.

Dann piepte das Handy, um eine Nachricht anzuzeigen.

»Elizabeth, dein Pass«, mahnte Mark, drehte sich zu ihr um, und sein Gesicht wurde lang.

»Ich checke nur schnell meine SMS«, erklärte sie hastig und begann in ihrer Tasche nach dem Ausweis zu kramen, das Handy ans Ohr gedrückt.

»Hallo Elizabeth, hier ist Mary Flaherty von der Entbindungsstation im Killarney Hospital. Ihre Schwester Saoirse ist gerade mit Geburtswehen eingeliefert worden. Es ist noch einen Monat zu früh, wie Sie sicher wissen, deshalb wollte Saoirse, dass wir Sie anrufen und Ihnen Bescheid sagen, falls Sie bei ihr sein möchten …« Den Rest hörte Elizabeth nicht mehr. Sie stand da, zur Salzsäule erstarrt. Geburtswehen? Saoirse? Sie war doch nicht mal schwanger! Elizabeth spielte die Nachricht noch einmal ab. Vielleicht hatte die Klinik eine falsche Nummer erwischt. Marks Bitten, ihren Ausweis abzugeben, überhörte sie.

»Elizabeth«, sagte Mark so laut, dass er sie schließlich doch in die Realität zurückholte. »Dein Ausweis! Du hältst die ganze Schlange auf.«

Erschrocken drehte sie sich um und blickte in eine ganze Reihe verärgerter Gesichter.

»Entschuldigung«, flüsterte sie, am ganzen Körper zitternd, wie betäubt.

»Was ist denn los?«, fragte Mark. Allmählich verschwand der Ärger aus seinem Gesicht und machte der Besorgnis Platz.

»Entschuldigen Sie, möchten Sie noch mit in die Maschine?«, fragte die Frau am Check-in so höflich sie konnte.

»Hmmm.« Elizabeth rieb sich verwirrt die Augen, blickte von Marks bereits ausgestelltem Ticket in sein Gesicht und wieder zurück. »Nein, nein, ich kann nicht«, sagte sie schließlich und trat rückwärts aus der Schlange. »Tut mir Leid«, wandte sie sich auch an die wartenden Fluggäste, die sie jetzt schon etwas wohlwollender betrachteten. »Es tut mir wirklich schrecklich Leid.« Sie sah Mark an, der in der Schlange stand und so … so enttäuscht wirkte. Nicht enttäuscht, weil sie nicht mitkam, sondern enttäuscht von ihr persönlich.

»Bitte schön«, sagte die Frau am Schalter und gab ihm sein Ticket.

Geistesabwesend nahm er es entgegen und entfernte sich langsam aus der Schlange. »Was ist denn passiert?«

»Es ist wegen Saoirse«, erklärte Elizabeth schwach, mit einem Kloß im Hals. »Sie ist im Krankenhaus.«

»Hat sie mal wieder zu viel getrunken?«, fragte Mark, und jetzt war jede Besorgnis aus seiner Stimme verschwunden.

Elizabeth dachte lange und intensiv über diese Reaktion nach. Aber plötzlich gewannen die Scham und Verlegenheit, dass sie nichts von Saoirses Schwangerschaft gewusst hatte, die Oberhand und zwangen sie zu lügen. »Ja, ich glaube. Aber ich bin nicht sicher«, fügte sie lahm hinzu und schüttelte den Kopf. Als wollte sie ihre Gedanken abschütteln.

Marks Schultern entspannten sich. »Hör mal, wahrscheinlich kriegt sie nur mal wieder den Magen ausgepumpt. Das ist nichts Neues, Elizabeth. Komm, wir checken dich ein, dann können wir im Café darüber reden.«

Aber Elizabeth schüttelte den Kopf. »Nein, Mark, ich muss gehen.« Ihre Stimme zitterte.

»Elizabeth, es ist bestimmt mal wieder nur falscher Alarm.« Er lächelte. »Wie viele von diesen Anrufen kriegst du im Jahr? Und es ist immer dasselbe.«

»Aber es könnte auch etwas anderes sein, Mark.« Etwas, was Saoirses Schwester hätte merken müssen, wenn sie alle fünf Sinne beisammen gehabt hätte.

Mark nahm die Hand von ihrem Gesicht. »Tu dir das nicht an.«

»Was tue ich mir denn an?«

»Du lässt dich dazu zwingen, Saoirses Leben wichtiger zu nehmen als dein eigenes.«

»Sei nicht albern, Mark, sie ist meine Schwester, sie *ist* mein Leben. Ich muss mich um sie kümmern.«

»Ach wirklich? Selbst wenn sie sich keinen Dreck um dich kümmert? Selbst wenn es ihr gar nicht gleichgültiger sein könnte, ob du für sie da bist oder nicht?«

Das war wie ein Schlag in den Magen.

»Ich hab ja dich, der sich um mich kümmert«, versuchte sie abzuwiegeln und es allen recht zu machen. Wie immer.

»Aber das kann ich nicht, wenn du mich nicht lässt«, fuhr er sie an, und seine Augen waren dunkel vor Schmerz und Wut.

»Mark!« Elizabeth versuchte zu lachen, brachte es aber nicht fertig. »Ich verspreche dir, dass ich so schnell wie möglich nachkomme, ich muss nur erst mal rausfinden, was da genau passiert ist. Bitte denk drüber nach. Wenn es deine Schwester wäre, dann hättest du den Flughafen schon lange verlassen, du wärst schon bei ihr, während wir hier noch stehen und diskutieren. Du hättest keinen Gedanken auf so ein dummes Gespräch verschwendet.«

»Warum stehst du dann immer noch hier rum?«, fragte er kalt.

Wut und Tränen stiegen gleichzeitig in Elizabeth auf. Sie ergriff ihren Koffer, drehte sich um und ging davon, verließ den Flughafen, setzte sich ins nächstbeste Taxi und fuhr zum Krankenhaus.

Sie hielt das Versprechen, das sie Mark gegeben hatte. Zwei Tage nach ihm nahm sie den Flieger nach New York, holte ihre Habseligkeiten aus der gemeinsamen Wohnung und reichte im Büro ihre Kündigung ein. Als sie nach Baile na gCroíthe zurückflog, tat ihr das Herz so weh, dass sie kaum atmen konnte.

Sechzehn

Inzwischen war Elizabeth dreizehn und gewöhnte sich allmählich an die weiterführende Schule, die sie seit ein paar Wochen besuchte. Es bedeutete, dass sie einen weiteren Schulweg hatte und morgens vor allen anderen aufstehen musste, und da der Unterricht auch länger dauerte, kam sie abends erst in der Dunkelheit heim. Jedes bisschen Zeit, das sie sich abknapsen konnte, verbrachte sie mit der elf Monate alten Saoirse. Anders als der Schulbus, mit dem sie zur Grundschule gefahren war, setzte der jetzige sie am Ende der Straße ab, die zum Farmhaus führte, sodass sie jeden Tag allein den ganzen langen Weg bis zur Haustür zurücklegen musste, wo niemand auf sie wartete, um sie zu begrüßen. Es war Winter, dunkle Morgen und Abende hatten die Herrschaft übernommen und breiteten für die nächsten Monate schwarzen Samt über das Land. Zum dritten Mal in dieser Woche marschierte Elizabeth durch Sturm und Regen die Straße entlang. Ihr Schulrock bauschte sich im Wind und tanzte um ihre Beine, ihr Rücken krümmte sich unter der schweren Schultasche.

Jetzt saß sie im Schlafanzug am Feuer und versuchte wieder warm zu werden, mit einem Auge auf den Hausaufgaben und dem anderen auf Saoirse, die auf dem Boden herumkrabbelte und alles, was ihr in die rundlichen Patschhände kam, in ihr sabberndes Mäulchen stopfte. Ihr Vater war in der Küche und bereitete seinen alltäglichen Gemüseeintopf zu. Porridge zum Frühstück, Eintopf zum Abendessen. Gelegentlich gab es dazu ein dickes Stück Rindfleisch oder einen frischen Fisch, den Brendan an diesem Tag gefangen hatte. Elizabeth liebte solche Tage.

Saoirse gurgelte und plapperte vor sich hin, wedelte mit den Händen und beobachtete Elizabeth, glücklich, dass ihre große Schwester endlich wieder zu Hause war. Elizabeth lächelte ihr zu und gab ermutigende Geräusche von sich, ehe sie sich wieder ihren Schularbeiten zuwandte. Wie sie das in den letzten Wochen oft tat, zog sich Saoirse an der Couch hoch und ging vorsichtig daran entlang, vor und zurück, vor und zurück, und drehte sich dann wieder zu Elizabeth um.

»Komm, Saoirse, du schaffst es.« Elizabeth legte den Stift weg und konzentrierte sich auf ihre kleine Schwester. Seit Tagen schon versuchte Saoirse, durchs Zimmer zu ihr zu laufen, landete aber immer wieder auf ihrem gepolsterten Hintern. Natürlich wollte Elizabeth unbedingt dabei sein, wenn ihrer kleinen Schwester das Projekt endlich glückte, und sie hatte vor, den Fortschritt angemessen zu feiern, wie es ihre Mutter getan hätte, zu singen und zu tanzen.

Saoirse blies Luft durch die gespitzten Lippen und erzeugte Spuckeblasen, während sie munter in ihrer Geheimsprache plauderte.

»Ja«, nickte Elizabeth. »Komm zu Elizabeth.« Sie breitete die Arme aus.

Langsam ließ Saoirse die Sofakante los, und mit entschlossenem Gesicht setzte sie sich in Bewegung. Schritt für Schritt kam sie auf Elizabeth zu, die den Atem anhielt und sich einen Freudenschrei verkniff, um die Kleine nicht abzulenken. Den ganzen Weg sah sie ihr fest in die Augen. Diesen Blick würde sie nie vergessen, diese absolute Entschlossenheit. Dann war Saoirse am Ziel und fiel ihrer großen Schwester freudestrahlend in die Arme. Elizabeth nahm sie hoch, tanzte mir ihr im Zimmer herum und überhäufte sie mit Küssen. Saoirse kicherte und produzierte eifrig Spuckeblasen.

»Dad, Dad!«, rief Elizabeth aufgeregt.

»Was denn?«, erkundigte er sich mürrisch aus der Küche.

»Komm doch mal, schnell!«, antwortete Elizabeth und zeigte Saoirse, wie man Beifall klatscht.

Mit besorgtem Gesicht erschien Brendan an der Tür.

»Saoirse kann laufen, Dad! Schau doch bloß! Mach es noch mal, Saoirse, lauf noch mal für Dad!« Sie stellte ihre Schwester wieder auf den Boden und ermunterte sie, es noch einmal zu versuchen.

»Jesus Christus, und ich dachte schon, es wär was passiert«, knurrte ihr Vater. »Erschreckt mich doch nicht so, das kann ich gar nicht brauchen.« Damit drehte er sich um und verschwand wieder in der Küche.

Als Saoirse bei ihrem zweiten Laufversuch aufschaute, um sich im Stolz ihrer Familie zu sonnen, bemerkte sie, dass ihr Daddy nicht mehr da war. Sofort veränderte sich ihr Gesichtsausdruck, sie geriet ins Schwanken, kippte um und landete wieder auf dem Allerwertesten.

An dem Tag, als Luke laufen lernte, war Elizabeth im Büro. Edith rief mitten in einem Meeting an, bei dem sie auf keinen Fall gestört werden wollte, und daher erfuhr Elizabeth von dem großen Ereignis erst, als sie nach Hause kam.

Als sie jetzt daran dachte, wurde ihr klar, dass sie ganz ähnlich reagiert hatte wie ihr Vater, und wieder einmal hasste sie sich dafür. Als Erwachsene konnte sie die Reaktion ihres Vaters verstehen – es lag nicht daran, dass er nicht stolz auf seine Kinder war oder dass es ihn nicht kümmerte, nein, es kümmerte ihn viel zu sehr! Zuerst lernen sie laufen, dann fliegen sie weg.

Aber die Erinnerung hatte auch etwas Ermutigendes an sich: Wenn Elizabeth es einmal geschafft hatte, ihre Schwester beim Laufen zu unterstützen, dann konnte sie ihr sicher auch ein zweites Mal wieder auf die Beine helfen.

Mit einem Ruck erwachte Elizabeth aus einem Albtraum, kalt und vor Angst wie erstarrt. Hektisch blickte sie sich in ihrem Zimmer um. Der Mond hatte seine Schicht auf dieser Seite der Welt beendet und war weitergezogen, um der Sonne Platz zu machen. Mit fürsorglichem Blick hatte die Sonne Elizabeth im Auge behalten und ihren Schlaf bewacht. Die silberblaue Lichtspur auf dem Bettzeug war von einem gelben Schein abgelöst worden. Es war fünf nach halb fünf Uhr morgens, und Elizabeth fühlte sich sofort hellwach. Sie stützte sich auf die Ellbogen. Ihre Decke lag halb auf dem Boden, halb war sie um ihre Beine gewickelt. Sie hatte unruhig geschlafen, unfertige Träume waren sprunghaft in andere übergegangen, hatten sich überlappt, Gesichter, Orte, Worte bizarr ineinander verschwommen.

Während sie sich im Raum umschaute, spürte sie, wie Unruhe sie beschlich. Obwohl sie das Haus vor zwei Tagen von oben bis unten geputzt hatte, bis alles blitzte und blinkte, hatte sie plötzlich den Drang, die Aktion zu wiederholen. Aus dem Augenwinkel nahm sie wahr, dass verschiedene Dinge nicht dort waren, wo sie hingehörten. Irritiert rieb sie sich die Nase, die bereits zu jucken begann, und warf entschlossen die Bettdecke von sich.

Unverzüglich begann sie aufzuräumen. Insgesamt lagen tagsüber immer zwölf Kissen auf ihrem Bett, sechs Zweierreihen, bestehend aus normalen, länglichen und runden Kissen, wobei letztere nach vorn platziert wurden. Alle waren aus unterschiedlichem Material, von Kaninchenfell bis Wildleder, alle in Creme-, Beige- und Kaffeetönen. Als das Bett zu ihrer Zufriedenheit arrangiert war, vergewisserte sie sich, dass ihre Kleider in der korrekten Reihenfolge im Schrank hingen, links dunkle Farben und dann immer heller. Allerdings gab es sehr wenig Farbe in ihrer Garderobe. Schon beim kleinsten Farbklecks hatte sie das Gefühl, sie würde in grellem Neon herumlaufen. Sie saugte den Boden, wischte Staub auf den Spiegeln, polierte sie, rückte die drei kleinen Handtücher im Badezimmer zurecht und nahm sich ein paar Minuten Zeit, bis die Streifen perfekt aufeinander lagen. Die

Armaturen funkelten, und sie rieb und rubbelte wie besessen, bis sie sich in den Kacheln spiegeln konnte. Gegen halb sieben war sie auch mit dem Wohnzimmer und der Küche fertig, und da sie sich jetzt etwas weniger unruhig fühlte, setzte sie sich mit einer Tasse Kaffee in den Garten und sah sich als Vorbereitung für das morgendliche Meeting noch einmal ihre Entwürfe an. In dieser Nacht hatte sie nicht mehr als drei Stunden geschlafen.

Benjamin West verdrehte die Augen und knirschte vor Frust mit den Zähnen, während sein Chef im Baucontainer auf und ab tigerte und in seinem New Yorker Slang laut vor sich hinschimpfte.

»Sehen Sie, Benji, ich hab einfach …«

»Benjamin«, unterbrach er.

»… die Nase gestrichen voll davon, von all diesen Leuten den gleichen Scheiß zu hören«, fuhr er fort, ohne Benjamin zu beachten. »Diese Designer sind doch alle gleich. Ein modernes Dies und ein minimalistisches Jenes. Die können mich mal kreuzweise mit ihrem Art déco, Benji!«

»Bitte nennen Sie …«

»Ich meine, wie viele von diesen Leuten haben wir jetzt gesprochen, seit wir hier sind?« Er blieb stehen und starrte Benjamin fragend an.

Der blätterte in seinem Terminkalender. »Hmm, acht – ohne die Frau, die am Freitag früher gehen musste, diese Elizabeth …«

»Spielt keine Rolle«, fiel er ihm ins Wort, »die ist garantiert auch nicht anders.« Mit einer wegwerfenden Handbewegung drehte er sich um, um aus dem Fenster zur Baustelle hinüberzusehen. Sein dünner grauer Zopf begleitete schwingend jede Kopfbewegung.

»Tja, wir haben in einer halben Stunde noch ein Meeting mit ihr«, gab Benjamin zu bedenken und blickte auf seine Armbanduhr.

»Sagen Sie es ab. Mich interessieren ihre Vorschläge nicht die Bohne. Die sind garantiert mindestens so langweilig wie die anderen. An wie vielen Hotels haben wir jetzt schon gemeinsam gearbeitet, Benji?«

Benjamin seufzte. »Ich heiße Benjamin, und wir haben schon eine Menge Hotels zusammen gebaut, Vincent.«

»Eine Menge«, wiederholte Vincent und nickte, »das hab ich mir gedacht. Und wie viele davon hatten so eine tolle Lage wie das hier?« Er gestikulierte großräumig in die Umgebung. Ohne großes Interesse drehte sich Benjamin in seinem Stuhl um – er konnte sich nur mit Mühe dazu bringen, über den Lärm und Schmutz der Umgebung hinwegzusehen. Sie hinkten beträchtlich hinter dem ursprünglichen Zeitplan her. Sicher, es war hübsch hier, aber er hätte statt der sanften Hügel und Seen vor dem Fenster lieber schon ein vollständiges Hotel erblickt. Seit zwei Monaten war er inzwischen in Irland, und das Hotel sollte im August fertig sein, also noch zwei Monate. Er war in Haxton, Colorado geboren, lebte jetzt in New York und hatte eigentlich geglaubt, dem klaustrophobischen Gefühl einer Kleinstadt entflohen zu sein. Aber offensichtlich hatte er sich zu früh gefreut.

»Nun?« Vincent zündete sich eine Zigarre an und nuckelte daran herum.

»Schöne Aussicht«, stellte Benjamin gelangweilt fest.

»Es ist eine verdammt fantastische Aussicht, und ich lasse nicht zu, dass irgend so ein Schlaftablettendesigner dafür sorgt, dass hier am Ende ein Kasten steht, der aussieht wie jedes blöde City-Hotel von der Sorte, wie wir schon Millionen gebaut haben.«

»Was haben Sie denn im Sinn, Vincent?« In den letzten zwei Monaten hatte er von Vincent zwar viel zu diesem Thema gehört, aber er hatte sich immer nur darüber ausgelassen, was er *nicht* wollte.

Vincent – wie üblich in einem glänzenden grauen Anzug – marschierte zu seiner Aktentasche, holte einen Ordner heraus und schob ihn über den Tisch zu Benjamin. »Sehen Sie sich mal diese Zeitungsartikel an, das hier ist eine wahre gottverdammte Goldmine. Ich will, was die Leute wollen, und denen steht der Sinn nicht nach irgendeinem Nullachtfünfzehn-Hotel, sondern nach einer romantischen, fantasievollen Anlage, die einfach Spaß macht. Nichts von dem ganzen modernen sterilen Zeug. Wenn der Nächste hier reinspaziert und mir mit den gleichen beschissenen Ideen kommt, dann entwerfe ich das blöde Ding eben selbst«, verkündete er, wandte sich mit rotem Gesicht wieder zum Fenster und paffte an seiner Zigarre.

Benjamin verdrehte die Augen, genervt von Vincents Dramatik.

»Ich möchte einen richtigen Künstler«, fuhr dieser unverdrossen fort, »einen verdammten Irren. Jemand Kreatives, der wenigstens ein bisschen Gespür fürs Künstlerische mitbringt. Diese ständigen Anzugträger, die von Farben sprechen wie von einem Tortendiagramm und selbst noch nie einen Pinsel in der Hand hatten, machen mich krank. Ich möchte den van Gogh der Innenarchitekten …«

Ein Klopfen an der Tür unterbrach ihn.

»Wer ist denn das schon wieder?«, fragte Vincent barsch, noch rot im Gesicht von seiner Tirade.

»Wahrscheinlich Elizabeth Egan, zu unserm Meeting.«

»Ich hab Ihnen doch gesagt, Sie sollen das abblasen.«

Benjamin ignorierte ihn, ging zur Tür und öffnete sie.

»Hallo«, sagte Elizabeth, als sie hereinkam, dicht gefolgt von Poppy mit ihren pflaumenfarbenen Haaren, übersät mit Farbspritzern und beladen mit Ordnern, aus denen Teppich- und Materialmuster quollen.

»Hi, ich bin Benjamin West, der Projektmanager. Wir haben uns am Freitag schon kennen gelernt«, stellte Benjamin sich vor und schüttelte Elizabeth die Hand.

»Ja, tut mir Leid, dass ich so früh wegmusste«, erwiderte sie forsch, ohne ihm in die Augen zu schauen. »Ein absoluter Ausnahmefall, das können Sie mir glauben.« Sie wandte sich um und fuhr fort: »Das ist Poppy, meine Assistentin, ich hoffe, es stört Sie nicht, wenn sie an unserer Besprechung teilnimmt.«

Poppy kämpfte mit den Ordnern, um Benjamin die Hand schütteln zu können, worauf einige davon zu Boden gingen.

»Ach, du Scheiße«, sagte sie laut, und Elizabeth drehte sich mit Gewittermiene zu ihr um.

Aber Benjamin lachte nur. »Ist schon okay. Warten Sie, ich helfe Ihnen.«

»Mr. Taylor«, sagte Elizabeth laut und durchquerte mit ausgestreckter Hand den Raum. »Schön, Sie wiederzusehen. Es tut mir Leid wegen des letzten Meetings.«

Vincent wandte sich vom Fenster ab, musterte Elizabeth in ihrem schwarzen Hosenanzug von oben bis unten und paffte an seiner Zigarre. Ohne ihr die Hand zu schütteln, wandte er sich wieder dem Fenster zu.

Unterdessen hatten Benjamin und Poppy die Ordner zum Tisch getragen, und um das peinliche Schweigen zu überbrücken, meinte Benjamin: »Warum setzen wir uns nicht erst mal alle?«

Mit erhitzten Wangen ließ Elizabeth die ausgestreckte Hand wieder sinken und drehte sich zum Tisch um. »Ivan!«, rief sie, und auf einmal klang ihre Stimme eine Oktave höher vor Aufregung.

Verwirrt sah Poppy sich im Raum um.

»Schon gut«, entgegnete Benjamin. »Es kommt häufig vor, dass die Leute meinen Namen falsch verstehen. Ich heiße Benjamin, Ms. Egan.«

»Nein, nein, Sie meine ich doch gar nicht«, lachte Elizabeth. »Ich meine den Mann neben Ihnen.« Sie ging auf den Tisch zu. »Was machen Sie denn hier? Ich wusste nicht, dass Sie auch was mit der Hotelsache zu tun haben. Ich dachte, Sie arbeiten mit Kindern.«

Vincent zog die Augenbrauen hoch und beobachtete höchst

172

interessiert, wie Elizabeth höflich in die Stille hineinnickte und lächelte. Auf einmal begann er zu lachen, ein dröhnendes, schallendes Gelächter, das in einem heftigen Hustenanfall endete.

»Geht es Ihnen nicht gut, Mr. Taylor?«, erkundigte sich Elizabeth besorgt.

»Doch, doch, Ms. Egan, alles in Ordnung. Wunderbar. Freut mich, dass Sie da sind«, rief er und streckte ihr die Hand entgegen.

Während Poppy und Elizabeth ihre Ordner sortierten, flüsterte Vincent Benjamin zu: »Vielleicht ist die hier ja doch gar nicht so weit davon entfernt, sich das Ohr abzuschneiden.«

Die Containertür ging auf, und herein kam die Empfangsdame mit einem Tablett voller Kaffeetassen.

»Es war schön, Sie wiederzusehen. Tschüs, Ivan«, rief Elizabeth, als sich die Tür hinter der Frau schloss.

»Ist er jetzt weg, ja?«, fragte Poppy trocken.

»Keine Sorge«, sagte Benjamin leise zu Poppy, während er Elizabeth bewundernd anschaute. »Ihre Chefin passt perfekt in unser Profil. Sie haben doch nicht etwa vor der Tür gelauscht?« Er grinste Poppy viel sagend an.

Poppy erwiderte seinen Blick etwas verwirrt.

»Nein, nein, Sie kriegen deswegen keinen Ärger«, lachte er. »Aber Sie haben gehört, worüber wir uns unterhalten haben. Oder?«

Poppy dachte einen Moment nach, dann nickte sie langsam, sah aber immer noch ziemlich durcheinander aus.

Benjamin lachte weiter leise in sich hinein. »Wusste ich's doch. Ganz schön schlau, die beiden«, murmelte er und konzentrierte sich dann wieder auf Elizabeth und Vincent, die vollkommen in ihr Gespräch vertieft waren.

»Ich mag Sie, Elizabeth, ganz ehrlich«, sagte Vincent gerade und meinte es offensichtlich ernst. »Ich mag es, dass Sie so exzentrisch sind.«

Elizabeth verzog das Gesicht.

»Wissen Sie, Ihre Schrullen. Daran sieht man, dass jemand ein Genie ist, und ich hab gerne Genies in meinem Team.«

Elizabeth nickte langsam. Was hier vorging, machte sie völlig konfus.

»Aber Ihre Ideen überzeugen mich nicht«, fuhr Vincent fort, »sie überzeugen mich überhaupt nicht. Und sie gefallen mir auch nicht.«

Schweigen.

Unbehaglich rutschte Elizabeth auf ihrem Stuhl herum.

»Okay«, sagte sie schließlich und bemühte sich, weiterhin geschäftsmäßig zu klingen. »Was genau haben Sie denn im Sinn?«

»Liebe.«

»Liebe?«, wiederholte Elizabeth dumpf.

»Ja. Liebe.« Vincent lehnte sich in seinem Stuhl zurück, die Hände über dem Bauch gefaltet.

»Sie haben also Liebe im Sinn«, sagte Elizabeth ernst und sah Benjamin Hilfe suchend an.

Benjamin verdrehte die Augen und zuckte die Achseln.

»Hey, mir geht Liebe eigentlich total am Arsch vorbei«, beteuerte Vincent. »Ich bin seit fünfundzwanzig Jahren verheiratet«, fügte er erklärend hinzu. »Aber die irische Öffentlichkeit möchte etwas, was mit Liebe zu tun hat. Wo ist das Ding denn?« Suchend blickte er sich auf dem Tisch um und schob Elizabeth dann den Ordner mit den Zeitungsartikeln hin.

Nachdem Elizabeth die Ausschnitte kurz durchgeblättert hatte, meinte sie in einem Ton, aus dem Benjamin eine gewisse Enttäuschung herauszuhören glaubte: »Ach so, verstehe. Sie wollen ein *Themen*hotel.«

»Sie sagen das, als wäre es total kitschig«, sagte Vincent herablassend.

»Ich *finde* Themenhotels auch kitschig«, entgegnete Elizabeth mit fester Stimme. Sie konnte ihre Grundsätze nicht verleugnen, nicht einmal für einen Bombenjob wie diesen hier.

Benjamin und Poppy starrten Vincent an, gespannt, wie er reagieren würde. Der Schlagabtausch zwischen ihm und Elizabeth war spannend wie ein Tennismatch.

»Elizabeth«, gab Vincent zurück, und ein Lächeln spielte um seine Mundwinkel. »Sie sind eine hübsche junge Frau, deshalb sollten Sie das eigentlich wissen. Liebe ist kein Thema. Liebe ist eine Atmosphäre, eine Stimmung.«

»Verstehe«, antwortete Elizabeth und klang dabei ebenso verständnislos, wie sie aussah. »Sie wollen ein Hotel, in dem ein Gefühl von Liebe herrscht?«

»Genau«, strahlte Vincent. »Allerdings ist das nicht, was *ich* will, sondern was *die* wollen«, fügte er hinzu und tippte mit dem Finger auf die Zeitung.

Elizabeth räusperte sich und erklärte langsam und geduldig, als spräche sie mit einem Kind: »Mr. Taylor, wir haben Juni, Sauregurkenzeit, wie wir das nennen, die Zeit, in der es nichts Spannendes zum Schreiben gibt. Daher transportieren die Medien ein verzerrtes Bild der öffentlichen Meinung. Was hier steht, kann man nicht für bare Münze nehmen, wissen Sie, es ist nicht repräsentativ für die Hoffnungen und Wünsche des irischen Volks. Etwas anzustreben, nur um die Bedürfnisse der Medien zu erfüllen, wäre ein großer Fehler.«

Vincent wirkte völlig unbeeindruckt.

»Sehen Sie, das Hotel liegt in einer wunderschönen Gegend mit wunderschöner Aussicht, am Rand eines hübschen Städtchens mit einer Unmenge von Freizeitmöglichkeiten in der Natur«, fuhr Elizabeth fort. »Bei meinen Entwürfen geht es mir darum, das Außen hereinzubringen, die Landschaft zu einem Teil des Interieurs zu machen. Mit Naturtönen wie Dunkelgrün, Braun und unter Verwendung von Stein können wir …«

»Das hab ich alles schon gehört«, plusterte Vincent sich auf. »Ich will nicht, dass sich das Hotel den Hügeln anpasst, ich möchte, dass es auffällt. Ich will nicht, dass sich die Gäste vorkommen wie ein Haufen blöder Hobbits, die in einem Grashü-

175

gel übernachten.« Ärgerlich drückte er seine Zigarre im Aschenbecher aus.

Jetzt hat sie ihn verloren, dachte Benjamin. Schade, sie hat sich wirklich bemüht. Er beobachtete, wie sich die Enttäuschung auf Elizabeths Gesicht ausbreitete, während der Job in die Ferne rückte.

»Mr. Taylor«, sagte sie schnell, »Sie haben noch nicht alle meine Ideen gehört.«

Sie griff nach einem Strohhalm.

Vincent grunzte und warf einen Blick auf seine mit Diamanten besetzte Rolex. »Na gut, ich gebe Ihnen dreißig Sekunden.«

Zwanzig davon saß sie erstarrt auf ihrem Stuhl, dann machte sie ein Gesicht, als litte sie unter heftigen Schmerzen, und schließlich sagte sie: »Poppy, erzähl ihm, was dir im Kopf herumschwirrt.«

»Ja, gern!« Aufgeregt sprang Poppy von ihrem Stuhl und tänzelte zu Vincent auf die andere Seite des Tischs hinüber. »Okay, ich stelle mir Wasserbetten in Herzform vor, Jacuzzis, Champagnerflöten in den Nachtschränkchen. *Romantik meets Art déco.* Eine *Explosion*« – sie veranschaulichte mit den Händen, was sie meinte –, »eine Explosion in Purpur, Burgunder und Weinrot, die einem das Gefühl gibt, man wäre in einem mit Samt ausgelegten *Mutterschoß. Überall* Kerzen. *Französisches Boudoir meets* …«

Während Poppy weiterplapperte und Vincent angeregt mit dem Kopf nickte und fasziniert an ihren Lippen hing, schaute Benjamin zu Elizabeth, die den Kopf in die Hand gestützt hatte und bei jedem neuen Einfall von Poppy zusammenzuckte. Ihre Blicke begegneten sich, und in beiden lag eine tiefe Verzweiflung über ihre jeweiligen Kollegen.

Aber dann grinsten sie einander an.

Siebzehn

»O mein Gott, o mein Gott«, jauchzte Poppy schrill, während sie auf Elizabeths Auto zutänzelte. »Ich danke Damien Hirst für die Inspiration, ich danke Egon Schiele« – sie wischte sich eine imaginäre Träne aus dem Augenwinkel –, »ich danke Bansky und Robert Rauschenberg, die der Welt unglaubliche Kunstwerke geschenkt und mich bei der Entwicklung meiner Kreativität unterstützt haben, dieser zart sich öffnenden Blüte, und für ...«

»Hör endlich auf damit«, zischte Elizabeth durch zusammengebissene Zähne. »Die beobachten uns.«

»Ach was, tun sie nicht, sei doch nicht paranoid«, protestierte Poppy. Frust mischte sich in ihre Hochstimmung, und sie machte Anstalten, sich zu dem Baucontainer umzudrehen.

»Schau nicht hin, Poppy!«, ermahnte Elizabeth sie streng.

»Ach, warum denn nicht, die sind bestimmt längst wieder drin – oh, nein, sind sie nicht. CIAO! DAANKEEEE!«, trompetete sie und winkte ausgelassen.

»Legst du es eigentlich darauf an, deinen Job zu verlieren?«, fragte Elizabeth drohend, ohne sich umzudrehen. Ihre Worte hatten denselben Effekt, wie wenn sie Luke damit drohte, ihm die Playstation wegzunehmen. Augenblicklich hörte Poppy auf zu hüpfen, und sie gingen schweigend nebeneinander her zum Auto. Im Rücken spürte Elizabeth zwei Augenpaare.

»Ich kann gar nicht glauben, dass wir den Job gekriegt haben«, hauchte Poppy, als sie endlich saßen, und presste die Hand aufs Herz.

»Ich auch nicht«, brummte Elizabeth, während sie mit dem Sicherheitsgurt hantierte und dann den Motor anließ.

»Warum bist du denn so grumpfelig? Man könnte ja meinen, die hätten uns abgelehnt oder was«, sagte Poppy vorwurfsvoll, während sie es sich auf dem Beifahrersitz gemütlich machte und unverzüglich in ihre eigene Welt abdriftete.

Elizabeth überlegte. Tatsächlich hatte nicht sie den Job bekommen, sondern Poppy. Es war eine Art von Triumph, der sich gar nicht wie einer anfühlte. Und warum war Ivan da gewesen? Er hatte doch erzählt, dass er mit Kindern arbeitete. Was hatte dieses Hotel denn mit Kindern zu tun? Und dann hatte er Elizabeth nicht einmal genug Zeit gelassen, um herauszufinden, was eigentlich los war, sondern den Baucontainer einfach grußlos verlassen, als die Getränke kamen. Nur von ihr hatte er sich kurz verabschiedet. Sie wurde einfach nicht schlau daraus. Vielleicht hatte er geschäftlich mit Vincent zu tun. Das konnte durchaus sein, denn Vincent war anfangs offensichtlich mit anderen Dingen beschäftigt gewesen. Ganz schön unhöflich. Aber was immer dahinterstecken mochte, sie wollte es wissen, und sie ärgerte sich, dass Ivan gestern Abend nichts davon erwähnt hatte. Sie plante gern voraus und hasste Verwicklungen und Überraschungen aller Art.

Im Büro trennte sie sich von der überdrehten Poppy und ging hinüber zu Joe's, um einen Kaffee zu trinken und ein bisschen in Ruhe nachzudenken.

»Guten Tag, Elizabeth«, rief Joe. Die drei anderen Gäste zuckten vor Schreck zusammen.

»Einen Kaffee, bitte, Joe.«

»Zur Abwechslung?«

Sie lächelte gezwungen. Dann setzte sie sich an einen Tisch am Fenster mit Blick auf die Hauptstraße. Aber sie wandte dem Fenster den Rücken zu, denn sie machte sich nichts daraus, Leute zu beobachten. Und außerdem wollte sie jetzt nachdenken.

»Entschuldigen Sie, Ms. Egan«, sagte eine Männerstimme mit amerikanischem Akzent. Elizabeth fuhr zusammen.

»Mr. West«, erwiderte sie und sah ihn überrascht an.

»Bitte nennen Sie mich doch Benjamin«, lächelte er und deutete auf den Stuhl neben ihr. »Stört es Sie, wenn ich mich zu Ihnen setze?«

Elizabeth schob ihre Papiere beiseite. »Möchten Sie was trinken?«

»Kaffee wäre großartig.«

Elizabeth hob ihren Becher und rief Joe zu: »Joe, zwei große Mango-Frappucinos mit fettarmer Milch bitte.«

Benjamins Augen leuchteten auf. »Sie machen Witze, ich dachte, so was kriegt man hier gar ni…« Er unterbrach sich, als Joe zwei Becher mit milchigem Kaffee so ungestüm auf den Tisch knallte, dass sie überliefen. »Oh«, vollendete er seinen Satz lahm und machte ein enttäuschtes Gesicht.

Elizabeth sah ihn an. Er wirkte ziemlich zerzaust mit seinen dichten schwarzen Locken, die ihm wild vom Kopf abstanden, und den dunklen Bartstoppeln, die nicht nur das Kinn über der behaarten Brust bedeckten, sondern bis hinauf zu den Wangenknochen reichten. Dazu trug er gammelige, angeschmutzte Jeans, eine ebenso dreckige Jeansjacke, mit Torf und Sand verkrustete Caterpillar-Stiefel, die eine Dreckspur von der Tür bis zum Tisch hinterlassen hatten und unter denen sich bereits kleine Schmutzhaufen bildeten. Auch seine Fingernägel waren nicht verschont geblieben, und als er seine Hände vor Elizabeth auf den Tisch legte, musste sie die Augen abwenden.

»Herzlichen Glückwunsch«, sagte Benjamin und schien sich ehrlich zu freuen. »Das war ein sehr erfolgreiches Meeting für Sie, Sie haben das echt gut abgezogen. Na dann – wie sagt man hier? Sláinte, richtig?«

Er hob seinen Kaffeebecher.

»Wie bitte?«, fragte Elizabeth kühl.

»Sláinte? Stimmt das nicht?« Er sah sie verwirrt an.

»Nein«, antwortete Elizabeth. »Das heißt, ja, aber das hab ich nicht gemeint.« Sie schüttelte den Kopf. »Ich hab das nicht ›abgezogen‹, wie Sie es nennen, Mr. West. Dass wir den Vertrag bekommen haben, war nicht nur ein glücklicher Zufall.«

Benjamins sonnengebräuntes Gesicht rötete sich ein wenig. »Oh, das hab ich doch nicht so gemeint, und bitte, nennen Sie mich Benjamin. Mr. West klingt so förmlich.« Er rutschte unbehaglich auf seinem Stuhl herum. »Ihre Assistentin Poppy …« Er sah weg und suchte nach den richtigen Worten. »Sie ist sehr talentiert und hat jede Menge ungewöhnliche Ideen. Vincent verficht eine ziemlich ähnliche Philosophie, aber manchmal übertreibt er es ein bisschen, und dann müssen wir ihn wieder auf den Boden zurückholen. Sehen Sie, es ist mein Job, dafür zu sorgen, dass das Hotel rechtzeitig fertig wird und wir innerhalb des Budgets liegen, deshalb hab ich vor, das zu tun, was ich immer tue, das heißt, ich versuche Vincent davon zu überzeugen, dass wir nicht genug Geld haben, um Poppys Einfälle in die Praxis umzusetzen.«

Elizabeths Herz begann schneller zu schlagen. »Dann braucht er einen Designer, den er sich leisten kann, Mr. West. Sind Sie hier, um mir den Job auszureden?«

»Nein.« Benjamin seufzte. »Ich heiße Benjamin«, betonte er erneut. »Und nein, ich will Ihnen den Job nicht ausreden.« Sofort bereute Elizabeth ihre Frage. »Wissen Sie, ich versuche nur zu helfen. Ich sehe, dass Sie mit dem ganzen Konzept nicht glücklich sind, und ehrlich gesagt kann ich mir auch nicht vorstellen, dass die Leute hier so sonderlich begeistert wären.« Er machte eine umfassende Handbewegung, die die Leute im Raum einschloss, und Elizabeth malte sich unwillkürlich aus, wie Joe am Sonntag in einem »Mutterschoß« essen ging. Nein, das würde garantiert nicht funktionieren, nicht in Baile na gCroíthe.

»Mir liegen die Projekte am Herzen, an denen ich arbeite«, fuhr Benjamin fort, »und ich glaube, dass dieses Hotel eine Menge Potenzial hat. Ich möchte nicht, dass es am Schluss aussieht wie eine Las-Vegas-Version vom Moulin Rouge.«

Fast unmerklich rutschte Elizabeth auf ihrem Stuhl ein Stück tiefer.

»Also«, fuhr er mit fester Stimme fort, »ich bin hergekommen, weil mir Ihre Ideen gefallen. Sie sind kultiviert, aber gemütlich, modern, aber nicht übertrieben, und der Look wird einer breiten Palette von Leuten gefallen. Vincents und Poppys Ideen sind zu sehr auf ein Thema bezogen, und das schließt drei Viertel der Leute von vornherein aus. Aber vielleicht könnten wir ein bisschen mehr Farbe reinbringen? Ich stimme mit Vincent nämlich insofern überein, als ich finde, Ihr Konzept sollte weniger wie das Auenland aussehen und mehr wie ein Hotel. Schließlich wollen wir ja nicht, dass die Leute denken, sie müssten gleich barfuß zum Magillycuddyreeks wandern, um einen Ring reinzuschmeißen.«

Elizabeth blieb der Mund offen stehen, und sie war ein bisschen beleidigt.

»Glauben Sie nicht, dass Sie mit Poppy zusammenarbeiten könnten?«, machte er weiter, ohne auf ihre Reaktion zu achten. »Sie wissen schon – indem Sie ihre Ideen ein bisschen … ich meine, sehr … abschwächen und mit Ihren mischen?«

Elizabeth hatte sich auf eine Attacke eingerichtet, aber dieser Mann war tatsächlich gekommen, um ihr zu helfen. Wieder räusperte sie sich, obwohl es gar keinen Grund dafür gab, zupfte an ihrem Jackett herum und fühlte sich schrecklich unbehaglich.

Als sie sich einigermaßen gefasst hatte, sagte sie: »Na ja, ich freue mich, dass wir uns verstehen, aber …« Sie ließ den Satz unvollendet und winkte Joe nach einem frischen Kaffee, während sie darüber nachdachte, wie man ihre Naturfarben mit Poppys quietschbunter Explosion unter einen Hut bekommen könnte. Benjamin lehnte den zweiten Kaffee ab, denn sein erster Becher stand noch unberührt vor ihm.

»Sie trinken aber eine Menge Kaffee«, kommentierte Benjamin, als Joe den dritten Becher vor sie auf den Tisch stellte.

»Das hilft mir beim Denken«, antwortete sie und nahm einen Schluck.

Einen Moment herrschte Schweigen.

»Okay, ich hab eine Idee«, sagte Elizabeth schließlich und schüttelte ihre Trance ab.

»Wow, das ging aber schnell«, meinte Benjamin lächelnd.

»Was?«, fragte Elizabeth mit gerunzelter Stirn.

»Ich hab gesagt, es …«

»Okay«, fiel Elizabeth ihm ins Wort, denn sie war so in ihre Gedanken versunken, dass sie ihn gar nicht hörte. »Sagen wir mal, Mr. Taylor hat Recht, die Legende lebt weiter, und die Leute sehen in dem zukünftigen Hotel einen Ort der Liebe und so weiter und so fort« – sie schnitt eine Grimasse, offensichtlich wenig beeindruckt von dieser Art romantischer Schwärmerei –, »dann gibt es einen Markt, den wir bedienen müssen und für den Poppys Ideen funktionieren, aber wir beschränken uns auf das absolute Minimum. Vielleicht eine Flitterwochensuite und hie und da ein gemütliches Nebenzimmerchen, aber der Rest läuft nach meinen Vorstellungen«, meinte sie fröhlich. »Mit ein bisschen mehr Farbe natürlich«, fügte sie weniger begeistert hinzu.

Benjamin lächelte, als sie fertig war. »Gut, ich werde Vincent informieren. Hören Sie, als ich vorhin gesagt habe, Sie haben das bei dem Meeting abgezogen, da hab ich wirklich nicht gemeint, Sie hätten nicht das nötige Talent. Ich meinte damit nur das ganze verrückte Theater drum herum«, erklärte er und tippte sich mit dem Finger an die Schläfe.

Elizabeths gute Laune verflüchtigte sich augenblicklich. »Wie bitte?«

»Wissen Sie«, erklärte Benjamin breit grinsend, »die ganze Geschichte mit ›Ich-kann-tote-Menschen-sehen‹.« Er lachte laut.

Verständnislos starrte Elizabeth ihn an.

»Na, Sie wissen doch, der Typ am Tisch. Mit dem Sie geredet haben. Klingelt's da nicht bei Ihnen?«

»Ivan?«, fragte Elizabeth unsicher.

»Genau, das war der Name!« Benjamin schnippte mit den Fingern und ließ sich lachend in seinen Stuhl zurückfallen. »Ivan hieß er, der ganz, ganz stille Teilhaber.«

Elizabeth zog die Augenbrauen bis fast unter den Haaransatz. »Teilhaber?«

Benjamin lachte noch lauter. »Ja, aber verraten Sie ihm bitte nicht, dass ich ihn so genannt habe. Das wäre mir echt peinlich.«

»Keine Sorge«, erwiderte Elizabeth trocken und ziemlich konsterniert über diese Info. »Ich treffe ihn nachher noch und werde bestimmt nichts davon erwähnen.«

»Er wahrscheinlich auch nicht«, kicherte Benjamin.

»Wir werden sehen«, schnaubte Elizabeth. »Obwohl ich gestern Abend mit ihm zusammen war und er auch kein Sterbenswörtchen gesagt hat.«

Jetzt tat auch Benjamin konsterniert. »Ich glaube nicht, dass so was bei Taylor Constructions gern gesehen wird. Ich meine, man kann nie wissen, womöglich ist dieser Ivan der Grund, dass Sie den Job gekriegt haben.« Müde rieb er sich die Augen, und sein Lachen verstummte. »Wenn man drüber nachdenkt – ist es nicht erstaunlich, was man heutzutage alles macht, damit man überhaupt noch einen Job kriegt?«

Ihr fiel fast die Kinnlade herunter.

»Aber es zeigt doch, wie sehr Sie den Job lieben, wenn Sie bereit sind, so was zu tun.« Er sah sie bewundernd an. »Ich glaube, ich könnte das nicht.« Wieder zuckten seine Schultern.

Elizabeth sperrte Mund und Nase auf. Wollte er andeuten, dass sie mit Ivan geschlafen hatte, um den Auftrag zu kriegen? Sie war sprachlos.

»Wie dem auch sei«, meinte Benjamin abschließend und stand auf. »Es war prima, Sie kennen zu lernen, ich bin froh, dass wir die Moulin-Rouge-Kiste unter Dach und Fach haben. Ich werde Vincent berichten und mich bei Ihnen melden, sobald ich Näheres weiß. Haben Sie meine Nummer?« Suchend klopfte er auf seine Taschen und förderte dann aus der Brusttasche einen klecksenden Kugelschreiber zu Tage, der bereits einen mächtigen Tintenfleck auf seiner Jacke hinterlassen hatte. Kurz entschlossen nahm er eine Serviette aus dem Behälter und schmierte seinen Namen und seine Nummer darauf.

»Das ist mein Handy und das hier die Nummer im Büro«, erklärte er, gab ihr die Serviette und schob ihr den Stift und die zerrissene, von seinem verschütteten Kaffee feuchte Serviette hin. »Geben Sie mir Ihre? Dann muss ich nicht in den Akten rumwühlen.«

Obwohl Elizabeth immer noch wütend und beleidigt war, griff sie in ihre Tasche, angelte ihr in Leder gebundenes Etui heraus und überreichte Benjamin eine goldgeränderte Visitenkarte. Eine Ohrfeige würde ihm für heute erspart bleiben; sie brauchte den Job. Luke und ihrer Firma zuliebe würde sie sich auf die Zunge beißen.

Benjamin errötete leicht. »Ach, richtig.« Er sammelte den Serviettenfetzen und seinen klecksenden Kuli wieder ein und nahm ihre Karte. »Das ist wahrscheinlich eine bessere Idee.« Dann streckte er ihr zum Abschied die Hand hin.

Mit einem angeekelten Blick auf die Tintenflecke und die Dreckränder unter den Fingernägeln versteckte Elizabeth schnell ihre Hände, indem sie sich darauf setzte, und vermied so eine Berührung.

Als er gegangen war, sah Elizabeth sich nervös um. War jemand Zeuge dieser seltsamen Begegnung geworden? Joe zwinkerte ihr zu und tippte sich an die Nase, als teilte er ein Geheimnis mit ihr.

Aber sie freute sich darauf, Luke nach der Arbeit bei Sam abzuholen, denn sie hoffte aller Wahrscheinlichkeit zum Trotz und obwohl sie wusste, dass Ivan nicht mehr mit Sams Mutter zusammen war, ihn dort anzutreffen.

Natürlich nur, weil sie ein Hühnchen mit ihm zu rupfen hatte.

Achtzehn

Fehler Nummer eins: zu Elizabeths Meeting zu gehen. Das hätte ich nicht tun dürfen. Aus dem gleichen Grund, warum wir nicht mit unseren jüngeren Freunden in die Schule gehen, und ich hätte wenigstens so viel Verstand haben sollen zu kapieren, dass Elizabeths Arbeitsplatz das Gegenstück zu Lukes Schule ist. Ich hätte mir einen Tritt in den Hintern verpassen können. Genau genommen hab ich es auch getan, aber Luke fand das so komisch, dass er anfing, es mir nachzumachen, und jetzt hat er blaue Flecke an beiden Schienbeinen. Also hab ich lieber damit aufgehört.

Nachdem ich das Meeting verlassen hatte, ging ich zurück zu Sams Haus, wo Luke den Nachmittag verbrachte. Ich setzte mich im Garten auf die Wiese, beobachtete die beiden, die miteinander einen Ringkampf veranstalteten, und hoffte, dass der Kampf nicht mit Tränen enden würde. Dabei widmete ich mich meinem mentalen Lieblingssport, dem Nachdenken.

Es war auch recht erfolgreich, denn mir wurde einiges klar. Eins davon war, dass ich zu dem Meeting gegangen war, weil mein Bauchgefühl mich dazu gedrängt hatte. Zwar konnte ich nicht erklären, wie ich Elizabeth eigentlich mit meiner Anwesenheit helfen wollte, aber ich musste mich nach meinem Bauchgefühl richten und ging davon aus, dass sie mich nicht sehen würde. Meine Begegnung mit ihr am vorigen Abend war wie ein Traum gewesen und so unerwartet, dass ich den Tag damit begann, mir einzureden, ich hätte mir alles nur eingebildet. Ja, mir ist die Ironie des Ganzen durchaus bewusst.

Ich freute mich so, dass sie mich sehen konnte. Als ich sie auf der Hollywoodschaukel beobachtete, wie sie da so verloren saß und schaukelte, wusste ich, wenn sie mich jemals wahrnehmen würde, dann jetzt. Ich spürte es in der Luft. Ich wusste, dass sie es brauchte, und ich hatte mich darauf vorbereitet, dass es eines Tages passieren würde. Aber worauf ich nicht vorbereitet war, das war die Gänsehaut, die mir das Rückgrat emporschlich, als sich unsere Blicke das erste Mal trafen. Das war seltsam, weil ich Elizabeth ja die ganzen vier Tage vorher immer angeschaut hatte und an ihr Gesicht gewöhnt war. Ich kannte es sozusagen auswendig und konnte es klar vor mir sehen, selbst wenn ich die Augen schloss, ich wusste, dass sie einen winzigen Leberfleck auf der linken Schläfe hat, dass ein Wangenknochen ein bisschen höher sitzt als der andere, ihre Unterlippe breiter ist als die Oberlippe und dass sie am Haaransatz ganz feine Babyhaare hat. Das wusste ich alles ganz genau. Aber ist es nicht komisch, wie die Leute sich verändern, wenn man ihnen direkt in die Augen schaut? Auf einmal sehen sie aus wie jemand ganz anderes. Wenn Sie mich fragen, ich finde, es stimmt, dass die Augen Fenster der Seele sind.

So etwas hatte ich noch nie gefühlt, aber ich schrieb es der Tatsache zu, dass ich mich noch nie in so einer Situation befunden habe. Ich war noch nie mit einem Menschen in Elizabeths Alter befreundet, deshalb dachte ich, es sind sicher bloß die Nerven. Es war alles eine neue Erfahrung für mich, aber eine, zu der ich mich bereit und fähig fühlte.

Es gibt zwei Dinge, die mir sehr selten passieren. Erstens bin ich kaum einmal verwirrt, zweitens mache ich mir so gut wie nie Sorgen. Aber während ich an diesem sonnigen Tag in Sams Garten saß und wartete, machte ich mir schon so meine Gedanken. Das verwirrte mich, und weil ich verwirrt war, machte ich mir noch mehr Gedanken. Ich hoffte, dass Elizabeth meinetwegen bei der Arbeit keinen Ärger bekommen hatte, aber das sollte ich schon bald herausfinden, nämlich als die Sonne und ich später an diesem Abend Verstecken spielten.

188

Die Sonne versuchte sich hinter Sams Haus zu verkriechen und mich mit Schatten zuzudecken, aber ich sauste im Garten herum und nutzte die letzten Lichtfleckchen aus. Sams Mom nahm gerade ein Bad, nachdem sie im Hinterzimmer zu einem Dance-Workout-Video trainiert hatte, was ausgesprochen unterhaltsam gewesen war. Deshalb machte Sam die Tür auf, als es klingelte. Er hatte strikte Anweisung, niemandem zu öffnen außer Elizabeth.

»Hallo, Sam«, hörte ich sie sagen. »Ist dein Dad da?«

»Nein«, antwortete Sam. »Er arbeitet noch. Aber ich und Luke spielen im Garten.«

Dann hörte ich ihre hohen Absätze die Halle entlangklicken und gleich darauf ihre ärgerliche Stimme. »Ach, er arbeitet also, ja?«, sagte Elizabeth und starrte mich an, die Hände in die Hüften gestemmt.

»Ja, er arbeitet«, entgegnete Sam verwirrt und rannte davon, um weiter mit Luke zu spielen.

Wie Elizabeth da so gebieterisch vor mir stand, wirkte sie irgendwie sehr liebenswert, und ich musste grinsen.

»Was ist denn so komisch, Ivan?«

»Eine Menge«, antwortete ich vom einzigen Plätzchen aus, das noch Sonne abkriegte. Allem Anschein nach hatte ich das Versteckspiel mit der Sonne gewonnen. »Wenn ein Auto durch die Pfütze rauscht und jemanden nass spritzt, wenn man hier gekitzelt wird« – ich deutete auf meine Seiten –, »außerdem Chris Rock, Eddie Murphy im zweiten Beverly Hills Cop und ...«

»Was reden Sie denn da?« Mit gerunzelter Stirn kam sie näher.

»Ich beantworte Ihre Frage und sage Ihnen, was komisch ist.«

»Was machen Sie da überhaupt?« Sie kam noch näher.

»Ich versuche mich zu erinnern, wie man einen Gänseblümchenkranz macht. Der von Opal sah so hübsch aus«, antwortete ich und blickte zu ihr empor. »Opal ist meine Chefin und hatte neulich einen Gänseblümchenkranz in den Haaren«, fügte ich erklärend hinzu. »Das Gras ist trocken, falls Sie sich setzen wollen«, bot ich ihr an, während ich weiter Gänseblümchen abpflückte.

Es dauerte ein Weilchen, bis sie sich im Gras niedergelassen hatte. Irgendwie schien es ihr ungemütlich zu sein, und sie machte ein Gesicht, als säße sie auf lauter spitzen Nadeln. Nachdem sie unsichtbaren Schmutz von ihrer Hose geklopft und vergeblich versucht hatte, sich auf ihre Hände zu setzen, damit ihr Hinterteil auch bestimmt keine Grasflecke bekommen konnte, begann sie wieder, mich anzufunkeln.

»Ist irgendwas los, Elizabeth? Irgendwie hab ich das Gefühl, dass was nicht stimmt.«

»Wie aufmerksam von Ihnen.«

»Danke. Das gehört zu meinem Job, aber es ist nett von Ihnen, dass Sie mir ein Kompliment machen.« Mir war klar, dass sie es sarkastisch gemeint hatte.

»Ich hab ein Hühnchen mit Ihnen zu rupfen, Ivan.«

»Ich hoffe, es macht Spaß«, versuchte ich zu scherzen, während ich einen Gänseblümchenstiel durch den anderen fädelte. »Hühnchen schmeckt gut, aber man muss es rupfen. Erst die Arbeit, dann das Vergnügen. So ist es nun mal im Leben. Aber man darf nie den Fehler machen, die Arbeit überzubewerten.«

Verwirrt sah sie mich an. »Ivan, ich bin gekommen, um Ihnen die Meinung zu sagen. Ich habe heute mit Benjamin gesprochen, nachdem Sie gegangen sind, und er hat mir erzählt, dass Sie Teilhaber in der Firma sind. Er wollte mir auch noch was anderes unterjubeln, aber das möchte ich hier lieber nicht erwähnen«, meinte sie ziemlich schnippisch.

»Sie sind gekommen, um mir Ihre Meinung zu sagen«, wiederholte ich und sah sie an. »Das ist schön. Eine Meinung ist etwas ganz Persönliches, die sagt man nicht jedem frei und offen. Wenn Sie mir Ihre Meinung sagen wollen, fühle ich mich geehrt … danke, Elizabeth. Seltsam, dass viele Leute so scharf darauf sind, ihre

Meinung Leuten zu sagen, die sie nicht leiden können, wo sie sich das doch eher für diejenigen aufheben sollten, die sie mögen. Auch so eine komische Gewohnheit. Ich finde, eine Meinung ist so ähnlich wie ein Geschenk.« Ich fädelte das letzte Gänseblümchen ein, sodass ich jetzt eine Kette hatte. »Ich schenke Ihnen zum Dank einen Gänseblümchenkranz.« Vorsichtig schlang ich die Blumen um ihren Arm.

Regungslos und stumm saß sie im Gras und betrachtete die Gänseblümchen. Dann lächelte sie, und als sie wieder sprach, klang ihre Stimme viel sanfter. »War jemals jemand länger als fünf Minuten böse auf Sie?«

Ich schaute auf meine Armbanduhr. »Ja. Sie, von zehn Uhr heute früh bis jetzt.«

Sie lachte. »Warum haben sie mir nichts davon gesagt, dass Sie mit Vincent Taylor zusammenarbeiten?«

»Weil es nicht stimmt.«

»Aber Benjamin hat es gesagt«, entgegnete sie stirnrunzelnd.

»Wer ist Benjamin?«

»Der Projektmanager. Er hat gesagt, Sie wären ein stiller Teilhaber.«

Ich musste lächeln. »Vermutlich bin ich einer. Aber er hat das nur ironisch gemeint, Elizabeth. Ich habe mit der Firma nichts zu tun. Ich bin so still, dass ich überhaupt nichts sage.«

»Tja, diese Seite hab ich an Ihnen noch gar nicht kennen gelernt«, lächelte auch sie. »Sie sind also nicht aktiv an diesem Projekt beteiligt?«

»Ich arbeite mit Menschen, nicht mit Gebäuden, Elizabeth.«

»Aber was hat Benjamin dann bloß gemeint?«, wunderte sie sich. Dann seufzte sie tief. »Er ist ein komischer Typ, dieser Benjamin West. Über welche Geschäfte haben Sie sich denn mit Vincent unterhalten? Was haben Kinder mit dem Hotel zu tun?«

»Sie sind ganz schön naseweis«, lachte ich. »Vincent Taylor und ich haben uns nicht über Geschäfte unterhalten.« Ich lächelte. »Ist aber trotzdem eine gute Frage. Was glauben Sie, was *sollten* Kinder mit dem Hotel zu tun haben?«

»Überhaupt nichts«, lachte Elizabeth, aber dann verstummte sie abrupt, wahrscheinlich aus Angst, mich beleidigt zu haben. »Sie finden sicher, dass das Hotel kinderfreundlich sein sollte.«

»Finden Sie nicht, dass man überhaupt freundlich zu Kindern sein sollte?«

»Mir fallen da schon ein paar Ausnahmen ein«, erwiderte Elizabeth schlagfertig und sah zu Luke hinüber.

Natürlich wusste ich, dass sie an Saoirse und an ihren Vater und möglicherweise auch an sich selbst dachte.

»Ich werde mit Vincent über ein Spielzimmer oder einen Spielbereich sprechen ...« Nachdenklich hielt sie inne. »Aber ich hab noch nie was für Kinder entworfen. Was wollen Kinder denn überhaupt?«

»Da wird Ihnen garantiert was einfallen, Elizabeth, Sie waren doch auch mal ein Kind. Was haben Sie sich damals gewünscht?«

Ihre braunen Augen wurden dunkel, und sie sah weg. »Heute ist das anders. Kinder wollen nicht mehr das, was ich damals wollte. Die Zeiten haben sich geändert.«

»Aber nicht sehr, ganz sicher nicht. Kinder wollen immer dasselbe, weil sie alle dieselben grundlegenden Dinge brauchen.«

»Was denn beispielsweise?«

»Na ja, warum erzählen Sie mir nicht einfach, was Sie sich gewünscht haben, und dann sag ich Ihnen, ob das heute anders ist?«

Elizabeth lachte leise. »Spielen Sie eigentlich immer solche Spielchen, Ivan?«

»Ja, immer«, grinste ich. »Erzählen Sie es mir.«

Sie blickte in meine Augen, und einen Moment kämpfte sie mit sich, ob sie darüber sprechen sollte oder nicht. Schließlich holte sie tief Luft und begann: »Als ich ein Kind war, haben sich meine Mutter und ich jeden Samstagabend mit unseren Buntstiften und unserem feinen Malpapier an den Küchentisch gesetzt und einen Plan gemacht, was wir am nächsten Tag tun wollten.« Ihre Augen leuchteten. »Jeden Samstagabend war ich total aufgeregt, weil ich mich so auf den Sonntag freute. Ich hab den Plan an die Wand in meinem Zimmer gehängt und mich gezwungen einzuschlafen, damit es möglichst rasch wieder Morgen werden konnte.« Ihr Lächeln verblasste, und sie kam mit einem Ruck aus ihrer Trance. »Aber das kann ich nicht in ein Spielzimmer einbringen. Kinder wollen Playstations und XBoxen und solche Sachen.«

»Warum erzählen Sie mir nicht von den Dingen, die auf Ihrem Sonntagsplan standen?«

Sie blickte in die Ferne. »Das waren alles hoffnungslos unrealistische Träume. Meine Mutter hat mir versprochen, wir würden uns abends auf die Wiese legen und Sternschnuppen fangen und uns alles wünschen, was uns einfiel. Wir haben davon geredet, bis zum Kinn in einer Badewanne voller Kirschblüten zu liegen, Sonnenregen zu schmecken, um die Wassersprenger herumzuhüpfen, die im Sommer die Dorfwiesen bewässerten, im Mondschein am Strand zu dinieren und dann im Sand den Soft-Shoe-Shuffle zu tanzen.« Elizabeth musste lachen. »Das klingt alles so albern, wenn ich es laut ausspreche, aber so war meine Mutter. Verspielt und abenteuerlustig, wild und sorglos und vielleicht auch ein bisschen exzentrisch. Ständig auf der Suche nach neuen Einfällen, nach neuen Dingen, die sie sehen, schmecken und entdecken konnte.«

»Das muss eine Menge Spaß gemacht haben«, sagte ich voller Ehrfurcht. Sonnenregenschmecken ist ohne jede Frage besser als Klorollenteleskopbasteln.

»Ach, ich weiß nicht«, meinte Elizabeth und schaute wieder weg. »Wir haben ja nichts davon wirklich gemacht.«

»Aber ich wette, Sie haben alles in Ihrem Kopf ausprobiert«, sagte ich.

»Na ja, eins haben wir tatsächlich zusammen unternommen. Gleich nachdem Saoirse zur Welt gekommen war, hat sie mich auf die Wiese mitgenommen, eine Decke ausgebreitet und einen Picknickkorb draufgestellt. Wir haben frisch gebackenes braunes Brot gegessen, noch ganz warm vom Ofen, mit selbst gemachter Erdbeermarmelade« – Elizabeth schloss die Augen und sog tief die Luft ein –, »und ich weiß noch genau, wie das gerochen und geschmeckt hat.« Sie schüttelte staunend den Kopf. »Aber sie hat sich ausgerechnet unsere Kuhweide für unser Picknick ausgesucht, und da saßen wir dann und mampften, während uns lauter neugierige Kühe zusahen.«

Wir lachten beide.

»Aber da hat sie mir gesagt, dass sie weggeht. Sie war zu groß für die kleine Stadt. So hat sie es nicht ausgedrückt, aber ich weiß, dass sie sich so gefühlt haben muss.« Elizabeths Stimme zitterte, und sie schwieg. Nachdenklich blickte sie zu Luke und Sam hinüber, die einander durch den Garten jagten, aber sie sah sie nicht wirklich, und ihre kindlichen Freudenschreie drangen nicht bis in ihr Bewusstsein vor.

»Jedenfalls«, fuhr sie wieder ernst geworden fort und räusperte sich, »jedenfalls ist das sowieso unwichtig. Es hat nichts mit dem Hotel zu tun. Ich weiß nicht mal mehr, wieso ich das alles erzählt habe.«

Es war ihr peinlich. Garantiert hatte Elizabeth noch nie in ihrem Leben laut über all das gesprochen, deshalb ließ ich das Schweigen zwischen uns in der Luft hängen, während es in ihrem Kopf arbeitete.

»Haben Sie und Fiona eine gute Beziehung?«, fragte sie plötzlich, aber sie schaute mich noch immer nicht an.

»Fiona?«

»Ja, die Frau, mit der Sie nicht verheiratet sind.« Zum ersten Mal lächelte sie wieder und schien sich etwas zu beruhigen.

»Fiona spricht nicht mit mir«, antwortete ich, immer noch verwirrt, dass sie mich für Sams Vater hielt. Ich musste unbedingt mal mit Luke darüber reden. Mit dieser Fehlannahme fühlte ich mich gar nicht wohl.

194

»Ist es zwischen Ihnen schief gegangen?«

»Es hat nie was angefangen, also konnte auch nichts schief gehen«, antwortete ich ehrlich.

»Das Gefühl kenne ich gut«, erwiderte sie, verdrehte die Augen und lachte. »Aber wenigstens kam was Gutes dabei raus«, meinte sie und schaute wieder zu Luke und Sam. Sie hatte auf Sam angespielt, aber ich war ziemlich sicher, dass sie Luke dabei anschaute, und das freute mich.

Bevor wir Sams Haus verließen, wandte sich Elizabeth noch einmal an mich. »Ivan, ich habe noch nie mit jemandem über das gesprochen, was ich Ihnen vorhin erzählt habe.« Sie schluckte schwer. »Niemals. Ich hab keine Ahnung, warum ich damit plötzlich rausgeplatzt bin.«

»Ich weiß«, antwortete ich lächelnd. »Vielen Dank, dass Sie mir so viel von Ihrer Meinung gesagt haben. Ich glaube, dafür haben Sie noch einen Gänseblümchenkranz verdient.«

Und das war Fehler Nummer zwei: Als ich den Gänseblümchenkranz über ihr Handgelenk streifte, merkte ich, dass ich ihr dazu auch noch ein Stück von meinem Herzen schenkte.

Neunzehn

An dem Tag, nachdem ich Elizabeth die Gänseblümchenketten geschenkt hatte – und mein Herz dazu –, erfuhr ich weit mehr über sie als nur das, was sie und ihre Mutter immer am Samstagabend gemacht hatten. Mir wurde klar, dass sie so ähnlich war wie eine von den Muscheln, die am Fermoy Beach an den Felsen kleben. Wenn man sie anguckt, weiß man genau, dass sie ganz locker sitzen, aber sobald man sie berührt oder auch nur in ihre Nähe kommt, klammern sie sich aus Leibeskräften fest. Elizabeth war offen und zugänglich, bis man eine bestimmte Grenze überschritt, und dann bekam sie Angst, verkrampfte sich und war für die nächste Zeit in ihrem Schneckenhaus verschwunden. Sicher, an dem Abend im Garten hatte sie sich mir geöffnet, aber als ich am nächsten Tag vorbeikam, hatte ich beinahe das Gefühl, dass sie wütend auf mich war, weil sie mir so viel anvertraut hatte. Aber das war typisch Elizabeth – sie war wütend auf alle, einschließlich sich selbst, und wahrscheinlich war es ihr auch noch peinlich. Es kam nicht oft vor, dass sie einem Menschen etwas von sich erzählte.

Jetzt, wo Elizabeth mich sehen konnte, war es schwierig, Zeit mit Luke zu verbringen. Sie hätte sich sicher gewundert, wenn ich an ihre Fuchsientür geklopft und gefragt hätte, ob Luke zum Spielen rauskommt. Sie hat's ja damit, dass Freunde immer ein bestimmtes Alter haben müssen. Aber Luke schien die neue Situation gar nicht zu stören. Er spielte mit Sam, und wenn er beschloss, mich einzuschließen, dann war Sam oft frustriert, weil er mich natürlich nicht sehen konnte. Also war ich eher hinderlich, wenn Luke mit Sam spielte, und ich glaube nicht, dass für ihn besonders viel davon abhing, ob ich auftauchte oder nicht, denn ich war nicht für *ihn* da, wissen Sie, und ich vermute, das wusste er. Ich hab Ihnen ja gesagt, dass Kinder immer ganz genau wissen, was los ist, manchmal lange vor den Erwachsenen.

Was Elizabeth angeht, so wäre sie wahrscheinlich an die Decke gegangen, wenn ich nachts um zwölf in ihrem Wohnzimmer erschienen wäre. Eine neue Freundschaft bedeutet immer auch, dass neue Grenzen eingehalten werden müssen, und deshalb nahm ich mir vor, äußerst behutsam vorzugehen, weniger oft vorbeizukommen, aber trotzdem im richtigen Augenblick für sie da zu sein. Genau wie in jeder anderen erwachsenen Freundschaft eben.

Was mir eindeutig nicht gefiel, war die Tatsache, dass Elizabeth mich für Sams Vater hielt. Ich wusste nicht, wie das eigentlich angefangen hatte, und obwohl ich doch nichts dergleichen gesagt hatte, blieb sie einfach dabei. Ich lüge meine Freunde nicht an, nie, deshalb versuchte ich mehrmals, ihr beizubiegen, dass ich keineswegs Sams Dad war. Einmal entwickelte sich daraus folgendes Gespräch.

»Woher kommen Sie denn eigentlich, Ivan?«

Das war an einem Abend nach der Arbeit. Sie kam gerade von einem Treffen mit Vincent Taylor. Anscheinend war sie gleich auf ihn zugegangen, hatte ihm gesagt, sie hätte mit Ivan gesprochen und wir fänden beide, dass das Hotel einen Bereich für Kinder brauchte, um den Eltern einen entspannenderen Aufenthalt zu ermöglichen. Na ja, Vincent bekam wohl einen ausgewachsenen Lachanfall und erklärte sich sofort einverstanden. Elizabeth war immer noch ein wenig durcheinander, weil sie nicht recht verstehen konnte, warum Vincent ihren Vorschlag dermaßen komisch fand. Ich erklärte ihr, es käme sicher daher, dass Vincent nicht den leisesten Schimmer hatte, wer ich war, und sie verdrehte die Augen und warf mir vor, ich wäre ein alter Geheimniskrämer.

Auf alle Fälle aber war sie gut gelaunt und ausnahmsweise mal richtig in Redelaune. Ich fragte mich, wann sie anfangen würde, mir Fragen zu stellen (andere als über meine Arbeit, wie groß unser Team war und wie viel Umsatz wir im Jahr machten. Mit solchen Dingen langweilte sie mich fast zu Tode.)

Nun stellte sie mir also endlich die Frage nach meiner Herkunft, und ich antwortete: »Aus Eisatnaf.«

»Der Name kommt mir irgendwie bekannt vor«, erwiderte sie mit gerunzelter Stirn. »Irgendwo hab ich ihn schon mal gehört. Wo liegt Eisatnaf denn?«

»Eine Million Meilen von hier.«

»Baile na gCroíthe liegt eine Million Meilen von überall. Eisatnaf«, wiederholte sie und ließ sich das Wort auf der Zunge zergehen. »Was bedeutet der Name? Er klingt weder irisch noch englisch, oder?« Sie sah mich fragend an.

»Das ist Mursredna.«

»Muss-Redner?«, wiederholte sie mit hochgezogenen Brauen. »Ehrlich, Ivan, manchmal sind Sie genauso schlimm wie Luke. Ich glaube, er hat die meisten von seinen komischen Ausdrücken von Ihnen.«

Ich lachte leise in mich hinein.

»Genau genommen«, fuhr Elizabeth fort und beugte sich vor, »genau genommen sind Sie sowieso sein heimliches Vorbild, das wollte ich Ihnen nur bisher nicht sagen.«

»Wirklich?« Ich fühlte mich geschmeichelt.

»Hmm, ja. Es ist nämlich so, dass … hmm«, Elizabeth suchte nach den richtigen Worten. »Bitte glauben Sie jetzt nicht, dass mein Neffe verrückt ist oder so, aber letzte Woche hat er diesen Freund erfunden« – sie lachte nervös –, »und der war ein paar Tage bei uns zum Essen, sie sind draußen rumgesaust und haben alles Mögliche gespielt, Fußball, Computer, sogar Karten. Aber das Seltsame war, dass dieser Freund auch Ivan hieß, genau wie Sie.«

Als sie merkte, dass ich nicht ganz mitkam, fühlte sie sich gezwungen zurückzurudern und wurde puterrot. »Na ja, natürlich

199

ist es gar nicht komisch, sondern total absurd, aber ich dachte, es könnte bedeuten, dass er Sie toll findet und in Ihnen so eine Art männliches Rollenvorbild sieht …« Sie stockte. »Jedenfalls ist Ivan jetzt wieder weg. Er hat uns verlassen. Einfach so. Wahrscheinlich können Sie sich vorstellen, was für ein Schock das war. Man hat mir gesagt, so ein Freund könnte bis zu drei Monaten bleiben.« Sie verzog das Gesicht. »Gott sei Dank ist er schon früher gegangen, ich hatte das Datum schon im Kalender angestrichen und alles«, fügte sie mit immer noch gerötetem Gesicht hinzu. »Ulkigerweise ist er genau an dem Tag verschwunden, als Sie aufgetaucht sind. Ich glaube, Sie haben den anderen Ivan verjagt, Ivan …« Sie lachte, aber als sie mein verwundertes Gesicht sah, wurde sie wieder unsicher und seufzte. »Ivan, warum bin ich denn die Einzige, die redet?«

»Weil ich Ihnen zuhöre.«

»Tja, jetzt bin ich aber fertig, also können Sie ruhig was sagen«, fauchte sie.

Ich lachte. Sobald Elizabeth sich ein bisschen dumm vorkam, wurde sie wütend. »Also, ich habe da eine Theorie.«

»Gut, dann schießen Sie mal los. Es sei denn, Ihre Theorie läuft darauf hinaus, dass Sie mich und meinen Neffen in einem grauen, von Nonnen verwalteten Betongebäude mit Gittern an den Fenstern einsperren lassen wollen.«

Entsetzt starrte ich sie an.

»Nun legen Sie schon los!«, lachte sie wieder.

»Na ja, woher wissen Sie eigentlich so genau, dass der andere Ivan verschwunden ist?«

Elizabeth überlegte. »Genau genommen ist er natürlich nicht verschwunden, weil er ja von vornherein nie da war.«

»Für Luke schon.«

»Weil Luke ihn erfunden hat.«

»Vielleicht aber auch nicht.«

»Na ja, ich hab ihn jedenfalls nicht gesehen.«

»Aber Sie sehen mich.«

»Was haben Sie denn mit Lukes unsichtbarem Freund zu tun?«

»Vielleicht *bin* ich Lukes Freund, möchte aber nicht unsichtbar genannt werden. Das ist nämlich nicht gerade korrekt.«

»Na, ich kann Sie ja auch sehen.«

»Genau, deshalb weiß ich auch nicht, warum die Menschen darauf bestehen, uns unsichtbar zu nennen. Wenn *jemand* mich sehen kann, dann bin ich doch eindeutig sichtbar. Denken Sie mal nach – haben Sie Lukes Freund und mich jemals gleichzeitig im selben Zimmer gesehen?«

»Na ja, er könnte in diesem Augenblick neben Ihnen stehen und Oliven essen oder was, ohne dass ich davon wüsste«, lachte sie und unterbrach sich dann plötzlich, als sie merkte, dass ich nicht mehr lächelte. »Was reden Sie da eigentlich, Ivan?«

»Ganz einfach, Elizabeth. Sie haben gesagt, dass Ivan verschwunden ist, als ich aufgetaucht bin.«

»Ja.«

»Glauben Sie nicht, das könnte bedeuten, dass ich Ivan bin und dass Sie mich jetzt plötzlich sehen?«

Elizabeth funkelte mich an. »Nein, das glaube ich nicht. Weil Sie nämlich eine reale Person sind, mit einem realen Leben und einer realen Frau und einem realen Kind, und Sie …«

»Ich bin nicht mit Fiona verheiratet, Elizabeth.«

»Dann ist sie eben Ihre Exfrau, darum geht es doch gar nicht.«

»Ich war nie mit ihr verheiratet.«

»Es liegt mir fern, über so etwas ein Urteil zu fällen.«

»Nein, ich meine, Sam ist nicht mein Sohn«, erklärte ich, und meine Stimme war viel lauter, als ich es beabsichtigte. Mit einem Kind hätte ich solche Verständnisschwierigkeiten nie gehabt. Erwachsene machen alles immer so kompliziert.

Auf einmal wurde Elizabeths Gesicht ganz sanft, und sie legte ihre Hand auf meine. Sie hatte zarte Hände mit weicher Babyhaut und langen, schmalen Fingern.

»Ivan«, sagte sie leise. »Dann haben wir ja sogar etwas gemeinsam. Luke ist nämlich auch nicht mein Sohn.« Sie lächelte. »Aber ich finde es großartig von Ihnen, dass Sie sich trotzdem so um Sam kümmern.«

»Nein, Sie verstehen mich immer noch nicht, Elizabeth. Ich habe weder mit Fiona noch mit Sam überhaupt das Geringste zu tun. Die beiden sehen mich nicht so wie Sie, Elizabeth, sie kennen mich nicht mal – das will ich Ihnen damit sagen. Ich bin unsichtbar für Sam und Fiona. Ich bin unsichtbar für alle anderen, außer für Sie und für Luke.«

Tränen traten in Elizabeths Augen, und sie drückte meine Hand noch fester. »Ich verstehe«, flüsterte sie mit zittriger Stimme. Mir war klar, dass sie mit ihren Gedanken kämpfte und irgendetwas sagen wollte, aber nicht die passenden Worte fand. Ihre braunen Augen suchten meine, und nach einem Moment der Stille entspannte sich ihr Gesicht, als hätte sie endlich gefunden, was sie gesucht hatte. »Ivan, Sie haben ja keine Ahnung, wie ähnlich wir uns sind, und was für eine Erleichterung es für mich bedeutet, dass Sie so etwas sagen. Ich habe nämlich manchmal auch das Gefühl, dass ich für alle unsichtbar bin, wissen Sie?« Mit trauriger, einsamer Stimme setzte sie hinzu: »Als würde keiner mich kennen und keiner mich so sehen, wie ich wirklich bin … außer Ihnen.«

Sie sah so durcheinander aus, dass ich sie ganz spontan in die Arme nahm. Trotzdem war ich enttäuscht, dass sie mich so komplett missverstanden hatte, was seltsam war, denn bei meinen Freundschaften sollte es nicht um mich gehen und auch nicht um das, was ich will. Und es war bisher auch noch nie um mich gegangen.

Aber als ich mich an diesem Abend allein schlafen legte und mir die Geschehnisse des Tages noch einmal durch den Kopf gehen ließ, begriff ich, dass Elizabeth von allen Freunden, mit denen ich in meinem Leben bisher zu tun gehabt hatte, die Einzige war, die mich wirklich voll und ganz verstand.

Und jeder, der jemals so eine Verbindung mit jemandem gehabt hat, und sei es auch nur für fünf Minuten, der weiß, wie wichtig so etwas ist. Auf einmal hatte ich nicht mehr das Gefühl, dass ich in einer anderen Welt als alle anderen lebte, sondern ich spürte, dass es eine Person gab, eine Person, die ich *mochte* und *respektierte*, die einen Teil meines Herzens besaß und die genauso empfand.

Sie können sich bestimmt vorstellen, wie ich mich in jener Nacht fühlte.

Ich fühlte mich nicht so allein wie sonst. Und noch besser – ich fühlte mich, als schwebte ich.

Zwanzig

Über Nacht hatte das Wetter sich geändert. Die letzte Woche Juni-Sonnenschein hatte das Gras verbrannt, den Boden ausgetrocknet und die Wespen veranlasst, zu Tausenden umherzuschwärmen und allen auf die Nerven zu gehen. Aber am Samstagabend wurde alles anders, die Luft veränderte sich. Der Himmel wurde dunkel, Wolken zogen auf. Typisch irisches Wetter: Im einen Moment eine Hitzewelle, und im nächsten Sturm. Zuverlässig in seiner Unzuverlässigkeit.

Elizabeth fröstelte in ihrem Bett und zog sich die Decke bis unters Kinn. Sie hatte die Heizung nicht angestellt, denn obwohl sie sie eigentlich gebraucht hätte, weigerte sie sich in den Sommermonaten trotzig, sie zu benutzen. Draußen schwankten die Bäume im böigen Wind und warfen wilde Schatten auf die Schlafzimmerwände. Das Brausen des Sturms klang, als krachten riesige Wellen gegen Felsklippen. Im Haus klapperten die Türen, im Garten schwang die Hollywoodschaukel quietschend vor und zurück. Alles bewegte sich heftig und unregelmäßig, ohne Rhythmus, ohne Beständigkeit.

Elizabeth dachte an Ivan und fragte sich, warum sie sich zu ihm hingezogen fühlte und warum jedes Mal, wenn sie in seiner Gegenwart den Mund aufmachte, die bestgehüteten Geheimnisse der Welt herauskamen. Sie fragte sich, warum sie ihm so freimütig Zutritt in ihr Haus und ihren Kopf gewährte. Eigentlich war sie gern allein und sehnte sich nicht nach Gesellschaft. Aber bei Ivan war das anders, sie konnte gar nicht genug von ihm kriegen. Sie fragte sich, ob sie nicht lieber ein bisschen auf Distanz gehen sollte, denn schließlich wohnte Fiona nur ein paar Häuser weiter. Ob es für Sam und Fiona vielleicht problematisch war, dass sie sich Ivan so nahe fühlte, auch wenn es sich natürlich nur um Freundschaft handelte? Sie war darauf angewiesen, dass sie Luke hin und wieder zu Sam bringen konnte, oft auch sehr kurzfristig.

Wie üblich versuchte Elizabeth die Gedanken zu ignorieren, die ihr im Kopf herumschwirrten, und lieber so zu tun, als wäre alles wie immer. Sich einzureden, dass sich in ihr nichts verändert hatte, dass ihre Schutzmauern nicht bröckelten und dass auch keine unwillkommenen Gäste über die Trümmer dieser Mauern kletterten. Sie wollte nicht, dass so etwas passierte, sie konnte mit Veränderungen nicht umgehen.

Schließlich schaffte sie es, sich auf das Einzige zu konzentrieren, was die wild entschlossenen Windstöße noch nicht aufgewirbelt hatten. Und als Gegenleistung hielt der Mond über ihr Wache, als sie schließlich in einen unruhigen Schlaf fiel.

»Kikeriki!«

Elizabeth öffnete verwirrt ein Auge. Im Zimmer war es hell. Langsam machte sie auch das andere Auge auf und sah, dass die Sonne zurückgekehrt war und niedrig am strahlend blauen Himmel stand. Allerdings tanzten die Bäume noch immer, als veranstalteten sie im Garten eine Disco.

»Kikeriki!«

Da war es schon wieder, dieses seltsame Geräusch. Schläfrig und benommen schleppte sie sich aus dem Bett und hinüber zum Fenster. Draußen auf der Wiese stand Ivan, hatte die Hände trichterförmig an den Mund gelegt und schmetterte aus voller Kehle: »Kikeriki!«

Elizabeth lachte und schob das Fenster auf. Der Wind fegte herein.

»Ivan, was machen Sie denn da?«

»Das war Ihr Weckruf!«, antwortete er, und der Wind stahl die Endungen seiner Worte und trug sie nach Norden.

»Sie sind verrückt!«, rief sie lachend.

In diesem Augenblick erschien Luke an der Schlafzimmertür. Er sah besorgt aus. »Was ist denn los?«, wollte er wissen.

Elizabeth winkte ihm, zu ihr ans Fenster zu kommen, und als er sah, wer draußen stand, entspannte er sich sofort.

»Hi, Ivan!«, rief er.

Ivan blickte zu ihm empor und nahm einen Moment die Hand von seiner Mütze, um Luke zuzuwinken. Sofort wurde sie von einem heftigen Windstoß ergriffen und ihm vom Kopf gerissen. Luke und Elizabeth beobachteten lachend, wie er sie durch den Garten jagte, vom Wind ständig in eine andere Richtung gelockt. Schließlich musste er die Kappe mit einem abgebrochenen Ast von einem Baum angeln, wo sie sich verfangen hatte.

»Ivan, was machst du denn da draußen?«, schrie Luke.

»Heute ist Jinny-Joe-Tag!«, verkündete Ivan und breitete die Arme aus.

»Was ist das denn?« Luke sah Elizabeth verwirrt an.

»Keine Ahnung«, lachte sie.

»Ivan, was ist Jinny-Joe-Tag?«, rief Luke zum Fenster hinaus.

»Kommt beide runter, dann zeige ich es euch!«, antwortete Ivan, während seine lose sitzenden Klamotten um seinen Körper flatterten.

»Wir sind aber noch nicht angezogen!«, kicherte Luke.

»Na, dann mal los! Werft euch irgendwas über, es ist sechs Uhr morgens, da sieht uns keiner!«

»Komm!«, sagte Luke aufgeregt zu Elizabeth, stieg vom Fensterbrett, rannte aus dem Schlafzimmer und kehrte fünf Minuten später zurück, in Trainingshose, einem auf links gedrehten Pulli, die Turnschuhe verkehrt herum an den Füßen.

Elizabeth lachte laut.

»Komm, mach schnell!«, japste er atemlos.

»Beruhige dich, Luke.«

»Nein«, grinste Luke zahnlos und riss Elizabeths Kleiderschrank auf. »Zieh dich an, es ist JINNY-JOE-TAG!«

»Aber Luke«, meinte Elizabeth unbehaglich. »Wo gehen wir denn hin?« Jetzt wollte sie sich tatsächlich von einem Sechsjährigen erklären lassen, was hier los war.

Luke zuckte die Achseln. »Vielleicht irgendwo Tolles?«

Elizabeth dachte nach, sah die Aufregung in Lukes Augen, spürte die Neugier, die in ihm aufwallte, und entschied sich spontan gegen ihr besseres Wissen. Rasch schlüpfte sie in einen Jogginganzug und rannte mit Luke nach draußen.

Der warme Wind nahm sie in Empfang, als sie den ersten Schritt ins Freie machte, und raubte ihr den Atem.

»Auf zum Batmobil!«, verkündete Ivan, der sie an der Haustür erwartete.

Luke kicherte aufgeregt.

Aber Elizabeth erstarrte. »Wo ist hier ein Batmobil?«

»Er meint das Auto«, erklärte Luke beschwichtigend.

»Wohin fahren wir?«

»Fahren Sie einfach, und ich sage Ihnen, wo wir anhalten. Es ist eine Überraschung.«

»Nein«, entgegnete Elizabeth, als wäre das die lächerlichste Idee, die sie je gehört hatte. »Ich setze mich nicht ins Auto, ohne zu wissen, wo ich hin will.«

»Das machen Sie doch jeden Morgen«, meinte Ivan leise.

Sie ignorierte ihn.

Luke hielt die Tür für Ivan auf, und als alle drin waren, machte sich Elizabeth höchst unwillig auf die Reise mit unbekanntem Ziel. Bei jeder Biegung wollte sie umdrehen und fragte sich, warum sie es nicht tat.

Nachdem sie zwanzig Minuten auf kurvigen Sträßchen herumgegondelt waren, folgte Elizabeth zum letzten Mal Ivans Anweisungen und parkte an einem Feld, das für sie genauso aussah wie alle anderen, an denen sie in den letzten zwanzig Minuten vorbeigekommen waren. Nur dass man von diesem einen wunderhübschen Blick über den Atlantik hatte. Aber sie ignorierte die Aussicht und schimpfte in den Seitenspiegel, weil sie ein paar Dreckspritzer auf der sonst so makellosen Karosserie entdeckt hatte.

»Wow, was ist denn das?« Luke drängte sich zwischen die Vordersitze und deutete durch die Windschutzscheibe.

»Luke, mein Freund«, verkündete Ivan fröhlich. »Die hier nennt man Jinny Joes.«

Elizabeth blickte auf. Vor ihr wirbelten Hunderte Löwenzahnsamen im Wind herum, fingen das Licht der Sonne in ihren weißen flauschigen Schirmchen und schwebten auf die Neuankömmlinge zu wie Träume.

»Sie sehen aus wie Feen«, staunte Luke.

Elizabeth verdrehte die Augen. »Feen«, wiederholte sie abschätzig. »Was für Bücher hast du denn gelesen? Das sind ganz normale Löwenzahnsamen, Luke.«

»Woher wusste ich bloß, dass Sie das sagen würden?«, brummte Ivan, und man hörte ihm seinen Frust deutlich an. »Na ja, ich hab Sie wenigstens dazu gekriegt herzukommen, vermutlich ist das auch schon ein Erfolg.«

Überrascht starrte Elizabeth ihn an. So hatte er sie noch nie angeblafft.

»Luke«, sagte Ivan, »man nennt sie auch Irische Gänseblümchen, aber sie sind nicht nur Löwenzahnsamen, sondern die meisten *normalen* Leute nennen sie Jinny Joes«, fuhr er mit einem Blick zu Elizabeth fort, »und sie tragen Wünsche durch den Wind. Man muss sie mit der Hand einfangen, sich etwas wünschen und sie dann loslassen.«

Elizabeth schnaubte.

»Wow«, flüsterte Luke. »Aber warum tun die Leute das?«

»Guter Junge!«, lobte ihn Elizabeth.

Aber Ivan ignorierte sie. »In früheren Zeiten hat man Löwenzahnblätter gegessen, weil sie extrem vitaminreich sind«, erklärte er. »Auf Lateinisch heißt der Löwenzahn übersetzt sogar ›Heilpflanze für alle Krankheiten‹. Deshalb symbolisiert er für viele Menschen auch das Glück schlechthin, und sie vertrauen den Löwenzahnschirmchen ihre Wünsche an.«

»Werden die Wünsche denn auch wahr?«, fragte Luke hoffnungsvoll.

Elizabeth funkelte Ivan ärgerlich an. Wie konnte er dem Jungen nur solche Flausen in den Kopf setzen?

»Nur diejenigen, die richtig ausgeliefert werden. Also weiß es niemand so genau. Denk nur dran, wie oft Briefe verloren gehen.«

Luke nickte verständnisvoll. »Okay, dann lass uns welche fangen.«

»Geht nur, ihr beiden, ich warte hier im Auto«, sagte Elizabeth und starrte stur geradeaus.

Ivan seufzte. »Eliza…«

»Nein, ich warte hier«, wiederholte sie mit fester Stimme, drehte das Radio an und lehnte sich zurück, um den beiden zu zeigen, dass sie nicht bereit war, sich hier wegzurühren.

Luke kletterte aus dem Wagen, und sie wandte sich an Ivan. »Ich finde es lächerlich, dass Sie ihm diese Lügen in den Kopf setzen«, schimpfte sie. »Was wollen Sie ihm sagen, wenn überhaupt nichts wahr wird von dem, was er sich wünscht?«

»Woher wollen Sie denn wissen, dass es nicht wahr wird?«

»Weil ich einen gesunden Menschenverstand besitze. Etwas, woran es Ihnen entschieden zu mangeln scheint.«

»Sie haben Recht, ich habe keinen gesunden Menschenverstand. Ich möchte nicht das Gleiche glauben, was alle anderen glauben. Ich habe meine eigenen Gedanken, die mir niemand eingetrichtert hat und die ich in keinem Buch gelesen habe. Ich lerne aus Erfahrung, aber Sie, Sie haben Angst, Erfahrungen zu machen, und deshalb werden Sie immer Ihren so genannten gesunden Menschenverstand haben und sonst nichts.«

Elizabeth sah aus dem Fenster und zählte innerlich bis zehn, um nicht zu platzen. Sie hasste diesen ganzen New-Age-Mist, und im Gegensatz zu Ivan glaubte sie, dass solches Zeug genau das war, was man aus Büchern lernte. Aus Büchern, die von Leuten geschrieben und gelesen wurden, die ihr Leben damit verbrachten, nach etwas zu suchen, nach *irgend*etwas, das sie von der Langweile ihres Alltags ablenkte. Von Leuten, die sich einredeten, dass hinter allem mehr stecken musste als das Offensichtliche.

»Wissen Sie, Elizabeth, der Löwenzahn ist auch als Liebespflanze bekannt. Manche sagen, wenn man die Schirmchen in den Wind bläst, trägt er Ihre Liebe zu dem, den Sie lieben. Wenn man in eine Pusteblume pustet und alle Schirmchen wegfliegen, dann geht das, was man sich dabei wünscht, in Erfüllung.«

Stirnrunzelnd entgegnete Elizabeth: »Hören Sie doch auf mit dem Blödsinn, Ivan.«

»Na gut. Für heute geben sich Luke und ich damit zufrieden, Jinny Joes zu fangen. Aber ich dachte eigentlich, Sie wollten auch schon lange gern mal einen Wunsch einfangen«, konnte er sich nicht verkneifen hinzuzufügen.

Elizabeth wandte den Blick ab. »Ich weiß, was Sie da versuchen, aber es funktioniert nicht, Ivan. Ich habe Ihnen von meiner Kindheit erzählt, aber unter dem Siegel der Verschwiegenheit. Es war schwer für mich, über diese Dinge zu sprechen, und ich hab es nicht getan, damit Sie jetzt eins Ihrer Spielchen damit veranstalten«, zischte sie.

»Das hier ist aber kein Spiel«, entgegnete Ivan ruhig. Dann stieg er aus.

»Für Sie ist doch alles nur ein Spiel«, fauchte Elizabeth hinter ihm her. »Sagen Sie, warum wissen Sie denn so viel über Löwenzahn? Wofür sind denn diese ganzen albernen Infos überhaupt gut?«

Ivan beugte sich durch die offene Tür zu ihr zurück und antwortete: »Tja, ich finde, das ist ziemlich offensichtlich. Wenn man seine Wünsche einer Blume anvertraut, die sie wegträgt, dann ist es besser, wenn man genau weiß, wo sie herkommt und wohin sie unterwegs ist.«

Dann fiel die Tür ins Schloss.

Elizabeth sah den beiden nach, wie sie über das Feld liefen. »Wenn das so ist, wo kommen Sie denn dann bitte her, Ivan?«, fragte sie laut. »Und wohin wollen Sie? Und wann?«

Einundzwanzig

Elizabeth sah zu, wie Ivan und Luke durch das hohe Gras flitzten, sprangen und hopsten, um die Pusteblumenschirmchen zu fangen, die durch die Luft segelten wie Federbälle.

»Ich hab eins!«, hörte sie Luke rufen.

»Wünsch dir was!«, jubelte Ivan.

Luke hielt das Schirmchen zwischen den Händen und schloss die Augen. »Ich wünsche mir, dass Elizabeth aus dem Auto steigt und mit uns Jinny Joes fängt!«, brüllte er. Dann streckte er seine kleinen Hände in die Luft, öffnete langsam die Finger und ließ das Schirmchen fliegen. Der Wind trug es davon.

Ivan sah mit hochgezogenen Brauen zu Elizabeth hinüber.

Luke beobachtete das Auto, um zu sehen, ob sein Wunsch in Erfüllung ging.

Zwar sah Elizabeth die Hoffnung in dem kleinen Gesicht, aber sie konnte sich nicht überwinden, auszusteigen und damit zuzulassen, dass Luke an diese Märchen glaubte, die doch nichts anderes waren als eine vornehme Umschreibung für sentimentale Lügen. Das würde sie nicht tun. Aber dann sah sie wieder, wie Luke mit ausgebreiteten Armen auf der Wiese herumrannte. Schon hatte er wieder ein Schirmchen gefangen, hielt es fest und wünschte sich noch einmal das Gleiche.

Elizabeths Brust schnürte sich zusammen, und ihr Atem beschleunigte sich. Die Hoffnung des Jungen war fast unerträglich, und sie spürte sein Vertrauen wie einen körperlichen Druck. Es ist nur ein Spiel, redete sie sich ein, ich kann ruhig aussteigen und mitmachen. Aber für sie bedeutete es viel mehr. Es bedeutete, den Kopf dieses Kindes mit Gedanken und Ideen zu füllen, die schlicht und einfach nicht mit der Realität übereinstimmten. Es bedeutete, für einen Augenblick des Vergnügens ein Leben voller Enttäuschung auf sich zu nehmen. Sie umklammerte das Lenkrad so fest, dass ihre Knöchel weiß wurden.

Wieder sprang Luke fröhlich in die Luft und versuchte, das nächste Schirmchen zu erwischen. Aus voller Brust wiederholte er seinen Wunsch und fügte noch ein »Bitte, bitte, bitte, Jinny Joe!« hinzu. Als er den Arm wieder hochreckte, um das Schirmchen freizugeben, sah er aus wie eine Miniversion der amerikanischen Freiheitsstatue.

Ivan stand nur ruhig mitten auf der Wiese und schaute zu. Erneut fühlte sich Elizabeth fast unwiderstehlich zu ihm hingezogen. Sie sah die wachsende Frustration und Enttäuschung auf Lukes Gesicht, als er das nächste Schirmchen fing, es ärgerlich zwischen die Hände quetschte, losließ und dabei noch versuchte, es mit einem Fußtritt von sich zu stoßen.

Schon jetzt verlor er allmählich seinen Glauben, und Elizabeth hasste sich, weil sie schuld daran war. Sie holte tief Luft und bewegte die Hand zum Türgriff. Lukes Gesicht begann zu strahlen, und er stürzte sich sofort wieder wie ein Wilder in die Jagd. Als Elizabeth auf die Wiese kam, winkten und tanzten die Fuchsien um sie herum wie Zuschauer bei einem Sportereignis, die mit ihren roten Fähnchen wedeln, um einen neuen Spieler auf dem Feld zu begrüßen.

Als Brendan Egan langsam in seinem Traktor vorbeifuhr und sah, was sich auf dem ein Stück entfernten Feld abspielte, wäre er um ein Haar im Graben gelandet. Vor dem glitzernden Ozean und der strahlenden Sonne tollten zwei dunkle Gestalten im Gras umher. Eine davon war unverkennbar eine Frau, deren lange dunkle Haare im Wind flatterten. Sie jauchzte und schrie vor Vergnügen, während sie zusammen mit einem kleinen Jungen versuchte, die Löwenzahnsamen zu fangen, die im Wind herumsegelten. Brendan stoppte den Traktor und hielt den Atem an, so geschockt war er von dem Anblick, der ihm merkwürdig bekannt erschien. Es war, als beobachtete er einen Geist. Am ganzen Körper zitternd beobachtete er staunend die Szene, bis ein Hupen hinter ihm ihn aufschreckte und zum Weiterfahren drängte.

Um halb sieben am Sonntagmorgen fuhr Benjamin von Killarney zurück und genoss die Aussicht aufs Meer, als ein mitten auf der Straße stehender Traktor ihn zwang, heftig auf die Bremse zu treten. Auf dem Fahrzeug saß ein älterer Mann und starrte mit kreidebleichem Gesicht in die Ferne. Benjamin folgte seinem Blick. Als er Elizabeth Egan entdeckte, die mit einem kleinen Jungen auf einer Löwenzahnwiese herumtollte, breitete sich ein Lächeln über sein Gesicht. Sie lachte und jauchzte und hüpfte herum, wie er sie noch nie gesehen hatte. Statt ihrem üblichen schicken Hosenanzug trug sie Joggingsachen, ihre Haare waren offen und flatterten frei im Wind, nicht wie sonst in einem strengen Knoten eingesperrt. Er hätte nicht gedacht, dass sie einen Sohn hatte, aber er sah zu, wie sie ihn in die Luft hob, ihm half, etwas zu fangen, und ihn dann wieder herunterwirbelte. Der kleine blonde Junge kicherte vor Vergnügen, und Benjamin lächelte noch breiter. Die Szene gefiel ihm ausnehmend gut. Er hätte gern den ganzen Vormittag zugesehen, aber dann holte ihn ein Hupen hinter ihm zurück in die Gegenwart, und als der Traktor den Motor anließ und weiterfuhr, krochen sie beide hintereinander die Straße entlang. Aber sie beobachteten Elizabeth, solange es ging.

Leute zu erfinden und sonntagsmorgens um halb sieben auf einer Wiese herumzutollen – Benjamin konnte nicht anders, er musste lachen. Und er bewunderte die Lebensfreude und Energie dieser Frau. Anscheinend machte sie sich nie Sorgen darüber,

215

was andere dachten. Als er auf dem kurvigen Sträßchen ein Stück weitergefahren war, konnte er sie noch besser sehen. Auf Elizabeths Gesicht lag ein Ausdruck reinen Glücks, und sie sah aus wie ein vollkommen anderer Mensch.

Zweiundzwanzig

Auf der Rückfahrt in die Stadt fühlte Elizabeth sich richtig kribbelig vor Glück. Zwei Stunden waren sie auf der Wiese umhergerannt und hatten Löwenzahnschirmchen gefangen, die sie auf Ivans dringenden Wunsch Jinny Joes nannten, und als sie dann irgendwann müde und völlig außer Puste waren, ließen sie sich einfach ins Gras sinken und atmeten tief die frische morgendliche Seeluft ein. Elizabeth konnte sich nicht erinnern, wann sie das letzte Mal so viel gelacht hatte. Genau genommen war sie eigentlich überzeugt, dass sie überhaupt noch nie so viel gelacht hatte.

Ivan schien über unerschöpfliche Energien und einen unersättlichen Appetit auf alles Neue und Aufregende zu verfügen. Seit langem war Elizabeth nicht mehr so ausgelassen gewesen, und Ausgelassenheit war etwas, was sie überhaupt nicht mit ihrem erwachsenen Leben in Bezug brachte. Sie hatte das Kribbeln der Vorfreude nicht mehr in ihrem Bauch gespürt, seit sie ein Kind gewesen war; sie hatte sich nie mehr so auf etwas gefreut, dass sie auf der Stelle hätte platzen können. Aber mit Ivan kamen alle diese Gefühle zurück. Die Zeit verging rasend schnell, wenn er da war, ganz gleich, ob sie auf einer Wiese herumtollten oder einfach nur schweigend nebeneinander saßen, wie sie das oft taten. Wenn sie mit ihm zusammen war, wünschte sie sich, die Zeit würde langsamer vergehen, und wenn er ging, wollte sie, dass er blieb. An diesem Morgen hatte sie eine Menge Löwenzahnsamen gefangen und unter ihren vielen Wünschen war auch der gewesen, noch mehr Zeit mit ihm zu verbringen. Sie wünschte sich, dass der Wind nicht nachließ, dass sie den Augenblick festhalten könnte, auch mit Luke.

Ihre Gefühle schienen ihr wie eine kindliche Besessenheit, so stark, aber doch auch mehr, denn das Gefühl hatte Tiefe. Sie fühlte sich in jeder Hinsicht zu Ivan hingezogen – wie er redete, wie er sich kleidete, die Worte, die er benutzte, seine offensichtliche Unschuld, gepaart mit einem Schatz weiser Erkenntnisse. Er sagte immer das Richtige, auch wenn sie es manchmal nicht hören wollte. Die Dunkelheit hob sich vom Ende des Tunnels, und sie konnte auf einmal bis auf die andere Seite sehen. Wenn er in den Raum trat, brachte er Klarheit und Licht mit sich. Er war die verkörperte Hoffnung, und sie erkannte, dass das Leben für sie vielleicht nicht fantastisch oder wunderbar oder für immer glücklich und zufrieden werden würde, aber doch immerhin okay sein konnte. Und das war genug für Elizabeth.

Jeden Augenblick war er in ihren Gedanken; sie spielte ihre Gespräche mit ihm immer und immer wieder durch. Sie stellte ihm eine Frage nach der anderen, und seine Antworten waren immer offen und ehrlich. Aber wenn sie dann später im Bett lag und darüber nachdachte, wurde ihr klar, dass sie nicht mehr über ihn wusste als vorher, obwohl er doch jede Frage beantwortet hatte. Aber sie ahnte, dass sie einander sehr ähnlich waren. Zwei einsame Menschen, die wie Löwenzahnschirmchen im Wind trieben, jeder mit den Wünschen des anderen im Gepäck.

Natürlich machten ihre Gefühle ihr Angst. Natürlich widersprachen sie allem, woran sie glaubte, aber sosehr sie es auch versuchte, sie konnte nicht verhindern, dass ihr Herz schneller schlug, wenn er in ihrer Nähe war. Sie konnte nicht verhindern, dass er ihre Gedanken beherrschte, ihre Arme hießen ihn willkommen, auch wenn sie nicht geöffnet waren, er kam uneingeladen bei ihr vorbei, und sie machte ihm freudig die Tür auf, ein ums andere Mal.

Sie fühlte sich zu seinem Äußeren hingezogen, zu dem Gefühl, das er in ihr weckte, zu seinem Schweigen und seinen Worten. Sie war dabei, sich in ihn zu verlieben.

Am Montagmorgen wanderte Elizabeth beschwingten Schrittes zu Joe's und summte dabei die Melodie vor sich hin, die sie die ganze letzte Woche gesummt hatte und nicht mehr aus dem Kopf bekam. Es war halb neun, und im Café drängten sich die Touristen, die hier frühstückten, ehe sie sich erneut in den Bus sperren ließen, der sie in zwei Stunden in der nächsten Stadt wieder ausspucken würde. Überall hörte man lautes deutsches Geplapper. Joe sauste hektisch herum und sammelte Teller und Tassen ein, schleppte sie in die Küche und kehrte mit neuen Tellern zurück, randvoll mit von seiner Frau zubereitetem irischen Frühstück.

Elizabeth signalisierte ihm ihren Wunsch nach Kaffee, und er nickte nur mit dem Kopf. Heute hatte er keine Zeit für Klatsch und Tratsch. Sie sah sich nach einem Sitzplatz um, und ihr Herz schlug schneller, als sie Ivan in einer Ecke des Raums entdeckte. Ein unkontrollierbares Lächeln erschien auf ihrem Gesicht, sie genoss das aufgeregte Prickeln, das von ihr Besitz ergriff, während sie sich zwischen den Tischen hindurch einen Weg zu ihm bahnte. Elizabeth war überwältigt, ihn zu sehen. Es knisterte zwischen ihnen, ganz ohne Frage.

»Hallo«, hauchte sie, bemerkte selbst die Veränderung in ihrer Stimme und hasste sich dafür.

»Guten Morgen, Elizabeth«, lächelte er. Auch seine Stimme klang anders als sonst.

Sie spürten es beide, spürten irgendetwas und starrten einander in die Augen.

»Ich hab einen Tisch für uns frei gehalten.«

»Danke.«

Lächeln auf beiden Seiten.

»Möchten Sie Frühstück bestellen?«, fragte Joe, Stift und Notizblock gezückt.

Normalerweise frühstückte Elizabeth nicht hier, aber Ivan studierte so eifrig die Speisekarte, dass sie dachte, sie könnte ruhig ein paar Minuten zu spät im Büro auftauchen.

»Kann ich bitte eine zweite Speisekarte kriegen, Joe?«

Joe musterte sie ungehalten. »Wozu brauchen Sie denn eine zweite Speisekarte?«

»Damit ich sie mir anschauen kann«, antwortete sie.

»Was ist denn an der auszusetzen, die auf dem Tisch liegt?«, konterte er schlecht gelaunt.

»Okay, okay«, gab sie nach und beugte sich näher zu Ivan, um mit ihm in die Karte schauen zu können.

Joe musterte sie argwöhnisch.

»Ich glaube, ich nehme das irische Frühstück«, sagte Ivan und leckte sich die Lippen.

»Ich nehme das Gleiche«, sagte Elizabeth zu Joe.

»Das gleiche was?«

»Das irische Frühstück.«

»Okay, ein irisches Frühstück mit Kaffee.«

»Nein.« Elizabeth runzelte die Stirn. »Zweimal irisches Frühstück und zweimal Kaffee.«

»Sie essen für zwei, was?«, meinte Joe ironisch und musterte sie von oben bis unten.

»Nein!«, rief Elizabeth und wandte sich mit entschuldigendem Gesicht zu Ivan, als Joe endlich gegangen war. »Tut mir Leid, er benimmt sich manchmal ziemlich sonderbar.«

Als Joe zurückkam, stellte er zwei Becher Kaffee auf den Tisch, beäugte Elizabeth argwöhnisch und eilte dann zu einem anderen Gast.

»Ziemlich voll hier heute«, stellte Elizabeth fest. Sie konnte die Augen kaum von Ivan abwenden.

»Ja?«, erwiderte er, ohne sie aus den Augen zu lassen.

Ein Kribbeln lief durch Elizabeths Körper. »Ich mag es, wenn in der Stadt ein bisschen Betrieb herrscht. Dann wird sie lebendig. Ich weiß ja nicht, wie das in Eisatnaf ist, aber hier kriegt man manchmal echt zu viel davon, immer die gleichen Leute zu sehen. Touristen verändern das Bild, man kann sich hinter ihnen verstecken.«

»Warum willst du dich denn verstecken?«

»Ivan, die ganze Stadt weiß über mich Bescheid. Die Leute wissen mehr über meine Familiengeschichte als ich selbst.«

»Ich höre nicht auf die Stadt, ich höre auf dich.«

»Das weiß ich. Im Sommer ist die Gegend hier wie ein schöner großer Baum, stark und schön«, versuchte sie zu erklären. »Aber im Winter hat er keine Blätter mehr, er ist kahl und bietet keinerlei Schutz oder Privatsphäre. Ich habe immer das Gefühl, ich sitze auf dem Präsentierteller.«

»Wohnst du nicht gerne hier?«

»Nein, nein, darum geht es nicht. Die Stadt braucht einfach manchmal ein bisschen Schwung, einen Tritt in den Allerwertesten. Jeden Morgen sitze ich hier und träume davon, wie ich meinen Kaffee über die Straßen gieße, damit endlich mal ein bisschen Leben in die Bude kommt.«

»Warum machst du es dann nicht?«

»Wie meinst du das?«, fragte Elizabeth und runzelte die Stirn.

Ivan stand auf. »Elizabeth Egan, nimm deine Kaffeetasse mit, wir gehen.«

»Aber …«

»Keine Ausflüchte, komm einfach«, sagte er und ging hinaus.

Verwirrt folgte sie ihm, ihre Tasse in der Hand.

»Und?«, fragte sie und trank einen Schluck.

»Ich glaube, es ist höchste Zeit, dass du diesem Städtchen zu einem Koffeinrausch verhilfst«, verkündete Ivan und blickte die menschenleere Straße hinauf und hinunter.

Elizabeth starrte ihn verständnislos an.

»Komm schon«, drängelte er und schubste ihre Tasse ein bisschen, sodass der milchige Kaffee ein bisschen überschwappte und auf den Gehweg tropfte. »Uuups«, kommentierte er trocken.

Elizabeth lachte laut. »Du bist so albern, Ivan.«

»Warum bin ich albern? Du hast das doch vorgeschlagen.« Er schubste ihre Tasse etwas kräftiger, und etwas mehr Kaffee schwappte auf das Pflaster, Elizabeth stieß einen Schrei aus und sprang zurück, um ihre Schuhe in Sicherheit zu bringen.

Das zog einige neugierige Blicke aus dem Café auf sich.

»Weiter so, Elizabeth.«

Es war albern, absurd, lächerlich und vollkommen kindisch. Es ergab keinerlei Sinn, aber sie erinnerte sich daran, wie viel Spaß sie gestern auf der Wiese gehabt hatte, wie sie gelacht hatte und den ganzen restlichen Tag auf Wolken geschwebt war, und sie wollte mehr davon. Also kippte sie die Tasse richtig, und ein bisschen Kaffee platschte auf den Boden. Zuerst bildete sich eine Pfütze, dann floss das Zeug durch die Rillen zwischen den Steinen ab, die Straße hinunter.

»Komm schon, damit würdest du ja nicht mal die Insekten aufwecken«, neckte Ivan.

»Na, dann geh mal lieber einen Schritt zurück«, warnte sie. Ivan tat es, Elizabeth streckte den Arm aus und drehte sich um sich selbst. Der Kaffee spritzte durch die Gegend wie aus einem Springbrunnen.

Joe streckte den Kopf durch die Tür. »Was machen Sie denn da, Elizabeth? War der Kaffee nicht gut oder was?«, fragte er besorgt. »Das macht keinen guten Eindruck, wenn Sie so was vor den ganzen Leuten tun«, meinte er mit einer Kopfbewegung zu den Touristen, die sich am Fenster versammelt hatten und Elizabeth interessiert beobachteten.

Ivan lachte. »Ich glaube, du brauchst noch eine Tasse«, verkündete er.

»Noch eine Tasse?«, wiederholte Elizabeth erschrocken.

»In Ordnung«, sagte Joe beschwichtigend.

»Entschuldigen Sie, was macht die Frau denn da?«, erkundigte sich ein Tourist, als Joe ins Café zurückging.

»Ach, das ist nur« – Joe geriet etwas ins Schwimmen, faselte

222

dann aber munter weiter –, »das ist ein alter Brauch hier in Baile na gCroíthe. Jeden Montagmorgen wird, äh, wird …« Er spähte zu Elizabeth hinaus, die sich draußen weiter um sich selbst drehte und ihren Kaffee verspritzte. »Am Montagmorgen spritzen wir gern unseren Kaffee in die Gegend, wissen Sie. Das ist gut für, äh, für …« Gerade war ein Teil von Elizabeths Kaffee in den Blumenkästen gelandet. »… für die Blumen«, vollendete Joe elegant seinen Satz.

Fasziniert sperrte der Mann die Augen auf, dann lächelte er. »Wenn das so ist, möchte ich bitte noch fünf Tassen Kaffee für mich und meine Freunde.«

Unsicher sah Joe ihn an, aber als der Mann ihm das Geld hinstreckte, fing er an zu grinsen. »Sofort, fünf Tassen sind schon unterwegs.«

Wenige Augenblicke später gesellten sich fünf Fremde zu Elizabeth und fingen an, neben ihr herumzutanzen, zu jauchzen und zu rufen und Kaffee auf den Gehweg zu verschütten. Sie und Ivan hielten sich die Bäuche vor Lachen, aber schließlich entflohen sie der Meute, während die deutschen Touristen einander viel sagende Blicke zuwarfen und mit Inbrunst und Freude der seltsamen irischen Sitte nachgingen. Erstaunt nahm Elizabeth zur Kenntnis, was im Städtchen passierte.

Die Ladenbesitzer standen vor ihren Geschäften und betrachteten das Treiben vor Joe's Café. Fenster wurden geöffnet und Köpfe herausgestreckt. Autos drosselten das Tempo, um zu sehen, was hier los war, und der Verkehr hinter ihnen hupte ungeduldig. In wenigen Augenblicken war die kleine Stadt hellwach.

»Was ist los?«, fragte Ivan und wischte sich die Lachtränen aus den Augen. »Warum hast du aufgehört zu lachen?«

»Gibt es für dich keine Träume, Ivan? Können manche Dinge nicht nur in deinem Kopf stattfinden?« Soweit sie sehen konnte, war er imstande, alles Realität werden zu lassen. Oder jedenfalls fast alles. Sie sah in seine blauen Augen, und ihr Herz klopfte heftig.

Er blickte zu ihr hinunter, kam einen Schritt näher und sah so ernst und so viel älter aus, als hätte er in den letzten Sekunden etwas ganz Neues gelernt. Dann legte er seine Hand sanft auf ihre Wange und neigte langsam den Kopf zu ihr herab. »Nein«, flüsterte er und küsste sie so behutsam auf die Lippen, dass ihre Knie um ein Haar unter ihr nachgegeben hätten. »*Alles* muss wahr werden.«

Joe schaute aus dem Fenster und lachte über die Touristen, die herumhopsten und Kaffee vor seinem Laden verspritzten. Als er Elizabeth auf der anderen Straßenseite stehen sah, beugte er sich noch näher ans Fenster, um besser sehen zu können, denn sie hatte den Kopf hoch erhoben, die Augen geschlossen, und auf ihrem Gesicht lag ein Ausdruck vollkommenen Glücks. Ihre Haare, die für gewöhnlich streng nach hinten gebunden waren, wehten sanft in der Morgenbrise, und sie schien die Sonnenstrahlen zu genießen, die auf sie herabströmten.

Joe hätte schwören können, in diesem Gesicht Elizabeths Mutter zu erkennen.

Dreiundzwanzig

Es dauerte eine ganze Weile, bis sich Ivans und Elizabeths Lippen wieder voneinander lösten, aber als sie es schließlich doch taten, legte Elizabeth den Weg zu ihrem Büro halb hüpfend zurück, spürte dabei ständig das Prickeln des Kusses und hatte das Gefühl, dass sie wahrscheinlich davonfliegen würde, wenn sie die Füße auch nur ein kleines bisschen weiter vom Boden hob. Während sie summend so dahinnavigierte, lief sie direkt Mrs. Bracken in die Arme, die an ihrer Ladentür stand und die Touristen auf der anderen Straßenseite beobachtete.

»Jesses!«, rief Elizabeth und sprang erschrocken zurück.

»Jesus ist der Sohn Gottes, der für uns am Kreuz gestorben ist, um das Wort Gottes in der Welt zu verkünden und uns ein besseres Leben zu schenken, also sollten Sie seinen Namen nicht so im Munde führen«, rasselte Mrs. Bracken wie angestochen herunter. Dann nickte sie zum Café hinüber. »Was machen denn die Touristen da drüben?«

Elizabeth biss sich auf die Unterlippe und bemühte sich, nicht zu lachen. »Keine Ahnung. Warum gehen Sie nicht einfach zu ihnen rüber und fragen?«

»Mr. Bracken würde dieses ganze Getue bestimmt nicht billigen.« Anscheinend hatte sie in Elizabeths Stimme irgendetwas gespürt, denn jetzt kniff sie die Augen zusammen und musterte ihr Gesicht durchdringend. »Sie sehen ganz anders aus.«

Elizabeth ignorierte die Bemerkung und lachte, als Joe schuldbewusst den Gehweg vom Kaffee säuberte.

»Waren Sie vielleicht da oben in dem Turm?«, erkundigte sich Mrs. Bracken vorwurfsvoll.

»Na klar, Mrs. Bracken, ich entwerfe ja das Hotel, erinnern Sie sich? Übrigens habe ich den Stoff bestellt, er sollte in drei Wochen eintreffen. Dann haben wir zwei Monate Zeit, alles fertig zu machen. Meinen Sie, dass Sie ein paar Aushilfskräfte anheuern könnten?«

»Ihre Haare sind offen«, erwiderte Mrs. Bracken argwöhnisch, ohne auf Elizabeths Frage einzugehen.

»Und?«, fragte Elizabeth noch einmal, während sie in Mrs. Brackens Laden trat.

»Und Mr. Bracken hat immer gesagt, nehmt euch in Acht vor Frauen, die drastische Frisurveränderungen vornehmen.«

»Man kann wohl kaum sagen, dass es eine drastische Veränderung ist, wenn ich die Haare mal offen trage.«

»Elizabeth Egan, gerade bei Ihnen würde ich es sehr wohl eine drastische Veränderung nennen, wenn Sie die Haare offen tragen. Übrigens« – setzte sie hastig hinzu, damit Elizabeth sie nicht unterbrechen konnte –, »übrigens gibt es ein Problem mit der Bestellung, die heute reingekommen ist.«

»Was ist denn los damit?«

»Der Stoff ist *bunt*«, antwortete sie, sprach das Wort mit so viel Abscheu aus, als handelte es sich um eine ansteckende Krankheit, und riss, um dem Ganzen Nachdruck zu verleihen, die Augen weit auf. »*Rot*.«

»Himbeer nennt sich das, nicht Rot. Und was ist an ein bisschen Farbe auszusetzen?«, lächelte Elizabeth.

»Was ist an ein bisschen Farbe auszusetzen, sagt sie!« Mrs. Brackens Stimme stieg um eine ganze Oktave nach oben. »Bis letzte Woche war Ihre Welt braun. Bestimmt ist der Turm schuld. Dieser amerikanische Kerl, stimmt's?«

»Ach, hören Sie mir bloß auf mit diesem Ammenmärchen«, winkte Elizabeth ab. »Ich war die ganze Woche da oben, und der Turm ist weiter nichts als ein einsturzgefährdetes Gemäuer.«

»Ja, ja, ganz recht, eine Mauer, die dabei ist einzustürzen«, pflichtete Mrs. Bracken ihr bei. »Und der Amerikaner ist der, der sie einreißt!«

Elizabeth verdrehte resigniert die Augen. »Auf Wiedersehen, Mrs. Bracken«, rief sie und rannte nach oben in ihr Büro. Als sie hereinkam, wurde sie von einem Beinpaar begrüßt, das unter Poppys Schreibtisch hervorlugte. Ein männliches Beinpaar mit braunen Schuhen, das sich hin und her schlängelte.

»Sind Sie das, Elizabeth?«, rief eine Männerstimme.

»Ja, ich bin's, Harry.« Elizabeth grinste. Seltsamerweise fand sie die beiden Menschen, die sie sonst schnell irritierten, heute ausgesprochen liebenswert.

»Ich dreh nur grade die Schrauben an dem Stuhl hier fest. Poppy hat mir gesagt, dass er sich letzte Woche seltsam benommen hat.«

»Kann man wohl sagen. Danke, Harry.«

»Kein Problem.« Seine Beine verschwanden, während Harry sich hinter dem Schreibtisch zur normalen menschlichen Haltung aufrichtete, allerdings nicht ohne zuvor den fast kahlen Kopf mit den einzeln darüber gelegten Spaghetti-Haaren gegen die Tischplatte zu donnern.

»Ah, da sind Sie ja«, sagte er und reckte sich, den Schraubenschlüssel noch in der Hand. »Jetzt dürfte er sich eigentlich nicht mehr von alleine drehen. Komisch ist das schon.« Er warf noch einen letzten prüfenden Blick auf den Stuhl und musterte dann Elizabeth mit dem gleichen Gesichtsausdruck. »Sie sehen anders aus.«

»Aber ich bin noch die Gleiche«, sagte sie und ging weiter zu ihrem Büro.

»Das sind die Haare. Die tragen Sie heute offen. Ich sag immer, es ist besser, wenn Frauen die Haare offen tragen und …«

»Danke, Harry. Gibt es sonst noch was?«, unterbrach ihn Elizabeth.

»Nein, eigentlich nicht.« Er wurde rot, winkte zum Abschied

227

und ging zur Treppe, zweifellos, um unten mit Mrs. Bracken ein bisschen über Elizabeths neue Haartracht zu tratschen.

Elizabeth setzte sich und versuchte sich auf ihre Arbeit zu konzentrieren, erwischte sich aber dabei, wie sie die Finger auf die Lippen legte und an Ivans Kuss dachte.

»Okay«, erklang Poppys Stimme. Gleich darauf erschien ihre Besitzerin im Büro und stellte ein Sparschwein auf den Schreibtisch, direkt vor Elizabeths Nase. »Siehst du das hier?«

Elizabeth nahm das kleine Schwein mit einem Kopfnicken zur Kenntnis. An der Tür drückte sich Becca herum, wie immer bestrebt, im Hintergrund zu bleiben.

»Also, ich hab einen Plan«, fuhr Poppy zähneknirschend fort. »Jedes Mal, wenn du wieder anfängst, diesen bescheuerten Song vor dich hinzusummen, dann musst du was in das Schwein einzahlen.«

Amüsiert hob Elizabeth die Augenbrauen. »Poppy, hast du das Schwein selbst gebastelt?«, fragte sie und beäugte interessiert das Pappmachétier auf ihrem Schreibtisch.

Poppy versuchte ihr Grinsen zu unterdrücken. »Es war gestern Abend ziemlich ruhig, aber im Ernst, inzwischen ist die Summerei echt nicht mehr lustig, Elizabeth, das kannst du mir ruhig glauben. Sogar Becca hat die Nase voll davon.«

»Ehrlich, Becca?«

Becca wurde rot und zog sich schnell von der Tür zurück, um nicht in die Sache mit hineingezogen zu werden.

»Tolle Unterstützung«, brummte Poppy.

»Und wer kriegt das Geld?«, fragte Elizabeth.

»Das arme Schwein natürlich. Es braucht Geld für einen neuen Schweinestall. Summ ein Lied und hilf dem Schwein«, antwortete sie schnell und hielt Elizabeth das Schwein unter die Nase.

»Raus!«, Elizabeth konnte das Lachen kaum noch unterdrücken.

Eine Weile später, als sie sich beruhigt und wieder an die Arbeit gemacht hatten, stürzte plötzlich Becca in Elizabeths Büro und forderte mit großen Augen: »Bezahlen!«

»Hab ich's schon wieder gemacht?«, fragte Elizabeth überrascht.

»Jawohl«, zischte Becca und machte auf dem Absatz kehrt.

Später am Nachmittag führte sie eine Besucherin in Elizabeths Büro.

»Hallo, Mrs. Collins«, begrüßte Elizabeth sie höflich, obwohl es ihr ganz flau im Magen wurde. Mrs. Collins führte das Bed and Breakfast, in dem Saoirse seit ein paar Wochen wohnte. »Bitte, nehmen Sie doch Platz«, fuhr sie fort und deutete auf den Stuhl vor ihr.

»Danke«, erwiderte Mrs. Collins lächelnd und setzte sich. »Und nennen Sie mich doch bitte Margaret.« Wie ein ängstliches Kind, das zum Direktor zitiert wird, blickte sie sich im Zimmer um und hielt die Hände fest auf dem Schoß verschränkt, als fürchtete sie sich, etwas zu berühren. Ihre Bluse war bis zum Kinn zugeknöpft.

»Ich komme wegen Saoirse. Leider konnte ich ihr in den letzten Tagen keine Ihrer Nachrichten ausrichten«, sagte Margaret unbehaglich und fummelte an den Zipfeln ihrer Bluse herum. »Sie war seit drei Tagen nicht mehr da.«

»Oh.« Elizabeth war die Sache peinlich. »Danke, dass Sie mir Bescheid sagen, Margaret, aber es gibt keinen Grund zur Sorge, sie meldet sich bestimmt bald bei mir.« Sie war es müde, solche Nachrichten immer als Letzte zu bekommen und von Wildfremden über die Aktivitäten ihrer Familienmitglieder informiert zu werden. Trotz der Ablenkung durch Ivan hatte Elizabeth versucht, mit Saoirse so weit wie möglich in Kontakt zu bleiben, sie aber in den letzten Tagen nicht erreicht. Weder im Pub noch bei ihrem Vater noch in Margarets Bed and Breakfast. Und in ein paar Wochen war ihr Gerichtstermin.

»Nun, darum geht es mir eigentlich nicht, es ist nur, dass, na ja, dass wir im Moment ziemlich viel Betrieb haben. Eine Menge

Touristen sind momentan hier auf der Durchreise und suchen ein Quartier, und da brauchen wir dringend Saoirses Zimmer.«

»Oh«, war alles, was Elizabeth herausbrachte, und sie kam sich schrecklich dumm vor. Natürlich brauchten sie das Zimmer. »Das ist mehr als verständlich«, sagte sie schließlich unbeholfen. »Wenn Sie möchten, komme ich nach der Arbeit vorbei und hole Saoirses Sachen ab.«

»Ach, das wird nicht nötig sein«, entgegnete Margaret mit einem freundlichen Lächeln und rief dann laut und gebieterisch: »Jungs!«

Wie aufs Stichwort erschienen ihre beiden Söhne, Teenager, jeder mit einem Koffer in der Hand.

»Ich hab mir erlaubt, Saoirses Sachen schon mal zusammenzupacken«, fuhr Margaret fort, und allmählich wirkte ihr Lächeln wie auf ihrem Gesicht festgeklebt. »Jetzt brauche ich nur noch das Geld für die letzten drei Tage, dann ist alles geregelt.«

Elizabeth erstarrte. »Margaret, Sie verstehen bestimmt, dass Saoirses Rechnungen ihre eigene Sache sind. Dass ich ihre Schwester bin, heißt nicht, dass ich für sie bezahle, und sie kommt bestimmt bald zurück.«

»Oh, das weiß ich, Elizabeth«, erwiderte Margaret mit einem noch breiteren Lächeln, bei dem sich ein rosa Lippenstiftfleck auf ihren Schneidezähnen zeigte. »Aber angesichts der Tatsache, dass ich das einzige Bed and Breakfast weit und breit habe, das gewillt ist, Saoirse aufzunehmen, sind Sie doch sicher bereit ...«

»Wie viel?«, unterbrach Elizabeth sie.

»Fünfzehn pro Nacht«, flötete Margaret.

Elizabeth kramte in ihrer Brieftasche und meinte seufzend: »Hören Sie, Margaret, ich hab anscheinend gerade kein Bar...«

»Ein Scheck ist vollkommen in Ordnung«, säuselte sie.

Während Elizabeth den Scheck ausstellte, dachte sie zum ersten Mal seit einer ganzen Weile nicht an Ivan, sondern machte sich Sorgen um Saoirse. Ganz wie in alten Zeiten.

Um zehn Uhr abends standen Elizabeth und Mark an den großen schwarzen Fenstern der Bar im hundertvierzehnten Stock
des Gebäudes in Downtown Manhattan, die Elizabeth gerade
fertig entworfen hatte, und blickten hinaus. Heute Abend wurde
der »Club Zoo« eröffnet, ein ganzes Stockwerk mit Tiermotiven,
Pelzsofas, Fellkissen, sporadisch platziertem Grünzeug und Bam-
busdekor. Eigentlich mochte Elizabeth so etwas überhaupt nicht,
denn sie war eine überzeugte Vertreterin des minimalistischen
Ansatzes, aber der Club war eine Auftragsarbeit mit vorgege-
benem Konzept. Die Eröffnung war ein Riesenerfolg, die Gäste
amüsierten sich prächtig, und die Trommler mit ihren mitrei-
ßenden Dschungelrhythmen trugen ebenso zur Atmosphäre bei
wie der fröhliche Lärm der Partygespräche. Elizabeth und Mark
ließen ihre Champagnergläser aneinander klirren und blickten
hinaus auf das Meer der Hochhäuser, das Schachbrettmuster der
Lichter, die unzähligen gelben Taxis.

»Auf einen weiteren Erfolg«, sagte Mark und nippte an seinem
Glas mit dem dezent perlenden Getränk.

Elizabeth lächelte stolz. »Wir sind ganz schön weit weg von
zu Hause, stimmt's?«, meinte sie nachdenklich, während sie den
Blick über die große Stadt vor ihnen und die Party hinter ihnen
gleiten ließ, die sich in der Scheibe spiegelte. Dann entdeckte sie
Henry Hakala, den Besitzer des Clubs, der sich durch die Menge
einen Weg zu ihnen bahnte.

»Elizabeth, da sind Sie ja!«, rief er und eilte mit ausgebreiteten
Armen auf sie zu. »Was macht der Star des Abends denn hier in
der Ecke, wo ihn keiner sieht?« Er lächelte.

»Henry, das ist Mark Leeson, mein Freund«, stellte Elizabeth
ebenfalls lächelnd vor. »Mark, das ist Henry Hakala, Besitzer des
Club Zoo.«

»Sie sind also der Mann, der meine Freundin in letzter Zeit
jeden Abend bis spät in die Nacht für sich beansprucht hat«,
scherzte Mark und schüttelte Henry die Hand.

Henry lachte. »Sie hat mir das Leben gerettet. In drei Wochen hat sie das alles geschafft.« Mit einer ausladenden Handbewegung umfasste er den Raum, das vibrierende Zebramuster an den Wänden, die Eisbärfelle auf den Sofas, die Leopardenteppiche auf dem Parkettboden, die riesigen Pflanzen in den Chromtöpfen, den Bambus an der Bar. »Das war ein echt enger Termin. Ich wusste, sie würde das hinkriegen, aber ich habe nicht geahnt, dass es so toll werden würde.« Er lächelte Elizabeth dankbar an. »Jedenfalls gibt's jetzt gleich ein paar Reden. Ich möchte nur ein paar Worte sagen, die Investoren nennen« – er senkte die Stimme zu einem Flüstern – »und all den wundervollen Menschen danken, die hierfür so hart gearbeitet haben. Also gehen Sie nicht weg, Elizabeth, denn gleich werden sich alle Augen auf Sie richten.«

»Oh, bitte nicht«, murmelte Elizabeth und wurde schon im Voraus rot.

»Glauben Sie mir, danach haben Sie gleich noch mal hundert Angebote auf dem Tisch«, meinte er, ehe er sich abwandte, um zum Mikrophon zu gehen, das ganz im Stil des Abends mit einer Schlingpflanze dekoriert war.

»Entschuldigen Sie, Ms. Egan.« Einer der Barleute kam auf sie zu. »Draußen am Haupttresen ist ein Telefongespräch für Sie.«

Elizabeth runzelte die Stirn. »Ich? Ein Telefongespräch? Sind Sie ganz sicher?«

»Sie sind doch Ms. Egan, nicht wahr?«

Sie nickte verwirrt. Wer sollte sie denn hier anrufen?

»Es ist eine junge Frau. Sie sagt, sie ist Ihre Schwester«, erklärte der Mann leise.

»Oh.« Elizabeths Herz begann wie wild zu pochen. »Saoirse?«, fragte sie erschrocken.

»Ja, genau«, antwortete der junge Mann erleichtert. »Ich wusste nur nicht genau, wie man es ausspricht.«

In diesem Augenblick wurde die Musik lauter, die Trommelschläge dröhnten in ihrem Kopf, die Fellmuster verschwammen vor ihren Augen. Saoirse rief sonst nie an. Bestimmt war irgendetwas Schlimmes passiert.

»Geh nicht hin, Elizabeth«, schaltete sich Mark ziemlich heftig ein und wandte sich auch gleich an den Barmann: »Sagen Sie der Frau am Telefon bitte, dass Ms. Egan beschäftigt ist.« Dann drehte er sich wieder zu Elizabeth um und fügte hinzu: »Heute ist dein Abend, genieß ihn.«

»Nein, nein, warten Sie«, stammelte Elizabeth. In New York war es zehn Uhr abends, in Irland demzufolge drei Uhr früh. Warum rief Saoirse zu dieser nachtschlafenden Zeit an? »Ich komme, danke«, sagte sie zu dem jungen Mann.

»Elizabeth, die Rede fängt gleich an«, warnte Mark. Schon wurde es still im Raum, die Leute drängten sich vor das Mikrophon. »Du darfst das nicht verpassen«, zischte er. »Das ist dein großer Augenblick.«

»Nein, nein, das geht jetzt nicht!« Zitternd wandte sie sich ab und ging hinaus zum Telefon.

»Hallo?«, sagte sie, und man hörte ihr an, wie besorgt sie war.

»Elizabeth?«, schluchzte Saoirse auf der anderen Seite.

»Ja, ich bin's. Was ist denn los, Saoirse?« Elizabeths Herz klopfte schwer in ihrer Brust.

Im Club herrschte absolute Stille, während Henry seine Ansprache hielt.

»Ich wollte nur …« Saoirse vollendete den Satz nicht.

»Du wolltest was? Ist alles in Ordnung?«, fragte Elizabeth hastig.

Drinnen lachten die Gäste herzhaft, dann fuhr Henry mit dröhnender Stimme fort: »Und last not least möchte ich der wundervollen Elizabeth Egan von Morgan Design danken, die diesen Club in so kurzer Zeit so wunderschön eingerichtet hat. Sie hat etwas hinbekommen, das vollkommen anders ist als alles da draußen, was den Club Zoo zur trendigsten neuen Location der Szene macht – die Leute werden den ganzen Block runter Schlange stehen. Elizabeth, winken Sie uns doch mal allen zu, lassen Sie uns wissen, wo Sie sind, damit jeder die Chance bekommt, Sie mir zu klauen.«

233

Neugierig schauten sich alle nach der so gepriesenen Innenarchitektin um.

»Oh«, fuhr Henry etwas enttäuscht fort, »vor einer Sekunde war sie noch da, vielleicht hat jemand sie sich schon für den nächsten Job geschnappt.«

Allgemeines Gelächter.

Elizabeth spähte in den Saal und sah Mark allein mit seinen zwei Champagnergläsern ganz hinten am Rand der Menge stehen. Auf die fragenden Blicke der Umstehenden zuckte er nur die Achseln und tat so, als würde er lachen.

»Saoirse.« Elizabeths Stimme versagte. »Bitte sag mir, wenn was nicht stimmt. Hast du wieder Ärger oder was ist los?«

Schweigen. Statt der schwachen, schluchzenden Stimme kam ein bösartiges Fauchen aus dem Hörer: »Nein, wieso denn? Mir geht's blendend. Alles ist in Butter. Geh ruhig zurück zu deiner Party.« Dann war die Verbindung tot.

Elizabeth seufzte und legte langsam den Hörer auf.

Drinnen waren die Reden inzwischen beendet, die Trommeln hatten wieder angefangen, Gespräche und Getränke flossen munter weiter.

Aber ihr und Mark war die Partystimmung vergangen.

Schon von fern entdeckte Elizabeth die riesenhafte Gestalt, als sie sich auf der langen Zufahrtsstraße dem Farmhaus ihres Vaters näherte. Sie hatte im Büro früher Schluss gemacht, um Saoirse zu suchen, aber bisher hatte niemand sie gesehen, schon seit Tagen nicht mehr, nicht einmal der Pubbesitzer. Das zumindest war etwas Neues.

Es war schon immer schwer gewesen, anderen Leuten den Weg zum Farmhaus zu erklären, weil es außerhalb der Ortschaft lag. Außerdem hatte die Straße nicht mal einen Namen, was Elizabeth allerdings sehr passend fand; es war eine Straße, die man gleich wieder vergaß. Wenn ein neuer Postbote oder Milchmann eingestellt wurde, brauchte er immer ein paar Tage, um die Adresse zu finden. Kein Politiker tauchte je an der Tür auf, um Wahlwerbung zu machen, kein Kind klingelte an Halloween, um Süßigkeiten zu erbetteln. Als kleines Mädchen hatte Elizabeth sich einzureden versucht, ihre Mutter hätte sich einfach verirrt und könnte den Heimweg nicht mehr finden. Sie erinnerte sich noch, wie sie ihrem Vater von dieser Theorie erzählt hatte. Der hatte sie angelächelt, aber so halbherzig, dass es eigentlich gar kein richtiges Lächeln gewesen war, und geantwortet: »Weißt du, Elizabeth, damit hast du gar nicht mal so Unrecht.«

Das war die einzige Erklärung, die sie jemals bekam – wenn man es denn so nennen konnte. Sie sprachen nie über das Verschwinden ihrer Mutter. Nachbarn und Familienbesuche verstummten, wenn Elizabeth sich näherte. Niemand erzählte ihr, was passiert war, und sie fragte auch nicht nach. Sie wollte nicht, dass diese unbehagliche Stille sich über sie senkte oder dass ihr Vater aus dem Haus stürmte, wenn der Name ihrer Mutter erwähnt wurde. Wenn es die anderen glücklich machte, dass Elizabeth ihre Mutter nicht mehr erwähnte, dann verzichtete sie gerne darauf, von ihr zu sprechen. Sie passte sich an, wie üblich.

Eigentlich wollte sie es auch gar nicht so genau wissen. Das Geheimnis des Nichtwissens war angenehmer. In Gedanken schuf sie alle möglichen Szenarios, malte sich aus, was ihre Mutter in exotischen und aufregenden Welten erlebte. Wenn sie einschlief, stellte sie sich ihre Mutter auf einer einsamen Insel vor, wie sie Bananen und Kokosnüsse verzehrte und ihrer Tochter Elizabeth eine Flaschenpost schickte. Jeden Morgen spähte sie mit dem Fernglas ihres Vaters zum Strand, ob nicht irgendwo auf dem Wasser eine Flasche hüpfte.

Eine andere ihrer Theorien bestand darin, dass ihre Mutter ein Hollywoodstar geworden war. Beim sonntäglichen Matineefilm klebte Elizabeth mit der Nase am Fernsehschirm und wartete auf das große Debüt ihrer Mutter. Aber irgendwann wurde sie des Suchens müde, irgendwann hatte sie keine Lust mehr zu hoffen und zu fantasieren, und irgendwann dachte sie einfach nicht mehr darüber nach.

Die Gestalt im Farmhaus rührte sich nicht vom Fenster weg. Für gewöhnlich wartete ihr Vater im Garten auf sie, aber jetzt saß er offensichtlich in Elizabeths altem Zimmer. Sie war seit Jahren nicht mehr im Haus gewesen, deshalb wartete sie ein paar Minuten draußen. Aber als sich weder ihr Vater noch Saoirse blicken ließen, stieg sie aus dem Wagen und schob langsam das Tor auf. Bei seinem Quietschen bekam sie eine Gänsehaut. Vorsichtig stakste sie auf ihren hohen Absätzen über den unebenen Weg zur Tür. In den Ritzen zwischen den Steinplatten wucherte das Unkraut, als wollte es sich den Fremdling anschauen, der da in sein Territorium eindrang.

Sie klopfte zweimal an die fleckig grüne Tür und zog schnell die Faust wieder zurück, als hätte sie sich verbrannt. Keine Antwort, aber sie wusste, dass jemand da war, gleich rechts in ihrem ehemaligen Zimmer. Also streckte sie die Hand aus und öffnete die Tür. Drinnen war es still, und der vertraute schale Geruch des Hauses, das einmal ihr Heim gewesen war, traf sie wie ein Schlag in den Magen. Ein paar Sekunden stand sie da wie angewurzelt. Als sie sich an die Gefühle gewöhnt hatte, die der Geruch in ihr weckte, trat sie ein.

Sie räusperte sich und rief: »Hallo?«

Keine Antwort.

»Hallo?«, wiederholte sie etwas lauter. Ihre Erwachsenenstimme klang irgendwie falsch im Haus ihrer Kindheit.

Langsam ging sie in Richtung Küche weiter und hoffte, ihr Vater würde sie hören und herauskommen, denn sie hatte nicht den Wunsch, ihr altes Zimmer zu betreten. Ihre Absätze klickten auf dem Steinboden, ein weiteres unbekanntes Geräusch in diesem Haus. Mit angehaltenem Atem betrat sie die Küche und den Essbereich. Alles und doch nichts war wie immer. Der Geruch, die Uhr auf dem Kaminsims, die Tischdecke mit der Spitzenbordüre, der Teppich, der Stuhl am Kamin, der rote Teekessel auf dem Aga-Herd, die Vorhänge. Alles hatte noch seinen Platz, war gealtert und verblasst, gehörte aber weiter dazu. Es war, als hätte niemand hier gelebt, seit Elizabeth weg war. Vielleicht war es auch so, vielleicht hatte hier wirklich niemand richtig gelebt.

Eine Weile blieb sie mitten im Raum stehen und betrachtete die Gegenstände, fasste sie vorsichtig, erlaubte ihren Fingern aber nicht zu verweilen. Nichts war verändert worden. Sie fühlte sich wie in einem Museum, und sogar der Klang von Tränen, Lachen, Streit und Liebe hatte sich erhalten und hing in der Luft wie alter Zigarettenrauch.

Schließlich hielt sie es nicht mehr aus, sie musste mit ihrem Vater sprechen und herausfinden, wo Saoirse war. Aber um das zu tun, blieb ihr nichts anderes übrig, als in ihr Zimmer zu gehen. Langsam drehte sie den Messingknopf an der Tür, der noch genauso lose war wie in ihrer Kindheit. Sie öffnete die Tür, ging aber nicht hinein und sah sich auch nicht um. Ihre ganze Aufmerksamkeit galt ihrem Vater, der in einem Sessel am Fenster saß und sich nicht rührte.

Vierundzwanzig

Sie konnte die Augen nicht von ihm abwenden. Obwohl sie versuchte, die Luft anzuhalten, raubte der Geruch ihr fast die Sinne.

»Hallo?«, krächzte sie.

Er rührte sich immer noch nicht, sondern hielt den Kopf starr nach vorn gerichtet.

Ihr Herz setzte einen Schlag aus. »Hallo?« Sie hörte selbst die Panik in ihrer Stimme.

Ohne nachzudenken, trat sie ein und rannte zu ihm hinüber, fiel vor dem Sessel auf die Knie und blickte in sein Gesicht hinauf. Noch immer bewegte er sich nicht und blickte stur geradeaus. Ihr Herz schlug schneller. »Daddy?«, sagte sie und klang erneut wie ein Kind. Aber irgendwie fühlte es sich richtig an. Das Wort bedeutete etwas. Vorsichtig berührte sie mit der einen Hand seine Wange und legte die andere auf seine Schulter. »Dad, ich bin's, ist alles in Ordnung? Sag doch was«, flehte sie mit zitternder Stimme. Seine Haut war warm.

Langsam drehte er den Kopf und sah sie an. »Ach, Elizabeth, ich hab dich gar nicht reinkommen hören.« Seine Stimme klang, als käme sie von weit her, sanft, ohne den typischen harschen Unterton.

»Ich hab doch gerufen«, erklärte sie leise. »Ich bin die Straße entlanggefahren, hast du mich nicht gesehen?«

»Nein«, antwortete er überrascht und wandte den Kopf wieder zum Fenster.

»Was hast du denn gemacht?«, fragte sie stirnrunzelnd. Aber als sie seinem Blick folgte, verschlug es ihr den Atem. Die Aussicht aus ihrem Fenster, der Weg, das Gartentor und die lange Straße zogen sie in den gleichen tranceartigen Zustand wie ihren Vater. Alle Hoffnungen und Wünsche der Vergangenheit kamen in diesem einen Augenblick zurück. Auf dem Fenstersims stand ein Foto ihrer Mutter, das früher nicht da gewesen war. Eigentlich hatte Elizabeth gedacht, ihr Vater hätte alle Fotos ihrer Mutter weggeworfen, als sie gegangen war.

Aber ihr Bild brachte Elizabeth zum Schweigen. Es war so lange her, seit sie ihre Mutter das letzte Mal gesehen hatte, sie konnte sich ihr Gesicht nicht mehr vorstellen. In ihrem Kopf war sie nur noch eine verschwommene Erinnerung, mehr ein Gefühl als ein Bild. Sie zu sehen war wie ein Schock. Es war, als würde sie sich selbst sehen, ein perfektes Spiegelbild. Als sie die Sprache wiederfand, sagte sie leise und erschüttert: »Was machst du hier, Dad?«

Ohne den Kopf zu bewegen, ohne zu blinzeln, starrte er weiter in die Ferne, und eine fremde Stimme, die tief aus seinem Innern kam, sagte: »Ich habe sie gesehen, Elizabeth.«

Herzklopfen. »Wen hast du gesehen?« Dabei wusste sie es genau.

»Gráinne, deine Mutter. Ich hab sie gesehen. Zumindest glaube ich, dass sie es war. Es ist so lange her, dass ich nicht ganz sicher sein kann. Deshalb habe ich das Foto rausgeholt, damit ich mich wieder an sie erinnere. Damit ich sie erkenne, wenn sie die Straße runterkommt.«

Elizabeth schluckte schwer. »Wo hast du sie gesehen, Dad?«

Seine Stimme klang höher und etwas durcheinander. »Auf einer Wiese.«

»Auf einer Wiese? Auf welcher Wiese denn?«

»Auf einer Zauberwiese.« Seine Augen leuchteten, und er sah alles wieder vor sich. »Auf einem Feld der Träume, wie wir das gerne nennen. Sie sah so glücklich aus, und sie lachte und tanzte, genau wie früher. Sie ist keinen Tag älter geworden«, fügte er verwundert hinzu. »Eigentlich müsste sie doch älter aussehen, oder nicht? Ich bin doch auch älter.« Er war ratlos.

»Bist du sicher, dass sie es war, Dad?«, fragte Elizabeth. Sie zitterte am ganzen Körper.

»O ja, das war sie. Mit den Löwenzahnsamen hat sie sich im Wind bewegt, und die Sonne schien auf sie herab, als wäre sie ein Engel. Sie war es, ganz bestimmt.« Aufrecht saß er in seinem Sessel, die Hände auf den Armlehnen, und wirkte entspannter denn je.

»Aber sie hatte ein Kind bei sich, und das war ganz sicher nicht Saoirse. Nein, Saoirse ist jetzt erwachsen«, rief er sich in Erinnerung. »Ich glaube, es war ein Junge. Kleines blondes Kerlchen, wie Saoirses Sohn«, setzte er nachdenklich hinzu, und zum ersten Mal zogen sich seine dichten, raupenähnlichen Augenbrauen wieder zusammen.

»Wann hast du sie gesehen?«, fragte Elizabeth, gleichzeitig von Grauen und von Erleichterung erfüllt, denn sie wusste, dass sie es war, die ihr Vater auf der Wiese gesehen hatte.

»Gestern«, lächelte er. »Gestern früh. Sie kommt bald zu mir zurück.«

Elizabeths Augen füllten sich mit Tränen. »Sitzt du schon seit gestern hier am Fenster, Dad?«

»Ja, aber das macht nichts, sie kommt ja bald zurück, und ich muss mich doch an ihr Gesicht erinnern. Manchmal vergesse ich es nämlich, weißt du.«

»Dad«, flüsterte Elizabeth. »War da nicht noch jemand bei ihr auf der Wiese?«

»Nein«, lächelte Brendan. »Bloß sie und ihr Junge. Er sah auch sehr glücklich aus.«

»Ich meine nur, ich war gestern auf der Wiese. Ich war das, Dad, ich hab Löwenzahnsamen gefangen, zusammen mit Luke und einem Mann«, erklärte Elizabeth und nahm seine Hand. Ihre eigene sah neben seinen schwieligen Fingern aus wie die eines Kindes.

241

»Nein.« Er schüttelte den Kopf und verzog das Gesicht. »Da war kein Mann. Gráinne war mit keinem Mann zusammen. Sie kommt bald nach Hause.«

»Dad, ich schwöre dir, das war ich, zusammen mit Luke und Ivan. Vielleicht hast du dich geirrt«, fügte sie so sanft sie konnte hinzu.

»Nein!«, schrie er so laut, dass Elizabeth erschrocken aufsprang. Voller Abscheu sah er ihr ins Gesicht. »Sie kommt heim zu mir!«, beharrte er wütend. »Mach, dass du wegkommst!« Er fuchtelte wild mit der Hand herum und schubste ihre weg.

»Was ist denn? Warum tust du das, Dad?« Ihr Herz klopfte heftig.

»Du bist eine Lügnerin«, stieß er hervor. »Ich hab keinen Mann auf der Wiese gesehen. Du weißt genau, dass sie da ist, aber du willst sie für dich behalten«, zischte er. »Du trägst Anzüge und sitzt hinter einem Schreibtisch, du weißt nichts vom Tanzen auf der Wiese. Du bist eine Lügnerin, du verpestest die Luft in meinem Haus. Raus mit dir!«, wiederholte er etwas leiser.

Schockiert sah sie ihn an. »Ich hab einen Mann kennen gelernt, einen wunderbaren Mann, der mir lauter solche Dinge beibringt«, begann sie zu erklären.

Aber er beugte sich über sie, sodass seine Nase fast ihre berührte, und brüllte: »RAUS!«

Mit tränenüberströmtem Gesicht richtete sie sich auf. Das Zimmer drehte sich, und sie sah all das, was sie nicht sehen wollte, alte Teddys, Puppen, Bücher, ihren Schreibtisch, das immergleiche Bettzeug. Sie stürzte zur Tür, denn sie wollte nichts mehr davon sehen, sie ertrug es nicht. Mit fahrigen Händen fummelte sie am Türriegel herum, während ihr Vater im Innern des Hauses weiter wütete.

Dann endlich öffnete sich die Tür, Elizabeth rannte in den Garten hinaus und sog die frische Luft tief in ihre Lungen. Ein Klopfen am Fenster ließ sie herumfahren, und sie sah ihren Vater, der ihr mit ärgerlichen Gesten zu verstehen gab, sie solle seinen

Garten verlassen. Atemlos, mit tränennassem Gesicht öffnete sie das Gartentor und rannte hinaus. Sie schloss es nicht hinter sich, denn sie wollte das Quietschen nicht hören.

So schnell sie konnte, jagte sie mit dem Auto die Straße zurück, ohne in den Rückspiegel zu blicken, denn sie wollte das Haus nie wieder sehen, sie wollte diese Straße der Enttäuschung nie wieder entlangfahren.

Sie würde nie mehr zurückblicken.

Fünfundzwanzig

»Was ist los?«, rief eine Stimme von der Terrassentür. Elizabeth saß am Küchentisch, den Kopf in den Händen, so regungslos wie Muckross Lake an einem windstillen Tag.

»Jesses«, sagte Elizabeth leise, ohne aufzublicken. Aber sie fragte sich mal wieder, wie Ivan es schaffte, immer genau dann aufzutauchen, wenn sie ihn am wenigsten erwartete, aber am dringendsten brauchte.

»Jesus? Macht der dir irgendwelche Probleme?« Ivan trat in die Küche.

Elizabeth blickte auf. »Im Moment ist es eher sein Vater, mit dem ich Schwierigkeiten habe.«

Langsam trat Ivan noch einen Schritt auf sie zu. Zwar hatte er entschieden ein Talent, Grenzen zu überschreiten, aber nie auf bedrohliche oder übergreifende Art. »Das höre ich oft.«

Elizabeth wischte sich die Augen mit einem zerknüllten, bereits reichlich mit Wimperntusche verschmierten Papiertaschentuch ab. »Musst du eigentlich nie arbeiten?«

»O doch, ich arbeite die ganze Zeit. Darf ich?«, fragte er und deutete auf den Stuhl ihr gegenüber.

Sie nickte. »Die ganze Zeit? Dann ist das hier also Arbeit für dich? Ich bin bloß ein weiterer hoffnungsloser Fall, mit dem du dich heute rumschlagen musst?«, meinte sie sarkastisch und fing mit dem Taschentuch noch eine Träne auf.

»An dir ist gar nichts hoffnungslos, Elizabeth. Aber du bist ein Fall, das habe ich dir ja schon gesagt«, erklärte er ernsthaft.

Sie lachte. »Eine Spinnerin.«

Ivan sah traurig aus. Wieder einmal missverstanden.

»Ist das dann deine Uniform?«, fragte sie mit einer Kopfbewegung auf seine Kleidung.

Überrascht sah Ivan an sich herunter.

»Die Sachen hast du jeden Tag an, seit wir uns das erste Mal gesehen habe«, lächelte sie. »Deshalb ist es entweder eine Uniform, oder du bist total unhygienisch und fantasielos.«

Ivan machte große Augen. »Aber Elizabeth, *ich* bin ganz bestimmt nicht fantasielos.«

Elizabeth lachte müde.

Ohne zu merken, was er da gesagt hatte, fuhr Ivan fort: »Möchtest du darüber sprechen, was dich so traurig macht?«

Elizabeth schüttelte den Kopf. »Nein, wir reden doch sowieso dauernd über mich und meine Probleme. Sprechen wir zur Abwechslung mal von dir. Was hast du heute so gemacht?«, fragte sie und versuchte, etwas munterer zu werden. Es schien eine Ewigkeit vergangen zu sein, seit sie Ivan heute Vormittag auf der Main Street geküsst hatte. Den ganzen Tag hatte sie daran gedacht und sich Sorgen gemacht, wer sie wohl gesehen hatte, aber niemand hatte den geheimnisvollen Mann bisher erwähnt, was für ein Städtchen, in dem Neuigkeiten sich schneller verbreiteten als mit Sky News, wirklich erstaunlich war.

Den ganzen Tag hatte sie sich danach gesehnt, Ivan noch einmal zu küssen, hatte Angst vor ihrer Sehnsucht bekommen und versucht, sich das, was sie für ihn empfand, auszureden, aber es ging nicht. Er hatte etwas so Reines und Unschuldiges an sich und schien trotzdem so stark und erfahren. Er war wie eine Droge, von der sie wusste, dass sie sie nicht nehmen sollte, zu der sie aber immer wieder zurückkehrte, um ihre Sucht zu befriedigen. Als die Dinge für sie später am Tag schwierig wurden, hatte die Erinnerung an den Kuss sie getröstet, und jetzt wollte sie eigentlich nur eine Wiederholung des Augenblicks, in dem ihre Sorgen verschwunden waren.

»Was ich heute gemacht habe?« Ivan drehte Däumchen und dachte laut nach. »Na ja, heute hab ich Baile na gCroíthe in großem Stil aufgeweckt, eine wunderschöne Frau geküsst und den Rest des Tages damit verbracht, an nichts anderes mehr denken zu können.«

Elizabeths Gesicht leuchtete auf, und seine strahlend blauen Augen wärmten ihr Herz.

»Und da ich ohnehin nichts tun konnte als denken«, fuhr Ivan fort, »hab ich mich hingesetzt und nachgedacht.«

»Worüber?«

»Abgesehen von der wunderschönen Frau?« Ivan grinste.

»Ja, abgesehen von ihr.« Auch Elizabeth musste lachen.

»Das willst du nicht wissen.«

»Doch, ich kann das verkraften.«

Ivan sah sie unsicher an. »Okay, wenn du darauf bestehst.« Er holte tief Luft. »Ich hab an die Borger gedacht.«

Elizabeth runzelte die Stirn. »Wie bitte?«

»An die Borger«, wiederholte Ivan.

»Die Kerlchen aus der Fernsehserie?«, fragte Elizabeth etwas ungehalten. Eigentlich hatte sie erwartet, er würde ihr ein paar süße Belanglosigkeiten ins Ohr flüstern, wie im Film. Mit so einem sonderbaren, irrelevanten Thema hatte sie absolut nicht gerechnet.

»Ja.« Ivan rollte mit den Augen und bemerkte Elizabeths Ton gar nicht. »Jedenfalls wenn du es nur von der kommerziellen Seite betrachten willst«, meinte er, und seine Stimme klang ärgerlich. »Aber ich hab lang und hart darüber nachgedacht und bin zu dem Ergebnis gekommen, dass sie nicht nur Borger sind. Sondern genau genommen Diebe. Sie *stehlen*, und das wissen eigentlich auch alle, nur redet niemand darüber. Borgen bedeutet, dass man etwas, was einem anderen gehört, nimmt und benutzt und dann wieder zurückgibt. Ich meine, wann haben die Borger je was zurückgegeben? Ich kann mich nicht erinnern, dass Peagreen Clock den Lenders mal was wiedergebracht hat. Du

247

vielleicht? Vor allem das Essen. Wie kann man Essen überhaupt borgen? Wenn man es aufgegessen hat, ist es weg, man kann es nicht zurückgeben. Wenn ich esse, weiß man jedenfalls, wo es hingeht.« Er lehnte sich zurück und verschränkte die Arme. »Und dann macht man einen Film über sie, eine Bande von Dieben, während wir nur Gutes tun, und trotzdem wird unsereins als Fantasiegespinst abgestempelt und nach wie vor« – er verzog das Gesicht und machte mit den Fingern Gänsefüßchen in die Luft – »als *unsichtbar* bezeichnet. Also bitte.« Er verdrehte die Augen.

Mit offenem Mund starrte Elizabeth ihn an.

Ein langes Schweigen trat ein. Ivan blickte in der Küche umher, schüttelte wütend den Kopf und wandte sich dann wieder Elizabeth zu. »Was?«

Schweigen.

»Ach, ist ja auch egal«, meinte er mit einer wegwerfenden Handbewegung. »Ich hab dir gesagt, du willst das nicht hören. Also, genug von meinem Problem, bitte erzähl mir, was passiert ist.«

Elizabeth holte tief Atem, und die Frage nach Saoirse vertrieb den verwirrenden Vortrag über die Borger schnell aus ihrem Bewusstsein. »Saoirse ist verschwunden. Joe meinte, sie wäre mit den Leuten, mit denen sie öfters rumhängt, weggefahren. Er hat's von der Familie von einem Typen aus der Gruppe, aber jetzt ist sie schon drei Tage weg, und niemand scheint zu wissen, wo sie sind.«

»Oh«, machte Ivan überrascht. »Und da sitze ich hier und plappere. Hast du schon die Polizei verständigt?«

»Das musste ich ja«, antwortete Elizabeth traurig. »Ich kam mir zwar vor wie eine Verräterin, aber die Polizei muss wissen, dass Saoirse weg ist, für den Fall, dass sie zu ihrem Termin in ein paar Wochen nicht auftaucht, und ich denke, so wird es kommen. Dann muss ich einen Anwalt anheuern, der sie vertritt. Was natürlich nicht gut aussieht.« Sie rieb sich müde das Gesicht.

Er nahm ihre Hand. »Sie kommt schon zurück«, sagte er zuversichtlich. »Vielleicht nicht für den Termin, aber sie kommt zurück. Glaub mir. Du hast keinen Grund, dir Sorgen zu machen.« Seine Stimme klang warm und fest.

Elizabeth blickte ihm tief in die Augen und suchte dort nach der Wahrheit. »Ich glaube dir«, erwiderte sie dann mit einem traurigen Lächeln. Aber tief in ihrem Innern hatte sie Angst, Ivan zu glauben. Sie hatte überhaupt Angst, an etwas zu glauben, denn wenn sie das tat, dann hisste sie ihre Hoffnungen an einer Fahnenstange, sodass sie für jeden sichtbar im Wind flatterten, leichte Beute für Sturm und Regen, um kurze Zeit später zerrissen und verdreckt wieder eingeholt zu werden.

Und sie hatte das Gefühl, dass sie nicht mehr mit offenen Vorhängen schlafen konnte, weil sie genug davon hatte, immer darauf zu warten, dass jemand zu ihr zurückkehrte. Sie war erschöpft und musste endlich einmal die Augen richtig zumachen.

Sechsundzwanzig

Als ich Elizabeths Haus am nächsten Morgen verließ, beschloss ich, mich sofort auf den Weg zu Opal zu machen. Eigentlich hatte ich das schon beschlossen, bevor ich das Haus verließ. Elizabeth hatte etwas gesagt, was einen Nerv getroffen hatte – genau genommen traf alles, was sie sagte, bei mir einen Nerv. Wenn ich mit ihr zusammen war, fühlte ich mich wie ein Igel, stachlig und empfindlich, als wären alle meine Sinne hellwach und übersensibel. Das Komische daran ist, dass ich dachte, meine Sinne wären bereits hellwach, denn bei einem besten Freund war das ja normal, aber da war ein Gefühl, das ich noch nie erlebt hatte, und das war Liebe. Natürlich liebte ich alle meine Freunde, aber nicht auf diese Art, nicht auf die Art, dass mein Herz wie wild zu pochen anfing, wenn ich sie anschaute, nicht auf die Art, dass ich die ganze Zeit ununterbrochen mit ihnen zusammen sein wollte. Nicht ihret-, sondern meinetwegen, das war mir inzwischen auch klar geworden. Dieses Liebesding hatte in meinem Körper Gefühle geweckt, von deren Existenz ich nichts gewusst hatte.

Ich räusperte mich, überprüfte meine äußere Erscheinung und begab mich in Opals Büro. In Eisatnaf gibt es keine Türen, einmal, weil niemand sie aufmachen könnte, aber auch deshalb, weil Türen als Barrikaden funktionieren – dicke, abweisende Dinger, mit denen man Leute ein- oder aussperren kann. Und das finden wir nicht gut. Aus diesem Grund haben wir uns für Großraumbüros mit einer offeneren und freundlicheren Atmosphäre entschieden. Auch wenn man uns das beigebracht hatte, merkte ich allerdings, dass ich mir in letzter Zeit keine freundlichere Tür vorstellen konnte als Elizabeths Fuchsienhaustür mit dem lächelnden Briefschlitz, was diese Theorie schon mal zum Teufel schickte. Überhaupt hatte ich begonnen, eine ganze Menge Dinge in Frage zu stellen.

Ohne von ihrem Schreibtisch aufzublicken, rief Opal: »Willkommen, Ivan.« Wie üblich trug sie Purpurrot, und ihre Dreadlocks waren zusammengebunden und mit Glitzerstaub bestreut, der bei jeder Bewegung schimmerte. An den Wänden hingen gerahmte Fotos von Hunderten fröhlich lächelnder Kinder. Sie schmückten auch ihre Regale, den Couchtisch, das Sideboard, den Kaminsims und das Fensterbrett. Überall, wohin das Auge reichte, waren Bilder von Leuten, mit denen Opal gearbeitet und mit denen sie sich angefreundet hatte. Nur ihr Schreibtisch war frei, das heißt, dort stand nur ein einziger Rahmen. Seit Jahren stand er da, aber da die Vorderseite Opal zugewandt war, bekam niemand die Chance zu sehen, wer oder was sich darin befand. Natürlich wussten wir, dass sie es uns sagen würde, wenn wir sie direkt danach fragten, aber keiner nahm sich diese Frechheit heraus. Wenn wir etwas nicht zu wissen brauchten, fragten wir auch nicht danach. Manche Leute kapieren das einfach nicht. Man kann viele Gespräche haben, *gute* Gespräche, ohne allzu persönlich zu werden. Wissen Sie, es gibt eine Grenze, eine Art Wiese um einen Menschen herum, von der man weiß, dass man sie nicht betreten oder überqueren soll, und das hatte ich weder bei Opal noch bei sonst jemandem je getan. Aber manche Zeitgenossen kriegen das einfach nicht mit.

Elizabeth würde diesen Raum hassen, dachte ich, während ich mich umschaute. Im Handumdrehen hätte sie alles abgestaubt und poliert und mit dem sterilen Glanz eines Krankenhauses überzogen. Sogar im Café hatte sie Salzstreuer, Pfefferstreuer und Zuckerdose zu einem gleichmäßigen Dreieck haarscharf in der Mitte des Tischs angeordnet. Ständig schob sie Dinge einen Zentimeter nach links oder nach rechts, vor und zurück, bis sie so standen, dass es sie nicht mehr störte und sie sich wieder auf etwas anderes konzentrieren konnte. Das Komische daran war nur, dass sie die Dinge am Ende manchmal wieder genauso hinstellte, wie sie anfangs gewesen waren, und sich dann selbst davon überzeugte, dass es ihr so doch am besten gefiel. Das sagt eine Menge über Elizabeth aus.

Aber warum fing ich gerade jetzt an, über Elizabeth nachzudenken? Andauernd passierte mir das. In Situationen, die nichts, aber auch gar nichts mit ihr zu tun hatten, dachte ich plötzlich an sie, und dann wurde sie Teil des Szenarios. Ich überlegte mir, was sie wohl denken, fühlen, tun oder sagen würde, wenn sie in diesem Moment bei mir wäre. Das sind alles Sachen, die passieren, wenn du jemandem ein Stück deines Herzens geschenkt hast; der oder die Betreffende beansprucht dann eine ordentliche Portion deiner Gedanken ganz für sich allein.

Jedenfalls merkte ich plötzlich, dass ich schon eine ganze Weile vor Opals Schreibtisch stand und bisher noch überhaupt nichts gesagt hatte.

»Woher wusstest du, dass ich es bin?«, fragte ich endlich.

Opal blickte auf und lächelte mich an, als wüsste sie alles. »Ich hab dich erwartet.« Ihre Lippen sahen aus wie zwei weiche Kissen und waren genauso purpurrot wie ihre Klamotten. Aber ich dachte sofort daran, wie es sich anfühlte, Elizabeth zu küssen.

»Aber ich hab gar keinen Termin gemacht«, protestierte ich. Ich weiß, dass ich ganz schön viel Intuition besitze, aber Opal ist echt ein Kaliber für sich.

Sie lächelte wieder. »Was kann ich für dich tun?«

»Ich dachte, das wüsstest du, ohne mich fragen zu müssen«, neckte ich sie, während ich mich auf den Drehstuhl setzte, der mich natürlich an den Drehstuhl in Elizabeths Büro erinnerte, und dann an Elizabeth, nämlich daran, wie es sich anfühlte, sie im Arm zu halten, sie an mich zu drücken, mit ihr zu lachen und gestern Nacht, als sie schlief, ihren leisen Atemzügen zu lauschen.

»Erinnerst du dich an das Kleid, das Calendula bei dem Meeting letzte Woche anhatte?«

»Ja.«

»Weißt du, woher sie das hat?«

»Warum, möchtest du auch so eines?«, erkundigte sich Opal mit einem schelmischen Funkeln in den Augen.

»Ja«, antwortete ich und spielte nervös mit meinen Händen herum. »Ich meine, nein«, verbesserte ich mich hastig und holte tief Luft. »Ich meine, ich hab mich gefragt, wo ich mir frische Klamotten besorgen könnte.« Jetzt war es heraus.

»In der Garderobenabteilung, zwei Stockwerke weiter unten«, erklärte Opal.

»Ich wusste gar nicht, dass wir eine Garderobenabteilung haben«, erwiderte ich überrascht.

»Die haben wir aber schon immer«, meinte Opal und kniff ein wenig die Augen zusammen. »Darf ich fragen, wozu du sie brauchst?«

»Weiß nicht«, entgegnete ich achselzuckend. »Es ist nur so, dass Elizabeth, hmm, na ja, weißt du, sie ist irgendwie *anders* als meine anderen Freunde. Solche Sachen fallen ihr auf, verstehst du?«

Opal nickte langsam.

Irgendwie wurde ich das Gefühl nicht los, dass ich noch ein bisschen mehr erklären sollte. Das Schweigen war mir unbehaglich. »Weißt du, Elizabeth hat heute zu mir gesagt, der Grund, dass ich die Klamotten hier immer trage, ist entweder, dass das meine Uniform ist, oder, dass ich unhygienisch bin, oder, dass ich keine Fantasie habe.« Ich seufzte, als ich daran dachte. »Dabei ist Fantasie wirklich das Letzte, was mir fehlt.«

Opal lächelte.

»Und ich weiß, dass ich nicht unhygienisch bin«, fuhr ich fort. »Und dann hab ich über den Teil mit der Uniform nachgedacht« – ich schaute an mir rauf und runter –, »und vielleicht hat sie ja Recht, oder?«

Opal schürzte die Lippen.

»Elizabeth trägt auch eine Uniform, die ganze Zeit die gleichen langweiligen schwarzen Anzüge, ihr Make-up ist eine Maske, sie steckt die Haare immer zurück, kein Strähnchen hat seine Freiheit. Sie arbeitet die ganze Zeit und nimmt alles furchtbar ernst.« Erschrocken blickte ich Opal an, denn mir war auf einmal etwas klar geworden. »Genau wie ich, Opal.«

Opal schwieg.

»Und ich hab sie die ganze Zeit einen Reliewgnal genannt.«

Opal lachte leise.

»Ich wollte ihr beibringen, Spaß zu haben, sich mal anders anzuziehen, die Maske mal abzusetzen, ihr Leben zu verändern, damit sie das Glück finden kann, aber wie soll ich das machen, wenn ich genauso bin wie sie?«

Jetzt nickte Opal. »Verstehe, Ivan. Auch du lernst eine Menge von ihr, das sehe ich. Sie bringt etwas in dir zum Vorschein, und du zeigst ihr ein ganz neues Leben.«

»Am Sonntag haben wir Jinny Joes gefangen«, sagte ich leise. Ich war ganz ihrer Meinung.

Opal öffnete ein Schränkchen hinter sich und lächelte: »Ich weiß.«

»O gut, sie sind angekommen«, stellte ich fröhlich fest, als ich die Jinny Joes sah, die in einem Glas in dem Schränkchen untergebracht waren.

»Einer von dir ist auch eingetrudelt, Ivan«, sagte Opal ernst.

Ich fühlte, wie ich rot wurde. »Stell dir vor, gestern Nacht hat sie sechs Stunden am Stück geschlafen«, wechselte ich schnell das Thema. »Zum ersten Mal in ihrem Leben.«

Opals Gesicht wurde nicht weicher. »Hat sie dir das erzählt, Ivan?«

»Nein, ich hab ihr dabei zugesehen …« Ich stockte. »Hör mal, Opal, ich bin über Nacht dageblieben, aber ich hab sie nur im Arm gehalten, bis sie eingeschlafen ist, keine große Sache. Sie hat mich darum gebeten.« Ich bemühte mich, überzeugend zu klin-

255

gen. »Und wenn du mal genauer drüber nachdenkst, dann tue ich das mit meinen anderen Freunden dauernd. Ich lese ihnen Gutenachtgeschichten vor, bleibe bei ihnen, bis sie eingeschlafen sind, und manchmal schlafe ich sogar bei ihnen auf dem Fußboden. Das ist nichts anderes.«

»Nein?«

Ich gab ihr keine Antwort.

In aller Ruhe nahm Opal ihren Füller mit der großen purpurnen Feder obendrauf wieder zur Hand und begann wieder zu schreiben. »Wie lange musst du noch mit ihr arbeiten, was denkst du?«

Das traf mich. Mein Herz geriet total in Wallung. So was hatte Opal mich noch nie gefragt, bei keinem meiner Freunde war es je um Zeit gegangen, sondern immer um einen natürlichen Prozess. Manchmal musste man nur einen Tag mit jemandem verbringen, manchmal konnten es drei Monate sein. Wenn unsere Freunde bereit sind, dann sind sie bereit, und wir mussten noch nie den Zeitraum bestimmen. »Warum fragst du?«

»Oh.« Auf einmal wirkte sie nervös und hibbelig. »Ich hab mich nur gefragt … aus Interesse … Du bist der Beste, den ich habe, Ivan, und ich möchte nur, dass du daran denkst, wie viele andere Leute dich sonst noch brauchen.«

»Das weiß ich«, erwiderte ich ziemlich heftig. Plötzlich klangen in Opals Stimme alle möglichen Untertöne mit, die ich noch nie gehört hatte, negative Untertöne, die blau und schwarz in die Luft stiegen und mir überhaupt nicht gefielen.

»Großartig«, sagte sie ein bisschen allzu munter. »Kannst du bitte auf dem Weg zur Garderobenabteilung die hier im Analyselabor abgeben?«, fragte sie und reichte mir das Glas mit den Jinny Joes.

»Klar«, antwortete ich und nahm das Glas. Darin waren drei Jinny Joes, einer von Luke, einer von Elizabeth und einer von mir. Sie lagen auf dem Boden des Glases und ruhten sich von ihrer Reise auf dem Wind aus. »Tschüss«, rief ich Opal ein bisschen unbehaglich zu und zog mich zurück. Irgendwie hatte ich das Gefühl, als hätten wir uns gestritten. Obwohl das ja gar nicht stimmte.

Langsam ging ich den Korridor zum Analyselabor hinunter, wobei ich sorgfältig darauf achtete, dass der Deckel gut auf dem Glas saß und nichts aus Versehen entwischen konnte. Als ich mich dem Eingang näherte, sah ich, dass Oscar mit panischem Gesichtsausdruck durch seine Arbeitsräume rannte.

»Mach den Käfig auf, schnell!«, schrie Oscar, während er mit ausgestreckten Armen auf mich zuhastete. Sein weißer Kittel flatterte hinter ihm her wie bei einer Comicfigur.

Schnell platzierte ich das Glas an eine sichere Stelle und riss das Gitter auf. In letzter Sekunde sprang Oscar zur Seite und trickste damit seinen Verfolger aus, der geradewegs in den geöffneten Käfig raste.

»Ha!«, rief Oscar triumphierend, drehte den Schlüssel um und ließ ihn schadenfroh vor dem Käfig hin und her baumeln. Auf seiner Stirn glitzerten Schweißperlen.

»Was in aller Welt ist das denn?«, fragte ich und ging näher an den Käfig heran.

»Sei bloß vorsichtig!«, warnte Oscar, und ich fuhr zurück. »Die Frage, was in aller Welt das ist, musst du umformulieren, denn es gehört nicht in die Welt«, erklärte er, während er sich die Stirn mit einem Taschentuch abtupfte.

»Wie bitte?«

»Es gehört nicht in die Welt«, wiederholte er ungeduldiger. »Hast du noch nie eine Sternschnuppe gesehen, Ivan?«

»Natürlich hab ich das«, erwiderte ich, während ich den Käfig umkreiste. »Aber noch nie so nah.«

»Natürlich«, pflichtete Oscar mir in süßlichem Ton bei. »Man sieht sie gewöhnlich von fern, wenn sie hübsch und hell über den Himmel schwirren und man sich was wünschen darf, aber« – und jetzt wurde sein Ton richtig fies – »aber dabei denkt man nicht an Oscar, der die Wünsche erst mal von der Schnuppe abpflücken muss.«

257

Ich sah ihn schuldbewusst an. »Das tut mir Leid, Oscar, daran hab ich wirklich nie gedacht. Und ich wusste auch nicht, dass Sternschnuppen gefährlich sein können.«

»Warum?«, fauchte Oscar. »Hast du geglaubt, ein Millionen von Meilen entfernter brennender Asteroid, den man von der Erde sehen kann, fällt einfach ganz friedlich zu mir runter und küsst mich auf die Wange? Aber egal, was hast du mir denn da gebracht? Oh, toll, ein Glas mit Jinny Joes, genau was ich nach diesem elenden Feuerball brauche. Endlich mal was mit ein bisschen Respekt!«, setzte er mit einem Seitenblick zum Käfig hinzu.

Der Feuerball hüpfte als Antwort wütend auf und ab.

Ich trat von dem Käfig zurück. »Was für einen Wunsch hat er denn mitgebracht?« Irgendwie konnte ich nur schwer glauben, dass diese Lichtkugel für irgendjemanden eine Hilfe war.

»Komisch, dass du das fragst«, meinte Oscar, und man hörte genau, dass er es überhaupt nicht komisch fand. »Dieser Taugenichts hier hat anscheinend nur den Wunsch, mich in meinem Labor rumzuscheuchen.«

»War das Tommy?« Ich gab mir alle Mühe, nicht zu lachen.

»Das vermute ich stark«, erwiderte er ärgerlich. »Aber ich kann mich auch nicht wirklich bei ihm beklagen, denn das war vor zwanzig Jahren, als er es noch nicht besser wissen konnte, weil er gerade erst angefangen hat.«

»Vor zwanzig Jahren?«, fragte ich überrascht.

»So lange hat der fiese Feuerball gebraucht, um hierher zu kommen«, erklärte Oscar, während er das Glas öffnete und mit einem äußerst seltsamen Gerät einen Jinny Joe herausholte. »Immerhin ist er Millionen Lichtjahre entfernt. Ich finde, zwanzig Jahre sind eine ziemlich gute Zeit.«

Ich überließ Oscar dem Studium der Jinny Joes und machte mich auf den Weg zur Garderobenabteilung. Dort traf ich Olivia, bei der gerade Maß genommen wurde.

»Hallo, Ivan«, rief sie erstaunt.

»Hi, Olivia, was machst du denn hier?«, fragte ich, während ich interessiert beobachtete, wie eine Frau ein Maßband um Olivias Taille legte.

»Ich kriege ein neues Kleid, Ivan. Die arme Mrs. Cromwell ist letzte Nacht von uns gegangen«, antwortete sie traurig. »Morgen ist die Beerdigung. Ich war schon bei so vielen Beerdigungen, dass mein einziges schwarzes Kleid ganz abgetragen ist.«

»Tut mir Leid zu hören«, gab ich betrübt zurück, denn ich wusste ja, wie gern Olivia Mrs. Cromwell gehabt hatte.

»Danke, Ivan, aber wir müssen weitermachen. Heute Morgen kam eine Lady ins Hospiz, die meine Hilfe braucht, und jetzt muss ich mich auf sie konzentrieren.«

Ich nickte verständnisvoll.

»Und was bringt dich hierher?«

»Meine neue Freundin Elizabeth ist eine Frau, und sie achtet auf meine Klamotten.«

Olivia kicherte.

»Möchtest du ein T-Shirt in einer anderen Farbe?«, fragte die Frau mit dem Maßband und holte ein rotes T-Shirt aus einer Schublade.

»Hmm, nein, eigentlich nicht«, antwortete ich, trat nervös von einem Fuß auf den anderen und sah mich auf den Regalen um, die vom Boden bis zur Decke reichten. Alle trugen Etiketten mit Namen, und unter einer ganzen Reihe hübscher Kleider entdeckte ich den von Calendula. »Ich suche etwas ... etwas Schickeres.«

Olivia zog die Brauen hoch. »Na, dann musst du dir wohl einen Anzug machen lassen.«

Wir einigten uns auf einen schwarzen Anzug mit einem blauen Hemd und blauer Krawatte, weil das meine Lieblingsfarbe ist.

»Sonst noch was, oder wäre das alles?«, fragte Olivia mich mit einem Zwinkern.

»Eigentlich« – ich senkte die Stimme und sah mich um, um

259

mich zu vergewissern, dass die Frau mit dem Maßband außer Hörweite war, und Olivia rückte näher zu mir – »eigentlich wollte ich dich fragen, ob du mir den Soft-Shoe-Shuffle beibringen könntest.«

Siebenundzwanzig

Elizabeth starrte auf die kahle Wand, die übersät war mit getrockneten Mörtelflecken. Mit einem tiefen Seufzer gestand sie sich ein, dass sie sich absolut ratlos fühlte. Die Wand sagte ihr nichts. Es war neun Uhr morgens, und auf der Baustelle wimmelte es bereits von Männern mit Schutzhelmen, ausgebeulten Jeans, Karohemden und Caterpillar-Stiefeln. Wie sie da mit ihren verschiedenen Lasten auf dem Rücken herumwuselten, erinnerten sie an einen Ameisenschwarm, und in dem leeren Betonrohbau, der noch mit Elizabeths Ideen gefüllt werden musste, hallten ihre Rufe, ihr Lachen, Singen und Pfeifen endlos wider. Die Geräusche rollten wie Donner durch die Korridore, bis hinein in den Raum, der einmal das Spielzimmer für die Kinder der Hotelgäste werden sollte.

Momentan bestand das Zimmer aus weiter nichts als vier kahlen Wänden, aber schon in wenigen Wochen sollten hier Kinder umhertollen, deren Eltern sich ungestört erholten und die Ruhe genossen. Vielleicht wären schallgedämpfte Wände eine gute Idee. Aber ansonsten hatte Elizabeth keine Ahnung, wie sie diesen Raum so gestalten konnte, dass er ein Lächeln auf die kleinen Gesichter zaubern würde, wenn die Kinder hier nervös hereinspazierten, ohne ihre Eltern in einer fremden Umgebung. Mit Sofas, Flachbildschirmen, Marmorfußböden und jeder Art von Holz kannte sie sich aus, sie konnte elegante, unkonventionelle, luxuriöse und würdevolle Räume entwerfen, aber nichts davon war für Kinder von Interesse. Sie wusste, dass sie etwas Besseres auf die Beine stellen musste als ein paar langweilige Bauklötze, Puzzles und Sitzsäcke.

Natürlich hätte sie jederzeit die Möglichkeit gehabt, einen Wandmaler kommen zu lassen, sie hätte die auf der Baustelle arbeitenden Maler oder gar Poppy um Rat und Hilfe bitten können, aber sie war wild entschlossen, die Sache selbst durchzuziehen. Den Pinsel jemand anderem in die Hand zu drücken wäre einer Niederlage gleichgekommen.

Also legte sie erst einmal zehn Tuben Grundfarben in einer Reihe vor sich auf den Boden, drehte die Deckel auf und platzierte die Pinsel daneben. Dann breitete sie ein weißes Laken auf dem Boden aus, damit ihre Jeans, die sie nur als Arbeitskleidung trug, auf keinen Fall mit dem Boden in Kontakt kommen konnten, setzte sich mit überkreuzten Beinen mitten ins Zimmer und starrte auf die leere, fleckige Wand. Aber sie hatte nur zwei Dinge im Kopf: Die Tatsache, dass ihr nichts einfiel, und die Frage, was mit Saoirse los war. Wieder einmal belegte Saoirse ihre Gedanken mit Beschlag, jede Sekunde, jeden Tag aufs Neue.

Sie war nicht sicher, wie lange sie so dagesessen hatte, und bekam nur vage mit, dass Bauleute kamen und gingen, ihr Werkzeug einsammelten und sie verwundert anstarrten. Sie hatte das Gefühl, als litte sie unter der Designerversion der Schreibblockade. Keine Ideen kamen, keine Bilder stellten sich ein. Wie beim Schriftsteller die Tinte im Füllfederhalter austrocknete, so weigerte sich bei ihr die Farbe, vom Pinsel zu fließen. Ihr Kopf war voll von … nichts. Es war, als würden ihre Gedanken auf die öde Mörtelwand projiziert, die leer zurückstarrte.

Irgendwann spürte sie plötzlich, dass jemand direkt hinter ihr stand. Mühsam riss sie ihren Blick von der Wand los und sah sich um. Im Türrahmen stand Benjamin.

»Tut mir Leid, ich hätte ja gern angeklopft, aber es gibt leider keine Tür«, meinte er und deutete mit der Hand auf den leeren Türrahmen.

Elizabeth lächelte ihn freundlich an.

»Bewundern Sie meine Kunstfertigkeit?«, erkundigte er sich ironisch.

»Ist das Ihr Werk?«, antwortete sie mit einer Gegenfrage und wandte sich wieder der Wand zu.

»Meine beste Arbeit bisher, finde ich«, erwiderte er, und jetzt betrachteten sie beide stumm die Wand.

»Aber es spricht einfach nicht zu mir«, seufzte Elizabeth nach einer Weile.

»Ah.« Er trat einen Schritt weiter in den Raum. »Sie haben keine Ahnung, wie schwierig es ist, ein Kunstwerk zu schaffen, das absolut gar nichts aussagt. Irgendjemand findet immer irgendeine Interpretation, aber das da …« Er hielt inne, wies auf die Wand und fügte achselzuckend hinzu: »Nichts. Keinerlei Aussage.«

Elizabeth lachte. »Ein Zeichen echten Genies, Mr. West.«

»Benjamin«, verbesserte er rasch. »Ich hab Ihnen doch schon gesagt, Sie sollen mich bitte Benjamin nennen, sonst komme ich mir vor wie mein Mathelehrer.«

»Okay, Sie können mich ruhig weiter Ms. Egan nennen.«

Zwar drehte sie sich sofort wieder zur Wand um, aber Benjamin konnte gerade noch sehen, wie sich ihr Gesicht zu einem Lächeln verzog.

»Glauben Sie, es besteht eine Chance, dass die Kinder den Raum so mögen, wie er jetzt ist?«, fragte sie hoffnungsvoll.

»Hmmm«, überlegte Benjamin. »Die Nägel, die aus der Fußleiste vorstehen, würden wahrscheinlich besonders viel Spaß machen. Aber ich weiß es nicht«, lachte er. »Da fragen Sie nämlich den Falschen. Kinder sind für mich eine fremde Spezies, wir können nicht viel miteinander anfangen.«

»Das geht mir genauso«, murmelte Elizabeth schuldbewusst und dachte daran, wie mühelos Edith auf Luke eingehen konnte. Obwohl Elizabeth viel mehr Zeit mit ihm verbrachte, seit sie Ivan kennen gelernt hatte. Der Vormittag, den sie mit Ivan und Luke auf der Löwenzahnwiese verbracht hatte, war für sie ein echter

Meilenstein gewesen, aber wenn sie mit Luke alleine war, konnte sie sich trotzdem noch nicht so auf ihn einlassen, wie sie es sich gewünscht hätte. Nur Ivan lockte das Kind in ihr hervor.

Benjamin ging in die Hocke und stützte sich mit der Hand auf dem staubigen Boden ab. »Na ja, das kann ich gar nicht recht glauben. Sie haben doch einen Sohn, oder nicht?«

»O nein, ich hab kein …« Sie unterbrach sich. »Das ist mein Neffe. Ich hab ihn adoptiert, aber wenn ich irgendwas auf der Welt überhaupt nicht verstehe, dann sind das Kinder.« Es kam einfach so aus ihr heraus. Wo war die Elizabeth geblieben, die Gespräche führen konnte, ohne das kleinste bisschen von sich zu offenbaren? Sie vermisste diese Frau. Aber in letzter Zeit sah es ganz so aus, als hätten sich die Schleusentore geöffnet, und völlig ohne ihr Zutun quoll alles Mögliche daraus hervor.

»Hmm, am Sonntagmorgen schienen Sie aber ziemlich genau zu wissen, was ihr Neffe wollte«, meinte Benjamin leise und musterte sie mit einem ganz anderen Blick. »Ich bin zufällig vorbeigefahren, als Sie auf der Wiese da draußen mit ihm herumgesprungen sind.«

Elizabeth verdrehte die Augen, und ihre dunkle Haut rötete sich ein wenig. »Anscheinend waren Sie nicht der Einzige, der mich dabei beobachtet hat. Aber das war eigentlich Ivans Idee«, fügte sie rasch hinzu.

»Warum schieben Sie denn dauernd Ivan die Lorbeeren zu?«

Elizabeth dachte über die Frage nach, aber Benjamin wartete ihre Antwort nicht ab. »Vielleicht müssen Sie bei dieser Sache hier wirklich sitzen bleiben und versuchen, sich in die Kinder reinzuversetzen. Nutzen Sie Ihre ungezügelte Fantasie und fragen Sie sich, was Sie in diesem Zimmer gerne tun würden, wenn Sie ein Kind wären.«

»Außer weglaufen und möglichst schnell erwachsen werden?«

Benjamin lachte und richtete sich auf.

»Wie lange werden Sie eigentlich noch das Großstadtflair hier in Baile na gCroíthe genießen?«, fragte Elizabeth schnell. Je länger er blieb, desto länger konnte sie das Eingeständnis hinauszögern, dass sie nicht den leisesten Schimmer hatte, was sie mit diesem Raum anstellen sollte.

Da Benjamin spürte, dass Elizabeth Lust auf ein Schwätzchen hatte, ließ er sich wieder auf dem staubigen Boden nieder, und Elizabeth musste den Gedanken an die Millionen von Milben wegschieben, die jetzt überall auf ihm herumturnten.

»Ich habe vor zu verschwinden, sobald die letzte Farbschicht auf den Wänden getrocknet und der letzte Nagel eingeschlagen ist.«

»Dann haben Sie sich ja offensichtlich Hals über Kopf in diesen Ort verliebt«, meinte Elizabeth sarkastisch. »Sind Sie so wenig beeindruckt von den umwerfenden Panoramablicken hier in County Kerry?«

»O ja, die Landschaft ist schön, aber ich habe sie sechs Monate lang genossen, und jetzt sehne ich mich nach anständigem Kaffee, ich möchte gern mal nicht nur einen Laden zur Auswahl haben, wenn ich Klamotten brauche, und auch gern ab und zu durch die Straßen gehen, ohne dass mich jeder anstarrt, als wäre ich aus dem Zoo entlaufen.«

Elizabeth lachte.

Benjamin hielt die Hände hoch. »Ich möchte niemandem zu nahe treten, Irland ist toll, aber ich bin einfach kein Kleinstadtfan.«

»Ich auch nicht.« Elizabeths Lächeln verblasste. »Woher kommen Sie denn, wenn nicht aus dem Zoo?«

»Aus New York.«

»Aber Sie haben keinen New Yorker Akzent«, stellte Elizabeth kopfschüttelnd fest.

»Nein, da haben Sie mich erwischt. Ich komme aus einem Ort namens Haxton in Colorado. Von dem haben Sie bestimmt schon viel gehört, er ist nämlich sehr berühmt.«

»Wofür beispielsweise?«

Er hob die Augenbrauen. »Für gar nichts. Haxton ist eine Kleinstadt in einer staubigen, trockenen Gegend, ein Farmstädtchen mit gerade tausend Einwohnern.«

»Dann hat es Ihnen dort also nicht gefallen?«

»Nein, gar nicht«, antwortete er fest. »Man könnte sagen, ich hab eine Klaustrophobie entwickelt«, fügte er grinsend hinzu.

»Ich weiß, wie sich das anfühlt«, nickte Elizabeth. »Klingt ganz ähnlich wie hier.«

»Ist es auch«, meinte Benjamin und sah aus dem Fenster. »Alle winken einem zu, wenn man vorbeigeht. Zwar hat niemand eine Ahnung, wer man wirklich ist, aber sie winken trotzdem.«

Elizabeth nickte und lachte. So klar war ihr das bisher gar nicht gewesen. Sofort musste sie an ihren Vater denken, wie er auf dem Feld arbeitete, die Kappe tief in die Stirn gezogen, den Arm L-förmig erhoben, wenn Autos vorbeikamen.

»Sie winken auf den Feldern und auf der Straße«, fuhr Benjamin fort, »Farmer, alte Ladys, Kids, Teens, Neugeborene und Serienkiller. Und ich hab das ausgiebigst studiert.« Er zwinkerte Elizabeth schelmisch zu. »Es gibt sogar das Einfingerwinken, bei dem man nur den Zeigefinger beim Vorbeifahren vom Lenkrad hebt. Wenn man nicht aufpasst, kann es leicht passieren, dass man einer Kuh zuwinkt.«

»Und die besser erzogenen Kühe winken wahrscheinlich zurück.«

Benjamin lachte laut.

»Haben Sie je darüber nachgedacht, von hier wegzuziehen?«

»Ich hab nicht nur dran gedacht«, antwortete sie, und ihr Lächeln verblasste. »Ich hab auch eine Weile in New York gelebt. Aber ich habe hier familiäre Verpflichtungen«, erklärte sie und sah schnell weg.

»Ihr Neffe, richtig?«

»Ja«, antwortete sie leise.

»Tja, eins ist gut daran, wenn man eine Kleinstadt verlässt: Alle vermissen einen, wenn man weg ist. Das fällt auf.«

Ihre Blicke trafen sich. »Stimmt«, meinte Elizabeth. »Wie ironisch, dass wir beide in eine Großstadt gezogen sind, wo wir von viel mehr Menschen und Gebäuden umgeben sind als dort, wo wir aufgewachsen sind, damit wir uns mal mehr allein fühlen können.«

»Mhh«, machte Benjamin nur und starrte Elizabeth an, ohne zu blinzeln. Sie wusste, dass er ihr Gesicht nicht sah, denn er war ganz in seiner eigenen Welt versunken. Einen Moment lang sah er ganz verloren aus. »Wie auch immer«, er erwachte aus seiner Trance, »es war mir ein Vergnügen, wieder mal ein paar Worte mit Ihnen zu wechseln, Ms. Egan.«

Sie lächelte.

»Dann gehe ich jetzt mal lieber und lasse Sie weiter auf die Wand starren.« Unter dem leeren Türrahmen blieb er stehen und drehte sich um. »Ach, übrigens«, sagte er, und Elizabeth spürte, wie ihr flau im Magen wurde. »Bitte fühlen Sie sich nicht bedrängt, ich meine es ganz unverfänglich, aber ich würde Sie gerne fragen, ob Sie vielleicht Lust hätten, sich außerhalb der Arbeit mal mit mir zu treffen? Es wäre nett, sich zur Abwechslung mal mit einer gleich gesinnten Person zu unterhalten.«

»Klar, gerne«, lächelte sie, denn seine lockere Art der Einladung gefiel ihr. Keine überspannten Erwartungen.

»Vielleicht kennen Sie ja ein paar nette Orte, wo man hingehen kann. Als ich vor sechs Monaten hergekommen bin, hab ich den Fehler gemacht, Joe nach der nächsten Sushi-Bar zu fragen. Ich musste ihm erklären, dass Sushi roher Fisch ist, und dann hat er mich an einen See geschickt, eine Stunde weg, und mir gesagt, ich soll nach einem Mann namens Tom fragen.«

Elizabeth brach in lautes Gelächter aus, ein ungewöhnlicher Laut, der aber in den letzten Tagen immer häufiger vorkam und jetzt in dem leeren Raum widerhallte. »Das ist sein Bruder, ein Fischer.«

»Also dann – bis bald!«

Dann war das Zimmer wieder leer, und Elizabeth stand vor

dem gleichen Dilemma wie zuvor. Sie dachte daran, was Benjamin gesagt hatte – dass sie ihre Fantasie nutzen und sich erinnern sollte, was sie sich als Kind gewünscht hätte. Nach einer Weile schloss sie die Augen und stellte sich vor, wie Kinder lärmten, lachten, weinten und stritten. Spielzeuggeräusche, schnelle, trappelnde Schritte, ein Sturz mit erschrockener Stille und anschließendem jämmerlichem Gebrüll. Sie malte sich aus, als Kind allein in einem Zimmer zu sitzen, ohne jemanden zu kennen, und da fiel ihr plötzlich ein, was sie sich gewünscht hätte.

Einen Freund.

Sie machte die Augen wieder auf und entdeckte eine Karte, die auf dem Boden neben ihr lag, aber als sie sich umschaute, war das Zimmer leer und still. Anscheinend war jemand unbemerkt hereingeschlichen, als sie die Augen geschlossen hatte. Nachdenklich hob sie die Karte auf, und als sie einen schwarzen Daumenabdruck darauf sah, brauchte sie nicht mehr zu lesen, was darauf stand. Sie wusste, dass es sich um Benjamins neue Visitenkarte handelte.

Vielleicht war ihre Reise in die Fantasie doch zu etwas nutze gewesen. Es sah ganz danach aus, als hätte sie im Spielzimmer einen Freund gefunden.

Sie steckte die Karte ein, vergaß Benjamin und starrte wieder auf die vier leeren Wände.

Aber es tat sich immer noch nichts.

Achtundzwanzig

Elizabeth saß an dem Glastisch in ihrer makellosen Küche, umgeben von blanken Arbeitsflächen aus Granit, polierten Walnussholzschränken und sanft schimmernden Marmorfliesen. Gerade hatte sie einen Putzanfall gehabt, und ihre Gedanken waren noch immer nicht zur Ruhe gekommen. Jedes Mal, wenn das Telefon klingelte, sprang sie auf, weil sie dachte, es wäre vielleicht Saoirse. Aber gerade war es wieder nur Edith gewesen, die sich nach Luke erkundigte. Von ihrer Schwester hatte Elizabeth immer noch nichts gehört, und ihr Vater saß nunmehr seit fast drei Wochen in ihrem ehemaligen Zimmer auf seinem Sessel, wo er auch sein Essen verzehrte und schlief, und wartete auf ihre Mutter. Er wollte nicht mit Elizabeth sprechen, wollte sie nicht einmal zur Haustür kommen lassen, weshalb sie eine Haushälterin für ihn engagiert hatte, die einmal täglich für ihn kochte und gelegentlich auch aufräumte. An manchen Tagen ließ er sie herein, an anderen nicht. Der junge Mann, der mit ihm auf der Farm arbeitete, hatte alle seine Pflichten mit übernommen. Zwar konnte Elizabeth sich solche externen Hilfen eigentlich nicht leisten, aber sie wusste nicht, was sie sonst hätte tun sollen. Solange ihre beiden direkten Verwandten es nicht zuließen, konnte sie ihnen nicht besser helfen. Zum ersten Mal fragte sie sich, ob sie ihnen in dieser Hinsicht nicht ähnlicher war, als sie geglaubt hatte.

Sie lebten im gleichen Ort, ohne sich wirklich nahe zu sein. Aber wenn einer von ihnen wegging ... nun, dann entstand trotzdem eine Lücke. Anscheinend hielt sie irgendein altes, längst verschlissenes Band immer noch zusammen, ein Band, mit dem sie inzwischen hauptsächlich ein erbittertes Tauziehen veranstalteten.

Elizabeth brachte es nicht über sich, Luke zu erzählen, was los war, obwohl er natürlich ahnte, dass etwas nicht stimmte. Ivan hatte Recht – Kinder besaßen einen sechsten Sinn für solche Dinge, und sobald er auch nur ansatzweise mitkriegte, dass Elizabeth traurig war, zog er sich in sein Spielzimmer zurück, und sie hörte von da an nur noch das leise Klappern seiner Bauklötze. Er war so ein lieber, braver Junge, aber sie schaffte es einfach nicht, ihm mehr zu sagen, als dass er sich die Hände waschen, ordentlich sprechen und nicht schlurfen sollte.

Sie war unfähig, ihm die Arme entgegenzustrecken, und die Worte »Ich hab dich lieb« kamen ihr nicht über die Lippen, aber sie versuchte auf ihre Art, ihm trotzdem das Gefühl zu vermitteln, dass er bei ihr geborgen und willkommen war. Aber sie wusste auch, dass er sich nach mehr sehnte. Schließlich war sie selbst früher in seiner Lage gewesen, auch sie hatte sich vergeblich gewünscht, in den Arm genommen, gedrückt, auf die Stirn geküsst und gewiegt zu werden. Sich bei jemandem sicher zu fühlen, wenigstens für ein paar Minuten, in der Gewissheit, dass man gut aufgehoben und nicht allein war.

In den letzten Wochen hatte Ivan ihr einige solcher Momente geschenkt. Er hatte sie auf die Stirn geküsst und in den Schlaf gewiegt, und sie hatte sich unendlich geborgen gefühlt, ohne den ständigen Drang, aus dem Fenster sehen und auf jemanden warten zu müssen. Aber oft wurde sie nicht schlau aus Ivan, dem einfühlsamen Ivan. Sie hatte noch nie einen Menschen gekannt, der ihr so wie er erkennen half, wer sie war und was sie für sich selbst tun konnte, und sie war bestürzt über die Ironie, dass dieser Mann, der manchmal scherzhaft davon sprach, dass er sich unsichtbar fühlte, tatsächlich in einen Zaubermantel gehüllt zu sein schien, der ihn vor den Blicken anderer Leute verbarg. Er kannte sich selbst nicht, wusste nicht, wo er herkam und wohin er ging, wusste nicht, wer *er* wirklich war. Er gab ihr eine Landkarte und zeigte ihr den Weg, aber er selbst hatte keine Ahnung, in welche Richtung er unterwegs war. Er redete gern über Elizabeths Probleme, er half ihr, sich heil und vollständig zu fühlen, aber er sprach nie über seine eigenen Schwierigkeiten. Es kam ihr vor, als wäre sie eine Ablenkung für ihn, und sie fragte sich, was passieren würde, wenn diese Ablenkung irgendwann nicht mehr funktionierte und ihm dämmerte, was mit ihm los war.

Elizabeth hatte ganz entschieden das Gefühl, dass ihre Zeit mit Ivan sehr wertvoll war, und sie wollte jede Minute mit ihm auskosten, als wäre es die letzte. Seine Gegenwart war zu schön, um wahr zu sein, jeder mit ihm verbrachte Augenblick hatte etwas Magisches, so sehr, dass sie den Verdacht nicht los wurde, ihre Beziehung würde nicht von Dauer sein. Gute Gefühle hatten sich bei ihr nie sonderlich lange gehalten, und keiner der Menschen, die ihr das Leben verschönert hatten, waren bei ihr geblieben. Wenn sie auf ihre bisherigen Erfahrungen zurückblickte, bekam sie solche Angst vor dem Ende der wundervollen Zeit, dass sie instinktiv anfing, auf den Tag zu warten, an dem sie Ivan verlieren würde. Denn ganz gleich, wer er sein mochte, er tat ihr so gut, er lehrte sie zu lachen. Manchmal fragte sie sich allerdings, was er wohl von ihr lernte. Sie fürchtete, dass Ivan, dieser liebenswerte Mann mit den sanften Augen, eines Tages erkennen würde, dass sie ihm nichts zu geben hatte. Dass sie alles von ihm genommen hatte, aber zu keiner Gegenleistung fähig war.

So war es auch bei Mark gewesen. Sie konnte ihm nicht mehr von sich geben, weil sie sonst das Gefühl gehabt hätte, ihre Familie zu vernachlässigen. Und genau das hatte er natürlich von ihr verlangt – dass sie das Band durchschnitt, das sie an ihre Familie fesselte, dass sie sich abnabelte. Aber sie hatte es nicht fertig gebracht. Saoirse und ihr Vater wussten genau, wie sie die Strippen ziehen mussten, und Elizabeth blieb ihre Marionette. Deshalb war sie jetzt allein, zog ein Kind auf, das sie nie gewollt hatte, und die Liebe ihres Lebens wohnte in Amerika, mit Frau und Kind. Seit fünf Jahren hatte sie nichts mehr von ihm gehört oder gesehen. Ein paar Monate nachdem Elizabeth nach Irland zurückgezogen war, hatte er sie das letzte Mal besucht.

Die ersten Monate waren die schlimmsten gewesen. Verzweifelt hatte Elizabeth Saoirse zu überreden versucht, ihr Kind selbst aufzuziehen. Saoirse hatte heftig protestiert und behauptet, nicht das geringste Interesse an ihrem Sohn zu haben, aber Elizabeth wollte nicht zulassen, dass ihre Schwester die Chance verspielte, eine Mutter für Luke zu sein.

Schließlich ertrug ihr Vater es nicht mehr, dass Saoirse ständig auf Achse war und das Baby im Farmhaus die Nächte durchbrüllte. Vermutlich fühlte er sich zu sehr an die Zeit erinnert, als er schon einmal allein mit einem Baby hatte fertig werden müssen, das er dann aus lauter Verzweiflung seiner zwölfjährigen Tochter zugeschoben hatte. Jetzt reagierte er ähnlich wie damals und warf Saoirse aus dem Haus, was zur Folge hatte, dass diese samt Baby und Wiege kurze Zeit später bei Elizabeth vor der Tür stand. Genau an dem Tag, als Mark sie besuchen wollte.

Nachdem er einen Blick auf ihre Lebensumstände geworfen hatte, war Elizabeth klar, dass sie ihn für immer verloren hatte. Bald darauf verschwand Saoirse einfach und überließ das Baby ungefragt ihrer Schwester. Eine Weile spielte Elizabeth ernsthaft mit dem Gedanken, Luke zur Adoption freizugeben. Jede schlaflose Nacht und jeden stressigen Tag schwor sie sich von neuem, endlich anzurufen und den Vorgang in die Wege zu leiten. Aber sie brachte es nicht übers Herz. Vielleicht hatte es etwas damit zu tun, dass sie nicht klein beigeben wollte, vielleicht lag es an ihrem besessenen Streben nach Perfektion, jedenfalls konnte sie nicht damit aufhören, Saoirse zu helfen. Außerdem gab es auch noch einen Teil in ihr, der unbedingt beweisen wollte, dass sie ein Kind aufziehen konnte und dass sie nicht schuld daran war, wie Saoirse geworden war. Bei Luke wollte sie es richtig machen, er hatte das Beste verdient.

Leise fluchend nahm sie die nächste Skizze, zerknüllte sie wütend und warf sie quer durchs Zimmer Richtung Abfalleimer. Das Papier landete direkt daneben, und da Elizabeth es nicht ertragen konnte, wenn etwas nicht am richtigen Platz war, ging sie hinüber und sorgte für Ordnung.

Die Küche war übersät mit Papieren, Stiften, Kinderbüchern und Comicfiguren, aber bisher hatte Elizabeth lediglich seitenweise Gekritzel produziert. Das genügte ihr alles nicht für das Spielzimmer und schon gar nicht für die neue Welt, die sie sich zu erschaffen vorgenommen hatte. Als sie jetzt an Ivan dachte, passierte das Gleiche wie immer: Es klingelte an der Tür, und sie wusste, dass er es war. Sofort sprang sie auf, fuhr sich durch die Haare, strich ihre Kleider glatt, kontrollierte ihr Spiegelbild, sammelte Stifte und Papier ein und trat dann eine Weile höchst albern auf der Stelle, weil sie nicht wusste, wohin mit dem ganzen Zeug. Die Blätter glitten ihr aus der Hand, und als sie sie festzuhalten versuchte, segelten sie zu Boden wie Laub im Herbstwind.

Während sie noch eifrig dabei war, sie aufzuklauben, fiel ihr Blick auf rote Converse-Turnschuhe, die überkreuz an der Türschwelle standen. Resigniert ließ sie die Schultern sacken, und ihre Wangen röteten sich.

»Hi, Ivan«, sagte sie, weigerte sich aber, ihn anzusehen.

»Hallo, Elizabeth. Was ist denn los mit dir, kannst du heute nicht still sitzen?«, erkundigte er sich amüsiert.

»Wie nett von Luke, dass er dich reingelassen hat«, meinte Elizabeth sarkastisch. »Sonderbar, dass er das nie tut, wenn ich ihn wirklich mal brauche.« Sie sammelte die letzten Blätter vom Boden ein und erhob sich. »Du hast heute ja was Rotes an«, stellte sie fest und musterte seine rote Kappe, das rote T-Shirt und die roten Turnschuhe.

»Ja, ich hab was Rotes an«, pflichtete er ihr bei. »Andere Farben anzuziehen ist grade meine Lieblingsbeschäftigung. Ich hab nämlich rausgefunden, dass mich das noch glücklicher macht.«

Elizabeth blickte an ihren schwarzen Sachen herunter und ließ sich seine Behauptung durch den Kopf gehen.

»Was machst du denn da?«, unterbrach er ihre Gedanken.

»Ach nichts«, murmelte Elizabeth und faltete ihre Entwürfe hastig zusammen.

»Lass mich doch mal sehen«, bettelte er und langte nach den Papieren. »Was haben wir denn da?«, fragte er interessiert, während er die Seiten umblätterte. »Donald Duck, Mickymaus, Pu der Bär, ein Rennauto, und was ist das hier?« Er betrachtete das Bild aus verschiedenen Blickwinkeln, um es besser erkennen zu können.

»Nichts«, fauchte Elizabeth und schnappte sich die Skizze wieder.

»Das ist nicht nichts, nichts sieht normalerweise ganz anders aus«, widersprach er, schwieg aber dann und starrte sie an.

»Was machst du denn da?«, fragte sie nach ein paar Minuten.

»Nichts, siehst du?«, antwortete er und streckte die Hände aus.

Elizabeth trat zurück und verdrehte die Augen. »Manchmal bist du wirklich schlimmer als Luke. Ich hole mir jetzt ein Glas Wein, möchtest du auch etwas? Bier, Wein, Brandy?«

»Ein Salg Chlim bitte.«

»Immer diese Wortverdreherei«, sagte sie, während sie ihm ein Glas Milch reichte. »Zur Abwechslung mal Milch?«, fragte sie ärgerlich und warf die Blätter in den Müll.

»Nein, das trinke ich immer«, erwiderte er ziemlich forsch und beäugte sie argwöhnisch. »Warum ist der Schrank abgeschlossen?«

»Hmm …« Sie zögerte. »Damit Luke nicht an den Alkohol gehen kann«, erklärte sie, verschwieg aber, dass es vor allem Saoirse war, die es fernzuhalten galt. Irgendwann hatte Luke angefangen, den Schlüssel in seinem Zimmer zu verstecken, wenn er seine Mutter kommen hörte.

»Oh. Was machst du am 29.?«, fragte er und drehte sich auf

dem hohen Barhocker herum, damit er besser beobachten konnte, wie sie mit grimmig konzentriertem Blick die Weinflaschen durchforschte.

»Wann ist denn der 29.?« Sie schloss den Schrank wieder zu und suchte in der Schublade nach einem Korkenzieher.

»Am Samstag.«

Ihre Wangen röteten sich, und sie sah weg, voll und ganz auf das Öffnen der Weinflasche konzentriert. »Am Samstag gehe ich aus.«

»Wohin?«

»In ein Restaurant.«

»Mit wem?«

Sie hatte das Gefühl, dass er sie verhörte, genau wie Luke. »Ich treffe mich mit Benjamin West«, erklärte sie, ohne sich umzudrehen. Sie hatte keine Lust, sich ihm zuzuwenden, wusste aber selbst nicht genau, weshalb sie sich plötzlich so unbehaglich fühlte.

»Warum triffst du dich ausgerechnet am Samstag mit ihm? Du arbeitest samstags doch gar nicht«, erkundigte sich Ivan verwundert.

»Es geht auch nicht um die Arbeit, Ivan, er kennt hier keinen, und wir wollen einfach mal zusammen essen gehen.«

»Essen?«, wiederholte er ungläubig. »Du willst mit Benjamin essen?« Seine Stimme hob sich um mehrere Oktaven.

Jetzt drehte Elizabeth sich endlich um, ihr Glas in der Hand. »Ist das etwa ein Problem für dich?«

»Er ist schmutzig und riecht nicht gut«, stellte Ivan fest.

Elizabeth blieb der Mund offen stehen, und sie wusste nicht, was sie darauf antworten sollte.

»Wahrscheinlich isst er mit den Händen. Wie ein Tier«, fuhr Ivan unbeirrt fort. »Oder ein Höhlenmensch, halb Mensch, halb Tier. Wahrscheinlich jagt er nach …«

»Hör auf damit, Ivan.« Elizabeth musste lachen.

Er hielt inne.

275

»Was ist denn eigentlich los?«, fragte sie mit hochgezogenen Brauen und nippte an ihrem Wein.

Er unterbrach das Herumgerutsche auf seinem Stuhl und starrte sie an. Sie starrte zurück und sah, wie sein Adamsapfel beim Schlucken auf und nieder hüpfte. Das Kindliche verschwand, und auf einmal wirkte er wie ein richtiger Mann, groß, stark, mit einer geradezu unglaublichen Präsenz. Ihr Herzschlag beschleunigte sich, sein Blick heftete sich auf ihr Gesicht, und sie konnte nicht wegschauen, sich nicht bewegen. »Nichts ist los.«

»Ivan, wenn du mir irgendwas zu sagen hast, dann solltest du das tun«, meinte Elizabeth mit fester Stimme. »Wir sind schließlich erwachsene Menschen«, fügte sie mit einem Lächeln hinzu.

»Elizabeth, würdest du am Samstag mit mir ausgehen?«

Elizabeth seufzte. »Ivan, es wäre unhöflich von mir, wenn ich die Verabredung mit Benjamin so kurzfristig absagen würde. Können wir nicht an einem anderen Abend zusammen etwas unternehmen?«

»Nein«, antwortete er bestimmt. »Es muss der 29. Juli sein. Du wirst sehen, warum.«

»Ich kann nicht …«

»Doch, du kannst«, unterbrach er sie. Dann umfasste er ihre Ellbogen. »Du kannst tun, was du willst. Triff mich am Samstag um acht in Cobh Ciúin.«

»Cobh Ciúin?«

»Du wirst schon sehen, warum«, wiederholte er und verschwand so schnell, wie er gekommen war.

Ehe ich das Haus verließ, schaute ich noch schnell bei Luke im Spielzimmer vorbei.

»Hallo, Fremder«, rief ich und ließ mich auf den Sitzsack sinken.

»Hallo, Ivan«, antwortete Luke, ohne die Augen vom Fernseher abzuwenden.

276

»Hast du mich vermisst?«

»Nee«, grinste Luke.

»Willst du wissen, wo ich war?«

»Du hast mit meiner Tante geschmust.« Luke schloss die Augen und warf mit gespitztem Mund Küsschen in die Luft. Dann brach er in hysterisches Gelächter aus.

Mir blieb der Mund offen stehen. »Hey! Warum sagst du so was?«

»Du bist in sie *verliebt*!«, lachte Luke und richtete seine Aufmerksamkeit wieder auf die Zeichentrickserie im Fernsehen.

Darüber musste ich eine Weile nachdenken. »Bist du immer noch mein Freund?«

»Ja, klar«, antwortete Luke. »Aber mein *bester* Freund ist Sam.«

Ich tat so, als wäre ich tief getroffen.

Luke riss sich vom Fernseher los, um mich mit seinen großen hoffnungsvollen Augen anzustarren. »Ist meine Tante jetzt deine beste Freundin?«

Auch das ließ ich mir gründlich durch den Kopf gehen, ehe ich antwortete: »Würde dir das gefallen?«

Luke nickte heftig.

»Warum?«

»Dann ist sie viel lustiger, sie schimpft nicht so viel mit mir, und sie lässt mich im weißen Zimmer mit meinen Buntstiften malen.«

»Jinny-Joe-Tag hat Spaß gemacht, stimmt's?«

Mit großen Augen nickte Luke. »Sie hat noch nie so viel gelacht.«

»Nimmt sie dich jetzt ganz oft in den Arm und spielt jede Menge Spiele mit dir?«

Luke sah mich an, als wäre ich nicht ganz dicht, und ich seufzte und machte mir Sorgen über den kleinen Teil in mir, der sich erleichtert fühlte.

»Ivan?«

»Ja, Luke?«

»Weißt du noch, wie du mir mal gesagt hast, dass du nicht für immer dableiben kannst, dass du auch noch anderen Freunden helfen musst und ich deshalb nicht traurig sein soll?«

»Ja.« Ich schluckte schwer. Vor diesem Tag graute es mir.

»Was passiert mit dir und Elizabeth, wenn es so weit ist?«

Und da machte ich mir Sorgen über den Teil in der Mitte meiner Brust, der mir wehtat, wenn ich über dieses Thema nachdachte.

Mit den Händen in den Taschen betrat ich Opals Büro. Ich trug mein neues rotes T-Shirt und eine neue schwarze Jeans. Rot fühlte sich gut an, denn ich war wütend. Mir gefiel Opals Ton nicht.

»Ivan«, sagte sie, legte den Stift mit der Feder weg und starrte mich an. Von ihrem strahlenden Lächeln, mit dem sie mich sonst immer begrüßte, war nichts zu sehen. Sie sah müde aus, die Dreadlocks hingen ihr unordentlich ums Gesicht und waren nicht zu einer ihrer üblichen Frisuren hochgekämmt.

»Opal«, erwiderte ich, ihren Ton imitierend, setzte mich vor sie und schlug ein Bein übers andere.

»Worauf müssen deine Schüler besonders achten, wenn sie eine neue Freundschaft schließen? Was bringst du ihnen bei?«

»Beistehen, aber nicht behindern, helfen, aber nicht hemmen, unterstützen und zuhören, aber nicht …«

»Das reicht schon«, unterbrach sie mich, und ihre laute, erregte Stimme hob sich krass gegen meinen monotonen Leierton ab. »Beistehen, aber nicht behindern, Ivan.« Sie ließ die Worte einen Moment in der Luft hängen. »Du hast sie dazu gebracht, eine Verabredung mit Benjamin West abzusagen. Sie hätte einen Freund gewinnen können, Ivan.« Mit Augen so schwarz wie Kohlen starrte sie mich an. Noch ein bisschen mehr Wut, und sie wären wahrscheinlich in Flammen aufgegangen.

»Darf ich dich daran erinnern, dass es fünf Jahre her ist, seit

Elizabeth sich mit irgendjemandem außerberuflich verabredet hat. *Fünf* Jahre, Ivan«, wiederholte sie. »Kannst du mir erklären, warum du das alles kaputt gemacht hast?«

»Weil er schmutzig ist und nicht gut riecht«, lachte ich.

»Weil er schmutzig ist und nicht gut riecht«, ahmte sie mich nach, und ich kam mir blöd vor. »Dann gib ihr doch wenigstens die Möglichkeit, das selbst rauszufinden«, fügte sie hinzu. »Überschreite nicht deine Kompetenzen, Ivan.« Damit sah sie wieder auf ihre Arbeit und schrieb weiter, so hektisch, dass die Feder flatterte.

»Was ist denn los, Opal?«, fragte ich. »Sag mir, was wirklich los ist.«

Sie blickte auf, Wut und Traurigkeit in den Augen. »Wir haben schrecklich viel zu tun, Ivan, und wir sind darauf angewiesen, dass du arbeitest, so schnell du kannst, damit du für den nächsten Auftrag frei bist, statt dass du nur rumhängst und die gute Arbeit, die du geleistet hast, wieder zunichte machst. Das ist es, was los ist.«

Bestürzt von ihrer Strafpredigt verließ ich das Büro. Ich glaubte ihr keine Sekunde, aber was immer in ihrem Leben vorgehen mochte und sie so gereizt machte, war ihre eigene Angelegenheit. Sie würde ihre Meinung darüber, dass Elizabeth ihr Essen mit Benjamin abgesagt hatte, schnell ändern, wenn sie erst mal mitkriegte, was ich für den 29. geplant hatte.

»Oh, noch was, Ivan«, hörte ich ihre Stimme.

Ich blieb in der Tür stehen und wandte mich um. Sie blickte nicht von ihrer Arbeit auf und schrieb einfach weiter, während sie mir erklärte: »Ich brauche dich nächsten Montag hier. Du musst eine Weile für mich einspringen.«

»Warum?«, fragte ich ungläubig.

»Ich werde ein paar Tage nicht da sein und brauche dich als Vertretung.«

Das war noch nie passiert. »Aber ich bin mitten in einem Job.«

»Gut zu hören, dass du es wenigstens noch so nennst«, fauchte sie. Dann legte sie seufzend ihre Feder zur Seite und sah mich an. Ihre Augen waren müde, und sie sah aus, als würde sie gleich anfangen zu weinen. »Ich bin sicher, dass Samstag ein Erfolg wird, und dann musst du nächste Woche nicht mehr hingehen, Ivan.«

Ihre Stimme war sanft und kam von Herzen, und ich vergaß, dass ich eigentlich wütend auf sie war. Zum ersten Mal begriff ich, dass sie in jeder anderen Situation Recht gehabt hätte.

Neunundzwanzig

Ivan legte letzte Hand an den Dinnertisch, knipste noch schnell eine wild wachsende Fuchsie ab und stellte sie in einer kleinen Vase mitten darauf. Dann zündete er eine Kerze an und sah zu, wie die Flamme vom Wind hin und her getrieben wurde wie ein Hund, der angekettet im Hof herumrennt. Cobh Ciúin war genauso still wie der Name es verhieß, den die Ansässigen der Stelle vor Jahrhunderten gegeben hatten. Der einzige Laut war das sanft ans Ufer plätschernde Wasser, vor und wieder zurück, als wollte es den Sand necken. Ivan schloss die Augen und wiegte sich im Rhythmus der Wellen. Ein kleines Fischerboot, das am Pier festgemacht war, hüpfte auf und ab, schlug dann und wann gegen den Steg und steuerte einen leisen Trommelschlag bei.

Der Himmel war blau und begann allmählich dunkel zu werden. Nur ein paar verstreute Teenagerwolken trödelten noch hinter den älteren Wolken her, die vor wenigen Stunden das Bild bestimmt hatten. Die Sterne funkelten hell, und Ivan strahlte zurück; auch die Sterne wussten, was heute Abend geschehen würde. Ivan hatte den Chefkoch der Firmenkantine gebeten, ihm zu helfen. Für gewöhnlich arrangierte der Koch die Teepartys in den Gärten der besten Freunde, aber diesmal hatte er sich selbst übertroffen. Als Vorspeise gab es Gänseleberpastete auf Toast, der in ordentliche kleine Quadrate geschnitten war, darauf folgte Irischer Wildlachs mit Spargel, und zum Nachtisch gab es weiße Mousse au Chocolat mit Himbeersauce. Der warme Golfwind trug die köstlichen Düfte unter Ivans Nase vorbei.

Nervös spielte er mit dem Besteck herum, rückte zurecht, was längst richtig lag, zog seine neue blaue Seidenkrawatte fester, lockerte sie wieder, öffnete den Knopf seines Anzugsjacketts und schloss ihn wieder. Den ganzen Tag war er so mit den Vorbereitungen beschäftigt gewesen, dass er gar keine Zeit gehabt hatte, über seine Gefühle nachzudenken. Jetzt blickte er auf die Uhr und dann in den dunkel werdenden Himmel. Hoffentlich würde Elizabeth bald kommen.

Langsam schlängelte sie sich die schmale kurvenreiche Straße entlang, denn in der undurchdringlichen Dunkelheit hier auf dem Land konnte man nicht viel mehr sehen als die Hand vor Augen. Wildblumen und Ranken streiften die Seiten ihres Wagens, ihre Scheinwerfer scheuchten Nachtfalter, Stechmücken und Fledermäuse auf. Das Meer kam immer näher. Auf einmal aber hob sich die schwarze Dunkelheit, sie erreichte eine Lichtung, und die Welt lag ausgebreitet vor ihr.

Tausende Meilen erstreckte sich das schwarze, glitzernde Meer im Mondlicht. In der kleinen Bucht war neben der Treppe ein kleines Fischerboot angebunden, der Sand schimmerte samtbraun, am Rand von der steigenden Flut benetzt. Aber nicht das Meer war es, was ihr den Atem raubte, sondern Ivan, der in einem eleganten Anzug im Sand stand, neben einem kleinen, wunderschön für zwei gedeckten Tisch, in dessen Mitte eine Kerze flackerte und tanzende Schatten auf sein lächelndes Gesicht warf.

Der Anblick hätte gereicht, um einen Stein zu Tränen zu rühren. Dieses Bild war eines von denen, die ihre Mutter ihr ins Gedächtnis eingeprägt hatte. So oft hatte sie ihr in aufgeregtem Flüsterton von einem Mondscheindinner am Strand erzählt, dass ihr Traum zu Elizabeths eigenem geworden war. Und da war Ivan, mitten in diesem Bild. Elizabeth wusste nicht, ob sie lachen oder weinen sollte, und so tat sie beides, ganz ungeniert.

Stolz stand Ivan da, und seine blauen Augen schimmerten im Mondlicht. Er ignorierte ihre Tränen – oder akzeptierte sie einfach.

»Meine Liebe«, sagte er und verbeugte sich tief, »dein Mondscheindinner erwartet dich.«

Elizabeth wischte sich die Augen, und ein Lächeln erschien auf ihrem Gesicht, das die ganze Welt hätte erleuchten können. Sie nahm seine dargebotene Hand und stieg aus dem Wagen.

Ivan sog hörbar die Luft ein. »Elizabeth, du siehst umwerfend aus.«

»Neue Farben tragen ist grade meine Lieblingsbeschäftigung«, zitierte sie ihn, nahm seinen Arm und ließ sich von ihm zum Tisch geleiten. Nach einigem Hin und Her hatte Elizabeth sich tatsächlich ein rotes Kleid gekauft, das ihre schlanke Figur betonte und ihr Kurven verlieh, von denen sie bisher nichts gewusst hatte. Ehe sie das Haus verlassen hatte, war sie mindestens fünfmal hinein- und wieder herausgeschlüpft, weil sie sich in so einer Farbe zu ungeschützt fühlte. Um zu verhindern, dass sie sich vorkam wie eine Verkehrsampel, hatte sie eine schwarze Wollstola mitgebracht, die sie sich über die Schultern legen konnte.

Das weiße irische Tafelleinen flatterte in der milden Brise, und Elizabeths Haar kitzelte ihre Wange. Der in der kleinen Bucht vor dem Wind geschützte Sand war kühl und weich wie ein flauschiger Teppich unter ihren Füßen. Ivan zog den Stuhl für sie heraus, und sie nahm Platz. Er nahm ihre Serviette, die ebenfalls mit einer Fuchsie dekoriert war, und legte sie ihr auf den Schoß.

»Ivan, das ist wunderschön, vielen Dank«, flüsterte sie und fühlte sich unfähig, lauter zu sprechen als das ans Ufer plätschernde Wasser.

»Danke, dass du gekommen bist«, lächelte er und schenkte ihr ein Glas Rotwein ein. »Als Vorspeise haben wir Foie gras«, erklärte er, griff unter den Tisch und holte zwei Teller mit Silberdeckel hervor. »Ich hoffe, du magst Foie gras«, fügte er mit Sorgenfalten auf der Stirn hinzu.

»Ich liebe sie«, beruhigte ihn Elizabeth.

»Dann ist es ja gut.« Sein Gesicht entspannte sich. »Eigentlich sieht es ja gar nicht aus wie Gras«, meinte er, während er seinen Teller eingehend musterte.

»Das ist Französisch für Gänseleber, Ivan«, klärte Elizabeth ihn lachend auf, während sie sich ein wenig davon auf ein Toastviereck strich. »Wie bist du nur auf diese Stelle gekommen?«, fragte sie und schlang die Stola enger um ihre Schultern. Allmählich wurde der Wind recht kühl.

»Weil es hier ruhig ist und weit weg von allen Straßenlaternen«, antwortete er kauend.

Elizabeth runzelte die Stirn, stellte aber keine Fragen, denn sie wusste, dass Ivan seine ganz eigene und manchmal etwas ungewöhnliche Sicht der Dinge hatte.

Nach dem Essen blickte sie nachdenklich aufs Meer hinaus, ihr Weinglas in den Händen. »Elizabeth«, sagte Ivan leise. »Legst du dich mit mir in den Sand?«

Elizabeths Herz schlug schneller. »Ja«, antwortete sie mit heiserer Stimme. Auch sie hätte sich keine bessere Möglichkeit denken können, den Abend mit ihm ausklingen zu lassen, denn sie sehnte sich danach, ihn zu berühren, in seinen Armen zu liegen. Sie stand auf, ging hinunter zum Wasser und setzte sich in den kühlen Sand. Ivan folgte ihr.

»Du musst dich aber auf den Rücken legen, dann ist es am besten«, sagte er laut und sah auf sie hinunter.

Elizabeth blieb vor Erstaunen der Mund offen stehen. »Wie bitte?« Schützend zog sie sich die Stola um die Schultern.

»Wenn du dich nicht hinlegst, ist es einfach nicht so schön«, beharrte er und stemmte die Hände in die Hüften. »Siehst du, so.« Er ließ sich neben ihr in den Sand sinken. »Du musst dich flach auf den Rücken legen, dann ist es am besten.«

»Ach wirklich?« Elizabeth erstarrte und wollte sich aufrichten. »Hast du das alles hier nur deshalb gemacht, damit ich mich für dich flach auf den Rücken lege, wie du es so hübsch ausdrückst?«, fragte sie beleidigt.

Ivan starrte sie mit großen, verwunderten Augen von unten herauf an. »Hmm …« Offensichtlich wusste er nicht, was er ihr antworten sollte. »Irgendwie schon, ja«, stieß er schließlich hervor. »Es ist einfach besser, wenn du beim Höhepunkt flach auf dem Rücken liegst«, stammelte er.

»Ha!«, fauchte Elizabeth nur, schlüpfte eilig in ihre Schuhe und wollte zurück zu ihrem Auto.

»Elizabeth, schau doch!«, rief Ivan aufgeregt. »Da ist er schon! Der Höhepunkt! Jetzt guck!«

»Uah«, machte Elizabeth und erklomm die kleine Düne, hinter der sie das Auto geparkt hatte. »Du bist wirklich eklig!«

»Es ist überhaupt nicht eklig!«, beteuerte Ivan panisch.

»Das sagen sie alle«, brummte Elizabeth, die in ihrer Handtasche bereits nach den Autoschlüsseln wühlte, sie in der Dunkelheit aber nicht finden konnte. Als sie sich ins Mondlicht beugte, um besser sehen zu können, stockte ihr der Atem. Über ihr am nachtschwarzen wolkenlosen Himmel herrschte ein Wirbel der Aktivität. Noch nie hatte sie die Sterne so hell funkeln sehen, und einige sausten raketengleich über das Firmament.

Ivan lag auf dem Rücken und starrte gebannt nach oben.

»Oh«, sagte Elizabeth leise und kam sich schrecklich dumm vor. Sie war froh, dass in der Dunkelheit niemand sehen konnte, wie ihr Gesicht die Farbe ihres Kleides annahm. Rasch stolperte sie die Düne wieder hinunter, schüttelte die Schuhe ab, grub die nackten Füße in den Sand und ging ein paar Schritte auf Ivan zu. »Das ist wunderschön«, flüsterte sie.

»Na ja, es ist noch viel schöner, wenn du dich flach auf den Rücken legst, wie ich es dir gesagt habe«, meinte er etwas ungehalten, verschränkte die Arme vor der Brust und starrte weiter in den Himmel.

Elizabeth hielt sich die Hand vor den Mund und bemühte sich, nicht laut loszulachen. Aber Ivan hörte es trotzdem.

»Ich habe keine Ahnung, worüber du lachst, dir hat niemand vorgeworfen, du wärst eklig«, meinte er vorwurfsvoll.

»Ich dachte doch bloß, du redest über etwas anderes«, kicherte Elizabeth und setzte sich neben ihn in den Sand.

»Aus welchem Grund solltest du dich denn wohl sonst auf den Rücken legen?«, fragte Ivan dumpf und drehte sich zu ihr um. Dann säuselte er mit hoher Stimme: »Ooh.«

»Sei bloß still«, rief Elizabeth und versetzte ihm einen spielerischen Schlag mit ihrer Handtasche. Aber sie grinste breit. »Oh, sieh mal!« Eine weitere Sternschnuppe lenkte ihre Aufmerksamkeit auf sich. »Was ist denn heute Nacht da oben los?«

»Das sind die Delta-Aquariden«, sagte Ivan, als würde das alles erklären. Da Elizabeth abwartend schwieg, fuhr er fort: »So nennt man den Meteorschauer aus dem Sternbild Aquarius, der normalerweise zwischen dem 15. Juli und dem 20. August auftritt und der seinen Höhepunkt am 29. Juli hat. Deshalb musste ich dich heute Abend hierher bringen, weg von den Straßenlichtern.«

Schweigend sahen sie einander an, aber die Sternschnuppen zogen sie wieder in ihren Bann.

»Willst du dir nicht was wünschen?«, fragte Ivan.

»Nein.« Elizabeth lachte leise. »Ich warte immer noch darauf, dass sich mein Jinny-Joe-Wunsch erfüllt.«

»Ach, deswegen würde ich mir keine Gedanken machen«, entgegnete Ivan ernsthaft. »Die müssen noch bearbeitet werden, aber das dauert nicht mehr lange.«

Elizabeth lachte und blickte hoffnungsvoll in den Himmel hinauf.

Ein paar Minuten später spürte Ivan, dass sie an ihre Schwester dachte, und fragte: »Hast du irgendwas von Saoirse gehört?«

Elizabeth schüttelte den Kopf.

»Sie kommt bald nach Hause«, versprach Ivan.

»Ja, schon, aber in welchem Zustand?«, meinte Elizabeth unsicher. »Wie kriegen andere Familien das bloß hin? Und selbst wenn sie Probleme haben, wie schaffen sie es, das vor ihren Nachbarn zu verbergen?« Sie dachte an den ganzen Tratsch über ihren Vater und ihre Schwester, der schon wieder die Runde machte.

»Siehst du den Sternenhaufen da?«, fragte Ivan und deutete nach oben.

Elizabeth folgte seinem Blick.

»Die meisten Meteore aus einem normalen Meteorschauer bewegen sich parallel zueinander. Sie scheinen alle vom gleichen Punkt am Himmel auszugehen, den man ›Radiant‹ nennt, und von diesem Punkt aus fliegen sie in alle Richtungen.«

»Verstehe«, sagte Elizabeth.

»Nein, du verstehst gar nichts«, sagte Ivan und sah ihr ins Gesicht. »Sterne sind wie Menschen, Elizabeth. Nur weil sie alle am gleichen Punkt anzufangen *scheinen*, heißt das noch lange nicht, dass es wirklich so ist. Das ist eine perspektivische Täuschung, hervorgerufen durch die große Entfernung.« Und für den Fall, dass Elizabeth immer noch nicht begriffen hatte, worauf er hinauswollte, fügte er hinzu: »Nicht jede andere Familie kriegt das hin, was ihr nicht schafft, Elizabeth. Alle bewegen sich in unterschiedliche Richtungen. Dass wir alle unter den gleichen Voraussetzungen anfangen, ist ein Irrtum. Sich in unterschiedliche Richtungen zu bewegen, liegt in der Natur jedes Lebewesens und überhaupt all dessen, was existiert.«

Elizabeth wandte den Kopf wieder zum Himmel und versuchte zu erkennen, ob das, was er sagte, auch stimmte. »Na ja, ich hätte mich fast von ihnen täuschen lassen«, sagte sie leise, während sie beobachtete, wie jede Sekunde neue Sternschnuppen erschienen.

Sie fröstelte und zog die Stola enger um sich, denn inzwischen wurde der Sand merklich kühler.

»Ist dir kalt?«, fragte Ivan besorgt.

»Ein bisschen«, gab sie zu.

»Na gut, aber die Nacht ist noch nicht vorüber«, meinte er und sprang auf, »Zeit, dass wir uns ein bisschen aufwärmen. Leihst du mir mal deine Autoschlüssel?«

»Solange du nicht vorhast, ohne mich wegzufahren«, scherzte sie und warf ihm die Schlüssel zu.

Wieder holte er etwas unter dem Tisch hervor, aber diesmal trug er es zu ihrem Wagen. Wenige Augenblicke darauf ertönte sanfte Musik aus den offenen Autotüren.

Ivan begann zu tanzen.

Elizabeth kicherte nervös. »Ivan, was machst du denn da?«

»Ich tanze!«, antwortete er gekränkt.

»Was ist das für ein Tanz?«, lachte sie, nahm seine Hand und ließ sich von ihm auf die Füße ziehen.

»Das ist der Soft-Shoe-Shuffle«, verkündete Ivan, während er sie umkreiste wie ein Profi. »Man nennt ihn auch den Sandtanz, was dich sicher interessiert. Deine Mutter war nämlich gar nicht so verrückt, dass sie ihn im Sand tanzen wollte!«

Elizabeth schlug sich die Hände vor den Mund.

»Warum lässt du alle Träume meiner Mutter wahr werden?«, fragte sie und fahndete in seinem Gesicht nach der Antwort.

»Damit du nicht auf der Suche nach ihnen davonläufst, wie deine Mutter es getan hat«, antwortete er und nahm ihre Hand. »Komm, tanz mit mir!«, rief er.

»Ich weiß aber nicht, wie!«, lachte Elizabeth.

»Du musst es mir nur nachmachen!« Er wandte ihr den Rücken zu und tanzte hüftschwingend von ihr weg.

Und Elizabeth schlug alle Vorsicht und Zurückhaltung in den Wind, raffte ihr Kleid und tanzte mit Ivan den Soft-Shoe-Shuffle im Mondschein. Dabei lachte sie so, dass ihr der Bauch wehtat und sie keine Luft mehr bekam.

»Oh, Ivan, mit dir macht alles so viel Spaß!«, kicherte sie, als sie sich später ermattet in den Sand sinken ließ.

»Ich mach bloß meinen Job«, grinste er zurück. Doch sobald die Worte über seine Lippen gekommen waren, verblasste sein Lächeln, und Elizabeth entdeckte eine Spur von Traurigkeit in seinen blauen Augen.

288

Dreißig

Elizabeth ließ das rote Kleid hinuntergleiten, bis es um ihre Knöchel lag, und stieg heraus. Dann hüllte sie sich in ihren warmen Bademantel, steckte die Haare hoch und setzte sich mit einer Tasse Kaffee, die sie sich aus der Küche mitgebracht hatte, aufs Bett. Eigentlich hätte sie sich gewünscht, Ivan wäre mitgekommen, denn trotz ihrer Proteste hätte sie sich gern gleich dort auf dem Sand in der kleinen Bucht von ihm in die Arme schließen lassen. Aber je mehr sie sich zu ihm hingezogen fühlte, desto mehr schien er sich vor ihr zurückzuziehen.

Nachdem sie die tanzenden Sterne am Himmel beobachtet und dann selbst getanzt hatten, war Ivan im Auto auf der Heimfahrt sehr in sich gekehrt gewesen. Er hatte sich in der kleinen Stadt absetzen lassen, um von dort allein nach Hause zu gehen, wo immer das sein mochte. Er hatte Elizabeth bisher weder mit seinen Freunden noch mit seiner Familie bekannt gemacht. Sonst hatte sich Elizabeth auch nie für die anderen Menschen im Leben eines Partners interessiert, denn sie fand es zweitrangig, ob deren Gesellschaft ebenfalls angenehm war. Aber bei Ivan hatte sie das Gefühl, dass sie diese andere Perspektive brauchte. Sie wollte seine Beziehung zu anderen kennen lernen, damit er noch realer, noch plastischer für sie wurde. Genau dieses Argument hatten ihre Partner auch immer vorgebracht, und jetzt verstand Elizabeth endlich, was sie gemeint hatten.

Als sie wegfuhr, hatte Elizabeth ihm im Spiegel nachgesehen, denn sie wollte wissen, in welche Richtung er ging. Er hatte rechts und links die um diese späte Stunde menschenleeren Straßen hinuntergeblickt und sich dann in Richtung Hügel aufgemacht, wo auch das neue Hotel lag. Aber nach ein paar Schritten war er stehen geblieben, hatte sich umgedreht und war in die entgegengesetzte Richtung marschiert. Er überquerte die Straße, schritt zielstrebig in Richtung Killarney aus, hielt dann aber plötzlich wieder an, verschränkte die Arme vor der Brust und setzte sich schließlich auf den steinernen Sims vor dem Ladenfenster der Metzgerei.

Elizabeth hatte den Eindruck, dass er gar nicht wusste, wo sein Zuhause war, oder wenn doch, dann kannte er den Weg dorthin nicht. Sie wusste, wie sich das anfühlte.

Am Montagnachmittag stand Ivan vor der Tür zu Opals Büro und lachte leise in sich hinein, während er zuhörte, wie Oscar volle zehn Minuten bei seiner Chefin Dampf abließ. Doch so amüsant das war, konnte er nicht ewig auf sie warten, denn um sechs war Ivan mit Elizabeth verabredet. Er hatte noch zwanzig Minuten. Samstagnacht war die wundervollste Nacht seines langen, langen Lebens gewesen, aber seither hatten sie sich nicht mehr gesehen. Ivan hatte versucht, von ihr wegzugehen. Er hatte versucht, Baile na gCroíthe zu verlassen, er hatte versucht, zu jemand anderem zu gehen, der ihn brauchte. Aber er brachte es nicht fertig. Er wollte nirgendwo anders sein als bei Elizabeth, und das Gefühl war stärker als alles, was er bisher erlebt hatte. Diesmal war es nicht nur sein Bewusstsein, das ihn trieb, sondern auch sein Herz.

»Opal«, hörte man Oscars ernste Stimme, »ich brauche nächste Woche unbedingt mehr Leute.«

»Ja, das verstehe ich, Oscar, und wir haben mit Suki schon alles klargemacht. Sie hilft dir im Labor«, erklärte Opal in ihrem sanften, aber bestimmten Ton. »Mehr können wir momentan nicht tun.«

»Das reicht aber nicht«, tobte er. »Samstagnacht haben sich

Millionen von Menschen die Delta-Aquariden angeschaut – hast du überhaupt eine Vorstellung, wie viele Wünsche in den nächsten Wochen über uns hereinbrechen werden?« Er wartete ihre Antwort nicht ab, und Opal machte auch keine Anstalten, ihm eine zu geben. »Das ist eine gefährliche Prozedur, Opal, ich brauche unbedingt Unterstützung. Suki mag ja ganz toll sein, was das Organisatorische angeht, aber für Wunschauswertung ist sie überhaupt nicht qualifiziert. Entweder kriege ich Hilfe, oder ihr müsst euch einen neuen Wunschanalytiker suchen«, schnaubte er abschließend und stürmte an Ivan vorbei aus dem Büro. Während er den Korridor hinunterstampfte, brummte er: »Nach dem ganzen langen Meteorologiestudium muss ich mich jetzt mit *so was* rumschlagen!«

»Ivan!«, rief Opal.

»Wie machst du das nur?«, fragte Ivan und betrat das Büro. Sein Verdacht, dass sie durch Wände sehen konnte, erhärtete sich immer mehr.

Sie blickte vom Schreibtisch auf und lächelte schwach. Unter ihren rot geränderten Augen waren dunkle Schatten. Sie sah aus, als hätte sie seit Wochen nicht geschlafen.

»Du kommst zu spät«, sagte sie sanft. »Du hättest schon um neun heute Vormittag hier sein sollen.«

»Wie bitte?«, Ivan sah sie verwirrt an. »Ich bin überhaupt nur gekommen, weil ich dir eine kurze Frage stellen möchte. Aber ich muss gleich wieder weg«, fügte er schnell hinzu. *Elizabeth, Elizabeth, Elizabeth*, sang die Stimme in seinem Kopf.

»Wir hatten abgemacht, dass du heute für mich einspringst, erinnerst du dich?«, entgegnete Opal fest, erhob sich von ihrem Schreibtisch und kam auf Ivan zu.

»O nein, nein, nein«, widersprach er hastig und wich zur Tür zurück. »Ich würde dir gern helfen, Opal, ehrlich. Helfen gehört zu meinen Lieblingsbeschäftigungen, aber jetzt kann ich echt nicht, ich habe eine Verabredung mit meiner Klientin. Die kann ich nicht verpassen, du weißt doch, wie das ist.«

Opal lehnte sich an den Schreibtisch, verschränkte die Arme und legte den Kopf schief. Dann blinzelte sie, ihre Augen schlossen sich langsam und gingen erst nach einer halben Ewigkeit wieder auf. »Jetzt ist sie also deine *Klientin*, ja?«, fragte sie müde. Heute war sie von dunklen Farben umgeben, die sich von ihrem Körper her auszubreiten schienen.

»Ja, sie ist meine Klientin«, antwortete Ivan schon weniger selbstbewusst. »Und ich kann sie heute Abend wirklich nicht versetzen.«

»Früher oder später musst du ihr Lebewohl sagen, Ivan.«

Das sagte sie so kühl, so direkt und ohne Schnörkel, dass Ivan eine Gänsehaut über den Rücken lief. Er schluckte schwer und verlagerte sein Gewicht auf den anderen Fuß.

»Wie geht es dir damit?«, fragte Opal, als er nicht antwortete.

Ivan dachte darüber nach, während das Herz so wild in seiner Brust pochte, als wollte es ihm gleich aus dem Mund springen. Langsam füllten sich seine Augen mit Tränen. »Ich will aber nicht«, sagte er leise.

Opal ließ die Arme sinken. »Wie bitte?«, fragte sie, allerdings schon um einiges sanfter.

Ivan stellte sich das Leben ohne Elizabeth vor, und sofort wurde seine Stimme lauter und zuversichtlicher: »Ich möchte ihr nicht Lebewohl sagen. Ich möchte für immer bei ihr bleiben, Opal. Sie macht mich glücklicher, als ich es je in meinem Leben war, und sie sagt, bei ihr ist es genauso. Da wäre es falsch zu gehen, oder?« Er lächelte, als er sich vorstellte, mit ihr zusammen zu sein.

Opals müdes Gesicht wurde weich. »Ach, Ivan, ich wusste, dass so etwas passieren würde.« In ihrer Stimme lag tiefes Mitleid, und das gefiel ihm überhaupt nicht. Ihm wäre Wut lieber gewesen. »Aber ich dachte, gerade du hättest die richtige Entscheidung schon vor langer Zeit getroffen.«

»Welche Entscheidung denn?« Ivans Gesicht verzog sich schmerzlich beim Gedanken, dass er womöglich etwas falsch gemacht hatte. »Ich hab dich gefragt, was ich tun soll, aber du hast es mir nicht gesagt.« Allmählich wurde er panisch.

»Du hättest sie schon vor langer Zeit verlassen müssen, Ivan«, sagte sie traurig. »Aber ich konnte es dir nicht sagen. Du musstest es selbst erkennen.«

»Aber ich konnte sie nicht verlassen.« Langsam ließ er sich auf den Stuhl vor ihrem Schreibtisch sinken, während Trauer und Schock sich in seinem Körper ausbreiteten. »Sie hat mich gesehen«, sagte er, und seine Stimme war nur ein Flüstern. »Ich konnte doch nicht gehen, solange sie mich sieht.«

»Du hast sie dazu gebracht, dass sie dich sieht, Ivan«, erklärte Opal.

»Nein, das hab ich nicht«, widersprach er, stand auf und ging zur Tür, ärgerlich über die Andeutung, dass irgendetwas an seiner Beziehung zu Elizabeth erzwungen sein könnte.

»Du bist ihr gefolgt, du hast sie tagelang beobachtet, du hast zugelassen, dass die schwache Verbindung zwischen euch immer stärker wurde. Du hast dich auf etwas Außerordentliches eingelassen und Elizabeth da mit reingezogen.«

»Du weißt doch gar nicht, wovon du redest«, stieß er hervor und durchmaß mit großen Schritten den Raum. »Du hast keine Ahnung, wie wir uns fühlen.« Er blieb stehen, trat vor Opal und sah ihr direkt in die Augen. »Heute werde ich Elizabeth Egan sagen, dass ich sie liebe«, sagte er klar und mit fester Stimme, »und dass ich mein Leben mit ihr verbringen möchte. Wenn ich mit ihr zusammen bin, kann ich ja trotzdem noch Leuten helfen, die mich brauchen.«

Opal schlug die Hände vors Gesicht. »Nein, Ivan, genau das kannst du nicht!«

»Du hast mir beigebracht, dass es nichts gibt, was ich nicht kann!«, knurrte er zwischen zusammengebissenen Zähnen.

»Niemand kann dich sehen außer ihr«, rief Opal. »Das wird Elizabeth nicht verstehen, so etwas funktioniert nicht.« Man sah ihr an, wie traurig sie das alles machte.

»Wenn es stimmt, was du sagst, und ich Elizabeth wirklich dazu gebracht habe, mich zu sehen, dann kann ich doch auch alle anderen dazu bringen, dass sie mich wahrnehmen. Elizabeth wird das verstehen. So gut wie sie versteht mich niemand! Kannst du dir vorstellen, wie sich das anfühlt?« Auf einmal wurde er ganz aufgeregt. Bis jetzt war das alles nur ein Gedanke gewesen, aber nun, nun war es eine Möglichkeit, er konnte sie herbeiführen. Rasch warf er einen Blick auf die Uhr. Zehn vor sechs. Ihm blieben nur noch zehn Minuten. »Ich muss los«, rief er, und seine Stimme klang dringlich. »Ich muss ihr sagen, dass ich sie liebe.« Voller Zuversicht und Entschlossenheit marschierte er zur Tür.

Aber da sagte Opal auf einmal: »Ich weiß sehr wohl, wie du dich fühlst, Ivan.«

Wie angewurzelt blieb er stehen, wandte sich um und schüttelte den Kopf. »Das kannst du gar nicht wissen, Opal, das weiß man nur, wenn man es selbst durchgemacht hat. Du hast keine Ahnung.«

»O doch«, sagte sie leise und unsicher.

»Was?« Er betrachtete sie argwöhnisch mit zusammengekniffenen Augen.

»O doch«, wiederholte sie jetzt lauter und sicherer und legte die verschränkten Hände auf den Bauch. »Ich habe mich in einen Mann verliebt, der mich besser sehen konnte, als irgendjemand anderes mich in meinem ganzen Leben jemals gesehen hat.«

Schweigen senkte sich über den Raum, während Ivan ihr Geständnis zu verdauen versuchte. »Dann solltest du mich eigentlich noch besser verstehen können«, sagte er schließlich und trat auf sie zu. »Vielleicht hat es bei euch nicht funktioniert, Opal, aber für mich ...« – er lächelte – »... wer weiß?« Er warf die Hände in die Luft. »Es könnte doch klappen!«

Mit müden, traurigen Augen starrte Opal ihn an. »Nein.« Sie schüttelte den Kopf, und sein Lächeln verschwand. »Ich möchte dir etwas zeigen, Ivan. Komm heute Abend mit mir, vergiss das Büro.« Sie wedelte wegwerfend mit der Hand. »Lass dir von mir noch ein letztes Mal etwas beibringen«, drängte sie ihn und tippte ihm liebevoll unters Kinn.

Ivan sah wieder auf seine Uhr. »Aber Eliz...«

»Vergiss Elizabeth mal einen Moment«, sagte sie sanft. »Wenn du den Rat, den ich dir heute Abend geben möchte, nicht annimmst, dann kannst du auch noch morgen, übermorgen und den Rest ihres Lebens mit ihr zusammen sein. Wer nicht wagt, der nicht gewinnt«, zitierte sie und hielt ihm die Hand hin.

Zögernd ergriff Ivan sie. Ihre Haut war kalt.

Einunddreißig

Elizabeth saß auf der untersten Treppenstufe und blickte durch das Milchglasfenster in den Garten hinaus. Die Wanduhr zeigte zehn vor sieben. Ivan war noch nie zu spät gekommen, und sie hoffte, dass ihm nichts zugestoßen war. Aber im Moment ärgerte sie sich mehr als sie sich sorgte. Sein Verhalten am Samstag gab ihr allen Grund zu der Annahme, dass sein Nichterscheinen eher auf kalte Füße als auf widrige Umstände zurückzuführen war. Gestern hatte sie die ganze Zeit an ihn gedacht – daran, dass sie weder seine Freunde noch seine Familie noch seine Arbeitskollegen kannte, und auch daran, dass sie sich sexuell nie näher gekommen waren. Als sie spät in der Nacht noch immer wach lag, war ihr klar geworden, was sie vor sich selbst nicht hatte zugeben wollen. Auf einmal meinte sie genau zu wissen, wo das Problem lag: Entweder war Ivan noch in einer anderen Beziehung, oder er hatte Angst, eine einzugehen.

Die ganze Zeit hatte sie ihre Zweifel einfach ignoriert. Für Elizabeth war es absolut untypisch, nicht zu planen, nicht zu wissen, in welche Richtung eine Beziehung sich entwickelte, und ihr behagte diese Veränderung nicht. Sie liebte Stabilität und Routine, und genau daran mangelte es Ivan. Jetzt, wo sie hier an der Tür saß und wie ihr Vater darauf wartete, dass ein ungebundener Freigeist zu ihr zurückkehrte, wusste sie ganz sicher, dass es niemals funktionieren würde. Warum hatte sie ihre Ängste nie mit Ivan besprochen? Weil sich, wenn sie mit ihm zusammen war, alle Ängste in Luft auflösten! Er tauchte einfach auf, nahm sie bei der Hand und führte sie in ein neues, spannendes Kapitel ihres Lebens, und obwohl sie sich manchmal nur widerwillig von ihm entführen ließ, wurde sie trotzdem nie nervös, solange er da war. Erst in Augenblicken wie diesem, ohne ihn, stellte sie alles in Frage.

Unverzüglich fasste sie den Entschluss, Abstand von ihm zu gewinnen. Heute Abend würde sie das Thema mit ihm ein für alle Mal klären. Sie waren so verschieden wie Tag und Nacht: Ihr Leben war voller Konflikte, und Ivan rannte vor Konflikten weg, so schnell und weit er nur konnte. Während die Sekunden verstrichen und die einundfünfzigste Minute Verspätung anbrach, sah es allerdings ganz danach aus, als würde sie diese Diskussion mit ihm gar nicht führen müssen. In ihrer neuen legeren cremefarbenen Hose mit passendem Top, einer Kombination, die sie nie zuvor getragen hatte, saß sie auf der Treppe und fühlte sich idiotisch. Idiotisch, weil sie auf ihn gehört und ihm geglaubt hatte, weil sie die Zeichen nicht richtig gedeutet und – was noch viel schlimmer war – sich in ihn verliebt hatte.

Ihr Ärger verdeckte ihren Schmerz, aber sie hatte absolut keine Lust, zu Hause zu bleiben, den Kummer an die Oberfläche kommen zu lassen und Trübsal zu blasen. Darin war sie ohnehin perfekt.

Schnell ging sie zum Telefon und wählte.

»Benjamin, hier ist Elizabeth«, sagte sie etwas überstürzt, denn sie wollte sich selbst vor vollendete Tatsachen stellen. »Wie wäre es heute Abend mit Sushi?«

»Wo sind wir eigentlich?«, fragte Ivan, während er durch die dunklen Kopfsteinpflastersträßchen der Innenstadt von Dublin wanderte. Alles war voller Pfützen in dieser Gegend, in der es hauptsächlich Lagerhäuser und Fabriken gab. Dazwischen stand ganz allein ein Häuschen aus rotem Backstein.

»Das Haus sieht aber komisch aus, so einsam«, bemerkte Ivan. »Ein bisschen deplatziert.«

»Genau dahin wollen wir«, erklärte Opal. »Der Hausbesitzer hat sich geweigert, sein Eigentum an die Firmen in der Umgebung zu verkaufen. Er ist hier wohnen geblieben, während die Gebäude um ihn herum hochgezogen wurden.«

Ivan betrachtete das kleine ehemalige Reihenhaus. »Ich wette, die haben ihm einen guten Preis geboten. Wahrscheinlich hätte er sich davon eine Villa in Hollywood kaufen können«, sinnierte er und schaute auf den Boden, denn er war soeben mit seinem roten Turnschuh in eine tiefe Pfütze geplatscht. »Ich glaube, Kopfsteinpflaster gefällt mir grade echt am besten.«

Opal lachte leise. »Ach, Ivan, es ist so leicht, dich zu lieben, weißt du das?« Sie ging weiter, ohne auf eine Antwort zu warten. Umso besser, denn Ivan war sich nicht sicher, was er hätte sagen sollen.

»Was machen wir hier eigentlich?«, fragte er zum zehnten Mal, seit sie das Büro verlassen hatten. Sie standen dem Haus jetzt direkt gegenüber, und Ivan sah Opal an, die ihrerseits das Haus betrachtete.

»Wir warten«, antwortete Opal. »Wie spät ist es?«

Ivan blickte auf seine Uhr. »Elizabeth wird so sauer auf mich sein«, seufzte er. »Es ist grade sieben durch.«

Wie aufs Stichwort öffnete sich die Tür des Backsteinhäuschens. Ein alter Mann erschien, schwer gegen den Türpfosten gelehnt, der ihm als Krücke zu dienen schien, starrte hinaus und blickte so weit in die Ferne, als könnte er die Vergangenheit sehen.

»Komm mit«, sagte Opal zu Ivan, überquerte rasch die Straße und betrat das Haus.

»Opal«, zischte Ivan. »Ich kann nicht einfach in ein fremdes Haus gehen.« Aber Opal war bereits verschwunden.

Kurz entschlossen rannte auch Ivan über die Straße, blieb aber an der Tür stehen. »Hmm, hallo, ich bin Ivan«, sagte er und streckte dem alten Mann die Hand entgegen.

Doch der klammerte sich weiter an den Türpfosten und starrte mit wässrigen Augen geradeaus.

»Na gut«, meinte Ivan und zog die Hand zurück. »Dann will ich Sie nicht weiter stören und geh schnell zu Opal.« Der Mann zuckte nicht mit der Wimper, und Ivan trat ein. Das Haus roch alt. Es roch wie ein alter Mensch, der hier mit alten Möbeln, einem alten Radio und einer alten Großvateruhr wohnte. Das lauteste Geräusch in dem stillen Haus war das Ticken der Großvateruhr. Zeit schien die Essenz dieses Hauses zu sein, ein langes Leben, begleitet vom Ticken der Uhr. Ivan fand Opal im Wohnzimmer, wie sie sich die gerahmten Fotos ansah, die auf jeder freien Oberfläche standen. »Fast so schlimm wie in deinem Büro«, neckte er sie. »Also, sag mir, was hier los ist.«

Opal drehte sich zu ihm um und lächelte traurig. »Ich hab dir vorhin gesagt, dass ich deine Gefühle verstehen kann.«

»Ja«, nickte Ivan.

»Ich hab dir gesagt, ich weiß, wie es ist, verliebt zu sein.«

Wieder nickte Ivan.

Opal seufzte und verschränkte die Hände, als müsste sie sich überwinden, es ihm näher zu erklären. »Nun ja, das hier ist das Haus des Mannes, in den ich mich verliebt habe.«

»Oh«, erwiderte Ivan leise.

»Ich komme noch immer jeden Tag hierher«, erklärte sie und sah sich im Zimmer um.

»Und den alten Mann stört es nicht, dass du hier so reinplatzt?«

Opal lächelte ihn an. »Er ist der Mann, in den ich mich verliebt habe, Ivan.«

Ivan blieb der Mund offen stehen. In diesem Augenblick hörten sie, wie die Haustür geschlossen wurde. Schritte näherten sich auf den knarrenden Dielen. »Unmöglich!«, zischte Ivan. »Dieser Mann? Aber er ist uralt, mindestens achtzig!«, flüsterte er entsetzt.

In dem Augenblick, als der alte Mann das Zimmer erreichte, packte ihn ein Hustenanfall und zwang ihn stehen zu bleiben. Seine gebrechliche Gestalt zitterte, er krümmte sich vor Schmerzen, legte vorsichtig die Hände auf die Armlehnen des Sessels und ließ sich erschöpft hineinsinken.

Ivan sah von ihm zu Opal und konnte seinen angeekelten Gesichtsausdruck nicht verbergen.

»Er kann dich weder sehen noch hören. Wir sind unsichtbar für ihn«, erklärte Opal laut. Die Uhr tickte, Opal räusperte sich, und in ihrer Stimme war ein leichtes Zittern, als sie sagte: »Weißt du, Ivan, vor vierzig Jahren, als er und ich uns kennen gelernt haben, war er nicht alt. Er war so wie ich jetzt.«

Aufmerksam beobachtete sie, wie sich auf Ivans Gesicht in wenigen Sekunden die unterschiedlichsten Gefühle abzeichneten. Erst Verwirrung, darauf Entsetzen und Unglauben, schließlich Mitgefühl, und dann, als er Opals Worte auf seine eigene Situation bezog, pure Verzweiflung. Er wurde kreidebleich, und Opal eilte zu ihm, um seinen schwankenden Körper zu stützen. Eng klammerte er sich an sie.

»Das ist es, was ich dir begreiflich machen wollte, Ivan«, flüsterte sie. »Du und Elizabeth, ihr könnt in eurem Kokon glücklich zusammenleben, ohne dass jemand etwas davon weiß, aber du vergisst, dass sie jedes Jahr Geburtstag hat und du nicht.«

Ivan zitterte heftig, und Opal umfasste ihn fester. »Ach, Ivan, es tut mir Leid«, flüsterte sie. »Es tut mir so Leid.«

Sie wiegte ihn, und er weinte. Und weinte.

»Ich habe ihn unter ganz ähnlichen Umständen kennen gelernt wie du Elizabeth«, erzählte Opal später am Abend, als seine Tränen getrocknet waren.

Sie saßen noch immer im Haus von Opals großer Liebe, Geoffrey. Er selbst kauerte schweigend in seinem Sessel am Fenster und hustete gelegentlich so entsetzlich, dass Opal innehielt und fürsorglich an seine Seite sprang.

Während sie ihre Geschichte erzählte, zwirbelte sie ein Papiertaschentuch zwischen den Händen, ihre Augen und Wangen waren nass, und die Dreadlocks fielen ihr zerzaust ins Gesicht.

»Ich habe jeden Fehler gemacht, den du auch gemacht hast«, schniefte sie und rang sich ein Lächeln ab. »Sogar den, den du heute Abend machen wolltest.«

Ivan schluckte schwer.

»Er war vierzig, als ich ihn kennen lernte, und wir sind zwanzig Jahre zusammen geblieben, bis es zu schwierig wurde.«

Ivans Augen wurden groß, und Hoffnung kehrte in sein Herz zurück.

»Nein, Ivan.« Traurig schüttelte Opal den Kopf, und die Schwäche in ihrer Stimme überzeugte ihn. Wenn sie fest und bestimmt gesprochen hätte, wäre seine Erwiderung ebenso überzeugt ausgefallen, aber man hörte ihr den Schmerz an. »Es kann nicht funktionieren.« Mehr hätte sie nicht sagen müssen.

»Anscheinend ist er viel gereist«, bemerkte Ivan, während er sich Geoffreys Fotos ansah. Geoffrey vor dem Eiffelturm, Geoffrey vor dem schiefen Turm von Pisa, Geoffrey auf dem goldenen Sand eines fernen Strands, lächelnd, kerngesund und glücklich in verschiedenen Lebensaltern. »Wenigstens konnte er weitermachen und diese Dinge allein erleben«, meinte er zuversichtlich.

Verwirrt sah Opal ihn an. »Aber ich war mit ihm dort, Ivan«, widersprach sie mit gerunzelter Stirn.

»Oh, das ist ja schön«, bemerkte er überrascht. »Hast du die Fotos gemacht?«

»Nein.« Ihr Gesicht wurde wieder traurig. »Ich bin auch drauf, siehst du mich denn nicht?«

Langsam schüttelte Ivan den Kopf.

»Oh«, sagte sie, während sie die Bilder betrachtete. Offenbar nahm sie darauf etwas anderes wahr als Ivan.

»Warum kann er dich nicht mehr sehen?«, fragte Ivan, während er beobachtete, wie Geoffrey seine Pillen schluckte und mit Wasser hinunterspülte.

»Weil ich nicht mehr die bin, die ich einmal war. Deshalb kannst du mich auf den Bildern wahrscheinlich auch nicht sehen. Geoffrey sucht eine andere Person. Die Verbindung, die wir einmal hatten, ist nicht mehr da«, antwortete sie.

Auf einmal stand Geoffrey auf, ergriff seinen Stock, machte sich auf den Weg zur Haustür, öffnete sie und blieb im Rahmen stehen.

Fragend sah Ivan Opal an.

»Als wir angefangen haben, uns zu sehen, habe ich ihn jeden Abend von sieben bis neun besucht«, erklärte sie. »Und weil ich keine Türen öffnen kann, hat er immer schon auf mich gewartet. Seither macht er das jeden Abend. Deshalb wollte er auch das Haus nicht verkaufen. Er meint, sonst finde ich ihn nicht mehr.«

Nachdenklich betrachtete Ivan die schwankende Gestalt, die wieder in weite Ferne blickte und vielleicht an den Tag am Strand oder auf dem Eiffelturm dachte. Er wollte nicht, dass Elizabeth so wurde.

»Lebe wohl, meine Opal«, sagte Geoffrey leise mit seiner heiseren Stimme.

»Gute Nacht, mein Geliebter.« Opal küsste ihn auf die Wange, und er schloss sacht die Augen. »Bis morgen.«

Zweiunddreißig

Jetzt waren meine Gedanken kristallklar, und ich wusste, was ich als Nächstes zu tun hatte. Ich musste das erledigen, wofür man mich hergeschickt hatte, ich musste dafür sorgen, dass Elizabeths Leben für sie so angenehm wie nur irgend möglich war. Aber jetzt hatte ich mich so mit ihr eingelassen, dass ich nicht nur beim Heilen alter, sondern auch neuer Wunden helfen musste, von denen ich Letztere in meiner Dummheit selbst verschuldet hatte. Ich war wütend auf mich, weil ich so einen Schlamassel angerichtet und das Wesentliche total aus den Augen verloren hatte. Meine Wut war stärker als mein Schmerz, und ich war froh darüber, denn um Elizabeth unterstützen zu können, musste ich meine eigenen Gefühle ignorieren und mich ganz auf das konzentrieren, was für sie das Beste war. Was ich, nebenbei bemerkt, von Anfang an hätte tun sollen. Aber das ist ja das Ding an einer Lektion – man lernt sie grade dann, wenn man gar nicht darauf gefasst ist und eigentlich keine Lust auf sie hat. Um meinen eigenen Schmerz konnte ich mich später noch lange genug kümmern.

Die ganze Nacht war ich herumgewandert und hatte über mein Leben im Allgemeinen und über die letzten Wochen im Besonderen nachgedacht. Dabei fiel mir auf, dass ich eigentlich noch nie über *mein* Leben nachgedacht hatte. Für meine Ziele schien das nie eine Rolle zu spielen. Trotzdem muss ich im Nachhinein feststellen, dass ich es hätte tun sollen.

Am nächsten Morgen trudelte ich wieder in der Fuchsia Lane

ein und setzte mich auf die Gartenmauer, auf der ich Luke vor über einem Monat kennen gelernt hatte. Die Fuchsientür lächelte mir immer noch zu, und ich erwiderte ihren Gruß ebenso freundlich. Wenigstens war sie nicht sauer auf mich – was man von Elizabeth sicher nicht erwarten konnte. Sie hasste es, wenn Leute zu spät zu einem geschäftlichen Meeting aufkreuzten, von privaten Verabredungen mal ganz zu schweigen. Ich hatte sie versetzt. Nicht absichtlich. Nicht aus Bosheit, sondern aus Liebe. Man stelle sich das vor – ich hatte jemanden aus Liebe verletzt! Ich hatte Elizabeth dazu gebracht, dass sie sich einsam, wütend und ungeliebt fühlte, weil ich fest daran glaubte, dass es das Beste für sie war. Lauter neue Regeln, die in mir große Zweifel an meinen Fähigkeiten als bester Freund erweckten. Sie überstiegen meinen Horizont, und ich fühlte mich noch total unbehaglich mit ihnen. Wie sollte ich Elizabeth etwas über Hoffnung, Glück, Lachen und Liebe beibringen, wenn ich nicht wusste, ob ich an solche Dinge überhaupt noch glaubte? Oh, ich wusste, dass sie möglich waren, aber mit der Möglichkeit kommt auch die Unmöglichkeit. Ein neues Wort in meinem Wortschatz.

Um sechs Uhr an diesem Morgen öffnete sich die Fuchsientür, und ich stand auf, als hätte der Lehrer das Klassenzimmer betreten. Elizabeth kam heraus, machte die Tür hinter sich zu, schloss ab und ging die kopfsteingepflasterte Auffahrt hinunter. Sie trug wieder ihren schokoladenbraunen Jogginganzug, das einzige nicht schicke Kleidungsstück in ihrem Schrank. Ihre Haare hatte sie ziemlich unordentlich zurückgebunden, sie war ungeschminkt und so schön wie nie zuvor. Eine Faust griff um mein Herz und drückte es zusammen. Das tat ganz schön weh.

Sie blickte auf, sah mich und zuckte unwillkürlich zurück. Auf ihrem Gesicht breitete sich nicht wie sonst ein Lächeln aus. Die Faust um mein Herz drückte noch fester zu. Aber wenigstens sah sie mich, das war die Hauptsache. Man sollte es nie für selbstverständlich nehmen, wenn Leute einem in die Augen schauen, denn das ist ein großes Glück. Und nicht nur ein Glück, es ist unglaublich wichtig, zur Kenntnis genommen zu werden. Sogar wenn es mit einem wütenden Funkeln geschieht. Wenn jemand einfach durch einen hindurchguckt, dann muss man anfangen, sich Sorgen zu machen. Meistens ignorierte Elizabeth ihre Probleme, statt ihnen in die Augen zu blicken. Aber ich war für sie offenbar ein Problem, das sich zu lösen lohnte.

Sie ging auf mich zu, die Arme vor der Brust verschränkt, den Kopf hoch erhoben, müde, aber entschlossen.

»Alles in Ordnung mit dir, Ivan?«

Ihre Frage verblüffte mich. Ich hatte erwartet, sie wäre wütend, sie würde mich anschreien und meine Seite der Geschichte nicht anhören und auch nicht glauben wollen. So ist es im Film immer, aber bei ihr war es ganz anders. Sie war vollkommen ruhig, obwohl ich merkte, dass sich unter der Oberfläche ein Gewitter zusammenbraute, das jederzeit ausbrechen konnte, je nach dem, was für eine Antwort ich parat hatte. Sie studierte mein Gesicht und suchte nach Antworten, die sie niemals glauben würde.

Ich glaube, bisher hatte mich noch nie jemand gefragt, ob mit mir alles in Ordnung ist. Daran dachte ich, während sie mein Gesicht so eindringlich musterte. Eins war mir sonnenklar, nämlich dass mit mir nicht alles in Ordnung war. Ich fühlte mich angespannt, müde, wütend, hungrig, und dann war da noch der Schmerz, ein Schmerz, der von meiner Brust ausging und sich von dort durch meinen ganzen Körper und bis in den Kopf zog. Ich fühlte, dass sich meine Ansichten und meine Lebensphilosophie über Nacht völlig verändert hatten. Die Überzeugungen, die ich nur zu gern in Stein gehauen und rezitiert hatte, auf denen ich ohne Ende herumgeritten war. Es war ein Gefühl, als hätte der Zauberer des Lebens seine versteckten Karten aufgedeckt und mir offenbart, dass es gar keine Zauberei war, was er gemacht hatte, sondern ein schlichter Taschenspielertrick. Oder eine Lüge.

»Ivan?« Sie sah besorgt aus. Ihr Gesicht wurde weich, ihre

Arme lösten sich aus der Verschränkung. Sie machte einen Schritt auf mich zu und streckte mir die Hände entgegen.

Ich brachte kein Wort heraus.

»Komm, gehen wir ein Stück«, sagte sie, hakte sich bei mir unter, und so verließen wir die Fuchsia Lane.

Schweigend wanderten sie durch die wunderschöne Landschaft. Vögel schmetterten in der Stille des frühen Morgens, klare Luft füllte ihre Lungen, Kaninchen sausten wagemutig über ihren Weg, Schmetterlinge tanzten und gaukelten um sie her, während sie gemächlich am Waldrand entlangwanderten. Die Sonne schien durch die Blätter der Eichen und bestreute ihre Gesichter mit goldenen Lichtsprenkeln. Wasser plätscherte neben ihnen her, frischer Eukalyptusduft stieg ihnen in die Nase. Schließlich erreichten sie eine Lichtung, die Bäume reckten die Zweige und präsentierten mit stolzer Geste den kleinen See. Sie überquerten eine Holzbrücke, setzten sich auf eine harte Bank und saßen schweigend nebeneinander, während die Lachse aus dem Wasser sprangen, um in der wärmenden Sonne Fliegen zu fangen.

Elizabeth sprach als Erste. »Ivan, ich versuche, mein kompliziertes Leben so einfach wie möglich zu machen. Ich weiß jeden Tag genau, was mich erwartet, was ich zu tun habe, wohin ich gehe, wen ich treffen werde. Weil ich ständig mit komplizierten, unberechenbaren Menschen zu tun habe, brauche ich diese Stabilität.« Sie wandte den Blick vom See ab und sah Ivan zum ersten Mal, seit sie sich niedergelassen hatten, in die Augen. »Du« – sie holte tief Luft –, »du vertreibst diese Einfachheit aus meinem Leben. Du wirbelst die Dinge durcheinander, du kehrst das Unterste zuoberst. Manchmal gefällt mir das, Ivan, du bringst mich zum Lachen, du bringt mich dazu, auf der Straße und am Strand zu tanzen, als wäre ich irre, du gibst mir das Gefühl, ganz anders zu sein, als ich bin.« Ihr Lächeln verblasste. »Aber gestern Abend hast du mich dazu gebracht, dass ich mich fühle wie jemand, der ich nicht sein will. Ich *brauche* es, dass die Dinge einfach und überschaubar sind, Ivan«, wiederholte sie.

Sie schwiegen.

Nach einer Weile sagte Ivan: »Es tut mir sehr Leid wegen gestern, Elizabeth. Du kennst mich, es war nicht böse gemeint.« Er hielt inne und überlegte, ob er die Ereignisse der letzten Nacht erklären sollte. Fürs Erste entschied er sich dagegen. »Weißt du, Elizabeth, je mehr man versucht, die Dinge zu vereinfachen, desto komplizierter macht man sie. Man schafft Regeln, richtet Mauern auf, schiebt Leute weg, lügt sich selbst in die Tasche und ignoriert seine wahren Gefühle. Das vereinfacht die Dinge nicht.«

Elizabeth fuhr sich mit der Hand durch die Haare. »Meine Schwester ist verschwunden, ich muss meinem sechsjährigen Neffen eine Mutter sein, wovon ich absolut nichts verstehe, mein Vater rührt sich seit Wochen nicht aus seinem Sessel am Fenster, weil er darauf wartet, dass seine Frau, die vor über zwanzig Jahren verschwunden ist, zu ihm zurückkommt. Als ich gestern Abend auf der Treppe saß und auf einen Mann ohne Nachnamen gewartet habe, der behauptet, er kommt aus einem Ort namens Eisatnaf – übrigens hab ich das Wort hundert Mal bei Google eingegeben und mich in dem verdammten Atlas so dumm und dämlich gesucht, dass ich inzwischen sicher bin, dass es gar nicht existiert –, als ich also auf der Treppe saß, da ist mir klar geworden, dass ich genauso bin wie mein Vater.« Sie musste Luft holen. »Ich hab dich gern, Ivan, ehrlich, aber es macht mir Schwierigkeiten, dass du mich im einen Moment küsst und mich im nächsten von dir weg hältst. Ich weiß nicht, was da zwischen uns ist. Ich hab schon so genug Sorgen und Probleme, ich brauche wirklich nicht noch mehr.« Müde rieb sie sich die Augen.

Eine Weile beobachteten sie wieder beide die Aktivitäten im See, sahen den Lachsen zu, die mit sanften Spritzgeräuschen aus dem Wasser sprangen und kleine Wellen auf der Oberfläche erzeugten. Auf der gegenüberliegenden Seite des Sees stakste ein Reiher lautlos und anmutig auf seinen stelzenartigen dünnen Beinen durchs seichte Uferwasser. Ein Fischer bei der Arbeit, der geduldig und konzentriert auf den richtigen Augenblick wartete, um mit seinem Schnabel die glasige Oberfläche des Sees zu durchstoßen.

Ivan konnte sich den Gedanken nicht verkneifen, dass er und der Reiher im Moment eine ganz ähnliche Aufgabe zu erfüllen hatten.

Wenn man ein Glas oder einen Teller fallen lässt, dann entsteht ein lautes, schepperndes Geräusch. Wenn ein Fenster zerbricht, ein Tischbein zersplittert oder ein Bild von der Wand stürzt, kann man es hören. Aber wenn das Herz bricht, geschieht es vollkommen lautlos. Eigentlich würde man denken, weil es so wichtig, so schwerwiegend ist, macht es einen Mordskrach, oder es erklingt vielleicht eine Art zeremonieller Ton, ein symbolischer Gong, eine Glocke. Aber es passiert lautlos, obwohl man sich beinahe wünscht, da wäre ein Laut, der einen von dem Schmerz ablenkt.

Wenn es ein Geräusch gibt, dann in deinem Innern. Ein Schrei, den niemand hören kann außer dir selbst, so laut, dass dir die Ohren klingen und der Kopf wehtut. Er zappelt in der Brust herum wie ein gefangener Hai, er brüllt wie eine Bärin, der man ihr Junges weggenommen hat. So sieht er aus und so klingt er – wie ein riesenhaftes Tier, das brüllend um sich schlägt, sich panisch aus der Falle zu befreien sucht, gefangen in seinen eigenen Gefühlen. Aber das ist es ja mit der Liebe, niemand ist vor ihr gefeit. Sie ist wild, roh, wie eine offene, dem Salzwasser ausgesetzte Fleischwunde, und wenn diese Wunde wirklich aufbricht, dann geschieht es lautlos. Du schreist nur im Innern, und keiner kann dich hören.

Aber Elizabeth sah mein Herz brechen, und ich sah das Gleiche bei ihr, und ohne dass wir darüber ein Wort verlieren mussten, wussten wir beide Bescheid. Es war Zeit, wir mussten aufhören, mit dem Kopf in den Wolken umherzuspazieren, wir mussten unsere Füße auf den harten Boden der Tatsachen zurückbringen, mit dem sie immer hätten verwurzelt bleiben sollen.

Dreiunddreißig

»Wir sollten uns auf den Heimweg machen«, sagte Elizabeth und sprang von der Bank auf.

»Warum?«

»Weil es anfängt zu regnen«, antwortete sie und starrte ihn an, als hätte er zehn Köpfe. Dann zuckte sie zusammen, weil der nächste Regentropfen auf ihrem Gesicht gelandet war.

»Was ist denn los mit dir?«, lachte Ivan und machte es sich auf der Bank gemütlich, zum Zeichen, dass er nicht bereit war, sich vom Fleck zu rühren. »Warum rennst du dauernd rein und raus, warum versteckst du dich in Autos und Gebäuden, nur weil es regnet?«

»Weil ich nicht nass werden möchte. Komm!« Sehnsüchtig blickte sie zu den schützenden Bäumen hinüber.

»Warum magst du es nicht, nass zu werden? Du trocknest doch wieder.«

»Darum.« Sie packte ihn an der Hand und versuchte ihn von der Bank wegzuziehen. Als sie merkte, dass sie sich vergeblich anstrengte, stampfte sie mit dem Fuß auf wie ein trotziges Kind.

»Warum darum?«

»Ich weiß nicht.« Sie schluckte schwer und sah weg. »Ich mochte den Regen noch nie. Musst du denn unbedingt eine Erklärung für alle meine kleinen Probleme haben?« Sie hielt sich die Hände schützend über den Kopf.

»Für alles gibt es einen Grund, Elizabeth«, sagte er und streckte die Hände aus, um die Regentropfen aufzufangen.

»Na ja, mein Grund ist eigentlich ganz einfach und passt zu unserem Gespräch von vorhin. Regen macht die Dinge kompliziert. Er durchnässt die Kleider, ist ungemütlich und obendrein kriegt man auch noch eine Erkältung.«

Ivan machte ein Geräusch wie in einer Quizshow bei der falschen Antwort. »Der Regen ist nicht schuld daran, wenn du eine Erkältung kriegst. Eine Erkältung bekommt man von der *Kälte*. Aber das hier ist ein Sonnenschauer, und der ist warm.« Er legte den Kopf in den Nacken und öffnete den Mund ganz weit, sodass die Regentropfen hineinfielen. »Ja, warm und lecker. Und übrigens hast du mir nicht die Wahrheit gesagt.«

»Was?«, erwiderte sie schrill.

»Ich kann zwischen den Zeilen lesen und zwischen den Wörtern hören, ich weiß, wann ein Punkt am Satzende eigentlich gar kein Punkt ist, sondern ein Aber«, erklärte er.

Elizabeth stöhnte. Sie hatte die Arme um sich geschlungen und den Kopf eingezogen, als würde sie mit irgendeinem klebrigen Zeug beworfen.

»Es ist nur Regen, Elizabeth, schau dich doch um!«, rief er und gestikulierte wild. »Siehst du hier sonst jemanden wegrennen?«

»Hier ist ja auch sonst keiner!«

»Von wegen! Der See, die Bäume, der Reiher und die Lachse, alle werden patschnass.« Wieder warf er den Kopf zurück und ließ sich den Regen schmecken.

Bevor Elizabeth unter die Bäume floh, belehrte sie ihn: »Pass auf mit dem Regen, Ivan, es ist keine gute Idee, ihn zu trinken.«

»Warum nicht?«

»Weil Regenwasser gefährlich sein kann. Weißt du, welche Auswirkungen Kohlenmonoxid auf Luft und Regen hat? Es könnte saurer Regen sein.«

Ivan rutschte von der Bank, fasste sich an die Kehle, tat so, als würde er ersticken, und schleppte sich zum Ufer des Sees. Er tauchte die Hand in den See. »Hmm, das hier ist aber nicht vergiftet, oder?«, fragte er scheinheilig, schöpfte eine Handvoll Wasser und spritzte Elizabeth nass.

Vor Schreck blieb ihr der Mund offen stehen, Wasser tropfte von ihrer Nase, aber sie streckte schnell den Arm aus, schubste ihn in den See und lachte, als er untertauchte.

Aber als er nicht wieder auftauchte, blieb ihr das Lachen im Hals stecken.

Besorgt trat sie ans Ufer. Die einzige erkennbare Bewegung waren die Wellen, die die dicken Regentropfen auf dem stillen See hinterließen. Auf ihrem Gesicht spürte Elizabeth sie nicht mehr. Eine volle Minute verstrich.

»Ivan?«, fragte sie mit zittriger Stimme. »Ivan, hör auf damit, komm raus.« Vorsichtig beugte sie sich übers Wasser und hielt Ausschau nach ihm.

Nervös vor sich hinsummend zählte sie bis zehn. So lange konnte doch niemand die Luft anhalten!

Doch dann schoss etwas wie eine Rakete durch die gläserne Oberfläche des Sees. »Wasserkampf!«, kreischte das Wesen, packte Elizabeth an den Händen und zerrte sie kopfüber ins Wasser. Elizabeth war so erleichtert, ihn nicht ertränkt zu haben, dass es ihr nicht einmal etwas ausmachte, als das kühle Wasser gegen ihr Gesicht schwappte und über ihr zusammen-schlug.

»Guten Morgen, Mr. O'Callaghan, guten Morgen, Maureen, hallo, Fidelma, hi, Connor, guten Tag, Father Murphy«, begrüßte sie ihre Mitbürger, denen sie auf dem Weg durchs Städtchen begegnete, und nickte ihnen ernst zu. Stumme, bestürzte Blicke folgten ihr, aber sie marschierte unbeirrt weiter, während ihre Turnschuhe bei jedem Schritt vor Nässe quietschten und ihre Klamotten tropften.

»Das ist ja ein toller Aufzug!«, lachte Benjamin und prostete ihr mit seiner Kaffeetasse zu. Er stand neben einer kleinen Touristengruppe, die vor Joe's herumtanzte, lachte und Kaffee auf das Pflaster spritzte.

»Danke, Benjamin«, erwiderte sie, nickte ihm zu und setzte ihren Weg mit leuchtenden Augen fort.

Die Sonne schien warm auf das Städtchen herab, das an diesem Morgen noch keinen Regen abgekriegt hatte, und die Einwohner beobachteten tuschelnd und lachend, wie Elizabeth Egan durch die Straßen schritt, hoch erhobenen Hauptes und mit schwingenden Armen, ein Stück Tang in den zerzausten Haaren.

Elizabeth warf den Buntstift von sich, zerknüllte das Blatt Papier, auf dem sie gearbeitet hatte, und schleuderte es quer durchs Zimmer. Sie traf den Abfalleimer nicht, aber heute war ihr das vollkommen gleichgültig. Sie schnitt dem Kalender mit dem roten X, das ursprünglich das Verschwinden von Ivan angezeigt hatte – Lukes unsichtbarem Freund, der längst weg war –, eine Grimasse. Jetzt symbolisierte das X wahrscheinlich das Ende ihrer Karriere. Gut, das war vielleicht etwas melodramatisch. Im September sollte das Hotel eröffnet werden und alles lief nach Plan; abgesehen von ein paar kleineren Pannen mit falschen Bestellungen war alles rechtzeitig angeliefert worden. Mrs. Bracken ließ ihr Team bei der Anfertigung von Kissen, Vorhängen und Deckenbezügen Überstunden machen, aber diesmal war es untypischerweise Elizabeth, die alles ins Stocken brachte. Ihr fiel einfach nichts Passendes für die Gestaltung des Spielzimmers ein, und allmählich fing sie an, sich dafür zu hassen, dass sie die Idee Vincent gegenüber überhaupt zur Sprache gebracht hatte. In letzter Zeit hatte sie einfach andere Dinge im Kopf. Jetzt beispielsweise saß sie an ihrem Lieblingsplatz in der Küche und lachte vor sich hin, weil sie sich an das Bad im See erinnerte.

Die Beziehung zwischen ihr und Ivan war ungewöhnlicher denn je. Heute hatte sie eigentlich mit ihm Schluss gemacht, und es hatte ihr das Herz gebrochen, aber er war immer noch da und brachte sie zum Lachen, als wäre nichts geschehen. Trotzdem passierte irgendetwas. Etwas Großes, das spürte sie im Oberbauch, direkt unter den Rippen. Während der Tag verging, wurde ihr klar, dass sie in einer Beziehung zu einem Mann noch nie so viel nachgegeben und sich trotzdem in seiner Gegenwart so wohl gefühlt hatte. Sie waren beide nicht bereit für mehr, jedenfalls nicht momentan, auch wenn sie es sich tief in ihrem Innern immer noch wünschten.

Das Essen mit Benjamin am Abend vorher war sehr nett gewesen. Elizabeth hatte ihre allgemeine Abneigung gegen Essengehen tapfer niedergekämpft – sowohl ihre Abneigung gegen das Essen an sich als auch gegen unnötige Gespräche –, und obwohl sie von Ivan gelernt hatte, anders mit diesen Dingen umzugehen, fand sie es dennoch schwierig. Unter Leute zu gehen war für sie kein angenehmer Zeitvertreib. Sie und Benjamin fanden viele Gemeinsamkeiten, unterhielten sich gut, und auch das Essen war lecker, aber sie war auch nicht besonders enttäuscht, als es vorbei war und sie nach Hause musste. In Gedanken war sie ohnehin anderswo und zerbrach sich den Kopf über ihre Zukunft mit Ivan. Wenn Ivan nach einem gemeinsamen Abend aufbrach, war das ganz anders.

Lukes Kichern holte sie aus ihren Tagträumen.

»Bonjour, Madame«, erklang Ivans Stimme.

Elizabeth blickte auf und sah die beiden vom Garten in den Wintergarten gehen. Jeder hielt sich eine Lupe vors rechte Auge, wodurch es gigantisch wirkte, und ein mit schwarzem Marker aufgemalter Schnurrbart zierte ihre Oberlippe. Elizabeth musste lachen.

»Ah, es gibt nischts zu lachen, Madame. Es 'at gegeben einen Morrrt«, meinte Ivan ganz ernst, während er sich dem Tisch näherte.

»Einen Mord«, übersetzte Luke.

»Was?«, fragte Elizabeth und sperrte die Augen auf.

»Wir suchen nach Spuren, Madame«, erklärte Luke, und sein schiefer aufgemalter Schnurrbart bewegte sich äußerst seltsam, wenn er redete.

»Ein scheußlischer Morrt ist gesche'en mitten in Ihrem Jardin«, ergänzte Ivan und ließ die Lupe suchend über den Tisch wandern.

»Jardin ist das französische Wort für Garten«, erläuterte Luke.

Elizabeth nickte und versuchte sich das Lachen zu verkneifen.

»Bitte verseihen Sie uns, dass wir so un'öflisch in Ihr 'eim eindringen. Gestatten Sie, dass wir uns vorstellen. Isch bin Mister Monsieur, und das hier ist mein törischter Ge'ilfe Monsieur Reztesrebü.«

Luke kicherte. »Das ist rückwärts für Übersetzer.«

»Oh.« Elizabeth nickte. »Nun, ich freue mich, Sie beide kennen zu lernen, aber ich habe hier leider furchtbar viel zu tun, wenn es Ihnen also nichts ausmacht …« Sie blickte Ivan viel sagend an.

»Ausmachen? Aber selbstverständlisch macht es uns etwas aus! Wir sind 'ier mitten in sehr ernsten Morrtermittlungen, und was tun Sie?« Vorwurfsvoll blickte er sich um und entdeckte die zerknüllten Papierbälle beim Mülleimer. Mit spitzen Fingern hob er einen davon auf und unterzog ihn einer ausführlichen Inspektion mit seiner Lupe. »Sie produssieren Schneebälle, wie es scheint?«

Elizabeth schnitt ihm eine Grimasse, und Luke kicherte.

»Wir müssen Sie ver'ören. Besitzen Sie vielleischt eine grelle Lampe, um Sie ein wenisch zu schikanieren?« Ivan sah sich um und zog die Frage nach einem kurzen Blick in Elizabeths Gesicht wieder zurück. »Nischts für ungut, Madame.«

»Wer ist denn ermordet worden?«, erkundigte sich Elizabeth.

»Ah, genau wie isch es vermutete, Monsieur Reztesrebü«, rief er, während sie beide mit der Lupe vor dem Auge durch die Kü-

318

che defilierten. »Sie benimmt sisch, als wüsste sie nischt, dass wir sie verdächtigen. Kluges Köpfschen, das muss isch sagen.«

»Glauben Sie, dass Madame der Mörder ist?«

»Wir werden sehen. Madame, ein zerquetschter Würm wurde 'eute früh tot auf dem Weg vom Wintergarten zur Wäscheleine aufgefunden. Seine zu Tode betrübte Familie berischtet, dass er das 'aus verlassen 'at, als der Regen auf'örte, um zur anderen Seite des Jardins zu kriesschen. Seine Gründe sind nischt bekannt, aber es ist sischer normal für einen Würm.«

Luke und Elizabeth blickten sich an und lachten.

»Der Regen hat aufge'ört um 'alb sieben gestern Abend, und zu dieser Zeit 'at der Würm das 'aus verlassen. Können Sie mir sagen, was Sie zu dieser Zeit getan 'aben, Madame?«

»Verdächtigen Sie mich etwa?«, lachte Elizabeth.

»In dieser Phase der Ermittlungen ist jeder verdächtisch.«

»Tja, ich bin um Viertel nach sechs von der Arbeit gekommen und habe mit den Vorbereitungen fürs Abendessen begonnen. Dann bin ich in die Waschküche gegangen, habe die feuchten Sachen aus der Waschmaschine geholt und in den Korb gepackt.«

»Und was geschah dann?«, frage Ivan. »Isch suche nach Beweisen«, flüsterte er Luke zu.

Elizabeth lachte. »Danach habe ich gewartet, bis es zu regnen aufhörte, und dann hab ich die Wäsche auf die Leine gehängt.«

Ivan schnappte theatralisch nach Luft. »Monsieur Reztesrebü, 'aben Sie das ge'ört?«

Luke kicherte so heftig, dass man sein Zahnfleisch sah, und Elizabeth entdeckte, dass er schon wieder einen Zahn verloren hatte.

»Nun, das bedeutet zweifelsfrei, dass Sie der Tätter sind!«

Beide wandten sich zu Elizabeth um, die Lupe vor dem Auge.

»Da Sie versucht 'aben, Ihren Geburtstag nächste Woche vor mir ge'eim zu 'alten, werden Sie dazu verurteilt, zum Gedenken an den leider verstorbenen Monsieur Ringel, also den Würm, eine Party in Ihrem Jardin zu feiern.«

Elizabeth stöhnte auf. »Kommt gar nicht in Frage.«

»Ich weiß, ich weiß, Elizabeth«, erwiderte Ivan. Statt des französischen Akzents nahm er jetzt den affektierten Slang der britischen Oberschicht an. »Mit den Dorfleuten verkehren zu müssen, ist so entsetzlich gewöhnlich.«

»Was denn für Dorfleute?«, fragte sie und kniff argwöhnisch die Augen zusammen.

»Ach, bloß ein paar Leute, die wir eingeladen haben«, meinte Ivan leichthin. »Luke hat die Karten heute Morgen in den Briefkasten geworfen, ist das nicht supernett von ihm?« Er nickte dem vor Stolz strahlenden Jungen aufmunternd zu. »Nächste Woche gibst du also eine richtige Gartenparty. Leute, die du nicht besonders gut kennst, werden rücksichtslos durch dein Haus trampeln. Meinst du, damit kommst du zurecht?«

320

Vierunddreißig

Elizabeth hockte mit geschlossenen Augen im Schneidersitz auf dem weißen Laken, das sie wieder über den staubigen Betonboden gebreitet hatte.

»Aha, hierher verschwindest du also jeden Tag«, sagte eine leise Stimme.

Ohne die Augen zu öffnen, antwortete Elizabeth: »Wie machst du das eigentlich, Ivan?«

»Wie mache ich was?«

»Einfach aus dem Nichts auftauchen, wenn ich gerade an dich denke.«

Sie hörte ihn leise lachen, aber er beantwortete ihre Frage nicht. »Warum ist dieser Raum der einzige, der noch nicht fertig ist? Noch nicht mal angefangen, wie's aussieht.« Er stellte sich hinter sie.

»Weil ich Hilfe brauche. Ich stecke fest.«

»Na, was ist das denn? Elizabeth Egan bittet um Hilfe?« Stille trat ein. Dann begann Ivan eine vertraute Melodie zu summen, den Song, den sie die ganzen letzten zwei Monate nicht mehr aus dem Kopf bekommen hatte und der sie dank Poppys und Beccas Sparschwein im Büro fast an den Bettelstab gebracht hätte.

Ihre Augen sprangen auf. »Was summst du denn da?«

»Den Summsong.«

»Hat Luke dir den beigebracht?«

»Nein, *ich* hab ihn *ihm* beigebracht«, erklärte er.

»Ach wirklich?«, brummte Elizabeth. »Ich dachte, sein unsichtbarer Freund hätte ihn sich ausgedacht.« Sie lachte vor sich hin und blickte dann zu Ivan auf. Er war ernst geblieben.

Schließlich sagte er: »Warum hörst du dich eigentlich an, als hättest du eine Socke im Mund?« Er sah sie an. »Und was ist das da auf deinem Gesicht? Ein Maulkorb vielleicht?«, fragte er, und jetzt lachte er doch.

Elizabeth wurde rot. »Nein, das ist kein Maulkorb«, stieß sie hervor. »Du hast ja keine Ahnung, was in diesem Gebäude alles an Staub und Bakterien rumfliegt. Eigentlich müsstest du auch einen Schutzhelm tragen«, verkündete sie und klopfte zur Veranschaulichung auf ihren eigenen. »Das Gebäude könnte einstürzen – was Gott verhüten möge«, fügte sie sarkastisch hinzu. »Aber du bist ja unsichtbar, das hab ich ganz vergessen. Herunterstürzende Betonklötze würden wahrscheinlich direkt durch dich durchgehen.«

»Was hast du denn sonst noch an?«, fragte er, ohne auf ihren Ton zu achten, und musterte sie von oben bis unten. »Handschuhe?«

»Ja, damit ich mir die Hände nicht schmutzig mache«, antwortete sie und schmollte wie ein Kind.

»Ach, Elizabeth«, seufzte Ivan und umkreiste sie kopfschüttelnd. »Ich hab dir so viel beigebracht, und du machst dir immer noch Gedanken um Sauberkeit und Ordnung.« Er hob den Pinsel auf, der neben einer offenen Farbdose lag, und tunkte ihn ein.

»Ivan«, sagte Elizabeth nervös und ließ ihn nicht aus den Augen. »Ivan, was hast du vor?«

»Du hast gesagt, du brauchst Hilfe«, grinste er.

Langsam stand Elizabeth auf. »Ja-a, Hilfe beim Streichen der *Wand*«, erläuterte sie warnend.

»Tja, leider hast du das nicht so genau definiert, als du darum gebeten hast. Deshalb fürchte ich, es zählt nicht«, meinte er, während er den Pinsel tief in die rote Farbe tauchte, die Borsten mit der Hand zurückbog und sie dann in Elizabeths Richtung wieder losließ. Wie von einem Katapult spritzte ihr die Farbe ins Gesicht.

»Ooh, so ein Pech, dass deine Schutzkleidung nicht fürs ganze Gesicht reicht«, sagte er spöttisch, während er zusah, wie sich ihre Augen wütend und erschrocken weiteten. »Aber das zeigt mal wieder, dass man sich noch so sehr in Watte packen kann, man ist nie vor allem sicher.«

»Ivan«, rief sie, und ihre Stimme klang scharf. »Mich in den See zu schmeißen, mag ja noch als komisch durchgehen, aber jetzt tickst du total aus! Das hier ist meine Arbeit!« Sie kreischte fast. »Ich meine es ernst, ich will nichts mehr mit dir zu tun haben, Ivan, Ivan ... ich kenne ja nicht mal deinen Nachnamen!«

»Rabtchisnu heiße ich«, erklärte er ruhig.

»Bist du Russe oder was?«, schrie sie und war kurz vor dem Hyperventilieren. »Ist Eisatnaf vielleicht auch in Russland? Existiert es überhaupt?« Sie konnte nur noch schreien und war völlig außer Atem.

»Es tut mir sehr Leid«, erwiderte Ivan ernst, und sein Lächeln war verschwunden. »Ich sehe, dass du durcheinander bist. Siehst du, ich lege das wieder hin«, versprach er und platzierte den Pinsel wieder genauso auf dem Farbtopf wie vorher, in einer perfekten Reihe mit den anderen. »Ich bin zu weit gegangen, entschuldige bitte.«

Sofort begann Elizabeths Ärger abzuflauen.

»Das Rot ist vielleicht eine zu wütende Farbe für dich«, fuhr er fort. »Ich hätte einfühlsamer sein sollen.« Auf einmal erschien ein anderer Pinsel vor ihrem Gesicht. Sie riss die Augen auf.

»Weiß vielleicht?«, grinste er, und wieder ergoss sich ein Farbschauer über sie.

»Ivan!« Elizabeth wusste nicht, ob sie lachte oder brüllte. »Na gut«, meinte sie und stürzte sich auf die Farbtöpfe. »Du willst also spielen? Ich kann auch spielen, weißt du. Bunte Farben magst du am liebsten, hast du gesagt?«, brummte sie. Rasch

323

tunkte sie einen Pinsel in den Topf und jagte Ivan vor sich her durchs Zimmer. »Blau ist doch deine Lieblingsfarbe, nicht wahr, Mr. Rabtchisnu?« Sie malte ihm einen blauen Streifen übers Gesicht und lachte fies.

»Das findest du also komisch?«

Sie nickte, während sie sich den Bauch vor Lachen hielt.

»Gut!«, lachte auch Ivan, packte sie um die Taille, warf sie auf den Boden, hielt sie gekonnt fest und bemalte ihr Gesicht, so viel sie auch kreischte und sich loszumachen versuchte. »Wenn du nicht aufhörst zu schreien, hast du gleich auch noch eine grüne Zunge, Elizabeth!«, warnte Ivan sie.

Als sie beide von Kopf bis Fuß voller Farbe waren und Elizabeth sich unter einem so heftigen Lachkrampf wand, dass sie nicht mehr kämpfen konnte, wandte Ivan sich der Wand zu. »Was diese Wand jetzt braucht, ist Farbe.«

Elizabeth legte ihren Mundschutz ab, wodurch das letzte bisschen normale Gesichtsfarbe zum Vorschein kam, und rang nach Luft.

»Na, wenigstens war das Ding doch zu etwas nütze«, bemerkte Ivan und wandte sich wieder der Wand zu. »Ein kleines Vögelchen hat mir verraten, dass du ein Date mit Benjamin West hattest«, sagte er schelmisch und tunkte einen frischen Pinsel in die rote Farbe.

»Ich war mit ihm essen. Kein Date, nein. Und wenn ich das hinzufügen darf: Es war an dem Abend, als du mich versetzt hast.«

Er ging nicht darauf ein. »Magst du ihn?«, fragte er.

»Er ist nett«, antwortete sie, ohne sich umzudrehen.

»Würdest du gern mehr Zeit mit ihm verbringen?«, fragte er.

Elizabeth begann das farbbespritzte Laken zusammenzurollen. »Ich würde gern mehr Zeit mit dir verbringen.«

»Und wenn das nicht geht?«

Elizabeth erstarrte. »Dann würde ich dich fragen, warum.«

Er wich der Frage aus. »Was, wenn ich nicht existieren würde und du mir nie begegnet wärst, würdest du dann gern mehr Zeit mit Benjamin verbringen?«

Elizabeth schluckte schwer, stopfte Papier und Stifte in ihre Handtasche und zog den Reißverschluss zu. Sie hatte keine Lust mehr auf Spielchen, und das, was er sagte, machte sie nervös. Dieses Thema musste richtig und in Ruhe besprochen werden. Sie stand auf. Inzwischen hatte Ivan in großen roten Buchstaben auf die Wand gepinselt: »Elizabeth – ♡ – Benjamin«.

»Ivan!« Elizabeth kicherte. »Sei doch nicht so kindisch! Stell dir mal vor, das sieht jemand!« Sie wollte ihm den Pinsel wegnehmen.

Aber er ließ nicht los, und ihre Blicke trafen sich. »Ich kann dir nicht geben, was du dir wünschst, Elizabeth«, sagte er leise.

Ein Hüsteln von der Tür ließ sie beide aufschauen.

»Hi, Elizabeth!«, Benjamin musterte sie amüsiert. Dann betrachtete er die Wand hinter ihr und grinste. »Das ist ja ein sehr interessantes Thema.«

Bedeutungsschwangere Stille trat ein. Elizabeth schaute nach rechts. »Das war Ivan«, sagte sie mit kindlicher Stimme.

Benjamin lachte. »Ach, der schon wieder.«

Sie nickte und blickte auf den Pinsel in ihrer Hand, von dem rote Farbe auf ihre bereits ziemlich bunten Jeans tropfte. Unter den roten, lila, grünen und weißen Tupfen wurde ihr Gesicht purpurfarben.

»Sieht aus, als wären Sie diesmal dabei erwischt worden, wie Sie die Rosen rot angemalt haben«, meinte Benjamin leise und machte einen Schritt ins Zimmer.

»Benjamin!«, erscholl in diesem Moment Vincents gebieterische Stimme.

Mitten im Schritt hielt er inne und verzog das Gesicht. »Na, dann geh ich wohl lieber«, seufzte er und lächelte ihr zu. »Bis später!« Auf halbem Weg zur Tür drehte er sich noch einmal um und rief: »Ach, übrigens vielen Dank für die Einladung zur Party!«

Elizabeth ignorierte Ivan, der sich vor Lachen krümmte und laut schnaubte, tunkte wutentbrannt den Pinsel in den weißen Farbtopf und übermalte Ivans Geschmier, als wollte sie die peinliche Erinnerung für immer aus ihrem Gedächtnis löschen.

»Guten Tag, Mr. O'Callaghan, hallo, Maureen, hallo, Fidelma, hi, Connor, guten Tag, Father Murphy«, begrüßte sie ihre Mitbürger, als sie durch das Städtchen zu ihrem Büro zurückmarschierte. Rote Farbe rann an ihrem Arm hinunter, blaue Farbe klebte in ihrem Haar, und ihre Jeans sahen aus wie ein Gemälde von Monet. Stumme, bestürzte Blicke folgten ihr, aber Elizabeth ging einfach weiter und hinterließ eine kunterbunte Spur.

»Warum machst du das immer?«, fragte Ivan, der angestrengt mit ihr Schritt zu halten versuchte.

»Warum mache ich was? Guten Tag, Sheila.«

»Du gehst immer über die Straße, bevor du zu Flanagan's Pub kommst, dann spazierst du ein Stück auf dieser Straßenseite, und bei Joe's gehst du wieder zurück.«

»Stimmt doch gar nicht«, widersprach sie und begrüßte einen anderen Glotzer.

»Na, wie war das noch mal mit dem bunten Hund, Elizabeth?«, rief Joe ihr zu und lachte über ihre farbigen Spuren.

»Siehst du, da hast du es schon wieder getan!«, lachte Ivan.

Abrupt blieb Elizabeth stehen und sah sich nach ihren deutlich sichtbaren Fußspuren um. Es stimmte: Vor Flanagan's Pub hatte sie die Straße überquert, war auf dem gegenüberliegenden Gehweg weitergegangen und hatte dann noch einmal gewechselt, um zu ihrem Büro zu kommen. Ihr war das noch nie aufgefallen. Nachdenklich blickte sie zurück zu Flanagan's. Mr. Flanagan stand vor der Tür zu seinem Pub, rauchte eine Zigarette und nickte ihr seltsam zu, allem Anschein nach überrascht, dass sie seinen Blick erwiderte. Sie runzelte die Stirn und schluckte den Kloß in ihrem Hals hinunter, während sie das Gebäude weiter anstarrte.

»Alles in Ordnung, Elizabeth?«, fragte Ivan und unterbrach ihre Grübelei.

»Ja«, antwortete sie, aber ihre Stimme war nur ein Flüstern. Sie räusperte sich und sah Ivan verwirrt an. Dann wiederholte sie nicht sehr überzeugend: »Ja, mit mir ist alles in Ordnung.«

Fünfunddreißig

Zusammen mit zwei anderen älteren Frauen stand Mrs. Bracken vor ihrer Ladentür und inspizierte Stoffproben, als Elizabeth vorbeimarschierte, dicke Farbklumpen an den Haarspitzen, die auf ihrem Rücken ein farbenfrohes Muster hinterließen. Die Damen gaben vorwurfsvoll-besorgte Geräusche von sich und musterten die ungewohnte Erscheinung mit missbilligenden Blicken.

»Verliert sie jetzt endgültig den Verstand?«, flüsterte die Frau neben Mrs. Bracken deutlich hörbar.

»Nein, ganz im Gegenteil«, hörte Elizabeth Mrs. Brackens Stimme, »ich glaube eher, sie strengt sich gerade besonders an, ihn wiederzufinden.«

Wieder wurde abschätzig gemurmelt, und noch in Hörweite philosophierten die Frauen darüber, dass Elizabeth ganz sicher nicht die Einzige war, die den Verstand verloren hatte.

Im Büro ignorierte Elizabeth Beccas Starren und Poppys leisen Aufschrei. »Das ist doch mal was anderes!«, rief Letztere, aber Elizabeth marschierte unbeirrt weiter in ihr Büro und schloss die Tür leise hinter sich. Nichts sollte hier hereinkommen. Dann lehnte sie sich mit dem Rücken an die Tür und versuchte zu verstehen, warum sie so furchtbar zitterte. Was war in ihr aufgewirbelt worden? Welche Monster waren aus dem Schlaf gescheucht worden und tobten jetzt unter ihrer Haut herum? Sie holte tief Luft durch die Nase und stieß sie wieder aus, wobei sie langsam bis drei zählte, bis ihre schwachen Knie endlich nicht mehr schlotterten.

Alles war zwar etwas peinlich, aber in Ordnung gewesen, solange sie bunt wie ein Regenbogen durch die Stadt marschierte. Alles war in Ordnung gewesen, bis Ivan etwas gesagt hatte … was war das gewesen? Was hatte er gesagt? Auf einmal fiel es ihr wieder ein, und ein Frösteln durchlief ihren Körper.

Flanagan's Pub. Sie mied Flanagan's Pub. Immer. Aber sie hatte es nicht bemerkt, bis er sie darauf aufmerksam gemacht hatte. Warum mied sie den Pub? Wegen Saoirse? Nein, Saoirse trank im Camel's Hump, ein paar Häuser weiter. Sie blieb weiter an der Tür stehen und zermarterte sich den Kopf, bis ihr schwindlig wurde vor lauter Gedanken. Das Zimmer begann sich zu drehen, und sie kam zu dem Schluss, dass sie nach Hause musste. Zu Hause hatte sie die Kontrolle über das, was vorging, wer hereinkam, wer wieder heraus durfte. Dort hatten alle Dinge ihren Platz, dort war jede Erinnerung klar und eindeutig. Sie brauchte Ordnung.

»Wo ist dein Sitzsack, Ivan?«, fragte Calendula und schaute mich von ihrem gelb gestrichenen Holzstuhl herunter an.

»Ach, den hatte ich lange genug«, antwortete ich. »Jetzt drehe ich mich lieber.«

»Schön«, meinte sie und nickte anerkennend.

»Opal ist heute aber echt spät dran«, stellte Tommy fest und wischte sich die Rotznase am Arm ab.

Calendula sah angeekelt weg, strich ihr hübsches gelbes Kleid glatt, kreuzte die Füße und wippte mit ihren weißen Lackschuhen und Spitzensöckchen, während sie leise den Summsong summte.

Olivia strickte wie üblich in ihrem Schaukelstuhl. »Sie wird schon kommen«, schnarrte sie.

Jamie-Lynn angelte sich ein Teilchen mit Rice Crispies und Schokolade und ein Glas Milch vom Tisch, aber dann musste sie plötzlich husten und prustete sich die Milch über den Arm. Schnell leckte sie sie ab.

»Hast du wieder im Wartezimmer beim Arzt gespielt, Jamie-Lynn?«, fragte Olivia und musterte die Kleine ärgerlich über den Rand ihrer Brille hinweg.

Jamie-Lynn nickte, hustete erneut auf ihr Teilchen und biss ein Stück ab.

Calendula rümpfte die Nase und kämmte ihrer Barbie weiter mit einem kleinen Kamm die Haare.

»Opal hat dir doch schon tausend Mal gesagt, dass es in Wartezimmern von Bakterien nur so wimmelt. Von den Spielsachen, mit denen du da so gern spielst, wirst du krank.«

»Ich weiß«, entgegnete Jamie-Lynn mit vollem Mund. »Aber irgendjemand muss den Kids doch Gesellschaft leisten, wenn sie da rumsitzen und warten, dass sie endlich drankommen.«

Weitere zwanzig Minuten später tauchte Opal auf. Besorgte Blicke wurden gewechselt. Opal wirkte wie ein Schatten ihrer selbst. Sie schwebte nicht in den Raum wie eine frische Morgenbrise, sondern jeder ihrer Schritte war schwer wie mit Beton beladen. Sofort wurden alle ganz still und schauten auf die tiefblaue, fast schwarze Farbe, die ihr folgte.

»Einen guten Tag, meine Freunde«, begrüßte Opal die Versammlung. Sogar ihre Stimme klang anders, irgendwie gedämpft und in einer anderen Dimension zurückgehalten.

»Hallo, Opal.« Alle sprachen ganz leise, als würde jedes Geräusch über einem Flüstern dazu führen, dass ihre sonst so stabilen Mauern sich in Schutt und Asche auflösten.

Sie lächelte sanft in die Runde und nahm die Unterstützung zur Kenntnis. »Jemand, mit dem ich seit langer Zeit befreundet bin, ist krank. Sehr krank. Er wird sterben, und ich bin sehr traurig, ihn zu verlieren«, erklärte sie.

Alle gaben tröstende Laute von sich, Olivia hörte auf zu schaukeln, Bobby stoppte sein Skateboard, auf dem er hin und her gerollt war. Calendula hielt die Beine still, Tommy zog die Nase nicht mehr hoch, und ich brachte meinen Drehstuhl zum Stillstand. Das Thema war ernst, und wir redeten darüber, wie es ist,

331

Menschen zu verlieren, die man liebt. Alle verstanden das, denn so etwas passiert besten Freunden dauernd, und jedes Mal war die Trauer wieder genauso stark.

Ich konnte nichts zu der Unterhaltung beitragen. Jedes Gefühl, das ich je für Elizabeth gehegt hatte, schwoll in meiner Kehle wie ein pumpendes Herz, das von Sekunde zu Sekunde mehr Liebe bekommt und deshalb immer größer und stolzer wird. Der Kloß in meinem Hals hinderte mich am Sprechen. Genauso wie mein anschwellendes Herz es nicht zuließ, dass ich aufhörte, Elizabeth zu lieben.

Als das Meeting zu Ende ging, schaute Opal zu mir. »Ivan, wie steht es bei Elizabeth?«

Alle sahen mich an, und ich fand zum Glück ein winziges Loch in dem Kloß, durch das der Klang meiner Stimme gerade eben durchpasste. »Ich war gestern bei ihr und sehe sie erst morgen wieder, weil sie über etwas nachdenken soll.« Als ich an ihr Gesicht dachte, schlug mein Herz schneller und schwoll wieder an, und das kleine Loch in dem Kloß schloss sich.

Ohne dass irgendjemand im Raum meine Situation genauer kannte, wussten alle, was das bedeutete: »Nicht mehr lange.«

Opal sammelte hastig ihre Papiere ein und verließ das Meeting; vermutlich war es in ihrem Fall das Gleiche.

Elizabeths Füße donnerten aufs Laufband, das in dem kleinen Fitnessraum mit Blick auf den Garten stand, während sie sehnsüchtig auf die Hügel hinausblickte, auf die Seen und Berge, die sich vor ihr erstreckten. Sie rannte noch schneller. Ihre Haare flatterten, auf ihrer Stirn glitzerten Schweißperlen, ihre Arme bewegten sich parallel zum Rhythmus der Beine, und wie jeden Tag stellte sie sich vor, dass sie über diese Hügel lief, übers Meer, immer weiter weg von hier. Als sie dreißig Minuten auf der Stelle gerannt war, hielt sie inne, verließ schwer atmend und schwach den Raum. Doch statt sich auszuruhen, begann sie unverzüglich zu putzen und zu schrubben, ohne darauf zu achten, dass das meiste bereits blitzte und blinkte.

Nachdem sie das Haus von oben bis unten gereinigt, jede kleinste Spinnwebe entfernt und auch das dunkelste Eckchen aufgeräumt hatte, begann sie dieselbe Prozedur mit ihren Gedanken. Ihr ganzes Leben war sie davor weggelaufen, hatte sich geweigert, Licht in die dunklen Ecken ihrer Erinnerung vordringen zu lassen. Eine Menge Staub und Spinnweben hatten sich angesammelt, aber jetzt war sie bereit, sie wegzuschaffen. Etwas wollte aus der Dunkelheit hervorkriechen, und sie war fest entschlossen, ihm dabei zu helfen. Genug gerannt.

So saß sie am Küchentisch und starrte hinaus in die wunderschöne Landschaft, auf die sanften Hügel, die Täler, die von Fuchsien und Bergfreesien gesäumten Seen. Inzwischen war es August und wurde schon früher dunkel, sodass der Himmel jetzt wirkte wie eine umgedrehte Schneekugel, aus der die Dämmerung herabrieselte.

Elizabeth dachte lang und intensiv über nichts und alles nach, gab jedem Gedanken, der in ihrem Bewusstsein auftauchte, eine Chance, aus dem Schatten zu treten. Es war das gleiche nagende Gefühl, vor dem sie auch floh, wenn sie nachts im Bett lag und einzuschlafen versuchte, das gleiche Gefühl, mit dem sie kämpfte, wenn sie zwanghaft putzte. Aber jetzt saß sie am Tisch und hatte kapituliert, hielt die Hände hoch, hatte die Waffen gestreckt und ließ sich von ihren Gedanken gefangen nehmen. Viel zu lange war sie wie ein entflohener Sträfling vor ihnen davongelaufen.

»Warum sitzt du hier im Dunkeln?«, erkundigte sich eine liebe Stimme.

Sie lächelte. »Ich denke nur nach, Luke.«

»Kann ich mich zu dir setzen?«, fragte er, und sie hasste sich, weil sie nein sagen wollte. »Ich sag auch nichts und fass nichts an, das verspreche ich«, fügte er hinzu.

Es brach ihr fast das Herz. War sie denn wirklich so schlimm? Ja, sie wusste es.

333

»Komm her und setz dich zu mir«, sagte sie lächelnd und zog einen Stuhl neben sich.

Eine Weile saßen sie schweigend in der dunklen Küche. Schließlich sagte Elizabeth: »Luke, es gibt da ein paar Dinge, über die ich mit dir reden sollte. Dinge, die ich schon längst mit dir hätte besprechen sollen, aber ...« Sie verschränkte die Hände ineinander und gab sich alle Mühe, die richtigen Worte zu finden. Als sie noch ein Kind war, hatte sie sich immer gewünscht, dass die Erwachsenen ihr erklären würden, was passiert war, wo ihre Mutter hingegangen war und warum. Eine einfache Erklärung hätte ihr viele Jahre zermürbender Grübeleien erspart.

Luke sah sie mit seinen großen blauen Augen unter langen Wimpern an. Seine Pausbacken waren rosig, und seine Oberlippe glänzte feucht, weil ihm ein bisschen die Nase lief. Elizabeth lachte, fuhr ihm durchs Haar und ließ die Hand auf seinem warmen kleinen Nacken liegen.

»Aber ich wusste nicht, wie ich sie dir erklären sollte«, fuhr sie fort.

»Ist es wegen meiner Mom?«, fragte Luke und schaukelte unter dem Tisch mit den Beinen.

»Ja«, nickte Elizabeth. »Sie hat uns eine ganze Weile nicht besucht, was dir wahrscheinlich aufgefallen ist.«

»Sie ist auf einer Abenteuerreise«, verkündete Luke.

»Na ja, ich weiß nicht, ob man es so nennen kann, Luke«, seufzte Elizabeth. »Ich weiß nicht, wo sie ist, Schätzchen. Sie hat es keinem gesagt, bevor sie weggegangen ist.«

»Doch, mir hat sie es gesagt«, piepste er.

»Was?« Elizabeth sah ihn mit großen Augen an, und ihr Herz schlug schneller.

»Ehe sie losgezogen ist, hat sie mich besucht und mir gesagt, dass sie weg will, aber noch nicht weiß, für wie lange. Und da hab ich gesagt, das ist ja wie bei einem Abenteuer, und sie hat gelacht und gesagt, ja, genau.«

»Hat sie dir auch erklärt, warum?«, flüsterte Elizabeth, über-

rascht, dass Saoirse doch genug Einfühlungsvermögen gehabt
hatte, sich wenigstens von ihrem Sohn zu verabschieden.

»Mhmm«, nickte er und wippte schneller mit den Füßen. »Sie
hat gesagt, so ist es für sie und für dich und für Granddad und
für mich am besten, weil sie dauernd was falsch macht und alle
wütend werden. Sie hat gesagt, jetzt tut sie endlich das, was du
ihr schon immer gesagt hast, nämlich wegfliegen.«

Einen Augenblick hielt Elizabeth den Atem an und erinnerte
sich, wie sie ihrer kleinen Schwester immer erzählt hatte, sie kön-
ne einfach wegfliegen, wenn es daheim unerträglich wurde. Sie
dachte daran, wie sie zu der sechsjährigen Saoirse zurückgeblickt
hatte, als sie zum College fuhr, und ihr immer wieder gesagt hatte, sie solle aus ihrem Käfig ausbrechen. Auf einmal hatte sie einen dicken Kloß im Hals.

»Was hast du dazu gesagt?«, brachte Elizabeth schließlich
heraus, fuhr mit der Hand durch Lukes babyweiches Haar und
spürte zum ersten Mal in ihrem Leben den überwältigenden
Wunsch, ihn zu beschützen.

»Ich hab ihr gesagt, dass sie wahrscheinlich Recht hat«, antwortete Luke nüchtern. »Sie hat gemeint, ich bin jetzt ein großer
Junge und muss für dich und Granddad sorgen.«

Tränen rollten Elizabeth über die Wangen. »Das hat sie gesagt?«, schniefte sie.

Luke wischte ihr vorsichtig die Tränen ab.

»Mach dir deswegen bloß keine Gedanken.« Sie küsste seine
weiche Hand und nahm ihn in den Arm. »Es ist nämlich mein
Job, für dich zu sorgen, okay?«

Seine Antwort klang gedämpft, weil sie seinen Kopf fest an
ihre Brust gedrückt hielt. Schnell gab sie ihn wieder frei, damit
er Luft holen konnte.

»Edith kommt bald wieder nach Hause«, meinte er aufgeregt,
nachdem er tief eingeatmet hatte. »Ich bin so gespannt, was sie
mir mitbringt.«

Elizabeth lächelte, versuchte sich zusammenzunehmen und

räusperte sich. »Wir können sie mit Ivan bekannt machen. Glaubst du, sie mag ihn?«

Luke verzog das Gesicht. »Ich glaube nicht, dass sie ihn sehen kann.«

»Wir können ihn aber nicht immer nur für uns behalten, weißt du, Luke«, lachte Elizabeth.

»Und vielleicht ist Ivan gar nicht mehr hier, wenn sie zurückkommt«, fügte Luke hinzu.

Elizabeths Herz klopfte laut. »Wie meinst du das? Hat er irgendwas zu dir gesagt?«

Luke schüttelte den Kopf.

Elizabeth seufzte. »Ach, Luke, nur weil du dich so gut mit Ivan verstehst, bedeutet das noch lange nicht, dass er dich verlässt, weißt du. Ich möchte mich nicht mehr vor der Zukunft fürchten. Das hab ich immer getan. Immer hab ich geglaubt, alle, die ich liebe, gehen irgendwann weg.«

»*Ich* geh aber nicht weg«, verkündete Luke.

»Und ich verspreche dir, dass ich auch hier bleibe«, sagte sie und küsste ihn auf den Kopf. Dann räusperte sie sich wieder. »Die Sachen, die du mit Edith zusammen machst, in den Zoo oder ins Kino gehen und so …« Sie zögerte.

»Was ist damit?«

»Würdest du so was vielleicht auch gern mal mit mir machen?«

Luke grinste sie an. »Ja, das wäre cool!« Er dachte eine Weile nach. »Jetzt sind wir irgendwie gleich, stimmt's? Ich meine, dass meine Mom weggegangen ist, ist irgendwie so ähnlich wie das, was deine Mom gemacht hat, oder nicht?«, fragte er dann, hauchte auf den Glastisch und schrieb seinen Namen auf die beschlagene Stelle.

Auf einmal überlief es Elizabeth kalt. »Nein«, fauchte sie. »Das ist überhaupt nicht das Gleiche.« Sie stand auf, knipste das Licht an und begann die Arbeitsplatte abzuwischen.

»Das sind zwei völlig unterschiedliche Leute, es ist überhaupt nicht zu vergleichen«, betonte sie noch einmal mit zitternder Stimme und schrubbte wie eine Wilde auf der Platte herum. Als sie aufschaute, entdeckte sie in der Glasscheibe des Wintergartens ihr Spiegelbild. Verschwunden war ihre Gelassenheit, ihre Einfühlsamkeit, jetzt sah sie aus wie eine Besessene, die sich vor der Wahrheit versteckte und vor der Welt davonlief.

Da plötzlich wusste sie es.

Und die Erinnerungen, die in den dunklen Ecken gelauert hatten, krochen langsam, aber sicher hervor ans Licht.

Sechsunddreißig

»Opal!«, rief ich leise von der Tür ihres Büros her. Sie schien so zerbrechlich, dass ich Angst hatte, das kleinste Geräusch könnte sie zum Zerspringen bringen.

»Ivan«, lächelte sie müde und strich sich die Dreadlocks aus dem Gesicht.

Ich sah mich selbst in ihren tränenglänzenden Augen, als ich ins Zimmer trat. »Wir machen uns alle Sorgen deinetwegen. Gibt es irgendetwas, was wir tun können? Was ich tun kann?«

»Danke, Ivan, aber abgesehen davon, dass ihr die Dinge hier ein bisschen im Auge behaltet, gibt es eigentlich nichts, womit ihr mir helfen könnt. Ich bin einfach so müde, weil ich die letzten Nächte im Krankenhaus verbracht habe und nicht schlafen wollte. Er hat nur noch wenige Tage, ich möchte es nicht verpassen, wenn er ...« Sie wandte den Blick ab, starrte auf den Bilderrahmen auf ihrem Schreibtisch, und als sie wieder sprach, zitterte ihre Stimme: »Ich wünschte mir so, es gäbe eine Möglichkeit, wie ich ihm Lebewohl sagen kann, wie ich ihn wissen lassen kann, dass er nicht allein ist, dass ich bei ihm bin.« Tränen liefen ihr über die Wangen.

Ich ging zu ihr und tröstete sie, aber ich fühlte mich machtlos, denn es war mir klar, dass ich nichts, rein gar nichts für diese Freundin tun konnte. Oder etwa doch?

»Warte, Opal, vielleicht gibt es eine Möglichkeit. Ich hab da eine Idee ...« Und schon war ich auf und davon.

In letzter Minute hatte Elizabeth arrangiert, dass Luke bei Sam übernachten konnte, denn sie wusste, dass sie allein sein musste. Sie spürte die Veränderung in sich, ein Frösteln, das von ihrem Körper Besitz ergriffen hatte und nicht weggehen wollte. Zusammengekauert hockte sie im Bett, eingemummelt in einen viel zu großen Pullover, die Decke eng um sich gezogen, und versuchte verzweifelt, wieder warm zu werden.

Der Mond vor ihrem Fenster merkte, dass etwas nicht stimmte, und bewachte sie in der Dunkelheit. Immer wieder krampfte sich ihr Magen nervös zusammen. Was Ivan und Luke heute zu ihr gesagt hatten, hatte in ihr einen Schlüssel umgedreht und eine Truhe von Erinnerungen geöffnet, die so furchtbar waren, dass Elizabeth sich fürchtete, die Augen zu schließen.

Durch die offenen Vorhänge blickte sie aus dem Fenster zum Mond hinauf, der ihr ermutigend zunickte, und sie ließ sich treiben, öffnete vorsichtig den Deckel der Truhe und schloss langsam die Augen.

Sie war zwölf Jahre alt. Vor zwei Wochen hatte ihre Mutter mit ihr auf der großen Wiese gepicknickt und ihr gesagt, dass sie weggehen würde. Seit zwei Wochen wartete Elizabeth nun auf sie. Vor Elizabeths Zimmer kreischte die einen Monat alte Saoirse, und ihr Vater wiegte sie und bemühte sich, sie zu beruhigen und zu trösten.

»Schlaf, mein Baby, schlaf ein«, hörte sie seine Stimme lauter und leiser werden, während er noch spät in der Nacht im Haus hin und her wanderte. Draußen heulte der Wind, quetschte sich pfeifend durch Fensterritzen und Schlüssellöcher, wirbelte und tanzte in den Zimmern herum, lockte, neckte, kitzelte Elizabeth, die im Bett lag, sich die Ohren zuhielt und weinte.

Saoirses Schreie wurden lauter, Brendans Stimme wurde lauter, und Elizabeth versteckte den Kopf unter dem Kissen.

»Bitte, Saoirse, bitte hör auf zu weinen«, flehte ihr Vater leise und versuchte ihr ein Lied vorzusingen, ein Schlaflied, das Elizabeths Mutter oft sang. Elizabeth drückte die Hände noch fester

340

auf die Ohren, aber sie hörte Saoirses Gebrüll und das unmelodische Singen ihres Vaters immer noch. Elizabeth setzte sich auf, und ihre Augen brannten von einer weiteren Nacht voller Tränen und ohne Schlaf.

»Möchtest du deine Flasche, mein Baby?«, fragte ihr Vater leise im Nebenzimmer. »Nein? Ach, Liebes, was willst du denn?« Voller Schmerz fuhr er fort. »Ich vermisse sie auch, Liebes, ich vermisse sie auch.« Und dann begann er zu weinen. Saoirse, Brendan und Elizabeth weinten zusammen um Gráinne, aber alle drei fühlten sie sich allein in dem kleinen, vom Wind gebeutelten Haus.

Auf einmal erschienen Scheinwerfer am Ende der langen Straße. Blitzschnell kroch Elizabeth unter der Decke hervor, setzte sich ans Fußende ihres Betts, und ihr Magen krampfte sich vor Aufregung zusammen. Es war ihre Mutter, sie musste es sein, wer sonst sollte um zehn Uhr abends hierher kommen? Vor Freude hopste sie auf und ab.

Das Auto hielt vor dem Haus, die Tür wurde geöffnet, und heraus stieg Kathleen, Gráinnes Schwester. Ohne die Tür zu schließen und ohne die Scheinwerfer und die wild über die Windschutzscheibe schabenden Scheibenwischer auszustellen, marschierte sie zum Gartentor, schubste es auf, sodass es heftig quietschte, und klopfte an die Haustür.

Mit der schreienden Saoirse auf dem Arm öffnete ihr Brendan. Elizabeth sauste zum Schlüsselloch und spähte hinaus auf den Korridor.

»Ist sie hier?«, wollte Kathleen wissen, ohne Begrüßung, ohne ein freundliches Wort.

»Psst«, machte Brendan. »Du weckst Elizabeth.«

»Als wäre die nicht längst wach bei dem Geschrei. Was hast du bloß mit dem armen Kind angestellt?«, fragte sie entsetzt.

»Das arme Kind braucht seine Mutter«, entgegnete er mit lauter Stimme. »Wie wir alle«, fügte er etwas sanfter hinzu.

»Gib sie mir mal«, forderte Kathleen.

»Du bist doch ganz nass«, meinte Brendan und trat mit dem winzigen Bündel zurück.

»Ist sie hier?«, fragte Kathleen abermals, und ihre Stimme klang immer noch wütend. Sie stand vor der Haustür, ohne zu fragen, ob sie hereindurfte, und Brendan hatte sie auch nicht eingeladen.

»Natürlich ist sie nicht hier«, antwortete Brendan und versuchte Saoirse zu beruhigen, indem er sie sachte auf und ab warf. »Ich dachte, ihr hättet sie zu dem Zauberort gebracht, wo man sie für immer heilen kann«, sagte er ärgerlich.

Aber Kathleen seufzte nur. »Angeblich war es die beste Einrichtung überhaupt, Brendan, besser als die anderen auf jeden Fall. Aber jetzt ist sie weg«, fügte sie hinzu.

»Weg? Was meinst du mit weg?«

»Heute Morgen war sie nicht in ihrem Zimmer, und niemand hat sie gesehen.«

»Sie verschwindet gern mitten in der Nacht, deine Mutter«, sagte Brendan zu Saoirse. »Na ja, wenn sie nicht dort ist, wo ihr sie hingeschickt habt, dann braucht ihr nicht weit von hier zu suchen. Bestimmt ist sie bei Flanagan's.«

Elizabeths Augen weiteten sich, und sie schnappte nach Luft. Ihre Mutter war hier in Baile na gCroíthe, sie war doch nicht weggegangen!

Saoirse jammerte ununterbrochen.

»Um Himmels willen, Brendan, kannst du sie denn nicht beruhigen?«, beklagte sich Kathleen. »Du weißt, ich kann die Kinder nehmen, sie können bei mir und Alan wohnen …«

»Sie sind *meine* Kinder, und ihr werdet sie mir nicht wegnehmen, wie ihr mir schon Gráinne weggenommen habt«, knurrte er. Saoirses Weinen wurde leiser.

Eine ganze Weile sagten die beiden Erwachsenen nichts mehr.

»Mach, dass du wegkommst«, befahl Elizabeths Vater schließlich mit schwacher Stimme, als hätte sein Ausbruch ihn die letzte Kraft gekostet.

Die Haustür fiel ins Schloss, und Elizabeth sah zu, wie Kathleen das Gartentor zuknallte und in ihren Wagen stieg. Durchs Fenster beobachtete sie, wie das Auto davonfuhr und die Lichter in der Ferne verschwanden, zusammen mit Elizabeths Hoffnung, mit ihr kommen und ihre Mutter sehen zu können.

Ein Hoffnungsschimmer blieb. Ihr Vater hatte Flanagan's erwähnt. Elizabeth wusste, wo das war, sie ging jeden Tag auf dem Weg zur Schule dort vorbei. Sie würde ihre Tasche packen, ihre Mutter suchen und mit ihr weit weg von ihrer brüllenden kleinen Schwester und ihrem wortkargen Vater leben und jeden Tag ein Abenteuer erleben.

Der Türgriff bewegte sich, sie hechtete unter die Decke und stellte sich schlafend. Ganz fest kniff sie die Augen zusammen und beschloss, zu Flanagan's aufzubrechen, sobald ihr Vater zu Bett gegangen war.

Genau wie ihre Mutter würde sie sich in die Nacht davonschleichen.

»Bist du sicher, dass das funktioniert?« Opal drückte sich an die Wand der Station im Krankenhaus, und sie rang krampfhaft ihre zitternden Hände.

Mit unsicherem Blick sah Ivan sie an. »Den Versuch ist es wert.«

Durch das Glasfenster konnten sie in Geoffreys Zimmer sehen. Er hing an einem Beatmungsgerät, der Mund unter einer Sauerstoffmaske, und um ihn herum piepten verschiedene andere Apparate, an die er ebenfalls mit Schläuchen angeschlossen war. Im Zentrum des ganzen Trubels lag sein Körper, still und reglos, nur seine Brust hob und senkte sich in stetigem Rhythmus. Sie waren umgeben von dem unheimlichen Klang, den nur Krankenhäuser hervorbringen, dem Klang des Wartens, des Schwebezustands zwischen einem zeitlosen Ort und dem anderen.

Sobald die Schwestern, die sich um Geoffrey kümmerten, die

Tür aufmachten, um zu gehen, schlüpften Opal und Ivan zu ihm hinein.

»Da ist sie«, sagte Olivia, als Opal hereinkam.

Sofort öffneten sich seine Augen und begannen angestrengt im Zimmer umherzuwandern.

»Sie ist links von dir, Liebes, sie hält deine Hand«, erklärte Olivia sanft.

Geoffrey versuchte zu sprechen, ein erstickter Laut unter der Maske. Opals Hand flog an ihren Mund, ihre Augen füllten sich mit Tränen, und der Kloß in ihrem Hals war so dick, dass man ihn von außen sah. Geoffrey benutzte eine Sprache, die nur Olivia verstehen konnte, die Worte eines Sterbenden.

Sie nickte, auch in ihre Augen traten Tränen, und als sie sprach, hielt Ivan es nicht mehr im Zimmer aus.

»Er hat gesagt, ich soll dir ausrichten, dass sein Herz geschmerzt hat in jedem Augenblick, den ihr getrennt wart, liebe Opal.«

Ivan trat durch die offene Tür nach draußen, ging so schnell er konnte den Korridor hinunter und verließ das Krankenhaus.

Siebenunddreißig

Vor Elizabeths Schlafzimmerfenster in der Fuchsia Lane begann sanft der Regen zu fallen, trommelte wie kleine Kieselsteinchen auf die Scheiben, sodass es sich anhörte, als würden Münzen in einer Spardose durcheinander geschüttelt. Der Wind wärmte seine Stimmbänder für die bevorstehende Nacht auf, und Elizabeth reiste, auf ihr Bett gekauert, in Gedanken zurück zu jener Spätwinternacht, in der sie ausgezogen war, um ihre Mutter zu suchen.

Nur die wichtigsten Sachen hatte sie in ihre Schultasche gepackt: Unterwäsche, zwei Pullover und zwei Röcke, das Buch, das ihre Mutter ihr geschenkt hatte, und ihren Teddy. Aus ihrer Spardose hatte sie vier Pfund zweiundvierzig zutage gefördert, und nachdem sie ihren Regenmantel über ihr liebstes Blümchenkleid gezogen hatte und in ihre Gummistiefel geschlüpft war, machte sie sich auf den Weg hinaus in die kalte Nacht. Sie kletterte über die niedrige Gartenmauer, damit das Quietschen des Tors ihren Vater nicht weckte, denn der schlief zurzeit so leicht wie ein Wachhund, der auch im Schlaf noch ein Ohr spitzt. Vorsichtig schlich sie sich an den Büschen entlang, um nicht auf der langen Straße gesehen zu werden, aber der Wind zerrte so an den Zweigen, dass sie ihr Gesicht und Beine zerkratzten und die Blätter ihr feuchte Küsse auf die Haut drückten. Der Wind war bösartig in dieser Nacht, peitschte ihr um die Knie, biss ihr in Ohren und

Wangen und blies ihr so hart ins Gesicht, dass sie kaum atmen konnte. Schon nach wenigen Minuten waren ihre Finger, ihre Nase und ihre Lippen taub vor Kälte, und ihr ganzer Körper bis aufs Mark durchgefroren. Aber der Gedanke, ihre Mutter bald wiederzusehen, hielt sie aufrecht und trieb sie weiter.

Zwanzig Minuten später erreichte sie die Brücke, die ins Städtchen führte. Sie hatte Baile na gCroíthe noch nie um elf Uhr nachts gesehen – eine Geisterstadt, dunkel, menschenleer und still, als wartete sie darauf, etwas zu sehen zu bekommen, was sie dann auf ewig für sich behalten würde.

Mit Schmetterlingen im Bauch marschierte Elizabeth zu Flanagan's. Vor lauter Aufregung, bald wieder bei ihrer Mutter zu sein, spürte sie die Kälte nicht mehr. Sie hörte den Pub, bevor sie ihn sah, denn Flanagan's und das Camel's Hump waren die einzigen beleuchteten Gebäude. Aus einem offenen Fenster kam der Klang von Klavier, Fiddle, Bodhrán, lautem Singen, Lachen und gelegentlichem Applaus. Elizabeth kicherte leise vor sich hin; es hörte sich an, als würden sich dort alle prächtig amüsieren.

Vor dem Haus stand Tante Kathleens Wagen, und ganz automatisch ging Elizabeth schneller. Die Haustür stand offen, und drinnen war ein kleiner Flur, aber die Tür mit den bunten Glasfenstern, die zum Pub führte, war geschlossen. Elizabeth blieb davor stehen, schüttelte die Regentropfen von ihrem Mantel und hängte ihn zu den Schirmen auf die Garderobe an der Wand. Ihre schwarzen Haare waren klatschnass, ihre Nase lief und war ganz rot, ihre Beine zitterten vor Kälte, und der Regen war in ihre Gummistiefel gedrungen, sodass ihre eiskalten Füße beim Gehen glucksende Geräusche machten.

Plötzlich hörte das Klavier auf zu spielen, und laute Männerstimmen erhoben sich. Vor Schreck zuckte Elizabeth zusammen.

»Komm schon, Gráinne, sing uns noch was«, rief ein Mann seltsam verschwommen, und alle jubelten.

Elizabeths Herz machte einen Satz, als sie den Namen ihrer

Mutter hörte. Sie war also tatsächlich dort drin! Gráinne war eine wundervolle Sängerin, die auch zu Hause ständig trällerte und Schlaflieder und Gedichte erfand. Morgens lag Elizabeth gern im Bett und lauschte dem Summen ihrer Mutter, die irgendwo im Haus beschäftigt war. Aber die Stimme, die Stimme, die jetzt in der Stille zu singen begann und sich mit den grobschlächtigen Zurufen der betrunkenen Männer mischte, war nicht die süße Stimme ihrer Mutter, die Elizabeth so gut kannte.

In der Fuchsia Lane öffnete Elizabeth ruckartig die Augen und setzte sich im Bett auf. Draußen heulte der Wind wie ein verwundetes Tier. Das Herz hämmerte in ihrer Brust, ihr Mund war trocken, ihr Körper klamm. Sie warf die Decke von sich, packte ihre Autoschlüssel vom Nachttisch, rannte die Treppe hinunter, schlang ihren Regenmantel um die Schultern und floh aus dem Haus in ihren Wagen. Kalte Regentropfen prasselten auf sie herab, und jetzt wusste sie auch wieder, warum sie Regen im Gesicht hasste. Das Gefühl erinnerte sie an jene Nacht vor vielen Jahren. Gnadenlos peitschte der Wind ihr die Haare um den Kopf, sie fröstelte, und als sie endlich hinterm Lenkrad saß, war sie bereits durchnässt.

Die Scheibenwischer peitschten über die Windschutzscheibe, während sie die dunklen Straßen zum Städtchen hinunterfuhr. Als sie die Brücke überquerte, lag vor ihr die Geisterstadt. Die Bewohner waren in die Wärme ihrer Häuser geflohen, die Touristen hatten sich in ihren Unterkünften versteckt. Außer beim Camel's Hump und bei Flanagan's gab es nirgends Leben. Elizabeth parkte, stieg aus und stand im kalten Regen, starrte zu dem Pub auf der anderen Straßenseite hinüber und erinnerte sich. Erinnerte sich an jene Nacht.

Elizabeths Ohren schmerzten von den Worten, die die Frau sang, sie waren grob und ekelhaft, der Ton krass und derb. Jedes schmutzige Wort stieß bei dem Rudel betrunkener Tiere auf tosenden Applaus.

Elizabeth stellte sich auf die Zehenspitzen, um die schreckliche Frau, die dieses grässliche Lied zum Besten gab, durch die roten Glasscheiben sehen zu können. Sie war absolut sicher, dass sie ihre Mutter irgendwo neben Kathleen entdecken würde, ebenso entsetzt und angeekelt wie sie.

Doch dann sprang ihr das Herz in die Kehle, und einen Augenblick lang stockte ihr der Atem, denn auf dem Klavier saß unverkennbar ihre Mutter, und aus ihrem Mund kamen all die abstoßenden Worte. Ihr Rock, den Elizabeth noch nie an ihr gesehen hatte, war bis über die Schenkel hochgezogen, und um sie herum stand eine Gruppe von Männern, die sie mit anzüglichen Bemerkungen anfeuerten und vor Lachen grölten, während sie sich räkelte und verrenkte, wie Elizabeth das noch nie bei einer Frau gesehen hatte.

»Hört mal, Jungs, beruhigt euch mal ein bisschen«, rief der junge Mr. Flanagan, der hinter der Bar stand.

Aber die Männer ignorierten ihn und gafften weiter lüstern nach Elizabeths Mutter.

»Mummy!«, wimmerte Elizabeth leise.

Langsam überquerte sie die Straße zu Flanagan's Pub, ging durch den Regen, und ihr Herz pochte wild, so lebendig war die Erinnerung in ihrem Kopf. Wie im Traum schob sie die Schwingtür zur Bar auf. Hinter der Theke stand Mr. Flanagan und lächelte ihr zu, als hätte er sie bereits erwartet.

Mit zitternden Händen drückte die kleine Elizabeth die Tür zur Kneipe auf. Ihre Haare hingen ihr in nassen Strähnen ums Gesicht, ihre Unterlippe zitterte, und sie sah sich mit ihren großen braunen Augen panisch in dem Raum um, als sie sah, wie einer der Männer die Hand ausstreckte, um ihre Mutter anzufassen.

»Lass sie in Ruhe!«, rief Elizabeth laut, und plötzlich wurde es ganz still. Ihre Mutter hörte auf zu singen, und alle Köpfe wandten sich dem kleinen Mädchen an der Tür zu.

Doch dann brach in der Ecke, wo die Männer das Klavier umringten, lautes Gelächter aus. Tränen schossen Elizabeth in die Augen.

»Buuh, huuh, huuh«, grölte ihre Mutter am lautesten. »Wir müssen Mummy retten, auf geht's!« Aus blutunterlaufenen, dunklen Augen glotzte sie Elizabeth an. Das waren nicht die Augen, die Elizabeth so gut kannte, sie gehörten jemand anderem.

»Scheiße«, fluchte Kathleen, sprang von der anderen Seite der Bar auf und stürzte zu Elizabeth. »Was machst du denn hier?«

»I-ich w-w-wollte n-n-nur …«, stammelte Elizabeth in die neuerliche Stille hinein. »Ich wollte zu meiner Mum, damit ich bei ihr wohnen kann.«

»Tja, sie ist aber nicht hier«, kreischte ihre Mutter. »Raus mit dir!« Anklagend deutete sie mit dem Finger auf Elizabeth. »Klatschnasse kleine Ratten sind im Pub nicht erlaubt«, gackerte sie und wollte schnell ihr Glas austrinken – was immer auch darin sein mochte. Aber sie verfehlte ihren Mund, sodass ein Großteil der Flüssigkeit in ihrem Dekolleté landete, sich schimmernd ausbreitete und ihr süßes Parfüm mit Whiskey vermischte.

»Aber Mummy!«, wimmerte Elizabeth.

»Aber Mummy«, äffte Gráinne sie nach, und ein paar Männer lachten. »Ich bin nicht deine Mummy«, verkündete sie barsch, trat auf die Klaviertasten und erzeugte ein äußerst unangenehmes Geräusch. »Kleine klatschnasse Lizzies verdienen keine Mummy. Man sollte sie vergiften, man sollte euch alle vergiften«, stieß sie hervor.

»Kathleen«, rief Mr. Flanagan. »Was machst du denn, schaff sie doch endlich hier raus! So was sollte das Kind nicht mit ansehen müssen.«

»Ich kann nicht«, entgegnete Kathleen, ohne sich von der Stel-

349

le zu rühren. »Ich muss Gráinne im Auge behalten, die muss ich nämlich nachher mitnehmen.«

Schockiert blickte Mr. Flanagan sie an. »Würdest du dir das Mädchen bitte mal ansehen?«

Elizabeths braune Haut war schlohweiß geworden, ihre Lippen waren blau vor Kälte, ihre Zähne klapperten, und das völlig durchnässte Blumenkleid klebte ihr am Körper und an den zitternden Beinen in den Gummistiefeln.

Hektisch blickte Kathleen von Elizabeth zu Gráinne. »Ich kann wirklich nicht, Tom«, zischte sie.

Ärgerlich sah Tom sie an. »Dann muss wohl ich den Anstand zeigen, sie nach Hause zu bringen.« Damit holte er einen Schlüsselbund unter der Bar hervor, umrundete den Tresen und kam auf Elizabeth zu.

»NEIN!«, schrie Elizabeth. Sie warf noch einen Blick auf ihre Mutter, die bereits das Interesse an der Szene verloren hatte und sich in den Armen eines Fremden räkelte, drehte sich um und rannte hinaus in die kalte Nacht.

Elizabeth stand an der Tür der Bar, ihre Haare tropften, Regentropfen rollten über ihre Stirn und von ihrer Nase, sie klapperte mit den Zähnen, und ihre Finger waren taub vor Kälte. Die Geräusche in der Kneipe waren nicht dieselben, es gab keine Musik, keine Schreie und kein Jubeln, keinen Gesang, nur ein gelegentliches Gläserklirren und leise plaudernde Stimmen. An diesem ruhigen Dienstagabend waren gerade mal fünf Gäste im Pub.

Ein inzwischen älter gewordener Tom Flanagan starrte Elizabeth unverwandt an.

»Meine Mutter«, rief sie von der Tür, überrascht über den kindlichen Ton ihrer Stimme. »Sie war Alkoholikerin.«

Tom nickte.

»War sie oft hier?«

Wieder nickte er.

350

»Aber manchmal war sie wochenlang« – sie schluckte schwer –, »manchmal war sie wochenlang bei uns zu Hause.«

Sanft erklärte Tom: »Sie war das, was man eine Quartalssäuferin nennt.«

»Und mein Vater …« Wieder hielt sie inne und dachte an ihren armen Vater, der jeden Abend zu Hause saß und wartete. »Er wusste Bescheid«, fuhr sie fort.

»Ja, und er hatte eine Engelsgeduld«, nickte Tom.

Sie sah sich in der kleinen Bar um, blickte zu dem alten Klavier, das immer noch in der Ecke stand. Das Einzige, was sich in diesem Raum geändert hatte, war das Alter all dessen, was er enthielt.

»In der Nacht damals«, begann Elizabeth wieder, aber ihre Augen füllten sich mit Tränen, und alles, was sie herausbekam war: »Danke.«

Traurig nickte Tom.

»Haben Sie sie seither noch einmal gesehen?«

Er schüttelte den Kopf.

»Glauben Sie … glauben Sie, dass Sie sie noch mal sehen werden?«, fragte sie, und die Worte blieben ihr fast im Halse stecken.

»Nicht in diesem Leben, Elizabeth«, bestätigte er ihr das, was sie schon immer gefühlt hatte.

»Daddy«, flüsterte Elizabeth vor sich hin, ehe sie sich umdrehte und zurück in die kalte Nacht hinauseilte.

Die kleine Elizabeth rannte weg vom Pub, spürte jeden Regentropfen, der ihren Körper traf, fühlte den Schmerz in ihrer Brust, als sie die kalte Luft einatmete, und das Wasser von den Pfützen, durch die sie lief, über ihre Beine spritzte. Sie rannte nach Hause.

Elizabeth sprang in ihren Wagen und raste aus der Stadt zu der langen Straße, die zum Farmhaus ihres Vaters führte. Entgegenkommende Scheinwerfer zwangen sie, ein Stück zurückzusetzen und zu warten, bis das andere Auto an ihr vorbei war, ehe sie ihren Weg fortsetzen konnte. Ihr Vater hatte es die ganze Zeit gewusst und ihr nie erzählt. Er hatte ihre Illusionen nicht zerstören wollen, und die ganze Zeit hatte er Gráinne für Elizabeth auf einen Sockel gestellt. Elizabeth hatte geglaubt, ihre Mutter wäre ein fantasievoller, freier Mensch gewesen, den ihr Vater, der Schmetterlingsfänger, erstickt und erdrückt hatte. Jetzt wollte sie nur noch so schnell wie möglich zu ihm, wollte sich entschuldigen, alles wieder gerade rücken.

Als sie den nächsten Anlauf machte, sah sie vor sich einen Traktor gemächlich dahintuckern, zu dieser späten Stunde eine Seltenheit. Kurz entschlossen setzte sie erneut zum Anfang der Straße zurück, stieg aus und begann zu laufen. So schnell sie konnte rannte sie die Straße entlang, die sie nach Hause führte.

»Daddy«, schluchzte die kleine Elizabeth, als sie auf das Farmhaus zulief. Immer lauter schrie sie seinen Namen, und zum ersten Mal in dieser Nacht half ihr der Wind, indem er ihre Worte aufhob und vor ihr her zum Haus trug. Ein Licht ging an. Gefolgt von einem anderen, und dann sah sie, wie sich die Haustür öffnete.

»Daddy!«, rief sie noch lauter und rannte noch schneller.

Brendan saß am Schlafzimmerfenster, starrte in die dunkle Nacht hinaus und nippte an seinem Tee. Gegen alle Wahrscheinlichkeit hoffte er auf die Erscheinung, nach der er sich so inbrünstig sehnte. Alle hatte er davongejagt, hatte genau das Gegenteil von dem getan, was er sich gewünscht hätte, und es war alles seine eigene Schuld. Jetzt konnte er nur noch warten. Darauf, dass seine drei Frauen auftauchten. Aber eine von ihnen würde ganz sicher nicht mehr zurückkehren.

Eine ferne Bewegung zog seine Aufmerksamkeit auf sich, und er setzte sich auf wie ein Wachhund. Da rannte eine Frau auf sein Haus zu! Lange schwarze Haare flogen ihr um den Kopf, und ihr Bild verschwamm, weil der Regen ans Fenster prasselte und in Strömen über die Scheibe lief.

Sie war es.

Langsam stellte er Tasse und Untertasse auf den Boden und stand auf, wobei sein Stuhl nach hinten umkippte.

»Gráinne«, flüsterte er.

Er packte seinen Stock und eilte, so schnell ihn seine Beine trugen, zur Haustür, zog sie auf, starrte angestrengt in die stürmische Nacht hinaus und hielt Ausschau nach seiner Frau.

Von fern hörte er sie keuchen, atemlos von der Anstrengung.

»Daddy!«, rief die Frauenstimme. Nein, das konnte nicht sein, so nannte Gráinne ihn nicht.

»Daddy!«, schluchzte die Stimme.

Der vertraute Ton versetzte ihn zwanzig Jahre in die Vergangenheit zurück. Es war sein kleines Mädchen! Sein kleines Mädchen kam durch den Regen zu ihm gerannt, und sie brauchte ihn.

»Daddy!«, flehte sie wieder.

»Ich bin da«, antwortete er leise, und wiederholte dann lauter: »Ich bin da!«

Er hörte sie weinen und sah, wie sie das quietschende Gartentor aufstieß. Sie war völlig durchnässt, und genau wie er es vor zwanzig Jahren getan hatte, breitete er die Arme aus und drückte sie an sich.

»Ich bin da, du brauchst keine Angst zu haben«, beruhigte er sie, strich ihr übers Haar und wiegte sie sanft. »Daddy ist da.«

Achtunddreißig

An Elizabeths Geburtstag hätte ihr Garten es ohne weiteres mit der Teeparty des verrückten Hutmachers aus Alice im Wunderland aufnehmen können. In der Mitte hatte sie einen langen Tisch mit einer rot-weißen Decke aufgestellt, der sich unter der Last von riesigen Platten mit Cocktailwürstchen, Pommes, Chips und diversen Dips, Sandwichs, Salaten, Aufschnitt und jeder Menge Süßkram bog. Alle Pflanzen waren bis aufs Lebensnotwendige zurückgeschnitten worden, Elizabeth hatte neue Blumen eingepflanzt, und in der Luft lag der Geruch von frisch gemähtem Gras, der sich mit den köstlichen Düften mischte, die von dem Grill in der Ecke aufstiegen. Es war ein warmer Tag, der Himmel leuchtete knallblau, die Hügel der Umgebung schimmerten smaragdgrün, die Schafe darauf erinnerten an Schneeflocken, und Ivan wurde traurig bei dem Gedanken, dass er diesen wunderschönen Ort und die dazugehörigen Menschen bald verlassen musste.

»Ivan, ich bin so froh, dass du da bist!«, rief Elizabeth, die aus der Küche gestürzt kam.

»Danke.« Lächelnd wandte Ivan sich um, um sie zu begrüßen, aber da blieb ihm vor Staunen der Mund offen stehen. »Wow, schau dich bloß an!« Elizabeth trug ein einfaches weißes Sommerkleid aus Leinen, das einen hübschen Kontrast zu ihrer dunklen Haut bildete, ihre langen schwarzen Haare waren zu großzügigen Locken aufgedreht und fielen ihr über die Schultern. »Dreh dich doch bitte mal für mich«, rief er, nachdem er sich einigermaßen wieder erholt hatte. Sogar Elizabeths Gesichtszüge waren weicher geworden, alles an ihr wirkte sanfter.

»Spinnst du? Ich hab schon mit acht Jahren beschlossen, dass ich nicht mehr für Männer irgendwelche Faxen mache. Also hör auf mich anzuglotzen, es gibt zu tun«, sagte sie barsch.

Nun, anscheinend war doch nicht *alles* an ihr sanfter geworden.

Sie sah sich im Garten um, die Hände in die Hüften gestemmt, wie ein Streifenpolizist in seinem Revier.

»Okay, dann will ich dir mal zeigen, wie ich mir das alles so gedacht habe«, sagte sie, packte Ivan ohne weitere Umschweife am Arm und zog ihn zu dem großen Tisch.

»Wenn die Gäste durch das Seitentor eintreffen, kommen sie zuerst hierher. Also hab ich hier Servietten, Messer, Gabeln und Teller aufgebaut, damit sich jeder holen kann, was er braucht. Danach geht's hier lang, zum Grill«, sie zerrte ihn weiter. »Hinter dem Grill stehst du und bereitest zu, was sich die Leute von der Auswahl hier wünschen« – sie deutete auf einen Beistelltisch mit allen möglichen Fleischstücken. »Links ist Sojafleisch, rechts normales, aber bitte bring die beiden Sorten nicht durcheinander.«

Ivan machte den Mund auf, um zu protestieren, aber Elizabeth hielt gebietend den Finger in die Höhe und fuhr fort: »Dann nehmen die Gäste sich ein Burgerbrötchen und gehen weiter zum Salat. Bitte merk dir, dass die Saucen für die Burger *hier* stehen.«

Ivan wollte eine Olive stibitzen, doch Elizabeth gab ihm einen Klaps auf die Hand, sodass die Olive in das Schälchen zurückplumpste. »Nachtisch gibt's da drüben, Tee und Kaffee dort, Biomilch im linken Krug, normale im rechten, Toiletten nur durch die linke Tür, ich möchte nämlich nicht, dass mir die ganze Meute durchs Haus trapst, okay?«

Ivan nickte.

»Noch Fragen?«

»Nur noch eine«, sagte er, grapschte eine Olive und stopfte sie sich in den Mund, ehe Elizabeth die Chance hatte, sie ihm wieder wegzunehmen. »Warum erklärst du mir das alles?«

Elizabeth verdrehte die Augen und wischte sich die schweißnassen Hände an einer Serviette ab. »Ich hab diese ganze Gastgebergeschichte noch nie gemacht, und da du mich reingeritten hast, musst du mir jetzt auch helfen.«

Ivan lachte. »Elizabeth, es wird alles wunderbar klappen, aber wenn ich am Grill stehe, ist das garantiert keine große Hilfe für dich.«

»Warum? Habt ihr in Eisatnaf vielleicht keine Grillpartys?«, fragte sie sarkastisch.

Aber Ivan ignorierte ihre Bemerkung. »Hör mal, du brauchst heute keine Regeln und Pläne, lass die Leute einfach machen, was sie wollen – im Garten rumwandern, miteinander in Kontakt kommen, sich zum Essen aussuchen, wonach ihnen grade ist. Wen kümmert es denn, wenn jemand gern mit dem Apfelkuchen anfangen möchte?«

Elizabeth machte ein entsetztes Gesicht. »Mit dem Apfelkuchen anfangen?«, platzte sie heraus. »Das ist das falsche Tischende! Nein, Ivan, du musst jedem genau sagen, wo die Schlange anfängt und wo sie endet, ich hab dafür keine Zeit.« Sie drehte sich um und hastete wieder in Richtung Küche. »Dad, ich hoffe, du futterst nicht die ganzen Cocktailwürstchen alleine auf!«, rief sie.

»Dad?«, wiederholte Ivan mit großen Augen. »Dein Vater ist hier?«

»Ja«, antwortete sie und verdrehte die Augen, aber Ivan sah, dass sie es nicht so meinte. »Es kam mir ganz gelegen, dass du die letzten Tage nicht hier warst, weil ich nämlich bis über beide Ohren zu tun hatte mit Familiengeheimnissen, Tränen, Trennungen und Versöhnungen. Aber wir machen Fortschritte.« Sie lächelte Ivan an, doch als es an der Tür klingelte, fuhr sie hoch, und ihr Gesicht wurde panisch.

»Entspann dich, Elizabeth«, lachte Ivan.

»Bitte die Seitentür benutzen!«, rief sie der Person an der Haustür zu.

»Bevor die ganzen Gäste eintrudeln, möchte ich dir gern noch mein Geschenk geben«, sagte Ivan und zog einen großen Schirm hinter seinem Rücken hervor. Elizabeth runzelte verwirrt die Stirn.

»Der soll dich vor dem Regen schützen«, erklärte er leise. »In der Nacht neulich hättest du ihn bestimmt gut brauchen können.«

Als sie begriff, was er meinte, glättete sich ihre Stirn wieder. »Das ist total nett von dir, danke«, sagte sie und umarmte ihn fest. Doch dann hob sie auf einmal den Kopf. »Woher weißt du überhaupt davon?«, fragte sie und sah ihn forschend an.

In diesem Augenblick erschien Benjamin mit einem Blumenstrauß und einer Flasche Wein am Gartentor.

»Herzlichen Glückwunsch zum Geburtstag, Elizabeth.«

Sie wirbelte herum, und ihre Wangen röteten sich. Seit dem Tag auf der Baustelle, als Ivan in großen roten Lettern die peinliche Liebeserklärung an Benjamin auf die Wand geschmiert hatte, waren sie sich nicht mehr begegnet.

»Danke schön«, erwiderte sie, ließ Ivan stehen und ging dem Neuankömmling entgegen.

Er überreichte ihr die Geschenke, und sie versuchte sie ihm mit dem Schirm in der Hand abzunehmen. Als er entdeckte, was sie behinderte, musste er lachen. »Ich glaube eigentlich nicht, dass Sie den heute brauchen werden.«

»Den Schirm, meinen Sie?« Elizabeth wurde rot. »Den hat Ivan mir geschenkt.«

Benjamin zog die Brauen hoch. »Wirklich? Was machen Sie nur immer mit ihm? Allmählich glaube ich, da läuft was zwischen Ihnen.«

Tapfer lächelte Elizabeth weiter und versuchte, gute Miene zum bösen Spiel zu machen. »Er muss hier irgendwo sein, vielleicht kann ich Sie beide heute endlich mal miteinander bekannt machen.« Sie drehte sich um und ließ die Augen suchend über den Garten schweifen, während sie sich zum wiederholten Mal überlegte, warum Benjamin sie immer so lustig fand.

»Ivan?«, hörte ich Elizabeth rufen.

»Ja!«, antwortete ich, ohne aufzusehen. Ich war gerade damit beschäftigt, Luke mit seinem Party-Papierhütchen zu helfen.

»Ivan!«, rief sie noch einmal.

»Ja-aa!!«, erwiderte ich ungeduldig, stand auf und sah ihr ins Gesicht. Aber ihr Blick ging durch mich hindurch und wanderte weiter über den Garten.

Mein Herz setzte aus. Ich schwöre, ich spürte, wie es einfach zu schlagen aufhörte.

Tief atmend versuchte ich, die Panik niederzukämpfen. »Elizabeth«, rief ich, und meine Stimme war so zittrig und weit weg, dass ich sie selbst kaum erkannte.

Sie wandte sich nicht um. »Ich weiß nicht, wo er abgeblieben ist, vor einer Minute war er noch hier«, sagte sie stattdessen zu Benjamin. Ihre Stimme klang ärgerlich. »Er sollte den Grill vorbereiten.«

Benjamin lachte wieder. »Wie passend. Na ja, das ist zwar eine ausgekocht subtile Art, mich dafür anzuheuern, aber ich mach es trotzdem gern, kein Problem.«

Elizabeth warf ihm einen verwirrten, abwesenden Blick zu. »Okay, das ist großartig von Ihnen, danke«, sagte sie und sah sich dann weiter suchend um. Ich beobachtete, wie Benjamin die Schürze über den Kopf zog, und Elizabeth ihm noch einmal alles haarklein erklärte. Aber ich war plötzlich ein Außenseiter, ich gehörte nicht mehr ins Bild. Immer mehr Gäste trudelten ein. Mir war ganz schwindlig. Der Garten wurde voller und voller, der Geräuschpegel stieg an, Gespräche und Gelächter wurden lauter, die Essensdüfte stärker. Ich sah zu, wie Elizabeth Joe dazu zu überreden versuchte, ihren aromatisierten Kaffee zu probieren – alle schauten zu und lachten. Ich sah zu, wie Elizabeth und Benjamin die Köpfe zusammensteckten und dann laut über irgendein Geheimnis kicherten, ich sah zu, wie Elizabeths Vater am Rand des Gartens stand, den Stock fest in der einen, Tasse und Untertasse in der anderen Hand. Etwas wehmütig schaute er zu den sanften Hügeln hinauf – sicher wartete er auf die Rückkehr seiner zweiten Tochter. Ich sah zu, wie Mrs. Bracken und ihre Freundinnen am Desserttisch standen und sich verstohlen noch ein Stück Kuchen genehmigten, als sie sich einen Moment unbeobachtet glaubten.

Aber ich sah sie, ich sah alles.

Ich war wie der Besucher im Kunstmuseum, der das Gemälde, vor dem er steht, so sehr liebt, dass er am liebsten hineinspringen und ein Teil davon werden möchte. Aber stattdessen geriet ich immer weiter in den Hintergrund. Mein Kopf schwirrte, und meine Knie waren weich.

Ich sah zu, wie Luke mit Poppys Hilfe Elizabeths Geburtstagstorte heraustrug und Happy Birthday anstimmte. Alle Gäste fielen begeistert ein, während Elizabeth vor Überraschung und Verlegenheit knallrote Wangen bekam. Ich sah, wie sie sich suchend nach mir umschaute und mich nicht finden konnte, ich sah, wie sie die Augen schloss, sich etwas wünschte und dann die Kerzen ausblies, wie es sich gehörte für das kleine Mädchen, das zu ihrem zwölften Geburtstag keine Party gehabt hatte und sie jetzt nachholte. Unwillkürlich musste ich daran denken, wie Opal gesagt hatte, dass ich nie Geburtstag haben und nie älter werden würde, im Gegensatz zu Elizabeth, die heute den Beginn eines neuen Lebensjahres feierte. Die Bewohner von Baile na gCroíthe lächelten und spendeten Beifall, als sie die Kerzen ausblies, aber für mich symbolisierten diese Lichter das Verstreichen der Zeit, und als sie die tanzenden Flammen gelöscht hatte, erlosch auch in mir das letzte bisschen Hoffnung, das sich noch hartnäckig in meinem Innern gehalten hatte. Es war wie ein neuerlicher Stich in mein Herz, eine weitere Erklärung, warum wir nicht zusammen sein konnten. Die fröhliche Menge feierte, aber ich trauerte, denn mir war bewusster denn je, dass Elizabeth mit jeder Minute, die verstrich, immer älter wurde. Ich fühlte es einfach.

»Ivan!«, rief Elizabeth da plötzlich und umarmte mich von hinten. »Wo warst du denn die ganze Zeit? Ich hab dich überall gesucht!«

Vor Schreck brachte ich kaum ein Wort heraus. »Ich war den ganzen Tag hier«, stammelte ich schließlich mit schwacher Stimme, während ich jede Sekunde auskostete, in der ihre braunen Augen tief in meine blickten.

»Nein, warst du nicht! Ich hab hier schon mindestens fünfmal nachgeschaut, und du warst nie da. Alles okay bei dir?« Sie machte ein besorgtes Gesicht. »Du siehst sehr blass aus«, stellte sie fest und legte mir die Hand auf die Stirn. »Hast du überhaupt was gegessen?«

Ich schüttelte den Kopf.

»Ich hab grade Pizza warm gemacht. Warte, ich hol dir auch welche, okay? Welche Sorte möchtest du?«

»Die mit den Oliven bitte, Oliven esse ich am allerliebsten.«

Sie kniff die Augen zusammen und musterte mich aufmerksam von oben bis unten. Dann meinte sie bedächtig: »Okay, ich gehe, aber bitte verschwinde nicht wieder einfach so, ich möchte dich nämlich gern mit ein paar Leuten bekannt machen, okay?«

Ich nickte.

Kurze Zeit später kam sie mit einem riesigen Stück Pizza auf mich zu. Es roch köstlich, und mein Bauch jubilierte, dabei hatte ich bisher noch nicht mal gemerkt, dass ich Hunger hatte. Aber als ich freudig die Hände danach ausstreckte, verdunkelten sich auf einmal ihre braunen Augen, ihr Gesicht wurde hart, und sie zog den Teller unvermittelt weg. »Verdammt, Ivan, wo bist du denn jetzt schon wieder?«, brummte sie und suchte mit den Augen den Garten ab.

Meine Knie waren so schwach, dass ich mich nicht mehr aufrecht halten konnte. Resigniert ließ ich mich auf den Rasen sinken, lehnte mich mit dem Rücken an die Hauswand und stützte die Ellbogen auf die Knie.

Auf einmal hörte ich ein Flüstern an meinem Ohr, und süßer Kinderatem stieg mir in die Nase. Offenbar hatte Luke sich ausgiebig am Nachtisch bedient. »Es ist so weit, stimmt's?«

Ich konnte nur nicken.

Das ist der Teil, wo der Spaß aufhört. Dieser Teil ist ganz und gar nicht mein Lieblingsteil.

Neununddreißig

Jeder Schritt erschien mir wie eine Meile, ich spürte jeden Stein, jeden Kiesel unter meinen Sohlen und jede Sekunde, die verstrich, aber schließlich gelangte ich zum Krankenhaus, erschöpft und völlig ausgepowert. Aber es gab noch einen Freund, der mich brauchte.

Olivia und Opal sahen es in meinem Gesicht, als ich das Zimmer betrat, sahen es an den dunklen Farben, die von meinem Körper ausgingen, an meinen eingesunkenen Schultern, auf denen sich das ganze Gewicht der Welt niedergelassen hatte. Am Ausdruck ihrer müden Augen erkannte ich, dass sie Bescheid wussten. Natürlich wussten sie Bescheid, das gehört ja zu ihrem Job. Mindestens zweimal im Jahr treffen wir einen ganz besonderen Menschen, der unsere Tage und Nächte und all unsere Gedanken in Anspruch nimmt, und jedes Mal, mit jedem dieser Menschen müssen wir erneut die Erfahrung durchmachen, dass wir sie verlieren. Opal sagt uns immer gern, dass es eigentlich kein *Verlust* ist, sondern ein *Weitergehen*. Aber ich konnte nur sehen, dass ich dabei war, Elizabeth zu verlieren. Ohne dass ich etwas dagegen tun, ohne dass ich sie dazu bringen konnte, mich festzuhalten, mich weiter wahrzunehmen. Ich musste hilflos zuschauen, wie sie mir entglitt. Was gewann ich dabei? Was daran war gut für mich? Jedes Mal, wenn ich einen Freund verließ, war ich so einsam wie an dem Tag, bevor wir uns begegnet waren, und in Elizabeths Fall sogar noch einsamer, weil ich wusste, dass ich so viele Möglichkeiten verpasste. Und hier ist die Millionen-frage: Was haben unsere Freunde davon, dass wir sie verlieren?

Ein Happyend?

Würde man Elizabeths derzeitige Situation als Happyend bezeichnen? Sie zog einen sechsjährigen Jungen groß, den sie nie gewollt hatte, machte sich Sorgen um ihre verschwundene Schwester, ihre Mutter hatte sie im Stich gelassen, ihr Vater war ein extrem schwieriger Mensch, mit dem man nur mühsam zurechtkommen konnte. War ihr Leben nicht noch genauso wie zu dem Zeitpunkt, als ich gekommen war?

Aber wahrscheinlich war Elizabeths Geschichte auch noch nicht zu Ende. *Denk an die Einzelheiten*, sagt Opal mir immer. Wahrscheinlich fand die Veränderung hauptsächlich in Elizabeths Kopf statt, in ihrer Art zu denken. Ich hatte weiter nichts getan, als den Samen der Hoffnung zu säen, und sie allein konnte ihn zum Wachsen bringen. Und aus der Tatsache, dass sie anfing, mich aus den Augen zu verlieren, konnte man vielleicht ableiten, dass dieser Samen bereits aufgegangen war.

Ich saß in der Ecke des Krankenhauszimmers und beobachtete, wie Opal Geoffreys Hände umklammerte, als hinge sie am Rand einer Klippe. Womöglich war das Bild ja gar nicht so falsch. An ihrem Gesichtsausdruck konnte man sehen, dass sie sich mit aller Kraft wünschte, alles würde wieder so sein, wie es einmal gewesen war. Ich wette, sie hätte auf der Stelle einen Pakt mit dem Teufel geschlossen, wenn das Geoffrey zurückgebracht hätte. Sie wäre in die Hölle gegangen und wieder zurück, sie hätte sich jeder einzelnen ihrer Ängste gestellt, nur für ihn.

Die Dinge, die wir tun, um in die Vergangenheit zurückzukehren.

Die Dinge, die wir beim ersten Mal nicht tun.

Olivia sprach aus, was Opal sagen wollte, aber Geoffrey konnte nicht mehr antworten. Tränen rannen über Opals Gesicht und tropften auf seine leblosen Hände, ihre Unterlippe zitterte heftig. Sie war noch nicht bereit loszulassen. Eigentlich hatte sie

Geoffrey nie ganz losgelassen, und jetzt war es zu spät, denn er verließ sie, ohne ihr noch eine Chance zu geben.

Sie war dabei, ihn zu verlieren.

In diesem Moment erschien mir das Leben unendlich trostlos. So deprimierend wie die rissige blaue Wandfarbe dieses Krankenhauses, das erbaut worden war, damit die Menschen in ihm wieder gesund werden konnten. Doch seine Mauern waren nicht stark genug.

Da hob Geoffrey die Hand, ganz langsam, und man sah, dass er alle Kräfte mobilisierte, die ihm noch zur Verfügung standen. Erstaunt starrten wir ihn an, denn er hatte seit Tagen nicht mehr gesprochen, ja, auf nichts mehr reagiert. Und nun spürte Opal auf einmal seine Hand auf ihrem Gesicht, die ihr sanft die Tränen abwischte – Kontakt nach zwanzig Jahren. Er konnte sie sehen. Opal küsste seine große Hand, legte ihr zartes kleines Gesicht hinein und ließ sich von ihm beschwichtigen, ließ ihn ihren Schock, ihre Erleichterung, ihren Kummer lindern.

Dann holte Geoffrey tief Luft, seine Brust hob und senkte sich ein letztes Mal, und seine Hand fiel aufs Bett herab.

Opal hatte ihn verloren, und ich fragte mich, ob sie sich immer noch einreden konnte, dass er einfach weitergegangen war.

In diesem Augenblick entschied ich, dass ich meinen letzten Augenblick mit Elizabeth anders haben wollte. Ich wollte mich richtig von ihr verabschieden, ihr ein letztes Mal die Wahrheit über mich erzählen, damit sie nicht denken müsste, ich wäre abgehauen und hätte sie im Stich gelassen. Auf gar keinen Fall wollte ich, dass sie jahrelang mit Groll an den Mann zurückdachte, den sie einmal geliebt und der ihr das Herz gebrochen hatte. Nein, das wäre zu leicht für sie, denn dann hätte sie ja eine Entschuldigung dafür gehabt, nie wieder jemanden zu lieben. Und sie wollte doch lieben. Deshalb war ich nicht bereit hinzunehmen, dass sie wie Geoffrey ihr Leben damit verbrachte, auf mich zu warten und irgendwann allein und einsam zu sterben.

Olivia nickte mir ermutigend zu, als ich aufstand und Opal

auf den Kopf küsste. Sie saß immer noch auf dem Bett, umklammerte Geoffreys Hände und wehklagte so laut, dass ich wusste, es war der Klang ihres gebrochenen Herzens. Erst als ich in die kühle Nachtluft hinaustrat, merkte ich, dass auch mir die Tränen übers Gesicht strömten.

Ich begann zu laufen.

Elizabeth träumte. Sie tanzte durch ein leeres weißes Zimmer und verspritzte Farbe auf die Wände. Dabei sang sie das Lied, das ihr die letzten zwei Monate nicht aus dem Kopf gegangen war, und sie war glücklich und fühlte sich frei, während sie herumhüpfte und zusah, wie der dicke Farbmatsch mit Platsch und Klatsch auf den Wänden landete.

»Elizabeth«, flüsterte da eine Stimme.

Sie wirbelte herum, konnte aber niemanden entdecken.

»Elizabeth«, flüsterte die Stimme erneut, und Elizabeth tanzte weiter.

»Hmmm?«, erwiderte sie fröhlich.

»Wach auf, Elizabeth, ich muss mit dir reden«, hörte sie erneut die freundliche Stimme.

Sie öffnete die Augen einen Spalt, entdeckte Ivans hübsches, besorgtes Gesicht neben sich, berührte es vorsichtig, und einen Moment lang blickten sie einander tief in die Augen. Sie genoss seinen Blick, versuchte, ihn ebenso intensiv zu erwidern, aber der Schlaf war stärker, und schließlich musste sie ihren Augenlidern gestatten, sich wieder zu senken. Es war ein Traum, das wusste sie, aber sie konnte die Augen einfach nicht offen halten.

»Kannst du mich hören?«

»Mhmm«, antwortete sie, während sie sich drehte und drehte und drehte.

»Elizabeth, ich bin gekommen, weil ich dir sagen wollte, dass ich gehen muss.«

»Warum?«, murmelte sie schlaftrunken. »Du bist doch grade erst gekommen. Schlaf ein bisschen.«

»Das kann ich nicht. Ich möchte es gern, aber es geht nicht. Ich muss dich verlassen. Erinnerst du dich, dass ich dir gesagt habe, so etwas würde irgendwann passieren?«

Sie spürte seinen warmen Atem im Nacken und roch seine Haut, frisch und süß, als hätte er in Blaubeeren gebadet.

»Mhmm«, antwortete sie wieder. »Eisatnaf«, sagte sie und malte Blaubeeren auf die Wand, streckte die Hand aus und probierte die Farbe, als wäre sie frisch gepresster Saft.

»So ungefähr. Du brauchst mich nicht mehr, Elizabeth«, erklärte er ihr sanft. »Bald wirst du mich nicht mehr sehen können. Jemand anderes braucht mich jetzt dringender als du.«

Sie fuhr mit der Hand über sein Kinn und fühlte seine weiche, stoppelfreie Haut. Dann rannte sie quer durchs Zimmer und ließ dabei die Hand durch die rote Farbe gleiten. Sie roch nach Erdbeeren, und sie blickte auf die Farbdose in ihrer Hand. Tatsächlich, die Dose war mit frischen Erdbeeren gefüllt!

»Ich hab etwas rausgefunden, Elizabeth. Ich hab rausgefunden, worum es in meinem Leben eigentlich geht, und es ist gar nicht so viel anders als deines.«

»Mhmm«, brummte sie wieder.

»Das Leben besteht aus Begegnungen und Trennungen. Jeden Tag treten Menschen in dein Leben, du sagst ihnen Guten Morgen, du sagst ihnen Guten Abend, und manche bleiben ein paar Minuten, andere ein paar Monate. Wieder andere bleiben dein ganzes Leben. Ganz egal, wer es ist, du begegnest ihnen, und du trennst dich wieder. Ich bin so froh, dass ich dir begegnet bin, Elizabeth Egan, ich danke meinem Glücksstern dafür. Ich glaube, genau das habe ich mir mein Leben lang gewünscht«, flüsterte er. »Aber jetzt ist es Zeit, dass wir uns trennen.«

»Mhmm«, murmelte sie schläfrig, »geh nicht weg.« Jetzt war er mit ihr in dem Zimmer, sie jagten sich herum, bespritzten

367

einander mit Farbe und hatten einen Mordsspaß. Sie wollte ihn nicht gehen lassen, sie amüsierte sich so gut mit ihm.

»Ich muss gehen«, entgegnete er, und seine Stimme brach. »Bitte versteh das doch.«

Der Ton seiner Stimme ließ sie abrupt innehalten; der Pinsel rutschte ihr aus der Hand, fiel zu Boden und hinterließ einen dicken roten Fleck auf dem weißen Teppich. Als sie zu ihm aufblickte, sah sie, wie unendlich traurig er war.

»Ich hab mich auf den ersten Blick in dich verliebt, und ich werde dich immer lieben, Elizabeth.« Sie fühlte, wie er sie unter das linke Ohr küsste, so sanft und sinnlich, dass sie sich wünschte, er würde nie damit aufhören.

»Ich liebe dich auch«, antwortete sie schläfrig.

Aber dann war es vorbei. Sie sah sich in dem farbbespritzten Zimmer um, aber er war nicht mehr da.

Ihre Augen öffneten sich, als sie ihre eigene Stimme hörte. Hatte sie gerade gesagt »Ich liebe dich.«? Sie stützte sich auf einen Ellbogen und sah sich benommen im Zimmer um.

Aber es war leer. Sie war allein. Die Sonne ging über den Hügeln auf, die Nacht war zu Ende, ein neuer Tag begann. Aber Elizabeth schloss die Augen und träumte weiter.

Vierzig

Eine Woche später schlenderte Elizabeth früh am Sonntagmorgen trübselig im Pyjama durchs Haus und schleppte sich auf ihren Hausschlappen von einem Zimmer zum nächsten. Auf jeder Schwelle blieb sie stehen, äugte ins Zimmer und suchte ... ja, was suchte sie eigentlich? Sie wusste es nicht genau. Keins der Zimmer brachte sie der Lösung näher, und so wanderte sie weiter.

Die Hände um den warmen Kaffeebecher geschlungen, stand sie auf dem Korridor und versuchte zu entscheiden, was sie tun wollte. Gewöhnlich bewegte sie sich nicht so langsam, und ihr Kopf fühlte sich normalerweise auch nicht so verschwommen an, aber in letzter Zeit passierte ihr so manches, was sie früher nicht für möglich gehalten hätte.

Nicht, dass sie nichts zu tun hatte: Der zweiwöchentliche Hausputz war fällig, und das Problem mit dem Kinderzimmer im Hotel war auch immer noch nicht vollständig gelöst. Von wegen vollständig – sie hatte noch nicht mal damit angefangen! Die ganze Woche hatten Vincent und Benjamin ihr im Nacken gesessen, sie schlief noch weniger als sonst, weil sie sich ständig den Kopf zermarterte, und da sie eine Perfektionistin war, konnte sie nicht anfangen, ehe sie alles ganz klar vor Augen hatte. Sie hatte doch Talent, sie war ein Profi! Aber zurzeit fühlte sie sich wie ein Schulmädchen, und sie machte gezielt einen großen Bogen um ihre Stifte und ihren Laptop, damit sie ihre Hausaufgaben nicht machen musste. Verzweifelt suchte sie nach einer Ablenkung, nach einer gescheiten Ausrede, die sie aus der Blockade erlösen würde, in der sie sich verstrickt hatte.

Seit der Party letzte Woche hatte sie Ivan nicht mehr gesehen, er hatte auch nicht angerufen oder geschrieben. Man hätte denken können, er wäre vom Erdboden verschluckt, und sie ärgerte sich zwar, fühlte sich aber hauptsächlich einsam. Sie vermisste ihn schrecklich.

Es war sieben Uhr morgens, und aus dem Spielzimmer hörte man Cartoongeräusche. Elizabeth ging den Korridor hinunter und steckte den Kopf ins Zimmer.

»Was dagegen, wenn ich mich zu dir setze?« *Ich verspreche auch, keine blöden Bemerkungen zu machen*, hätte sie gern noch hinzugefügt.

Überrascht blicke Luke auf und schüttelte den Kopf. Er hockte im Schneidersitz auf dem Fußboden und reckte den Hals, um den Fernseher sehen zu können. Das sah sehr unbequem aus, aber Elizabeth schwieg, statt ihn wie sonst üblich dafür zu kritisieren. Ohne Kommentar ließ sie sich auf den Sitzsack neben ihm sinken und zog die Knie an.

»Was schaust du dir da an?«

»Sponge-Bob Schwammkopf.«

»Sponge was?«, lachte sie.

»Sponge-Bob Schwammkopf«, wiederholte er, ohne die Augen vom Fernseher zu nehmen.

»Worum geht es da?«

»Um einen Schwamm namens Bob«, kicherte er.

»Ist das gut?«

»Mhmm«, nickte er. »Ich hab es schon zweimal gesehen.« Er schaufelte sich Rice Crispies in den Mund, wobei er eine ziemliche Sauerei veranstaltete und sich Milch übers Kinn schüttete.

»Warum guckst du es dann noch mal? Warum gehst du nicht ein bisschen raus an die frische Luft und spielst mit Sam? Du warst bisher das ganze Wochenende hier drin.«

Schweigen.

»Wo ist Sam überhaupt? Ist er weggefahren?«

»Wir sind keine Freunde mehr«, antwortete Luke traurig.

»Warum nicht?«, fragte sie überrascht, setzte sich auf und stellte ihre Kaffeetasse auf dem Boden ab.

Luke zuckte die Achseln.

»Hattet ihr Streit?«, hakte Elizabeth vorsichtig nach.

Luke schüttelte den Kopf.

»Hat er irgendwas gesagt, das dich traurig gemacht hat?«, versuchte sie zu raten.

Wieder ein Kopfschütteln.

»Hast du ihn geärgert?«

Erneutes Kopfschütteln.

»Na, was ist denn dann passiert?«

»Gar nichts«, erklärte Luke. »Er hat mir einfach nur gesagt, er will nicht mehr mein Freund sein.«

»Na ja, das ist nicht besonders nett«, meinte Elizabeth. »Möchtest du, dass ich mal mit ihm rede? Vielleicht sagt er mir, was los ist.«

Luke zuckte die Achseln.

Eine Weile schwiegen sie beide, und Luke starrte gedankenverloren auf den Bildschirm.

»Hör mal, ich weiß, wie es ist, einen Freund zu verlieren, Luke. Du kennst doch Ivan.«

»Der war auch mein Freund.«

»Ja«, lächelte Elizabeth. »Jedenfalls vermisse ich ihn. Ich hab ihn die ganze Woche nicht gesehen.«

»Ja, er ist weg. Er hat es mir gesagt; er muss jetzt jemand anderem helfen.«

Elizabeth machte große Augen, und auf einmal spürte sie, wie Ärger in ihr aufstieg. Da hatte der Kerl nicht mal genug Anstand besessen, um sich von ihr zu verabschieden.

»Wann hat er dir das gesagt?« Als sie Lukes erschrockenes Gesicht sah, wurde ihr sofort klar, dass ihre Frage ziemlich aggressiv geklungen hatte. Sie vergaß immer wieder, dass er erst sechs war.

»Er hat sich am gleichen Tag von mir verabschiedet wie von dir«, antwortete er, und seine Stimme überschlug sich. Dabei starrte er sie an wie ein Mondkalb, und wenn sie nicht so verwirrt gewesen wäre, hätte sie über ihn gelacht.

Aber ihr war überhaupt nicht nach Lachen zumute. Zwar schaffte sie es, einen Augenblick innezuhalten und nachzudenken, aber dann platzte sie doch heraus: »Was meinst du denn damit?«

»Nach der Party im Garten ist er zu mir ins Haus gekommen und hat mir gesagt, dass sein Job bei uns erledigt ist und dass er wieder unsichtbar wird, aber trotzdem noch in unserer Nähe bleibt. Und das bedeutet, dass mit uns alles okay ist«, ergänzte er und wandte sich wieder dem Fernseher zu.

»Unsichtbar«, wiederholte Elizabeth und es klang, als hätte das Wort einen schlechten Geschmack.

»Jepp!«, erwiderte er mit Nachdruck. »Die Leute sagen ja nicht umsonst, er ist bloß imaginär, oder?« Mit einer theatralischen Gebärde schlug er sich gegen die Stirn und ließ sich dann auf den Boden plumpsen.

»Was hat er dir denn da für ein Zeug beigebracht!«, brummte sie ärgerlich und fragte sich, ob es nicht vielleicht ein Fehler gewesen war, einen Menschen wie Ivan in Lukes Leben zu lassen. »Wann kommt er denn zurück?«

Luke stellte den Fernseher leiser und wandte sich ihr zu, allerdings erneut mit seinem Mondkalbgesicht. »Er kommt nicht zurück. Das hat er dir doch gesagt.«

»Nein, hat er nicht.« Ihre Stimme versagte.

»Doch, in deinem Schlafzimmer. Ich hab ihn reingehen sehen und gehört, wie er mit dir geredet hat.«

Elizabeth versetzte sich in jene Nacht zurück und zu dem Traum, an den sie die ganze Woche gedacht hatte, den Traum, der ihr ständig im Kopf herumging, und mit einem Mal wurde ihr klar, dass es gar kein Traum gewesen war. Ihr Herz wurde bleischwer.

Sie hatte ihn verloren. Sie hatte Ivan verloren, in ihren Träumen und auch in der Realität.

Einundvierzig

»Hallo, Elizabeth!« Sams Mutter öffnete die Haustür und bat Elizabeth hereinzukommen.

»Hi, Fiona«, antwortete Elizabeth und trat ein. Fiona hatte Elizabeths Beziehung zu Ivan in den letzten Wochen problemlos akzeptiert. Zwar hatten sie nie direkt darüber gesprochen, aber Fiona war so nett und höflich wie immer, und Elizabeth war ihr sehr dankbar, dass keine schlechten Gefühle zwischen ihnen entstanden waren. Doch sie machte sich Sorgen, dass Sam es vielleicht nicht so gut verkraftet hatte wie seine Mutter. »Ich wollte nur mal vorbeischauen und mich vielleicht ein bisschen mit Sam unterhalten, wenn das in Ordnung ist. Luke ist ganz unglücklich ohne ihn.«

Fiona sah sie traurig an. »Ich weiß, ich hab die ganze Woche versucht, mit ihm darüber zu reden. Vielleicht kriegen Sie es besser hin als ich.«

»Hat er Ihnen gesagt, worum es geht?«

Fiona versuchte ein Lächeln zu unterdrücken und nickte.

»Ist es wegen Ivan?«, fragte Elizabeth beklommen. Die ganze Zeit hatte sie sich Sorgen gemacht, weil Ivan so viel Zeit mit ihr und Luke verbrachte, und Sam deshalb so oft wie möglich eingeladen und in die Aktivitäten mit Ivan eingeschlossen.

»Ja«, antwortete Fiona mit einem breiten Grinsen. »Sechsjährige können manchmal ganz schön seltsam sein, stimmt's?«

Elizabeth entspannte sich etwas. Dann hatte Fiona also tatsächlich kein Problem damit, dass Luke so viel Zeit mit Ivan verbrachte, und machte die Schwierigkeiten eher an Sams Verhalten fest.

»Aber er soll es Ihnen lieber in seinen eigenen Worten erzählen«, fuhr sie fort, während sie Elizabeth durchs Haus führte. Elizabeth musste sich zusammenreißen, sich nicht überall nach Ivan umzusehen. Zwar war sie in erster Linie gekommen, um Luke zu helfen, aber sie wollte sich natürlich gern auch selbst helfen. War es nicht besser, zwei Freunde zurückzugewinnen als einen? Außerdem sehnte sie sich fürchterlich nach Ivan.

Fiona öffnete die Tür zum Spielzimmer, und Elizabeth trat ein. »Sam, Schätzchen, Lukes Mom ist hier. Sie möchte sich gern ein bisschen mit dir unterhalten«, erklärte sie freundlich, und zum ersten Mal spürte Elizabeth ein warmes Glühen in sich, weil sie jemand als Mutter bezeichnete.

Sam drückte auf den Pausenknopf an seiner Playstation und sah mit traurigen braunen Augen zu Elizabeth empor. Sie musste sich ein Lächeln verkneifen und biss sich auf die Unterlippe. Fiona ließ sie allein, damit sie in Ruhe reden konnten.

»Hi, Sam«, begann Elizabeth. »Stört es dich, wenn ich mich setze?«

Er schüttelte den Kopf, und Elizabeth kauerte sich auf die Kante der Couch. »Luke hat mir erzählt, dass du nicht mehr sein Freund sein willst. Stimmt das?«

Er nickte völlig unbefangen.

»Möchtest du mir sagen, wieso?«

Einen Moment dachte er nach, dann nickte er wieder. »Ich mag nicht die gleichen Spiele wie er.«

Wieder verkniff Elizabeth sich ein Lächeln. »Hast du ihm das gesagt?«

Erneut ein Nicken.

»Und was hat er dazu gemeint?«

Verwirrt zuckte Sam die Schultern. »Er ist komisch.«

In Elizabeths Hals bildete sich ein Kloß, und sie erwiderte abwehrend: »Was meinst du mit komisch?«

376

»Zuerst war es lustig, aber dann wurde es einfach langweilig, und ich wollte es nicht mehr spielen, aber Luke hat einfach nicht damit aufgehört.«

»Was für ein Spiel war das denn?«

»Die Spiele mit seinem *unsichtbaren Freund*.« Sam verzog das Gesicht, und seine Stimme klang gelangweilt und genervt.

Elizabeth bekam feuchte Hände vor Nervosität. »Aber sein unsichtbarer Freund war doch nur ein paar Tage da, und das ist schon fast zwei Monate her, Sam.«

Sam warf ihr einen seltsamen Blick zu: »Aber Sie haben doch auch mit ihm gespielt.«

Elizabeth machte große Augen. »Wie bitte?«

»Na, dieser Ivan Dingsda«, brummte er. »Der langweilige alte Ivan, der den ganzen Tag nur auf dem Drehstuhl Karussell fahren, Schlammschlachten machen oder Fangen spielen wollte. Jeden Tag war es immer nur Ivan, Ivan, Ivan, und außerdem« – seine ohnehin piepsige Stimme wurde noch höher –, »außerdem konnte ich ihn nicht mal *sehen*!«

»Was?« Jetzt war Elizabeth endgültig verwirrt. »Du konntest ihn nicht sehen? Wie meinst du das?«

Sam dachte angestrengt nach, wie er das erklären konnte. »Ich meine, ich konnte ihn nicht sehen«, sagte er schließlich schlicht und zuckte die Achseln.

»Aber du hast doch die ganze Zeit mit ihm gespielt«, entgegnete Elizabeth und fuhr sich nervös durch die Haare.

»Ja, weil Luke mit ihm gespielt hat, aber irgendwann hatte ich genug von dem ganzen Theater, aber Luke hat einfach nicht damit aufgehört, sondern auch noch behauptet, dieser Ivan wäre *echt*.« Er verdrehte die Augen.

Elizabeth fasste sich an den Nasenrücken. »Ich weiß nicht, was du meinst, Sam. Ivan ist doch mit deiner Mutter befreundet, oder nicht?«

Sam sah Elizabeth mit großen Augen an. »Ääh – nein!«

»Nein?«

»Nein«, bestätigte er.

»Aber Ivan hat doch auf dich und Luke aufgepasst. Er hat dich abgeholt und nach Hause gebracht«, stammelte Elizabeth.

»Ich darf allein nach Hause gehen, Ms. Egan«, erklärte Sam, zunehmend beunruhigt.

»Aber …« Auf einmal war Elizabeth etwas eingefallen, und sie schnippte so laut und plötzlich mit den Fingern, dass Sam erschrocken zusammenzuckte. »Die Wasserschlacht, was ist mit der Wasserschlacht im Garten? Du, ich, Luke und Ivan haben alle mitgemacht, erinnerst du dich?«, drängte sie und wiederholte gleich noch einmal: »Erinnerst du dich, Sam?«

Sam wurde blass, aber er nickte und antwortete tapfer: »Ich erinnere mich genau, wir waren nur zu dritt.«

»Was?«, rief Elizabeth lauter, als sie beabsichtigt hatte.

Jetzt verlor Sam doch die Fassung, sein Gesicht verzog sich, und er begann leise zu weinen.

»O nein, Sam«, rief Elizabeth panisch und versuchte, ihren Fehler wieder auszubügeln. »Bitte, weine nicht, Sam, das wollte ich doch nicht.« Sie streckte ihm die Hände entgegen, aber er wich vor ihr zurück, rannte zur Tür und rief nach seiner Mutter. »Es tut mir wirklich Leid, Sam, bitte beruhige dich«, flehte sie leise, aber inzwischen war auch schon Fiona herbeigeeilt und redete draußen im Flur beschwichtigend auf ihren Sohn ein.

Kurz darauf kam sie herein.

»Bitte verzeihen Sie die Szene, Fiona«, entschuldigte sich Elizabeth sofort bei ihr.

»Ist schon okay«, meinte Fiona. »Sam ist zurzeit furchtbar empfindlich bei diesem Thema.«

»Das verstehe ich«, erwiderte Elizabeth und schluckte schwer. »Wegen Ivan«, stieß sie hervor, schluckte wieder und stand auf. »Sie kennen doch Ivan, oder?«

Fiona runzelte die Stirn. »Was meinen Sie mit kennen?«

»Ich meine, er war schon öfter hier im Haus.« Elizabeths Herz raste.

»O ja«, lächelte Fiona. »Luke hat ihn ein paar Mal mitgebracht, einmal sogar zum Essen«, fügte sie mit einem leichten Zwinkern hinzu.

Obwohl Elizabeth nicht genau wusste, wie sie das Zwinkern einzuordnen hatte, entspannte sie sich etwas, legte die Hand aufs Herz, und das Rasen beruhigte sich ein wenig. »Uff. Gott sei Dank, Fiona«, lachte sie erleichtert. »Ich hab schon gedacht, *ich* werde verrückt.«

»Ach, machen Sie sich deswegen bloß keine Sorgen«, lachte Fiona und legte ihr die Hand auf den Arm. »So was passiert uns doch allen. Als Sam vier Jahre alt war, hat er genau das Gleiche durchgemacht. *Rooster* hat er seinen kleinen Freund genannt. Also, Sie können mir ruhig glauben – ich weiß, was Sie zurzeit um die Ohren haben. Autotüren öffnen, extra Essen kochen, ein extra Gedeck auf den Tisch stellen. Keine Angst, das versteh ich, und es ist auf jeden Fall richtig, mitzuspielen.«

Allmählich begann sich Elizabeths Kopf zu drehen, aber Fiona plauderte unbeirrt weiter.

»Wenn man drüber nachdenkt, ist das ja eine ganz schöne Verschwendung, nicht wahr? Das ganze gute Essen bleibt einfach stehen, unberührt, und glauben Sie mir, ich weiß das, ich hab es im Auge behalten. Mir kommen keine unheimlichen unsichtbaren Männer ins Haus, nein danke!« Wieder lachte sie laut.

Etwas Feuchtes stieg in Elizabeths Kehle hoch, und sie griff nach der Stuhllehne, um sich zu stützen.

»Aber wie gesagt, so sind Kinder eben. Ich bin sicher, dieser so genannte Ivan wird irgendwann einfach wieder in der Versenkung verschwinden. Man sagt, länger als zwei Monate hält so was nie an, also müsste er bald wieder weg sein, keine Sorge.« Endlich hielt sie inne und sah Elizabeth fragend an. »Alles in Ordnung?«

»Ich krieg keine Luft«, japste Elizabeth. »Ich glaube, ich muss schnell nach draußen!«

»Selbstverständlich«, meinte Fiona und führte sie eilig zur Haustür.

Nach Atem ringend, rannte Elizabeth nach draußen und blieb vornüber gebeugt stehen.

»Ist alles okay? Soll ich Ihnen ein Glas Wasser holen?«, erkundigte sich Fiona besorgt und massierte ihr mitfühlend den Rücken.

»Nein, nein«, antwortete Elizabeth leise und richtete sich langsam auf. »Danke. Es geht schon wieder.« Ohne weiteren Abschied und leicht unsicher auf den Beinen machte sie sich auf den Nachhauseweg. Fiona schaute ihr verwundert nach.

Daheim angekommen, knallte Elizabeth die Haustür zu, ließ sich auf den Boden sinken und verbarg den Kopf in den Händen.

»Elizabeth, was ist los?«, fragte Luke besorgt, der noch im Pyjama und barfuß angelaufen kam.

Sie konnte nicht antworten. Immer wieder ließ sie die letzten zwei Monate in Gedanken Revue passieren, all die wunderschönen Augenblicke mit Ivan, all ihre Gespräche. Er war bei ihnen gewesen, er hatte sie gesehen und sich ganz normal mit ihnen unterhalten. Bestimmt hatten andere Leute sie zusammen gesehen – Benjamin zum Beispiel, oder auch Joe. Krampfhaft versuchte sie sich zu erinnern, wie Ivan mit diesen Menschen gesprochen hatte. Sie konnte sich das doch nicht eingebildet haben! Sie war eine vernünftige, verantwortungsbewusste Frau!

Als sie endlich zu Luke emporblickte, war ihr Gesicht ganz bleich.

»Eisatnaf.« Mehr brachte sie nicht heraus.

»Ja«, kicherte er. »Das ist Rückwärtssprache. Cool, oder?«

Elizabeth brauchte ein paar Sekunden, um das Wort umzudrehen.

Fantasie.

Zweiundvierzig

»Macht voran!«, rief Elizabeth und drückte auf die Hupe, während sich die beiden Reisebusse auf der Main Street von Baile na gCroíthe aneinander vorbeiquälten. Es war September, und die letzten Touristen durchquerten das Städtchen. Danach würde wieder die übliche Stille einkehren, wie in einer Festhalle nach einer Party, wenn aufgeräumt wurde und man sich an die Ereignisse und an die Mitfeiernden erinnerte. Bald würden die Studenten auf die Colleges in den benachbarten Counties zurückkehren, und die Einheimischen mussten mit ihren kleinen Geschäften wieder allein ums Überleben kämpfen.

Elizabeth ließ die Hand einfach auf der Hupe. In dem Bus vor ihr wandten sich die Köpfe, und grimmige Gesichter starrten sie an. Neben ihr strömten die Einwohner nach der Morgenmesse aus der Kirche. Den wunderschönen Sonnentag nutzend, versammelten sie sich in Gruppen auf der Straße, plauderten und tauschten die neuesten Neuigkeiten aus. Auch sie wandten sich nach der Quelle des wütenden Hupens um, aber Elizabeth kümmerte sich nicht darum, denn heute richtete sie sich nicht nach den Regeln, sondern wollte nur so schnell wie möglich zu Joe. Zumindest er würde bestätigen können, dass er Ivan und Elizabeth zusammen gesehen hatte, und dann war endlich Schluss mit diesem absurden Witz.

Plötzlich hielt sie es nicht mehr aus, darauf zu warten, bis die Busse ihr Manöver erfolgreich beendet hatten, ließ ihren Wagen stehen und rannte über die Straße zu Joe's Café.

»Joe!«, rief sie mit Panik in der Stimme, riss die Tür auf und stürzte hinein.

»Ah, da sind Sie ja! Ich hab Sie schon gesucht!«, antwortete Joe, der gerade aus der Küche kam. »Ich wollte Ihnen nämlich meine schicke neue Maschine zeigen. Sie ist …«

»Ein andermal«, fiel sie ihm atemlos ins Wort. »Ich hab dafür jetzt keine Zeit. Bitte beantworten Sie mir nur schnell eine Frage: Sie erinnern sich doch, dass ich ein paar Mal mit einem Mann hier war, oder nicht?«

Nachdenklich blickte Joe an die Decke und kam sich offensichtlich sehr wichtig vor.

Elizabeth hielt den Atem an.

»Ja, tu ich.«

Mit einem tiefen Seufzer der Erleichterung rief sie: »Gott sei Dank!«, und lachte etwas zu hysterisch.

»Könnten Sie jetzt meinem neuen Gerät wenigstens kurz Ihre Aufmerksamkeit schenken?«, fragte er stolz. »Eine funkelnagelneue Kaffeemaschine. Mit der kann ich jetzt Ihre tollen Expressos und Kappentschinos fabrizieren, und wie das Zeug sonst noch alles heißt.« Vorsichtig nahm er die Espressotasse in die Hand. »In die hier passt natürlich bloß ein Tröpfchen. Ein Tröpfchen, doch nicht auf den heißen Stein, sondern in die Tasse rein.« Er freute sich unbändig über seine Dichtkunst.

Auch Elizabeth lachte. Sie war so froh über das, was Joe über Ivan gesagt hatte, dass sie am liebsten über die Theke gehopst wäre und ihm ein Küsschen auf die Wange gedrückt hätte.

»Wo ist dieser Mann denn nun?«, fragte Joe, während er angestrengt herauszufinden versuchte, wie er für Elizabeth auf die Schnelle einen Espresso zaubern konnte.

Sofort verblasste Elizabeths Lächeln. »Oh, das weiß ich auch nicht.«

»Bestimmt ist er zurück nach Amerika. Wohnt er nicht drüben in New York? Im Big Apple, so heißt das doch, oder nicht? Aber ich hab die Stadt mal im Fernsehen gesehen, und die sieht überhaupt nicht aus wie ein Apfel, kein bisschen.«

Wieder begann Elizabeths Herz wild zu pochen. »Nein, Joe, nicht Benjamin. Sie meinen Benjamin.«

»Der Typ, mit dem Sie ein paar Mal hier was getrunken haben, ja«, bestätigte Joe.

»Nein«, entgegnete Elizabeth. Allmählich hatte sie die Nase wirklich voll. »Das heißt, ja, ich war mit ihm auch mal hier und hab was getrunken. Aber ich meine den anderen Mann, der sich hier mit mir getroffen hat. Ivan heißt er. I-V-A-N«, wiederholte sie langsam.

Joe verzog das Gesicht und schüttelte den Kopf. »Nee, einen Ivan kenn ich nicht.«

»Doch, tun Sie wohl«, widersprach Elizabeth ziemlich heftig.

»Jetzt hören Sie aber mal.« Ungehalten nahm Joe seine Lesebrille ab und legte die Gebrauchsanweisung für die neue Wundermaschine zur Seite. »Ich weiß Bescheid über jeden in dieser Stadt, und ich kenne keinen Ivan und hab auch noch nie was von einem gehört.«

»Aber Joe«, entgegnete Elizabeth flehend. »Bitte denken Sie noch mal genau nach.« Da fiel es ihr wieder ein. »Der Tag, an dem wir draußen den ganzen Kaffee verspritzt haben«, lachte sie. »Da war ich mit Ivan zusammen.«

»Oh«, grinste Joe. »Dann hat er wohl zu der deutschen Reisegruppe gehört, was?«

»Nein!«, rief Elizabeth frustriert.

»Na, wo kommt er denn her?«, fragte Joe und versuchte, Elizabeth etwas zu beruhigen.

»Das weiß ich nicht«, antwortete sie ärgerlich.

»Wie heißt er mit Nachnamen?«, fragte Joe weiter.

Elizabeth schluckte schwer. »D-d-das weiß ich auch nicht.«

»Wie soll ich Ihnen denn helfen, wenn Sie weder seinen Nachnamen kennen noch wissen, wo er herkommt? Das hört sich ja ganz danach an, als würden Sie ihn auch nicht kennen. Soweit ich mich erinnern kann, sind Sie allein da draußen rumgesprungen wie eine Verrückte. Keine Ahnung, was an dem Tag überhaupt in Sie gefahren ist.«

Aber jetzt hatte Elizabeth einen Geistesblitz, packte ihre Autoschlüssel vom Tresen und rannte wieder zur Tür hinaus.

»Aber was ist jetzt mit Ihrem heißen Tröpfchen?«, rief Joe ihr nach, als sie die Tür hinter sich zuknallte.

»Benjamin!«, rief Elizabeth, schloss schwungvoll die Autotür und rannte über den Kies auf ihn zu. Er stand in einer Gruppe von Bauarbeitern, die sich über irgendwelche auf dem Tisch ausgebreiteten Dokumente beugten. Gleichzeitig blickten alle auf.

»Kann ich Sie bitte mal eine Minute sprechen, Benjamin?«, fragte Elizabeth atemlos, während ihr der Wind, der hier oben auf dem Hügel recht stark war, die Haare um den Kopf wirbelte.

»Klar«, sagte er, trat aus der Gruppe heraus und führte Elizabeth zu einem ruhigeren Plätzchen. »Ist alles in Ordnung?«

»Ja«, antwortete sie und nickte unsicher. »Ich wollte Sie nur schnell was fragen. Ist das okay?«

Er machte sich auf alles gefasst.

»Sie kennen doch meinen Freund Ivan, richtig?«, fragte sie, ließ die Fingerknöchel knacken und trat nervös von einem Fuß auf den anderen, während sie auf seine Antwort wartete.

Er schob seinen Schutzhelm zurecht, musterte ihr Gesicht und überlegte, ob sie gleich loslachen und ihm erklären würde, dass sie nur Spaß machte. Aber hinter den dunklen, besorgten Augen verbarg sich kein Lächeln. »Soll das ein Witz sein?«, erkundigte er sich trotzdem sicherheitshalber.

Sie schüttelte den Kopf und kaute auf der Innenseite ihre Wangen herum, die Stirn in tiefe Falten gelegt.

Er räusperte sich. »Elizabeth, ich weiß wirklich nicht recht, was Sie von mir hören wollen.«

»Die Wahrheit«, antwortete sie hastig. »Ich möchte, dass Sie mir die Wahrheit sagen. Na ja, natürlich möchte ich hören, dass Sie ihn gesehen haben, aber ich möchte vor allem, dass das der Wahrheit entspricht, wissen Sie.« Sie schluckte.

Benjamin sah ihr noch eine Weile ins Gesicht und schüttelte schließlich bedächtig den Kopf.

»Nein?«, fragte sie leise.

Er schüttelte den Kopf noch einmal.

Tränen traten ihr in die Augen, und sie wandte sich rasch ab.

»Alles in Ordnung?«, fragte er und wollte ihr die Hand auf den Arm legen, aber sie schüttelte sie ab. »Ich hab immer gedacht, Sie machen Witze«, erklärte Benjamin ein wenig verwirrt.

»Sie haben ihn also auch nicht bei dem Meeting mit Vincent gesehen?«

Er schüttelte den Kopf.

»Und bei der Grillparty letzte Woche?«

Wieder ein Kopfschütteln.

»Wie er mit mir durch die Stadt gelaufen ist? Im Spielzimmer an dem Tag, als diese ... dieser komische Satz an der Wand aufgetaucht ist?«, fragte sie voller Hoffnung.

»Nein, tut mir Leid«, erwiderte Benjamin freundlich, während er sich bemühte, sich seine Verwirrung nicht anmerken zu lassen.

Sie sah weg und wandte ihm den Rücken zu, als wollte sie die schöne Aussicht genießen. Von hier konnte man das Meer sehen, die Hügel und das saubere kleine Städtchen, das sich zwischen die Hügel kuschelte.

Schließlich fand sie die Sprache wieder. »Er kam mir so real vor, Benjamin.«

Da er nicht wusste, was er darauf antworten sollte, schwieg er.

»Wissen Sie, wie das ist, wenn man jemanden spüren kann? Auch wenn die anderen Leute ihn nicht sehen, weiß man trotzdem, dass er da ist?«

Nach kurzem Nachdenken nickte Benjamin, obwohl Elizabeth ihn gar nicht ansah. »Als mein Granddad vor ein paar Jahren gestorben ist. Wir waren uns sehr nah.« Verlegen schob er mit der Stiefelspitze die Kieselsteine herum. »In meiner Familie hat eigentlich keiner an irgendwas geglaubt, aber ich wusste einfach, dass mein Granddad manchmal bei mir war. Haben Sie Ivan gut gekannt?«

»Er kannte mich besser als ich ihn«, antwortete sie mit einem leisen Lachen.

Benjamin hörte sie schniefen und sah, wie sie sich verstohlen die Augen wischte.

»Dann war er also ein echter Mensch? Ist er gestorben?«, fragte Benjamin, noch immer etwas verwirrt.

»Ich hab so sehr an ihn geglaubt ...« Sie stockte. »Er hat mir in den letzten Monaten unglaublich viel geholfen.« Schweigend starrte sie einen Moment in die schöne Landschaft. »Ich hab diese kleine Stadt immer gehasst, Benjamin«, erklärte sie, und wieder rollte eine Träne über ihre Wange. »Jeden Grashalm auf jedem einzelnen Hügel hab ich gehasst, aber Ivan hat mir so viel beigebracht. Er hat mich gelehrt, dass es nicht die Aufgabe von Baile na gCroíthe ist, mich glücklich zu machen. Es ist auch nicht die Schuld von Baile na gCroíthe, wenn ich das Gefühl habe, ich passe nicht hierher. Es spielt keine Rolle, wo man lebt in der Welt, es kommt bloß darauf an, wo man hier oben ist.« Sie tippte sich mit der Hand an die Schläfe. »Es geht um die andere Welt, in der ich wohne. Die Welt der Träume, der Hoffnung, der Fantasie und der Erinnerungen. Ich bin hier oben glücklich«, sagte sie, tippte sich wieder an die Schläfe und lächelte. »Und wenn ich da glücklich bin, dann bin ich hier auch glücklich.« Sie breitete die Arme aus und zeigte auf die Landschaft um sie herum. Dann schloss sie die Augen und ließ den Wind ihre Tränen trocknen. Als sie sich wieder Benjamin zuwandte, wirkte ihr Gesicht viel weicher. »Ich dachte nur, das wäre gerade für Sie besonders wichtig zu wissen.« Leise und langsam machte sie sich auf den Rückweg zu ihrem Auto.

Benjamin lehnte an dem alten Turm und sah ihr nach. Er kannte Elizabeth noch nicht so gut, wie er sie gern gekannt hätte, aber er hatte trotzdem das Gefühl, dass sie ihn näher an sich heran ließ als die meisten anderen Leute. Umgekehrt galt dasselbe. Sie hatten sich oft genug miteinander unterhalten, dass er wusste, wie ähnlich sie sich waren. Er hatte sie wachsen und sich entwickeln sehen, und jetzt schien es ihm, als wäre seine unruhige Freundin zur Ruhe gekommen. Er schaute auf die Landschaft, in die Elizabeth so lange geblickt hatte, und zum ersten Mal in der ganzen langen Zeit, die er hier verbracht hatte, machte er die Augen auf und sah sie.

In den frühen Morgenstunden setzte sich Elizabeth hellwach im Bett auf. Sie sah sich im Zimmer um, blickte zur Uhr – drei Uhr fünfundvierzig – und sagte mit lauter, fester Stimme zu sich selbst:

»Zum Teufel mit euch allen, ich glaube daran.«

Dann warf sie die Decke zurück, sprang aus dem Bett und konnte Ivans triumphierendes Lachen beinahe hören.

Dreiundvierzig

»Wo ist Elizabeth?«, zischte Vincent Taylor Benjamin wütend an, zum Glück wenigstens außer Hörweite der Menge, die sich für die Eröffnung des neuen Hotels versammelt hatte.

»Sie ist immer noch im Spielzimmer«, seufzte Benjamin und spürte den Stress der letzten Wochen schwer auf seinen schmerzenden Schultern lasten.

»*Immer noch?*«, schrie Vincent, und jetzt drehten sich ein paar Leute um, die eigentlich den Ansprachen vorn im Raum lauschten. Der Abgeordnete von Baile na gCroíthe war gekommen, um das Hotel offiziell zu eröffnen, und bei dem Originalturm, der seit Jahrhunderten auf dem Hügel stand, sollten ein paar Reden geschwungen werden. Bald würden die Massen durchs Hotel defilieren, ihre Nasen in sämtliche Zimmer stecken und das gelungene Projekt bewundern, aber die beiden Männer hatten immer noch keine Ahnung, was Elizabeth im Spielzimmer ausheckte. Das letzte Mal hatte sie sich vor vier Tagen blicken lassen, und da hatte sie noch nichts vorzuweisen gehabt.

Seither war sie verschwunden. Benjamin hatte ihr Getränke und Essen vom Automaten gebracht, die sie hastig in Empfang genommen und dann schnell die Tür wieder zugeknallt hatte. Benjamin wusste nicht, wie es in dem Zimmer jetzt aussah, und der völlig panische Vincent hatte ihm in der letzten Woche das Leben zur Hölle gemacht. Dass Elizabeth mit einem unsichtbaren Menschen sprach, daran hatte sich Vincent schon lange gewöhnt, aber er hatte noch nie erlebt, dass bei einer Eröffnung noch an einem Raum gearbeitet wurde. Seiner Ansicht nach war das lächerlich und absolut unprofessionell.

Endlich waren die Ansprachen vorbei, es wurde höflich geklatscht, und die Menge begann ins Gebäude zu strömen, wo man die neuen Möbel bewunderte und andächtig den Geruch frischer Farbe einsog. Immer wieder fluchte Vincent laut vor sich hin, was ihm bereits ärgerliche Blicke von entrüsteten Eltern einbrachte. Zimmer um Zimmer näherten sie sich dem Spielzimmer. Benjamin konnte die Spannung kaum noch ertragen und tigerte hektisch im Hintergrund auf und ab. In der Menge erspähte er Elizabeths Vater, der sich auf seinen Stock stützte und sich gelangweilt umsah. Auch Elizabeths Neffe war da, zusammen mit seiner Nanny, und Benjamin hoffte zu Gott, dass Elizabeth ihrem Vertrauen gerecht wurde. Nach ihrem letzten Gespräch oben auf dem Hügel glaubte er fest, dass sie es schaffen würde. Oder war nur der Wunsch der Vater dieses Gedankens? Nächste Woche sollte er in seine Heimatstadt in Colorado zurückfliegen, und er hätte weitere Verzögerungen nicht ausgehalten. Ausnahmsweise war ihm sein Privatleben einmal wichtiger als die Arbeit.

»Okay, Jungs und Mädchen«, sagte die Führerin gerade, als wäre sie in einer Barney-Folge. »Das nächste Zimmer ist ganz speziell für euch gedacht! Also müssen eure Moms und Dads jetzt bitte ein paar Schritte zurücktreten, damit ihr durchkommt, denn das ist ein ganz besonderes Zimmer.«

Ooohs und Aaahs, aufgeregtes Gekicher und Geflüster ertönten, die Kinder ließen die Hände ihrer Eltern los, einige kamen schüchtern, andere wagemutiger nach vorn. Die Führerin drehte den Türgriff. Aber die Tür öffnete sich nicht.

»Herr des Himmels«, stöhnte Vincent und schlug sich die Hand vor die Augen. »Wir sind ruiniert!«

»Hmm, Sekunde mal, Jungs und Mädels«, rief die junge Frau und sah fragend zu Benjamin hinüber.

Aber der zuckte nur die Achseln und schüttelte resigniert den Kopf.

Noch einmal versuchte die Führerin die Tür zu öffnen, aber es half nichts.

»Vielleicht sollten wir klopfen«, schlug eins der Kinder vor, und die Eltern lachten.

»Wisst ihr was, das ist eine gute Idee«, stimmte die Führerin zu. Da ihr nichts Besseres einfiel, spielte sie einfach mit.

Schon nach dem ersten Klopfen wurde die Tür von der anderen Seite geöffnet. Langsam gingen die Kinder hinein, eins nach dem anderen.

Absolute Stille herrschte, und Benjamin hielt sich die Augen zu. Gleich würde es grässlichen Ärger geben.

Doch auf einmal schrie ein Kind laut und voller Entzücken: »Wow!« Und dann verwandelten sich die leisen Laute des Staunens immer mehr in aufgeregtes Rufen. »Schau dir das mal an!« »Da drüben, guck doch!«

Starr vor Ehrfurcht sahen sie sich um. Nun folgten auch die Eltern ihren Sprösslingen in den Raum, und Vincent und Benjamin blickten einander verblüfft an. Waren das wirklich anerkennende Töne, oder hatten sie sich verhört? Mit offenem Mund blieb Poppy im Türrahmen stehen, und ihre Augen konnten gar nicht schnell genug alles aufnehmen.

»Lassen Sie mich mal sehen«, befahl Vincent und bahnte sich einen Weg durch die Menge. Benjamin folgte ihm, und was er zu sehen bekam, raubte ihm den Atem. Die Wände des großen Zimmers waren mit riesigen Wandmalereien in leuchtenden Farben bedeckt, jede mit einer anderen Szene. Eine davon war ihm vertraut: Drei Leute sprangen fröhlich auf einer Wiese im hohen Gras herum, die Arme nach oben gestreckt, mit strahlenden Gesichtern, die Haare im Wind flatternd, und fingen …

»… Jinny Joes!«, platzte Luke aufgeregt heraus, dem vor Staunen fast die Augen aus dem Kopf traten. Die meisten Kinder standen stumm und ehrfürchtig vor den Bildern und ließen sich keine Einzelheit entgehen. »Schau mal, da ist ja Ivan auf dem Bild!«, rief Luke Elizabeth zu.

Benommen sah Benjamin zu Elizabeth hinüber, die in einem schmuddeligen, farbbekleckerten Overall in einer Ecke stand. Zwar hatte sie dunkle Ringe unter den Augen und war ganz offensichtlich unausgeschlafen, aber sie strahlte übers ganze Gesicht, während sie die Kinder und ihre Reaktionen beobachtete. Stolz nahm sie zur Kenntnis, dass offensichtlich alle begeistert waren.

»Elizabeth!«, flüsterte Edith und hielt sich die Hand vor den Mund. »Das haben *Sie* alles gemacht?« Staunend und stolz sah sie ihre Arbeitgeberin an.

Auf einem zweiten Bild war ein kleines Mädchen zu sehen, das sehnsüchtig einem rosaroten, gen Himmel schwebenden Ballon nachblickte. Außerdem gab es noch eine Wasserschlacht, ein paar Kinder bespritzten sich mit Farbe, andere tanzten am Strand im Sand, und auf einer grasgrünen Wiese picknickte ein kleines Mädchen mit einer Kuh, die einen Strohhut aufhatte. Gleich daneben kletterte eine Gruppe kleiner Wildfänge auf den Bäumen herum und ließ sich kopfüber von den Ästen herabhängen. Die Decke des großen Raums hatte Elizabeth tiefblau gestrichen, mit Sternschnuppen, Kometen und fernen Planeten. Auf der Wand gegenüber der Tür beugten sich ein Mann und ein Junge mit schwarzen Schnurrbärten über eine Reihe schwarzer Fußspuren, die quer über den Fußboden und auf der anderen Seite wieder die Wand emporführten.

Elizabeth hatte eine neue Welt geschaffen, ein Wunderland der Fantasie, voller Spaß und Abenteuer, aber was Benjamin vor allem beeindruckte, war die Liebe zum Detail, die Freude auf den Gesichtern, das hingerissene Lächeln kindlichen Vergnügens. So oft hatte er diese Gesichter gesehen – nein, es war zuerst und vor allem der Ausdruck auf Elizabeths Gesicht, als er sie auf der Wiese hatte tanzen sehen und als sie mit Seetang in den Haaren durch das Städtchen gewandert war. Es war das Gesicht eines Menschen, der endlich locker lassen konnte und wahrhaft glücklich war.

Elizabeth sah hinunter auf ein Kleinkind, das auf dem Boden mit einem der dort reichlich verstreuten Spielzeuge spielte. Gerade wollte sie sich hinunterbeugen und etwas zu dem kleinen Mädchen sagen, als sie merkte, dass die Kleine mit sich selbst sprach. Ein sehr ernsthaftes Gespräch – sie machte sich nämlich mit einer Stelle in der Luft vor sich bekannt.

Aufmerksam sah Elizabeth sich um, atmete tief ein und versuchte den typischen Ivan-Duft zu erspüren. »Danke«, flüsterte sie, schloss die Augen und stellte sich vor, er wäre bei ihr.

Das kleine Mädchen plapperte weiter. Beim Reden sah sie nach rechts, machte dann eine Pause, lauschte und antwortete schließlich. Nach einer Weile begann sie leise zu summen, die vertraute Melodie, den Ohrwurm, den Elizabeth nicht mehr losgeworden war.

Sie konnte nicht anders, sie legte den Kopf in den Nacken und lachte.

Ich stand an der hinteren Wand des Spielzimmers im neuen Hotel, mit Tränen in den Augen und einem Kloß im Hals, so groß, dass ich ziemlich sicher war, nie wieder einen normalen Ton herauszubekommen. Ich konnte mich nicht satt sehen an den Wandgemälden, an dem Fotoalbum all dessen, was ich mit Elizabeth und Luke in den letzten Monaten erlebt hatte. Fast so, als hätte jemand uns von Ferne zugesehen und uns auf ein perfektes Bild gebannt.

Während ich die Wände betrachtete, die Farben und die Augen der Figuren, da wusste ich, dass sie begriffen hatte, und ich wusste, dass ich nicht vergessen werden würde. Neben mir standen in einer Reihe meine Freunde; sie waren gekommen, um mir an diesem besonderen Tag zur Seite zu stehen.

Opal legte mir die Hand auf den Arm und drückte ihn ermutigend.

»Ich bin sehr stolz auf dich, Ivan«, flüsterte sie und verpasste mir einen Kuss auf die Wange, der zweifelsohne einen dicken purpurroten Fleck auf meiner Haut hinterließ. »Wir sind alle für dich da, weißt du. Wir werden immer füreinander da sein.«

»Danke, Opal, das weiß ich«, antwortete ich tief gerührt und sah zu Calendula, die rechts von mir stand, zu Olivia neben ihr, zu Tommy, der fasziniert auf die Malereien starrte, zu Jamie-Lynn, die sich zu einem kleinen Mädchen gebeugt hatte, das auf dem Boden saß, und mit ihr spielte, und schließlich zu Bobby, der auf die Szenen vor ihm deutete und kicherte. Alle streckten sie den Daumen für mich in die Höhe, und ich wusste, dass ich nie allein sein würde, weil ich meine Freunde hatte.

Imaginäre Freunde, unsichtbare Freunde, nennen Sie uns, wie Sie wollen. Vielleicht glauben Sie an uns, vielleicht auch nicht. Aber das ist vollkommen unwichtig. Wie die meisten Leute, die wirklich gute Arbeit machen, existieren wir nicht, damit man über uns spricht und unser Loblied singt, wir sind einfach da für diejenigen, die uns brauchen. Vielleicht existieren wir überhaupt nicht, vielleicht sind wir nur Fantasiegebilde, vielleicht ist es purer Zufall, dass zweijährige Kinder, die kaum sprechen können, so häufig auf die Idee kommen, Freundschaften mit Leuten zu schließen, die Erwachsene nicht sehen können. Vielleicht haben all die Ärzte und Psychologen Recht, wenn sie meinen, dass diese Kinder nur ihre Fantasie ausprobieren und entwickeln.

Aber schenken Sie mir noch eine Sekunde Geduld. Gibt es vielleicht noch eine andere Erklärung, an die Sie in meiner ganzen Geschichte nicht gedacht haben?

Nämlich die Möglichkeit, dass wir tatsächlich existieren. Dass wir da sind, um denen zu helfen und die zu unterstützen, die uns brauchen, all diejenigen, die an uns glauben und uns deshalb sehen können.

Ich konzentriere mich bekanntlich gern auf die positive Seite der Dinge, ich sage immer, dass gleich nach dem Regen ein Silberstreif am Horizont erscheint, aber um die Wahrheit zu sagen, und ich glaube fest an die Wahrheit: An meinem Erlebnis mit Elizabeth hatte ich eine ganze Weile zu knabbern. Mir wollte einfach nichts einfallen, was ich dabei gewonnen hatte, ich konnte nur sehen, dass ich sie verloren hatte, und das war wie eine riesige schwarze Gewitterwolke über meinem Kopf. Aber während die Tage verstrichen und ich jede Sekunde an sie dachte und lächelte, da wurde mir allmählich klar, dass sie zu kennen und vor allem zu lieben der dickste Silberstreif war, den man sich überhaupt denken kann.

Sie war besser als Pizza, besser als Oliven, besser als Freitage und besser als Drehstuhlkarussellfahren, und selbst jetzt, wo sie nicht mehr bei uns ist, ist Elizabeth Egan – auch wenn ich das eigentlich gar nicht sagen dürfte – immer noch *mit Abstand* meine Lieblingsfreundin.

Willst du das perfekte Leben?
Oder du selbst sein?

Celestines Leben scheint perfekt: Sie ist schön, bei allen beliebt und hat einen unglaublich süßen Freund. Doch dann handelt sie in einem entscheidenden Moment aus dem Bauch heraus. Und bricht damit alle Regeln. Sie könnte im Gefängnis landen oder gebrandmarkt werden – verurteilt als Fehlerhafte.

Denn Fehler sind in ihrer Welt nicht erlaubt. Nichts geht über Perfektion. Auch nicht Menschlichkeit. Jetzt muss sie kämpfen – um ihre eigene Zukunft und um ihre große Liebe.

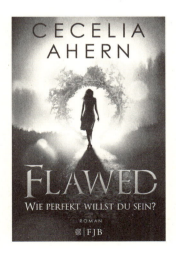

Cecelia Ahern
Flawed – Wie perfekt willst du sein?
Aus dem Englischen
von Anna Julia
und Christine Strüh
464 Seiten, Hardcover
mit Schutzumschlag

Das gesamte Programm gibt es unter
www.fischerverlage.de

fi 6-2236 / 1

Willst du die perfekte Welt?
Oder die Freiheit?

Celestine wurde als „fehlerhaft" gebrandmarkt, sie gehört nun zu den Menschen zweiter Klasse. Doch statt sich den strikten Regeln des Systems zu unterwerfen, flieht sie. Denn Celestine ist auch ein Symbol der Hoffnung für alle anderen Fehlerhaften. Gelingt es ihr, den grausamen Richter Crevan zu überführen? Das wäre die Chance auf einen Neuanfang für die Fehlerhaften. Aber gibt es auch für ihre große Liebe eine neue Chance?

Für Celestine geht es um alles – um Gerechtigkeit für sich selbst und alle anderen und um eine lebenswerte Zukunft.

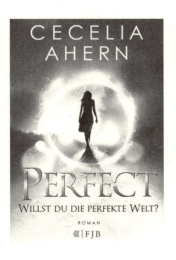

Cecelia Ahern
Perfect – Willst du die perfekte Welt?
Aus dem Englischen
von Anna Julia
und Christine Strüh
464 Seiten, Hardcover
mit Schutzumschlag

Das gesamte Programm gibt es unter
www.fischerverlage.de